2,— €Ge
UM

D1100884

ro
ro
ro

Nancy Pickard arbeitete als Journalistin und Lektorin, bevor sie sich ganz dem Schreiben von Kriminalromanen widmete. Sie war Präsidentin der «Sisters of Crime» und wurde mit dem «Anthony Award», einem «Macavity Award» und bereits zweimal mit dem «Agatha Award» für den besten Roman ausgezeichnet.

Nancy
Pickard

Schneeblüte
Thriller

Deutsch von Anja Malich
und Ulrike Thiesmeyer

Rowohlt Taschenbuch Verlag

Die Originalausgabe erschien 2006 unter dem Titel
«The Virgin of Small Plains» bei Ballantine, New York

Deutsche Erstausgabe
Veröffentlicht im Rowohlt Taschenbuch Verlag,
Reinbek bei Hamburg, Februar 2007
Copyright © 2006 by Rowohlt Verlag GmbH,
Reinbek bei Hamburg
«The Virgin of Small Plains»
Copyright © 2006 by Nancy Pickard
Redaktion Werner Irro
Umschlaggestaltung any.way, Wiebke Jakobs
(Foto: Walter Schmitz/Bilderberg)
Satz Janson Text (InDesign)
bei Pinkuin Satz und Datentechnik, Berlin
Druck und Bindung Clausen & Bosse, Leck
Printed in Germany
ISBN: 978 3 499 24337 0

Für Mary und Nick

1

Abby Reynolds bremste vor Schreck auf dem vereisten Highway, sie konnte kaum glauben, was sie dort neben der Straße sah. Das kann doch nicht sein, dachte sie und versuchte, mit zusammengekniffenen Augen durch den Schneesturm hindurch mehr zu erkennen. Als der Sturm ein Loch in das dichte Weiß riss, wusste Abby, dass sie keineswegs Halluzinationen hatte. Es war keine Täuschung, die der peitschende Schnee in die frühe Morgenluft gezeichnet hatte. Es war … um Himmels willen! … Es war Nadine Newquist, die sich, von wirbelnden weißen Flocken umgeben, im Bademantel durch die Schneeverwehungen auf der alten Friedhofsstraße vorwärts kämpfte, als steuerte sie zielstrebig ein ganz bestimmtes Grab an.

Lieber Gott! Es war wirklich Nadine: die Frau des Richters, Mitchs Mutter, die mit ihrer verstorbenen Mutter befreundet gewesen war. Nadine, die mit dreiundsechzig Jahren genauso unerwartet in frühen Alzheimer hineingeschlittert war, wie Abbys Pick-up auf dem Highway 177 jetzt seitwärts rutschte.

Was zum Teufel hatte Nadine dort draußen verloren?

Ganz allein, im Bademantel und, verdammt nochmal, mitten in einem Schneesturm …

Abby bremste vorsichtig, dennoch geriet ihr Pick-up ins Schleudern und legte auf der zweispurigen Straße Pirouetten hin wie ein zwei Tonnen schwerer Eisläufer. Sie ließ das Lenkrad los und wartete, bis es von allein zur Ruhe kam, bevor sie es wieder anfasste. Kaffee schwappte aus dem deckellosen Thermobecher in der Halterung neben ihrem Knie, der Geruch breitete sich im Wageninneren aus. Sie hatte den Geschmack des letzten Schlucks noch im Mund, genauso wie den des Obstmüslis vom Frühstück – alles zusammen drohte ihr jetzt wieder hochzukommen.

Mit einem Beben beendete der Pick-up seine Kreisbewegung und rutschte über den gelben Mittelstreifen schräg auf die Gegenfahrbahn. Eine hohe Schneewehe bremste ihn dort ab und drehte ihn herum, bevor es rückwärts weiterging. Das Fahrzeug schlitterte und schlitterte und wurde sogar noch schneller. Abbys Magen rebellierte. Die Leute glauben immer, Kansas wäre flach, doch das stimmte nicht, und schon gar nicht mitten in den Flint Hills. Die Straßen in diesem Teil des Bundesstaats waren zwar lang und gerade, doch sie führten wellenförmig auf und ab.

Einen kurzen Augenblick lang hatte Abby die verrückte Hoffnung, sie würde wie durch ein Wunder auf der falschen Straßenseite heil in die Stadt zurückgelangen. Während sie in ihrem rückwärts schlitternden Pick-up wie in einer verkehrt herum fahrenden Achterbahn saß, blickte sie über die Schulter zurück in die Richtung, aus der sie gekommen war, und hoffte, keine Scheinwerfer zu sehen. Es war nichts auszumachen. Da alles wie in einer merkwürdigen Zeitlupe ablief und durch das Schneegestöber noch entrückter wirkte, hatte sie das Gefühl, unendlich viel Zeit zu haben und ganz ruhig darauf warten zu können, möglicherweise irgendwo dagegenzukrachen. Nur Nadine dort draußen im Schnee ließ ihr keine Ruhe.

Sie griff nach dem Handy, das neben ihr auf dem Sitz lag.

Vielleicht könnte sie es schaffen, den Gurt zu lösen, die Tür aufzureißen und hinauszuspringen. Aber was wäre, wenn ihr Handy dabei kaputtging oder sie sich zu stark verletzte, um Hilfe zu rufen? Niemand würde von Nadine erfahren. Mitchs Mutter würde womöglich auf dem Friedhof stürzen und zugeschneit werden, vielleicht würde sie sterben.

Wenn ich nicht springe, verunglücke ich mit dem Pick-up.

Nadine …

Das Herz klopfte ihr bis zum Hals, ihr war schlecht. Die Überlegung, sich durch einen Sprung zu retten, ließ Abby fallen. Stattdessen drückte sie die Taste ihres Telefons, das sie mit dem Handy des Sheriffs verband. Es war eine Kurzwahlnummer, denn sie war seit langem ebenso gut mit Rex Shellenberger befreundet wie Nadine mit den Müttern von ihnen beiden, genauso gut, wie Mitch einst mit Rex und Abby befreundet war, vor langer Zeit, als alles noch gut war.

«Sheriff Shellenberger», meldete er sich seelenruhig. Doch es war nur die Mailbox. Nach diesen beiden Worten folgte direkt der Piepton, um bei Notrufen keine Zeit zu verlieren.

«Rex! Hier ist Abby! Nadine Newquist irrt im Schneetreiben auf dem Friedhof herum. Komm her und hilf mir, sie da herauszuholen!»

Sie merkte, dass ihr Pick-up nach links ausbrach, und spürte an ihrem Rücken und an ihrem Hinterteil, wie der Untergrund uneben wurde und die Hinterreifen über schneebedeckten Schotter rutschten.

Ihre Achterbahnfahrt, der Ausflug zurück, war fast zu Ende.

Niemand würde ihr glauben, dass sie auf dem Eis so weit gekommen war, ohne irgendwo dagegenzukrachen, dachte Abby, während es immer holperiger wurde.

Panische Gedanken schossen ihr durch den Kopf. Sollte sie Nadines Mann Tom anrufen? Nein, der Richter war selbst bei gutem Wetter ein schlechter Autofahrer und, sobald die Straßen auch nur ein bisschen nass waren, eine echte Gefahr. Jeder wusste das. Niemand, der auch nur einen Funken Verstand besaß, setzte sich in das Auto von Richter Tom Newquist, schon gar nicht, wenn es regnete oder schneite. Sie würde ihn – oder jemand anderen – nur in Lebensgefahr bringen, wenn sie ihn bei diesem Sturm alarmierte.

Voller Angst blickte Abby durch die Windschutzscheibe, die plötzlich schräg nach oben in Richtung Himmel kippte.

In dieser Sekunde sah sie Mitchs Mutter noch einmal. Nadines Bademantel war ein schmaler rosafarbener Strich mitten im Weiß, eine Treibhausblume, die man aus unerfindlichen Gründen an einem kalten Wintertag nach draußen gestellt hatte. Abby wusste, dass der Bademantel teuer gewesen war und sich weich und seidig anfühlte. In letzter Zeit hatte sie Nadine oft darin gesehen, da Mitchs Mutter Tag und Nacht nichts anderes mehr trug. Ohnehin schienen Tag und Nacht für sie mittlerweile das Gleiche zu sein. Sobald der Richter oder das Pflegepersonal, das er für sie angestellt hatte, sie richtig anzukleiden versuchte, wehrte sie sich. Abby wusste auch, dass der Stoff des Bademantels dünn war. Der Körper darunter war es ebenfalls, kaum ein Gramm Fett schützte Nadine vor der beißenden Kälte.

Abbys Pick-up knallte gegen die Betonverschalung des Straßengrabens. Die Auspuffrohre schoben sich ineinander, der halbe Ladeboden wurde zusammengepresst, das Getriebe zerfetzt, die Gänge herausgerissen und der Motor abgewürgt. Das Fahrzeug war zehn Jahre alt und hatte keinen Airbag. Der Gurt verhinderte zwar, dass Abby durch die Windschutzscheibe flog, nicht aber, dass sie ins Seitenfenster geschleudert wurde.

2

«Hmmm.»

Abby gab ein wohlig langgezogenes «Hm» von sich, während Mitch sie ausführlich rund um die Oberlippe küsste, von links nach rechts, dann über ihre Unterlippe von rechts nach links, und wieder und wieder um den Mund herum, bis sie glaubte, vor Glück zu vergehen.

Er war achtzehn und hatte den Schulabschluss fast in der Tasche. Sie war sechzehn und würde bald allein auf der High School zurückbleiben.

Sie liebte es über alles, ihn zu küssen und mit ihm herumzumachen. Den Rest ihres Lebens hätte sie auf dem schmalen Bett in ihrem Zimmer verbringen können, mit Mitch auf seine Ellbogen gestützt über ihr, der seine Küsse nur unterbrach, um seine Zunge kurz verführerisch zwischen ihre Lippen zu schieben.

Ihr wohliges «Hm» wurde so laut, dass er ein «Psst» zwischen ihre Lippen hauchte. Dabei verspürte sie ein Prickeln, das ihr den Mund zusammenzog, was sich wiederum so komisch auf seinen Lippen anfühlte, dass er lächeln musste, woraufhin sie beide zu kichern begannen und schließlich so sehr lachten, dass Mitch sich auf den Rücken fallen ließ und sich nun neben Abby auf das schmale Bett drängte.

«Psst!», ermahnten sie sich gegenseitig, wobei sie ihr Gesicht in die Kuhle zwischen Hals und Schulter des anderen pressten, damit man sie nicht hörte. Sie drückte ihre Nase auf seine warme Haut und sog seinen Duft ein. Sie roch ein würziges Deodorant und Sandelholz von seinem Rasierwas-

11

ser, vor allem aber Mitch. Über ihre Versuche, das Lachen zu unterdrücken, musste er so lachen, dass er ihr auf den Nacken prustete, worauf sie sich vor Lachen krümmte und dabei alles andere als leise war. Tränen liefen ihnen über die Wangen.

Als sie sich schließlich beruhigten, kuschelten sie sich aneinander.

Mitch hatte die breiten Schultern eines Footballspielers und war zwanzig Zentimeter größer als sie mit ihren 1,65 Metern. Aber seine Taille und Hüften waren schmal, und seine langen, schlanken Beine hatten die Muskulatur eines Langstreckenläufers, sodass es nur in der oberen Hälfte des Bettes eng war. Abby rollte sich daher auf die Seite und legte seine Arme um sich, während sie ihre Beine ineinander flochten. Eng umschlungen begannen sie wieder zu schmusen, ohne Worte trafen sich ihre Lippen, und allmählich wurden die Küsse länger und intensiver, was sich schnell zu hemmungsloser Ausgelassenheit steigern konnte. Oder noch ganz woanders enden würde, wenn sie nicht aufpassten.

Abby wollte an diesem Abend nicht aufpassen, doch das wusste Mitch noch nicht.

Sie waren gerade mittendrin, als es laut an Abbys Tür klopfte. Sie erstarrten in ihrer Umarmung.

Jemand drückte die Türklinke herunter, als wollte er hereinkommen.

Sie lagen vollständig angezogen auf dem Bett. Im Hintergrund sang Bruce Springsteen «Badlands», gerade laut genug, um die verdächtigen Geräusche zu übertönen.

«Abby?» Es war die Stimme ihrer Mutter. «Warum ist die Tür abgeschlossen, Schatz?»

«Nicht reinkommen, Mom!»

«Warum nicht?»

«Weil … ich an deinem Geburtstagsgeschenk sitze!»

«Oh!» Sie hörten ihre Mutter auf der anderen Seite der Tür lachen. «Wenn das so ist. Ich habe mich nur gewundert, wo du steckst. Ich habe dich seit Stunden nicht gesehen.» Aber sie ließ noch nicht locker und schob neckend hinterher: «Mitch ist nicht zufällig da drinnen?»

«Mom!»

«Wann ist er denn gegangen? Ich habe es gar nicht mitbekommen.»

«Ist schon eine Weile her.»

«Kann ich wirklich nicht reinkommen, Abby? Vielleicht brauchst du Hilfe beim Einsetzen der Diamanten in die Goldkette?»

«Das hättest du wohl gern!», rief Abby zurück. «Bei meinem Taschengeld?»

«Na gut.» Ihre Mutter tat so, als müsste sie sich in ihr Schicksal fügen. «Wenn du mich nicht helfen lassen willst …»

Mitch fuhr mit seiner Hand unter Abbys Pullover und ließ sie unter ihrem geöffneten BH zu ihrer linken Brust gleiten. Sie stöhnte leise.

«Was?», hakte ihre Mutter von draußen nach.

Abby schloss genussvoll die Augen, öffnete sie dann aber wieder und zwang sich zu sagen: «Mom?»

Mitch schob ihr den Pullover bis über die Brust hoch und küsste ihren Busen.

«Was ist, mein Schatz?»

Abby hatte das Gefühl, ihr gesamter Körper würde wie eine einzige Nervenzelle auf ihre Brustwarze reagieren.

«Ist Dad da?»

Mitchs andere Hand wanderte langsam in ihre Jeans, immer tiefer, und hielt erst inne, als sie ihr Ziel erreicht hatte. Abby hielt es kaum noch aus und drückte ihre Hände auf seine, damit er stillhielt.

Er grinste und wartete.

«Ja, er ist wieder da», antwortete ihre Mutter. Abby hatte ihren Vater mehrere Stunden zuvor aus dem Haus gehen sehen. Er war zu einem Patienten gerufen worden und bis zum Abendessen nicht zurück gewesen. Ihre Mutter rief: «Hast du mal nach draußen geschaut? Weißt du, dass es schneit?»

«Wirklich?» Abby drehte den Kopf zum Fenster, Mitch ebenfalls. Gemeinsam blickten sie in den Schnee hinaus, der im Schein der Lichter vor dem Haus in dichten Flocken fiel. Abby wandte sich wieder zur Tür und fragte ihre Mutter: «Wie viel soll es schneien?»

«Genug, damit morgen die Schule ausfällt.»

«Juhuu!»

Sie hörten ihre Mutter abermals lachen. «Du hast dich gerade wie ein kleines Kind angehört. Soll ich mit dir rodeln gehen und dir am Morgen einen heißen Kakao machen? Wir sind dann im Bett, mein Schatz. Meinetwegen kannst du die ganze Nacht an meinem Geschenk arbeiten, wenn es sein muss.»

Abby lachte und rief: «Gute Nacht! Hab dich lieb!»

Während sie die letzten Worte aussprach, blickte sie ihrem Freund in die Augen.

«Ich dich auch», rief ihre Mutter zurück, während Mitch zu Abby gewandt mit seinem Mund die gleichen Worte formte. Sie blieben regungslos liegen, bis sie hörten, wie die Schlafzimmertür geschlossen wurde. Dann räkelte sich Abby auf unzweideutige Weise. «Ziehen wir uns aus», flüsterte sie. Das ließ er sich nicht zweimal sagen.

Sie hatten noch nie Geschlechtsverkehr miteinander gehabt. Seit einer Ewigkeit waren sie zusammen und hatten sich bereits verstohlen geküsst, als sie erst acht und zehn Jahre alt waren. In der Mittelstufe hatten sie bis zum Umfallen geknutscht und schließlich Petting gemacht, als gäbe es einen Preis zu gewinnen. So oft wie möglich lagen sie splitternackt beisammen. Mitchs Finger waren in ihr gewesen, und sie hatte ihn mit der Hand zum Orgasmus gebracht, doch sie hatten noch nie miteinander geschlafen.

«Ich liebe dich», beteuerte Abby.

«Ich dich auch», bestätigte Mitch so aufrichtig, als würde er einen Eid auf die Bibel schwören.

«Bleib heute Nacht bei mir», bat sie ihn.

«Ich weiß nicht, ob ich das aushalte.» Er lachte leise. «Ich gehe wohl besser.»

«Nein.» Abby blickte ihm direkt in seine braunen Augen, die sie so zärtlich ansahen. «Bleib, bitte. Du musst es nicht mehr aushalten.»

Er hob eine Augenbraue. «Wie?»

«Lass … es uns tun.»

«Du spinnst. Heute Nacht?»

Als Antwort streichelte sie ihn an seiner sensibelsten Stelle.

Mitch stöhnte und sagte: «O Gott, Abby.»

Doch dann wich er zurück. «Hör mal. Bist du sicher?»

«Komm, wir sollten es hinter uns bringen.»

Mitch wich noch weiter zurück. «Es hinter uns bringen?»

«So meine ich das doch nicht», korrigierte sie schnell. «Ich meine nur, wir machen so eine große Sache daraus. Vielleicht ist das ein Fehler. Vielleicht ist es gar nicht so etwas Besonderes, wenn man es erst mal getan hat. Milliarden von Leuten machen es. Auf der ganzen Welt sind es wahrscheinlich Millionen, die es genau in diesem Moment tun. In London und Paris, in Singapur und Bangladesch. Sogar hier, in genau dieser Nacht, in Small Plains.»

«Auf gar keinen Fall!», rief er mit gespielter Empörung.

«O doch, genau hier», beharrte sie. «Ich habe mir das genau überlegt.»

«Das merkt man.»

«Vielleicht sollten wir einfach …»

Mitch beugte sich zu ihr vor und begann sie sanft zu küssen. «Ich dachte, wir warten auf einen besonderen Anlass, damit alles richtig schön wird. Mit Kerzen und all dem Kram.»

Abby lachte und hielt sich dabei den Mund zu.

«Mit Kerzen und all dem Kram? Du bist ja romantisch!»

Mitch lachte ebenfalls. «Du weißt schon, was ich meine. Valentinstag. Oder Silvester. So was eben. Ein schickes Dinner, und dann fahren wir irgendwohin, wo niemand uns kennt.»

«Und ich wäre so nervös, dass ich alles vermasseln würde.» Sie klang besorgt.

Er schürzte gedankenverloren die Lippen. Sie beugte sich vor und verpasste ihm einen Kuss.

«Hm», sagte er einen Moment später, «zu viel Druck, meinst du?»

«Ja, zu viel Druck für eine Sache, die eigentlich ganz natürlich sein sollte.»

«Das hat aber jetzt nichts damit zu tun, dass ich bald aufs College gehe, Abby?»

«Mann!», zischte sie, und ihr Flüstern wurde lauter. «Ich glaube es ja nicht! Muss ich dich erst überzeugen? Muss ich dich dazu überreden, mit mir zu schlafen?»

«Psst! Es tut mir leid!», beteuerte er. «Ich bin nur überrascht, das ist alles. Natürlich will ich es, aber Mensch, Abby, deine Eltern sind fast nebenan.»

«Bei ihrer esoterischen Nachtmusik hören sie höchstens noch das Telefon.»

«Gut, aber was ist mit V.?», flüsterte er ihr ins Ohr.

Abby verdrehte die Augen. «Ich glaub's einfach nicht!»

V. war ihr persönliches Kürzel für Verhütung. Sie hatten es immer aufregend gefunden, darüber zu sprechen, gerade weil sie es für sich selbst noch zum Tabu erklärt hatten. Dadurch fühlten sie sich reif, überlegen, und es machte sie an. Drei Mädchen auf der Small Plains High School waren in letzter Zeit schwanger geworden. Abby und Mitch war klar, dass ihnen das nicht passieren durfte. Ihre Eltern würden sie umbringen oder zutiefst enttäuscht sein.

«Hast du keins in deinem Portemonnaie?», flüsterte Abby zurück.

«Ich?», fragte Mitch beleidigt. «Glaubst du, ich trage so was die ganze Zeit mit mir herum?»

«Ich dachte, alle Jungs würden das. Rex hat jedenfalls eins im Portemonnaie.»

«Ach ja? Woher weißt du das denn?»

«Ich habe es gesehen, als er sein Portemonnaie irgendwo liegen gelassen hat.»

«Meins hattest du doch oft genug in der Hand. Du weißt genau, was drin ist.»

«Ich dachte nur, du hättest vielleicht –»

«Nein, habe ich nicht», sagte er und lächelte sie dabei an. «Ich wollte nicht, dass irgendjemand glaubt, du –»

Sie küsste ihn. «Danke.»

Eine Weile alberten sie herum, dann sagte sie: «Mein Vater hat welche. Sie liegen in seiner Praxis.»

Ihr Vater war Arzt, ein Allgemeinmediziner, der seine Praxis im Anbau ihres Hauses hatte.

Mitch wirkte abermals befremdet. «Woher weißt du das denn?»

«Woher wohl? Spionierst du nie in den Sachen deines Vaters herum?»

Mitch grinste. «Wo liegen sie genau?»

«Im Vorratsraum gegenüber vom Behandlungszimmer. Fünftes Regal von unten auf der linken Seite, wenn du reinkommst. Auf der Schachtel steht …»

«Sag's nicht. Gib Aids keine Chance?»

Abby kicherte. «Richtig. Extrafeucht, gefühlsecht, maximale Sicherheit.» Plötzlich blickte sie besorgt drein. «Ist das doof, so etwas zu benutzen? Macht es dir was aus?»

Mitch wurde rot. «Keine Ahnung. Ich habe jedenfalls kein Problem damit.»

«Ich auch nicht.»

«Abby –»

«Mitch! Ja, ja, ja. Jetzt, jetzt, jetzt. Du, du, du. Und ich.»

«Ich liebe dich», sagte er. «Ich stehe zwar etwas unter Schock, aber ich liebe dich.»

Aus der Richtung des Schlafzimmers ihrer Eltern hörten sie die Toilettenspülung. Sie erschraken.

«Ich warte lieber noch», flüsterte Mitch, worauf Abby enttäuscht seufzte.

«Wir sollten sicher sein, dass sie schlafen, bevor ich hinuntergehe», sagte er. «Ich rufe Rex an, er soll mich decken, falls meine Alten merken, dass ich nicht da bin.»

«Ich kann nicht länger warten. Ich halte es nicht mehr aus!», stöhnte sie.

«Ich lenke dich ab.»

Sie küssten sich wieder. Beide spürten eine nervöse Befangenheit, die neu war.

3

Als Rex von seinem älteren Bruder geweckt wurde, fuhr er überrascht und benommen hoch. Er war im Bett über seinen Schulbüchern eingeschlafen. Verdammt nochmal, dachte er, während er sich aufrappelte, können die einen nicht einmal schlafen lassen?

«Was ist?», fragte er in Richtung Flur. «Wie spät ist es?»

Sein Bruder Patrick rief zurück: «Spät genug, dass du deinen dicken Arsch aus dem Bett kriegst und nach unten bewegst!»

«Warum?»

«Guck doch mal raus, du Dumpfbacke!»

«Patrick!», tadelte ihn seine Mutter und begann zu husten.

Rex sah aus dem Fenster und verstand sofort, warum sein älterer Bruder ihn so antrieb. Shit. Der nächtliche Himmel war ganz hell vor Schnee. Viel Schnee. Stürmischer, peitschender, an die Fenster trommelnder, nasser Schnee. Sein alter Herr tobte sicher vor Wut. Wenn sein Vater Gott für dieses Unwetter festnehmen lassen könnte, würde er es bestimmt tun ... Und den Nachbarn gleich mit, um ihn dann am nächsten Scheunentor aufzuhängen. Neun Monate zuvor war einer seiner Bullen durch ein Loch im Zaun entkommen, der sein Grundstück von den Weiden der Shellenbergers trennte, auf denen sie ihre Färsen grasen ließen, die jungen Kühe, die noch nicht gekalbt hatten. Die unausweichliche Folge war, dass sie, anstatt erst im März zu gebären, bereits jetzt so weit waren, zur ungünstigsten Jahreszeit. Einige Kälber waren bereits auf der Welt, doch in dieser Nacht rechneten sie mit mindestens ein oder zwei weiteren. Wenn sie nicht rechtzeitig helfen konnten, würden die vollkommen durchnässten Neugeborenen innerhalb weniger Minuten erfrieren, und den Muttertieren würde es auch nicht gut bekommen.

«Kommst du mit, Mom?», rief er.

«Nein», antwortete sie, und ihre Stimme klang matt und heiser. «Ich habe schon jetzt eine halbe Lungenentzündung.» Zwischen zwei Hustenanfällen gelang es ihr, ihn noch schnell zu ermahnen: «Zieh dir aber eine Jacke über, Rex.» Wie gut sie mich kennt, dachte er, sie weiß, dass ich sonst nur in Stiefeln, Jeans und Hemd aus dem Haus gerannt wäre.

Das Haus war um diese Zeit eiskalt. Jeden Abend, wenn sie ins Bett ging, drehte seine Mutter den Temperaturregler ganz nach unten. Das zweigeschossige Haus kühlte dann nach und nach so sehr aus, dass man sich den Hintern abfror, wenn man von einem Albtraum geplagt aufwachte und unglücklicherweise auf die Toilette musste.

Da er sicher sein konnte, dass seine Mutter aufstehen würde, um zu prüfen, ob er auch ordentlich angezogen war, sprang Rex schnell aus seiner Jeans und zog sich lange Unterhosen an. Auch ein zweites Paar Socken vergaß er nicht. Als er aus seinem Zimmer kam, stand sie tatsächlich in der Tür des elterlichen Schlafzimmers. Sie war klein und rund, während ihre Männer alle groß und schlank waren. Rex deutete auf seine Füße. «Zweites Paar Socken, Mom.» Dann zeigte er auf seine Beine. «Lange Unterhosen.» Schließlich nickte er in Richtung Treppe: «Jacke. Handschuhe. Mütze.»

«Guter Junge.» Sie musste erneut husten und kehrte ins Bett zurück.

Mit einer Hand am Geländer und der anderen an der Wand sprang Rex die Treppe hinunter, immer drei Stufen auf einmal nehmend, griff nach den noch fehlenden Kleidungsstücken und rannte hinaus. Sein Vater und sein Bruder warteten bereits bei laufendem Motor im Pick-up auf ihn. Als Rex sah, dass Patrick hinten saß, kletterte er auf den Beifahrersitz und sagte: «Ich dachte, es waren nur einige Zentimeter vorhergesagt.»

«Zum Teufel mit dem Wetterheini», murmelte sein Vater. «Es sollte ein Gesetz geben.»

Im Schein der Armaturen wirkte sein Gesicht, das vom hohen Blutdruck und seiner aufbrausenden Art ohnehin stets rot war, dunkel, fast violett, woran sowohl seine Wut als auch die kalte Nacht schuld sein konnten. Nathan Shellenberger gab so heftig Gas, dass das Heck des Fahrzeugs auf der vereisten Zufahrt der Ranch erst nach links, dann nach rechts und dann wieder nach links ausbrach.

«Wow, Dad», stieß Rex hervor und stützte sich mit der Hand am Armaturenbrett ab, um nirgends dagegen geschleudert zu werden. Patrick lachte auf dem Rücksitz, während er hin und her geschüttelt wurde.

Als der Highway im Lichtkegel der Scheinwerfer auftauchte, schlingerten sie noch immer. Die Fahrt zum ersten Gatter würde gefährlich glatt werden. Wäre ihre Mutter dabei, dachte Rex, würde sie bestimmt sagen: «Pass auf, dass wir nicht im Graben landen, Nathan.» Aber sie war nicht dabei, und so fuhr sein Vater für die Wetterverhältnisse weiter viel zu schnell und aggressiv.

Sie wussten genau, auf welchen Weiden sie kontrollieren mussten, aber die Wiesen waren groß und hatten viele uneinsehbare und schwer zugängliche Stellen, wohin sich die Kühe zum Kalben zurückzogen. Eine werdende Mutter entdeckten sie recht schnell in einer Senke, wo sie auf den Knien ihrer Vorderläufe kauerte und vor Geburtsschmerzen schrie. Unter Anleitung ihres Vaters hievten die Brüder eine große Zange, eine Winde sowie Ketten von der Ladefläche des Pick-ups und erwiesen sich beim Herausziehen des Bullenkalbs aus der Kuh als eingespieltes Team. Kurz nachdem auch die Nachgeburt da war, stand das Muttertier bereits wieder auf den Beinen und begann das neue Kalb liebevoll zu stupsen, um es dazu zu bewegen, ebenfalls aufzustehen. Doch das Kleine war so durchnässt und zitterte so sehr, dass es ihm nicht gelang. Patrick nahm es daraufhin auf den Arm und trug es, so wie es war, voller Blut und Exkremente, zum Pick-up. Rex und sein Vater führten die junge Mutter unterdessen die Rampe am Heck des Wagens hinauf in eine kleine Transportbox auf der Ladefläche. Als die drei, Patrick mit dem Kalb auf dem Schoß, wieder in der Fahrerkabine saßen und sein Vater die Heizung anstellte, sog Rex den intensiven tierischen Geruch neuen Lebens ein, der sie umgab.

Dann fuhren sie, dieses Mal in gemäßigtem Tempo, zum Stall zurück, wo sie die beiden Tiere zusammen in eine Box führten. Sobald sie sahen, wie die Mutter ihr Kalb ableckte und das Kleine nach dem Euter zu suchen begann, eilten sie durch Schnee und Kälte zum Pick-up zurück, um die ganze Prozedur so oft wie nötig zu wiederholen.

«Da», rief Rex' Vater und zeigte auf einen Schneehügel an einer Stelle, wo es keinen natürlichen Grund für eine solche Erhebung gab. «Seht mal, Jungs. Was, glaubt ihr, ist das?»

Sie hatten bereits zwei weitere Kälber gefunden, einem ging es gut, das andere war erfroren. Nun schien es, als würde es ein weiteres Tier nicht geschafft haben.

Aus der Entfernung konnte Rex nicht erkennen, was dort regungslos im Schnee lag. Selbst als sein Vater die Scheinwerfer darauf richtete, wussten sie nicht, was sie vor sich hatten. «Jungs, einer von euch geht hin und sieht nach, damit wir nicht wieder alle rausmüssen.»

«Du bist dran», sagte Patrick zu Rex.

«Quatsch.»

«Es ist mir egal, wer dran ist», wetterte sein Vater. «Einer von euch geht!»

Patrick schnippte seinem Bruder an den Hinterkopf. Wegen der Kälte schmerzte es stärker als sonst. Rex fuhr herum und fauchte in Richtung Rückbank: «Hör auf, Patrick! Bist du zehn, oder was?»

«Einer geht jetzt», mahnte sein Vater, «oder ich setze euch beide hier raus.»

«Das machst du nicht», sagte Patrick und gab sich betont entspannt. «Mom würde dich umbringen. Geh du, Kleiner. Mom würde sich deutlich weniger aufregen, wenn Dad nur einen von uns hier lässt.»

Rex zwang sich in das bitterkalte Schneegestöber hinaus und dachte: Wenn ich dieses Jahr mit dem College angefangen hätte, wäre ich jetzt mit Sicherheit noch da. Patrick – der Gutaussehende, der Verwegene – hatte es dagegen geschafft, nach nur einem Semester wegen schlechter Leistungen von der K-State University in Manhattan zu fliegen. Seit einer Woche war er zurück, aber niemand außer seiner Familie wusste es. Rex hatte nicht einmal Mitch und Abby davon erzählt, weil er sich für seinen Bruder schämte. Patrick wollte sich nun erst einmal zurückziehen – für Rex war es eher ein Herumlungern –, um herauszufinden, was er jetzt für Möglichkeiten hatte. Dabei tat er so, als würde er sich auf der Ranch nützlich machen, auch wenn es sein Bruder war, der die Arbeit erledigte.

Je mehr sich Rex dem Schneehügel näherte, desto weniger sah das Ganze wie eine zugeschneite Kuh oder ein Kalb aus. Er stieß schon fast mit der Stiefelspitze dagegen, als ihn eine ungute Ahnung überkam und er kurz danach die grausame Wahrheit begriff. Sein Kopf registrierte *Leiche*, bevor seine Augen die Botschaft *Mädchen* übermittelten. Noch ehe er die Teile des schrecklichen Puzzles zusammensetzen konnte, hockte er, auf ein Knie gestützt, vor ihr und sah fassungslos auf sie hinab.

Sie lag auf der Seite und war nackt, was angesichts des Schneesturms fast irreal wirkte. Ihre Hüfte bildete den schneebedeckten Hügel, den sie vom Wagen aus gesehen hatten. Ihre Haut war so weiß wie der Schnee um sie herum, ihr Haar so braun wie die Erde darunter.

Ohne nachzudenken, nahm Rex sie an den Schultern und drehte sie auf den Rücken. Als der Schnee von ihr abfiel und Körper und Gesicht zu erkennen waren, stockte ihm der Atem. Ihre Augen waren geschlossen, als hätte sie sich zum Schlafen niedergelegt. Er nahm die großen Brüste wahr, das Schamhaar, die schlanken Beine, die angezogen waren, als hätte sie sich behaglich zusammengekauert. Dennoch waren es ihre nackten Füße, die verletzlicher als alles andere wirkten. Zwischen ihren Beinen, auf der Innenseite der Oberschenkel, sah Rex Blut und darunter rosafarbenen Schnee.

Selbst kalt und tot war sie das hübscheste Mädchen, das er je gesehen hatte. Gefühle wallten in ihm auf, als hätte ein Geschoss sein achtzehnjähriges Herz zerrissen.

«Rex! Ist es ein Kalb? Was ist das?» Sein Vater näherte sich von hinten.

«Um Himmels willen.» Rex hörte die erschrockene, gepresste Stimme hinter sich. Wie mechanisch stand er auf und wich zurück.

Sein Vater nahm seinen Platz ein und kniete sich ebenfalls in den Schnee, um sie betrachten.

«Großer Gott.» Nathan Shellenberger drehte sich um und blickte Rex an, als wüsste sein Sohn eine Antwort. «Kennst du sie?»

Stumm mit dem Kopf schüttelnd verleugnete Rex sie: Nein.

«Geh und hol deinen Bruder.»

Doch offenbar sollte Patrick nicht kommen, damit sein Vater ihm die gleiche Frage stellen konnte. Er wollte lediglich einen dritten Träger haben, um das Mädchen zum Pick-up zu bringen. Zwar waren sie kräftige Männer, alle drei über 1,80 Meter groß, doch keiner von ihnen hätte es allein schaffen können, weil der steife Körper sich in einer so merkwürdigen Stellung befand.

Sein Vater nahm sie an Kopf und Schultern, Patrick griff nach ihren Füßen, worauf Rex seine Handschuhe unter ihre Hüften schob. Er musste sich dazu zwingen. Es war alles so eigenartig. Und das Eigenartigste war, dass keiner etwas sagte.

Er hatte seinem Bruder von dem Fund berichtet, und Patrick hatte nur «O Gott!» und «Wer ist sie? Kennen wir sie?» gestammelt. Rex hatte nicht geantwortet. Seine Lippen waren taub, in seinem Kopf hatte sich alles gedreht. Als Patrick die Leiche sah, schwieg auch er.

Der Schnee fiel in so dicken Flocken, dass man sich in der Dunkelheit kaum orientieren konnte. Rex hatte das Gefühl, sie bewegten sich wie riesenhafte Raumfahrer, die sich durch Billionen von winzigen Leuchtsternchen hindurchlavierten. Mehrfach glaubte er, das Mädchen würde ihm aus den Händen rutschen, während sie sich durch die Schneeverwehungen auf der Weide kämpften.

Am Pick-up blieben sie stehen, unschlüssig, was sie als Nächstes tun sollten.

«Wir müssen sie hinten drauflegen», brach ihr Vater schließlich das Schweigen.

Rex widerstrebte es, den kalten, gekrümmten Körper auf der Ladefläche des Pick-ups zwischen der Rückwand und einigen Zentnersäcken Futter abzulegen. Es kam ihm falsch und respektlos vor, auch wenn sein Vater sie mit leeren Säcken zudeckte. Aber er wusste, dass es keine andere Möglichkeit gab. In Small Plains gab es keinen Krankenwagen, den man hätte rufen können, und man konnte nicht erwarten, dass die McLaughlins vom Bestattungsunternehmen einen Leichenwagen auf eine Kuhweide schickten, schon gar nicht bei diesem Wetter.

Als sie wieder im Wagen saßen, sagte sein Vater schroff: «Ich fahre dich nach Hause, Rex.»

«Warum? Wo fahrt ihr denn noch hin?»

«Sie kann nicht hinten auf dem Pick-up liegen bleiben.» Sein Vater klang sarkastisch und sanft zugleich. «Aber sag deiner Mutter nichts davon. Ich erzähle es ihr später.»

«Okay, Sir.»

Das «Sir» kam für ihn selbst unerwartet. Es unterlief ihm hin und wieder, wenn sich sein Vater unvermittelt vom Viehzüchter zum Gesetzeshüter verwandelte.

«Wir haben Spuren verwischt, stimmt's?», fragte Rex und sprach jetzt mit ihm in seiner Funktion als Sheriff.

«Da kann man nichts machen. Wir konnten sie nicht da draußen lassen.»

«Warum nicht?», fragte Patrick mürrisch.

Sein Vater warf einen kurzen Blick in den Rückspiegel und sagte gereizt: «Denk doch mal nach, Kojoten.»

Rex schauderte und rutschte tiefer in den Sitz.

«Einiges, wie Fußspuren, löscht der Schnee, anderes wiederum konserviert er», erklärte sein Vater.

«Was denn zum Beispiel?»

«Ich weiß es nicht, Patrick. Das werden wir sehen, sobald der Schnee geschmolzen ist.»

«Glaubst du, dass sie ermordet wurde, Dad?», platzte Rex heraus.

Anstatt auf die Frage zu antworten, sagte sein Vater: «Wahrscheinlich wurde sie vergewaltigt.»

Rex war geschockt, als er das Wort hörte. Vergewaltigt. Er sah die roten Streifen auf ihren Oberschenkeln und den rosafarbenen Schnee vor sich.

Nachdem das bedeutungsvolle Wort ausgesprochen war, hing es in der kalten Luft der Fahrerkabine, als wartete der Vater darauf, was seine Söhne dazu sagen würden.

«Was ist mit den Kälbern?», fragte Patrick vom Rücksitz aus.

«Für die können wir im Moment nichts tun», antwortete sein Vater.

«Wir werden welche verlieren», beharrte Patrick, als gäbe es nichts Wichtigeres.

Rex fuhr herum und sah seinen Bruder entgeistert an. «Sie ist tot, Patrick.»

«Na und? Halt's Maul.»

«*Na und* sagst du dazu?»

Patrick zuckte mit den Schultern, wandte sich ab und starrte aus dem Fenster.

«Idiot!» Rex drehte sich wieder nach vorn und drückte sich kraftvoll gegen die Lehne des Sitzes.

Nathan Schellenberger wies keinen von ihnen zurecht. Er ließ sie in ihrem eigenen Saft schmoren, während er den Pick-up auf den glatten Straßen nach Hause steuerte. Als Rex zu ihm hinübersah, bemerkte er einen verbissenen Zug um den Mund seines Vaters – vielleicht, weil er so angestrengt über das Mädchen nachdachte, vielleicht wegen der schwierigen Straßenverhältnisse. Bei ihm war es überhaupt oft nur schwer zu erkennen, wie es ihm ging, es sei denn, er war ärgerlich. Nur Ärger schien sein Vater offen und vorbehaltlos zum Ausdruck bringen zu können, und hin und wieder eine Art gönnerhafte, höhnische Zuneigung. Alle subtileren Gefühlsregionen hielt er verborgen. Oder er hatte sie an Rex' Mutter weitergegeben, die genug Empfindsamkeit für sie alle besaß.

Nathan Shellenberger bog in die Zufahrt zur Ranch ein, fuhr dann aber am Haus vorbei und blieb erst vor dem Stall stehen. Rex stieg aus, und Patrick öffnete ebenfalls seine Tür.

«Komm zu mir nach vorn, Patrick», ordnete sein Vater an.

«Warum?» Es klang so quengelig, dass Rex ihm am liebsten eine runtergehauen hätte.

«Weil du mit mir kommst.»

«Hä? Wohin? Ich will nicht. Ich bin müde, Dad.»

«Das ist mir egal. Komm jetzt sofort nach vorn.»

Patrick knallte die hintere Tür zu und blieb im Schnee stehen, während sein Vater ausstieg und mit schweren Schritten zum Stall ging.

«Was will er denn jetzt noch?», maulte Patrick.

«Wahrscheinlich das Telefon im Stall benutzen.»

«Wen will er denn anrufen?»

«Woher zum Teufel soll ich das wissen, Patrick?»

Sie beobachteten, wie ihr Vater eine Seite des Tores aufschob und verschwand.

Patrick bewegte sich einen Schritt auf die Beifahrertür zu, die sein jüngerer Bruder für ihn offen hielt. Grinsend baute er sich vor Rex auf und zischte leise: «Gratuliere, Arschloch. Jetzt hast du endlich eine nackte Frau zu sehen gekriegt.»

Rex stieß ihn in den Wagen. Patrick lachte und schubste zurück.

Wütend holte Rex mit dem rechten Arm aus, um Patrick mit voller Wucht zu treffen, doch sein Bruder duckte sich und ließ sich auf den Beifahrersitz fallen, sodass Rex' Faust auf dem Metallrahmen zwischen den Türen landete.

Ein blitzartiger Schmerz durchfuhr ihn, und es wurde ihm schwarz vor Augen. Er biss sich mit den Zähnen in die Zunge, und zu dem Schmerz kam jetzt auch noch der bittere Geschmack seines eigenen Blutes. Dann stürzte er rücklings in den Schnee und schrie gequält auf, als er im Fallen nach der verletzten Hand griff.

Lachend zog Patrick die Autotür zu. «Trottel!»

Rex verschwand im Haus, er wollte seinem Vater nicht begegnen.

«Rex, mein Schatz, bist du es?»

«Ja, Mom.»

«Habt ihr Kälber gefunden? Komm zu mir und erzähl mir alles. Ich bin zu schwach, um aufzustehen.»

Zögernd ging Rex zu der offenen Schlafzimmertür. «Ein totes und zwei lebendige, Mom. Wir haben sie in den Stall gebracht.»

«Haben wir eine Kuh verloren?»

«Nein, nur das eine Kalb, aber wir haben es nicht auf alle Weiden geschafft.»

«Nicht?» Sie hustete mehrfach, zog dann ein Taschentuch aus einer Schachtel, die auf dem Boden stand, und schnäuzte sich einige Male. «Ihr seid aber lange weg gewesen. Warum hältst du denn deinen Arm so komisch? Ist irgendetwas mit deiner Hand?»

«Nein, nichts. Ich habe sie mir gestoßen …»

«Komm her, lass mich mal sehen.»

«Mom, es geht schon …»

«Du kommst jetzt her, Rex.»

Er ging zu ihr, setzte sich auf die Bettkante und zeigte ihr seine Hand. Im Schein der Nachttischlampe sah sie unschön verfärbt aus. Eine offene Wunde klaffte über den Fingerknöcheln.

«Meine Güte. Was hast du damit gemacht, etwa deinen Bruder geschlagen?»

Er sah sie an. Wie erriet sie so etwas immer?

Sie seufzte. «Ich frage besser nicht, warum. Ihr beide braucht dafür keinen Grund. Leg Eis drauf, bevor du schlafen gehst.» Sie hatte immer einen Vorrat an kleinen Plastikbeuteln mit Eis im Gefrierschrank, um die Wunden ihrer sportlichen Söhne und ihres körperlich arbeitenden Ehemannes zu kühlen. Plötzlich richtete sie den Blick von seiner Hand direkt in seine Augen. «Was ist los, Rex?» Sie sah ihn ernst an und legte den Kopf erwartungsvoll zur Seite. «Bist du allein wiedergekommen? Wo ist dein Bruder? Wo ist dein Vater?»

Sein Vater hatte ihn gebeten, nichts zu sagen, da er es selbst übernehmen wollte. Doch Rex war verletzt und erschöpft, aufgebracht, verwirrt und wütend, und sie war seine Mom, die beste Zuhörerin, die er kannte.

Rex begann am Anfang, und er erzählte ihr alles.

Er hörte erst auf, als seine Hand so wehtat, dass nur noch ein Schmerzmittel helfen konnte, damit er nicht zu weinen anfing.

4

Mitch und Abby küssten und neckten sich, bis die Luft rein war.

«Jetzt?», fragte er sie.

Abby, zaghaft und forsch, ängstlich und gespannt zugleich, nickte.

Mitch stieg aus dem Bett und zog sich Jeans und T-Shirt an. Boxershorts, Pullover, Socken und Schuhe ließ er liegen. Abby sah ihm zu, wie er seinen halb erigierten Penis nur mit Mühe in die Hose bekam. Sie musste kichern. Als er merkte, warum sie lachte, wurde er so rot wie die Valentinstagskarte, die über ihrem Bett hing. «Sehr lustig», sagte er ironisch, und sie lachten beide. Übertrieben o-beinig spazierte er zur Tür. Als er den Schlüssel umdrehte und die Tür sich mit einem Klicken öffnete, zuckten sie beide zusammen. Einen Moment lang warteten sie angespannt, ob sich irgendetwas rührte, dann schlich sich Mitch hinaus, nicht ohne sich grinsend nochmal kurz zu ihr umzudrehen.

Sie hauchte einen Kuss in seine Richtung und formte mit den Lippen: «Ich liebe dich!»

Mitch ließ die Tür angelehnt, um später möglichst leise wieder hineinzukommen.

Lautlos sprang Abby aus dem Bett und schob sicherheitshalber alles, was Mitch gehörte, darunter. Dann streifte sie sein rotweißes Footballhemd über, das sie jede Nacht trug, und sog seinen Geruch ein, während sie es an ihrem Körper hinabgleiten ließ. Anschließend schlüpfte sie wieder unter die Decke, um auf ihn zu warten.

Sie hatte kein schlechtes Gewissen, dass sie ihre Mutter angelogen hatte. In ihrer Familie schummelte man dauernd, und wenn man erwischt wurde, lachte man darüber. «Erzähl deiner Mom aber nicht, dass ich noch ein zweites Stück Kuchen gegessen habe», war so ein Ausspruch ihres Vaters. «Abby, sag deinem Dad bloß nicht, dass ich seinen alten Schlips in den Müll geworfen habe», war typisch für ihre Mutter. Abby log für ihre ältere Schwester Ellen, wenn sie vom College nach Hause kam, und Ellen log für sie. Es waren kleine Lügen, dachte Abby, Lügen, durch die man ein Leben führen konnte, das nicht völlig von den Erwartungen anderer bestimmt war, Lügen, die dem Alltag die gewisse Würze gaben. Ihrer Meinung nach war nichts dabei, auch wenn Mitch es zunächst unglaublich fand, als er es mitbekam. In seiner kleinen Familie – der Richter, Nadine und Mitch – belog man sich zwar auch gegenseitig, das wusste Abby, aber es wäre jedes Mal die Hölle, wenn es herauskäme. Deshalb gingen sie sehr vorsichtig miteinander um. «Das ist der Unterschied zwischen unseren Familien», hatte Abby einmal zu Mitch gesagt. «Ihr seid so förmlich, nehmt alles so ernst und wir nicht. Das ist komisch, wo es doch gerade bei meinem Vater als Arzt oft um Leben und Tod geht. Wenn du dagegen etwas falsch machst, ist es jedes Mal ein Kapitalverbrechen.»

«Na ja, mein Vater ist Richter», hatte Mitch gemeint. «Schuld, Unschuld …»

Er hatte sich dabei einen Finger an den Hals gelegt und einen Laut von sich gegeben, als würde ihm die Kehle durchgeschnitten. Abby war ein Schauer über den Rücken gelaufen, und sie hatte seinen Finger zur Seite geschoben, um ihm einen Kuss auf den Adamsapfel zu geben.

Doch Mitchs Erziehung hatte auch sein Gutes – ihr fielen die kleinen Notlügen nicht schwer, während Mitch überhaupt nicht lügen konnte. Selbst als er Rex am Telefon gebeten hatte, ihm für die Nacht ein Alibi zu geben, war ihr beim Mithören aufgefallen, wie angespannt er dabei geklungen hatte. Abby war sich sicher, sie würde es merken, wenn Mitch sie je anlog. Wie selbstverständlich ging sie davon aus, dass er nicht nur ehrlich, sondern auch zuverlässig war. Was er sagte, tat er auch. Und wenn nicht, würde er ihr offen sagen, warum nicht.

Das bedeutete allerdings auch, dass Mitch, wenn ihr Vater oder ihre Mutter ihn auf der Treppe erwischte und fragte, was er um diese Uhrzeit dort machte, womöglich mit der Wahrheit herausplatzen würde: «Ich hole einen Pariser, damit ich zum ersten Mal mit Ihrer Tochter vögeln kann!» Bei dem Gedanken daran musste sie grinsen und gleich darauf den Kopf im Kissen vergraben, damit man ihr Kichern nicht hörte.

Plötzlich hörte sie in einem anderen Raum ein Telefon läuten, und das Lachen blieb ihr im Halse stecken. Es war das Notfalltelefon ihres Vaters, das im Schlafzimmer klingelte.

«Nein!», stammelte sie lautlos in ihr Kissen. «Bitte, bitte, bitte! Nicht heute Nacht, bitte nicht. Heute Nacht darf er nicht mehr fortmüssen.»

Zum Glück haben die Reynolds überall Teppichboden, ging es Mitch durch den Kopf, während er die Treppe hinunter ins Erdgeschoss schlich. Und zum Glück schwor Margie Reynolds auf Nachtbeleuchtung, sodass es wenigstens ein bisschen Licht gab. Obwohl er das Haus fast genauso gut wie sein eigenes kannte, war es ihm doch nicht vertraut genug, um sich in vollkommener Dunkelheit zurechtzufinden.

Er überlegte, was er tun sollte, falls einer von Abbys Eltern aufwachte und ihn dabei ertappte, wie er nachts in ihrem Haus herumschlich. Mrs. Reynolds würde vielleicht noch nachsichtig mit ihm sein, aber bei ihrem Mann würde er nicht so leicht davonkommen.

«Mitch?», würde er mit seiner sonoren, rauen Bassstimme bemerken, die alles, was er von sich gab, so wohlüberlegt und wichtig klingen ließ, auch wenn es nur ein «Hallo» oder «Auf Wiedersehen» oder «Reich mir die Butter» war. Wenn Quentin Reynolds seinen Patienten sagte, dass der Krebs besiegt sei, war das für sie die Verkündigung des Evangeliums; wenn er ihnen sagte, dass sie noch drei Monate zu leben hatten, glaubten sie ihm und fügten sich dem Schicksal, indem sie drei Monate später auf das Läuten ihrer Totenglocken warteten. Jeder in der Stadt wusste, dass man im eigenen Interesse sich vorher besser genau überlegte, wonach man den Doc fragte und ob man mit der möglichen Antwort auch umgehen konnte. Mitchs Vater sagte, um mit Quentin Reynolds zurechtzukommen, sollte man ein gesundes Selbstbewusstsein haben. Quentins trockener Humor verunsicherte Leute, die selbst keinen hatten. Mitch konnte sich genau vorstellen, wie er sagte: «Ich hätte schwören können, dass ich wirklich aus dem Bett aufgestanden bin und nicht träume. Aber da stehst du vor mir und schleichst die Treppe in meinem Haus hinunter …»

Mitch lief auf Zehenspitzen durch die Küche zu der Tür, die in die Praxis von Abbys Vaters führte. Heute Nachmittag hatte er in dieser Küche noch zwei Stücke von Mrs. Reynolds' Kirschkuchen gegessen, während Mr. Reynolds hinter der Tür gearbeitet hatte. Doch das schien jetzt unendlich lange her zu sein.

Doc Reynolds hielt an der alten Tradition fest, seine Praxis zu Hause zu führen anstatt irgendwo in der Stadt. Und so geisterte Mitch jetzt im Dunkeln durch einen niedrigen Anbau, mit dem das Haus bereits vor Abbys Geburt erweitert worden war. Barfuß tapste er durch das kleine Wartezimmer, den Empfangsbereich, das Schwesternzimmer und dann weiter einen kurzen Flur entlang, von dem insgesamt fünf Türen abgingen: Eine führte ins Sprechzimmer, zwei jeweils in ein Behandlungszimmer, eine ins Bad und eine in den Vorratsraum.

Warum er nachts in dem Haus unterwegs war, würde schwierig genug zu erklären sein, für seine Anwesenheit in der Praxis gab es überhaupt keine unverfängliche Begründung.

«Ach, nur ein paar Amphetamine klauen, Doc. Haben Sie etwa was dagegen?»

Mitch öffnete die Tür zum Vorratsraum und schickte schnell noch ein Gebet zur Jungfrau Maria. Als ihm das bewusst wurde, änderte er den Adressaten. Die Jungfrau war womöglich nicht allzu erfreut, zwei ihrer treuesten Jünger zu verlieren. Bei diesem Gedanken bekam Mitch weiche Knie und wäre fast auf die Fliesen gesunken.

Als das Telefon wie eine Sturmsirene losging, schreckte er hoch, als hätte ein Arzt ihm eine Nadel in den Hintern gerammt.

Nachdem das Telefon geklingelt hatte, hörte Abby einen Moment lang nichts aus dem elterlichen Schlafzimmer. Sie redete sich ein, dass sie und Mitch noch immer sicher waren. Doch dann hörte sie, wie eine Tür leise geöffnet wurde. Ihr Herz raste und stand gleichzeitig fast still. Sie hörte ihren Vater an ihrem Zimmer vorbei zur Treppe eilen und konnte nur noch die Hände vor dem Gesicht zusammenschlagen. Er war leise, aber nicht vollkommen lautlos, vielleicht würde Mitch ihn kommen hören und ein Versteck finden –

Blitzartig wurde ihr bewusst, dass sie ihm helfen musste. Sie sprang aus dem Bett und lief zur Tür.

«Dad!», rief sie ihm hinterher. «Was ist los?»

Er drehte sich nur kurz auf der Treppe um und sagte: «Psst. Geh wieder ins Bett.»

«Bekommt jemand ein Kind? Es gab doch hoffentlich keinen Autounfall?»

Ohne darauf einzugehen, ging er weiter.

Abby verkroch sich in ihrem Bett. Sie hatte zumindest versucht, Mitch zu warnen. Er musste sie gehört haben! Angespannt hielt sie den Atem an und betete mit zusammengekniffenen Augen, bitte!

Auf einmal drang Licht durch ihre geschlossenen Augenlider, und sie öffnete sie. Als sie merkte, dass es Scheinwerfer waren, die von der Einfahrt durch ihr Fenster schienen, wusste sie, dass sie verloren hatten. Das einzig Gute war, dass ihr Vater Mitch nicht erwischt hatte. Jedenfalls hatte sie nichts Entsprechendes gehört. Offensichtlich hatte er sich im Haus verstecken können. Oder er rannte bereits nach Hause.

O nein! Durch das Schneegestöber, ohne Schuhe und Jacke …

Abby richtete ihren Blick an die Zimmerdecke und fühlte sich schrecklich. Sie war enttäuscht, wütend, traurig, verängstigt, nervös, machte sich Sorgen um Mitch, hielt sich für schuldig – schlechter konnte man sich nicht fühlen. Warum musste Liebe so kompliziert sein?

Nur wenige Sekunden bevor Abbys Vater die Verbindungstür zur Praxis aufstieß, war Mitch in der dunklen Vorratskammer verschwunden. Ein Auto bog in die Einfahrt ein und erhellte mit seinen Scheinwerfern die dunklen Räume. Für einen Moment war Mitch wie erstarrt und versuchte, vollkommen geräuschlos Luft zu holen. Als er Abbys Stimme «Dad!» rufen gehört hatte, war ihm fast das Herz stehen geblieben. Jetzt geriet er angesichts des langen Lichtstreifens, der vom Flur in den Vorratsraum drang, in Panik. Er hatte sich nicht getraut, die Tür ganz zu schließen, weil es womöglich zu hören gewesen wäre. Würde der Doc bemerken, dass sie nur angelehnt war?

O Gott, dachte er, was ist, wenn er etwas aus der Vorratskammer braucht? Verzweifelt blickte er sich um, doch er sah nur offene Regale, unter anderem das mit der Kondomschachtel. Sie erschien ihm jetzt wie ein schlechter Scherz. *Haha. Heute Nacht nicht, du Trottel.*

Mitchs Herz pochte so laut in seinen Ohren, dass er das Gefühl hatte, taub zu sein. Dann hörte er durch das Pochen hindurch, wie draußen Fahrzeugtüren zugeschlagen wurden, bevor jemand die Praxis betrat und er Männerstimmen vernahm. Als er sie erkannte, war es, als hätte ihm jemand einen Tritt in die Magengrube versetzt. *Um Himmels willen*, es war Nathan Shellenberger mit seinem älteren Sohn Patrick. Verdammt! Würde als Nächstes auch noch sein Vater kommen?

Überzeugt, dass er nicht mehr viel zu verlieren hatte, da sie ihn ohnehin erwischen würden, kroch er ein wenig näher an den Spalt in der Tür. Warum sollte er nicht einen Blick riskieren? Was er sah, war noch weit schlimmer als seine eigene Situation: Hinter Doc Reynolds kamen Rex' Vater und sein Bruder direkt auf ihn zu. Sie trugen ein nacktes Mädchen. Der Arzt blieb vor dem Vorratsraum stehen und stieß die Tür zum gegenüberliegenden Behandlungszimmer auf.

«Legt sie da rein», ordnete er an.

Vater und Sohn taten, was er sagte. Beim Hineingehen drehten sie das Mädchen, und ihr langes Haar hing jetzt über ihre Arme, sodass Mitch ihr Gesicht sehen konnte.

Ihm blieb die Luft weg. Meine Güte, sie ist tot!, dachte er.

Instinktiv wich er einen Schritt zurück, um sich von dem, was er sah, zu entfernen, doch er konnte sie noch immer sehen. Mit offenen Augen schien sie Mitch einen Moment lang direkt anzuschauen, bevor die Männer ihr Gesicht wieder aus seinem Blickfeld bewegten.

Dann traf es ihn plötzlich wie ein Schlag, als ihm verspätet aufging: Ich kenne sie.

Durch das Pulsieren des Blutes in seinen Ohren hörte er Quentin Reynolds sagen: «Leg sie auf den Boden, Nathan.»

«Auf den Boden, Quentin?»

Rex' Vater klang mürrisch und aggressiv, aber so klang er fast immer.

«Irgendwo musst du sie ja hinlegen», sagte Abbys Vater und bemühte sich, geduldig zu bleiben. «Leg sie da runter.»

«Warum nicht auf die Liege?»

«Leg sie jetzt auf den Boden, Nathan, verdammt nochmal!»

Mitch zuckte im Vorratsraum zusammen. Noch nie, niemals, hatte er Abbys Vater fluchen oder so mit jemandem sprechen hören.

«Nun mal halblang, Quentin», mahnte Nathan Shellenberger.

Nach einer Weile hörte Mitch den Arzt sagen: «Patrick, geh raus und warte im Wagen.»

Als sich Patrick nicht rührte, was Mitch nicht wunderte, weil dieser Arsch immer so blöd drauf war, gab sein Vater ihm einen leichten Schlag auf die Schulter und sagte: «Du hast gehört, was er gesagt hat. Geh jetzt.»

Patrick sagte nichts, sondern zuckte nur mit den Schultern und setzte sich langsam in Bewegung. Die Tür zur Praxis schlug er hinter sich zu. Erst als er fort war, fiel Mitch auf, wie merkwürdig es war, dass Rex' älterer Bruder überhaupt hier war. Warum war er nicht in Manhattan, wo er eigentlich aufs College ging? Rex hatte gar nicht erzählt, dass er zu Hause war.

Er dachte auch nicht weiter darüber nach, als er Nathan Shellenberger leise «Und was nun?» fragen hörte.

Abbys Vater antwortete ihm nicht mit Worten. Stattdessen verblüffte er Mitch – und dem Gesichtsausdruck nach zu urteilen auch den Sheriff – damit, dass er das Behandlungszimmer verließ und ins Haus zurückging. Die Tür zum Behandlungszimmer ließ er offen. Mitch stand im dunklen Vorratsraum und beobachtete mit Bestürzung, wie der Sheriff schweigend vor der Leiche des Mädchens stand und sie wie ein Soldat bewachte.

Nach kurzer Zeit kehrte der Arzt zurück. Er hatte mehrere Plastiktüten in der linken Hand und einen Gegenstand in der rechten. Er ging wieder in das Behandlungszimmer. Immer noch wortlos, warf der anerkannteste und beliebteste praktische Arzt des Bezirks dem Sheriff einen kurzen Blick zu, bevor er sich hinhockte und vorsichtig drei Plastiktüten über den Kopf des Mädchens zog. Dann nahm er Bindfaden aus einer Schreibtischschublade und wickelte ihn fest um ihren Hals, damit die Tüten dicht waren.

«Was machst du da, Quentin?», wollte Rex' Vater wissen.

«Ich tue, was getan werden muss.»

Noch einmal verließ er die Praxis und ging zurück ins Haus.

Während er fort war, sah Mitch Rex' Vater abermals auf die Leiche starren.

Langsam und unsicher, ob er wirklich hinsehen wollte, senkte Mitch seinen eigenen Blick auf ihren Körper. Sie hatten sie auf die linke Seite gelegt. Mit angewinkelten Beinen und vorgebeugtem Oberkörper lag sie bewegungslos da, als würde sie schlafen.

Als Abbys Vater zurückkehrte, hatte er zwei Sofakissen in der Hand. Wieder hockte er sich vor sie, dann hob er den Kopf des Mädchens an und legte die Kissen darunter, als wollte er es ihr auf den harten Fliesen etwas bequemer machen.

Schließlich bewegte sich Abbys Vater ein Stück zurück, blieb aber in der Hocke. Er griff nach dem Gegenstand, den er zusammen mit den Plastiktüten geholt hatte. Es war der Softballschläger seiner Tochter, mit dem er jetzt auf das mit Plastik abgedeckte Gesicht einschlug. Nathan Shellenberger stieß einen Schrei aus. Mitch in der Vorratskammer ebenfalls. Doch die beiden Männer hörten ihn nicht; zu sehr war ihre Aufmerksamkeit auf den Schläger gerichtet, der unaufhörlich auf und ab sauste. Die Fleisch- und Blutspritzer blieben in den Tüten, und die Kissen dämpften das Geräusch der Schläge. Dennoch hörten alle drei in der Praxis Anwesenden immer wieder das schreckliche Knacken der splitternden Knochen.

Der Sheriff wandte sich ab, taumelte zu einem Plastikmülleimer und übergab sich.

«Um Gottes willen», flüsterte er, während er sich mit dem Jackenärmel den Mund abwischte. «Quentin, um Himmels willen!»

«Fahr nach Hause», sagte Abbys Vater barsch. «Wir unterhalten uns, wenn Pat nicht auf dich wartet.»

Der Sheriff floh. Eine Ladung Schnee und kalte Luft wurden in die Praxis geblasen, bevor er die Tür hinter sich schloss.

Mitch sank in der Vorratskammer zu Boden und starrte mit weit aufgerissenen Augen ins Licht.

Er sah, wie Quentin Reynolds zuerst den Schläger und

dann den Fußboden nach Spuren untersuchte. Offensichtlich hatten die Tüten dicht gehalten, denn der Arzt wischte nichts ab. Vorsichtig lehnte er den Schläger gegen die Wand. Dann nahm er den Mülleimer, in den sich sein alter Freund übergeben hatte, und trug ihn über den Flur ins Bad. Mitch hörte die Toilettenspülung und einen laufenden Wasserhahn. Nach einer Weile ging Abbys Vater mit dem Mülleimer in der Hand zurück ins Behandlungszimmer. Nachdem er ihn abgestellt hatte, stützte er die Hände in die Hüften und sah sich um, als wollte er sicherstellen, dass er nichts vergessen hatte. Plötzlich begann er unvermittelt zu weinen. Es klang umso schlimmer, als er versuchte, jeden Laut zu unterdrücken. Einen langen Moment schluchzte der stämmige Mann so stark, dass seine Schultern bebten. Schließlich fuhr er sich mit den Hemdsärmeln über die Augen. Dann zog er die Kissen unter dem zertrümmerten Kopf hervor und nahm sie ebenfalls in Augenschein. Das Mädchen ließ er auf dem Boden liegen und nahm Schläger und Kissen, um sie zurück ins Haus zu bringen, nachdem er das Licht ausgeschaltet und die Tür leise hinter sich geschlossen hatte.

Mitch blieb eine ganze Weile sitzen, bis er glaubte, wieder aufstehen zu können.

Barfuß und ohne Jacke – nicht einmal einen Pullover hatte er sich übergezogen – verließ er den Vorratsraum. Einen Augenblick blieb er im Flur stehen und starrte in das Behandlungszimmer, doch er brachte es nicht fertig, den Blick auf den Boden zu richten. Dann wandte er sich ab, hastete ins Wartezimmer und von dort hinaus in den Schnee. Die Kälte spürte er kaum. Erst als er die schneidende Luft einatmete, merkte er, dass er den Atem angehalten hatte. Während er sich durch den Schnee in der Einfahrt kämpfte, blickte er zu Abbys Fenstern hinauf. Es brannte kein Licht. Mitch fühlte sich, als wäre überall das Licht erloschen.

Als der Pick-up ihr Grundstück wieder verlassen hatte und das Licht der Scheinwerfer nicht mehr zu sehen war, als ihr Vater mit schweren Schritten die Treppe wieder hinaufgestiegen war und die Schlafzimmertür hinter sich geschlossen hatte und als danach eine ganze Zeit lang nichts geschah, hörte Abby irgendwann auf, darauf zu warten, dass Mitch in dieser Nacht in ihr Bett zurückkehren würde. Zumindest war er nicht erwischt worden, da war sie sich ziemlich sicher. Ansonsten hätte ihr Vater die Tür aufgerissen und ihr die Leviten gelesen. Wenigstens das war gut. Alles andere jedoch nicht. Weder dass der arme Mitch barfuß durch den Schnee nach Hause laufen musste und womöglich von seinen Eltern dabei erwischt wurde, wie er sich wieder ins Haus schlich, noch war es gut, dass sie beide ausgerechnet in dieser Nacht, die sie mehr als jede andere zusammen hätten verbringen sollen, getrennt wurden. Wer wusste schon, wann sie jemals wieder den Mut dazu hätten.

Tränen liefen ihr über die Wangen. Voller Selbstmitleid weinte Abby sich in den Schlaf. «Schlimmer geht's nicht», schluchzte sie in ihr nasses Kopfkissen. Sechzehn zu sein war unendlich schwer, etwas Schwereres konnte sie sich nicht vorstellen.

5

Als sie am nächsten Morgen nach unten ging, wunderte sich Abby nicht, dass Mitch noch nicht angerufen hatte. Vielmehr freute sie sich gähnend darüber, wegen des Schnees nicht in die Schule zu müssen. Sie nahm Brot aus dem Kühlschrank und legte zwei Scheiben in den Toaster.

«Mom?», rief sie, noch heiser vom Schlafen.

«Bin bei der Wäsche», antwortete ihre Mutter aus dem Keller.

Abby war erleichtert, dass kein Vorwurf in ihrer Stimme mitschwang, keine Anzeichen von «Wenn ich gleich raufkomme, mach dich auf was gefasst, junges Fräulein». Aus der Praxis ihres Vaters hörte sie Geräusche und leise Stimmen, was bedeutete, dass er arbeitete. Da auch er nicht in die Küche gestürmt war, um ihr eine Szene zu machen, ging sie davon aus, dass sie Glück gehabt hatten.

Glück gehabt, aber keinen Sex, dachte sie ein wenig zerknirscht.

Mitch würde wahrscheinlich noch länger schlafen als sie, überlegte Abby, während sie sich Butter und Himbeermarmelade holte. Es war ihm nicht zu verdenken. Sie schraubte den Marmeladendeckel auf, ließ den Zeigefinger einmal über den Rand kreisen und leckte die intensiv schmeckende, mit kleinen Kernen durchsetzte Masse ab. Hoffentlich war er nicht erwischt worden, als er sich zu Hause hineingeschlichen hatte. Dem Richter eine erfundene Geschichte auftischen zu müssen war alles andere als beneidenswert. Es war sein Beruf, Dichtung und Wahrheit zu unterscheiden, und Mitch war ein lausiger Lügner.

Gerade als die Toasts hochsprangen und sich der Raum mit dem angenehmen Hefegeruch von selbst gebackenem Brot füllte, hatte Abby die zündende Idee, Mitch wecken zu gehen. Wenn Nadine sie in sein Zimmer ließe, könnte sie sich auf ihn werfen und ihn überraschen. Die ersten zwei Sekunden würde er äußerst unwirsch reagieren, dann aber merken, wer ihn kitzelte und sich über ihm räkelte.

Abby ließ die Toasts im Toaster stecken.

Sie lief nach oben, zog sich warm an und rannte dann wieder nach unten, um in die dicksten und wärmsten Stiefel zu springen und all die anderen Schutzschichten überzuwerfen, die das Leben in Kansas im Winter so mühsam machten. Doch sie sagte sich, dass in der Karibik dafür die Schule nicht wegen Schnees ausfallen würde. Oder dort vielleicht wegen eines Hurrikans –

Abby war ganz aufgedreht wegen des unerwarteten freien Tages. Sie stieß die Haustür auf. Was für ein herrlicher Morgen!

Die Sonne war so hell und reflektierte so stark im Schnee, dass sie fast zurückgelaufen wäre, um sich eine Sonnenbrille zu holen. Sie musste so stark blinzeln, dass sie den Wagen des Sheriffs in der Einfahrt kaum bemerkte. Aber es war ja nur Nathan Shellenberger, Rex' Vater und langjähriger Freund ihres eigenen Vaters, nichts Besonderes also. Es war normal, dass die Bewohner von Small Plains gegenseitig bei sich ein und aus gingen. Abby verschwendete keinen weiteren Gedanken daran.

Eigentlich war es auch gar nicht so kalt. Nachdem sie mit großen Schritten zwei Vorgärten passiert und die Schnee schaufelnden Nachbarn gegrüßt hatte, war ihr so warm, dass sie sich die Wollmütze vom Kopf zog und in die Manteltasche steckte.

Abby fuhr sich durchs Haar und genoss den Augenblick:

die frische Luft, ihre wehenden Locken, einfach alles schien möglich.

Sie war schon enttäuscht, dass ihr Plan mit Mitch nicht aufgegangen war, aber es war ja nicht die einzige Möglichkeit, die sich ihnen bieten würde. Ein paar Stunden zuvor war es ihr noch so vorgekommen, aber in der Nacht schien immer alles schlimmer, als es wirklich war. Auf jeden Fall war sie nicht sauer auf Mitch. Es war nicht sein Fehler, dass ihr Vater letzte Nacht zu einem Notfall gerufen wurde. Wahrscheinlich hatte eine Frau in den Wehen gelegen und war wegen des Schneesturms nicht mehr bis nach Emporia ins Krankenhaus gekommen. Abby hoffte, dass alles gut gegangen war. Ihr Vater war nicht sehr lange unten gewesen und hatte ihre Mutter auch nicht zu sich gerufen, um ihm bei der Geburt zu helfen. Vielleicht hatte die Patientin es gar nicht mehr bis zur Praxis geschafft. Nein, stopp, da waren die Scheinwerfer und die Motorengeräusche in der Einfahrt gewesen – Abby schob die Gedanken beiseite und hoffte das Beste für alle.

Wenn sie sich vorstellte, wie Mitch ihren Vater kommen gehört hatte und panisch das Haus verlassen musste, wurde ihr einerseits mulmig, andererseits war es auch komisch. Bestimmt war er halb erfroren!

Warum hatten die Newquists eigentlich die längste Einfahrt der Welt? Bis sie am Haus ankam, hatte sie sich auch die Handschuhe ausgezogen und den Mantel vollständig aufgeknöpft. Sie klingelte an der großen Haustür. In jedes andere Haus der Stadt konnte man einfach hineinspazieren, doch hier war es anders. Der Richter hatte Nadine zu viel über Verbrechen erzählt. Hinter jedem Busch wähnte sie einen Dieb und auf jedem Rücksitz einen Vergewaltiger. Abbys Mutter neckte Nadine immer wieder damit, doch es nützte nichts. Jedes Jahr wurde das Haus der Newquists mit einer weiteren Sicherheitsvorrichtung ausgestattet – einem Türriegel, einer Kette, dann einer Alarmanlage (in Small Plains!). Im vergangenen Jahr hatten sie sich sogar einen Hund zugelegt, der aber so viel und so laut bellte, dass sie ihn wieder weggeben mussten, bevor einer der Nachbarn die Geduld verlor und ihn erschoss.

«Abby», sagte Nadine Newquist, als sie die Tür öffnete. Sie sah noch vornehmer und abweisender aus als sonst, wenn das überhaupt möglich war, dachte Abby. Wie so ein kalter Fisch einen so süßen Kerl wie Mitch zur Welt bringen konnte, war unbegreiflich. Doch sie kannte die Frau schon ewig, hatte überbackenen Käsetoast in ihrer Küche gegessen und Limonade in ihrem Garten getrunken. Deshalb bemühte sie sich, Nadine Newquist wie jeden anderen Erwachsenen in der Stadt zu behandeln: höflich und freundlich.

«Hallo, Mrs. Newquist! Ist so viel Schnee nicht unglaublich? Ist Mitch schon wach?»

«Mitch ist nicht hier, Abby.»

«Nicht? Ist er schon unterwegs? Wo ist er hin?»

«Er ist heute Morgen mit seinem Vater weggefahren.»

Abby lachte, sie hielt Nadines Worte für einen Scherz. Doch als Mitchs Mutter nicht in das Lachen einstimmte, stutzte sie. «Wirklich? Heute Morgen? Wo sind sie hingefahren?»

Nadine Newquist sah Abby lange an und sagte dann: «Der Richter hat Mitch fortgebracht, Abby. Wir schicken ihn weg. Er wird seinen Abschluss nicht mit seiner Klasse machen. Wir melden ihn woanders an. Er kommt nicht zurück.»

«Was?»

Abby kniff die Augen zusammen, sie konnte einfach nicht glauben, was sie gerade gehört hatte. Es war zu schnell gegangen, und es war zu viel und zu unfassbar, um es zu begreifen. Am besten erzählte Nadine alles noch einmal von vorn und ganz langsam. Dann würden die Worte etwas vollkommen anderes bedeuten als das, was sie beim ersten Mal fürchtete verstanden zu haben. Diese Worte konnte unmöglich jemand zu ihr gesagt haben.

«Was?», wiederholte Abby.

Ihr Mund war ausgetrocknet, ihr Herz raste.

«Wie du besser weißt als ich, Abigail, ist mein Sohn gestern sehr spät nach Hause gekommen. Er war bei dir, obwohl er gar nicht die Erlaubnis dazu hatte. Er hat uns angelogen. Anscheinend war es nicht das erste Mal. Bei euch zu Hause gehört Lügen vielleicht zum guten Ton, Abby, bei uns aber nicht. Es ist nicht Mitchs Fehler. Dein Einfluss ist schuld, und nicht nur, was das Lügen angeht. Er fühlt sich von dir viel zu sehr unter Druck gesetzt. Mitch kann zu dir nicht nein sagen, Abby. Und weder er noch wir wollen, dass er sich die Zukunft ruiniert, indem er mit einem Mädchen anbändelt, das sich schwängern lässt, damit er bei ihr bleibt.»

«Nein! Das habe ich nicht … Ich habe nie …»

Nadine hob eine Hand, damit sie innehielt.

«Wir haben ihn von dir getrennt, Abby, und du musst nun mit der Tatsache leben, dass es deine Schuld ist, dass unser Sohn nicht mehr bei uns wohnen kann. Er meint auch, dass es das Beste für ihn ist. Wenn er nicht mit dir zusammen ist, steht ihm eine weitaus bessere Zukunft bevor als mit dir. Du bist nur ein unbedarftes Mädchen vom Lande, während er zu Höherem geboren ist. Vergiss ihn und leb dein kleines, enges Leben einfach weiter.»

Mitchs Mutter schlug ihr die Tür vor der Nase zu.

Zwei Sekunden blieb Abby geschockt stehen. Dann klingelte sie abermals. Als niemand öffnete, hämmerte Abby mit den Fäusten gegen die Tür, bis sie vor Schmerzen aufgeben musste. Da Mitchs Mutter auch darauf nicht reagierte, rief sie: «Nadine!» Der Vorname rutschte ihr in ihrer Verzweiflung heraus. «Bitte, Mrs. Newquist!»

Drinnen blieb es still.

Abby wusste nicht, was sie tun und wie sie mit den seltsamen, fürchterlichen Gefühlen, die in ihr hochkamen, umgehen sollte. Sie glaubte vor Trauer und Panik platzen zu müssen. Um einen Blick durch die Fenster werfen zu können, lief sie durch den Schnee um das Haus herum, doch alle Vorhänge waren zugezogen. An der Rückseite rüttelte sie sogar an der Tür zum Garten, aber alles war fest verschlossen. Einen kurzen Moment lang spielte sie mit dem verrückten Gedanken, eine Leiter aus der Garage zu holen und damit in Mitchs Zimmer im zweiten Stock zu klettern.

Er wird seinen Abschluss nicht mit seiner Klasse machen? Er kommt nicht zurück?

Er fühlte sich von ihr unter Druck gesetzt und fürchtete, dass sie schwanger würde, nur um ihn festzuhalten?

Das war unglaublich! Ein Witz! Sie erlaubten sich einen schlechten Scherz mit ihr. Sie standen alle dort drinnen hinter dem Vorhang und lachten über sie. Das konnte einfach nicht wahr sein! Egal, wie ernst Mitchs Mutter ausgesehen haben mochte, wie sehr ihre Stimme vor Zorn gebebt und ihre Augen vor Verachtung gefunkelt hatten, es konnte einfach nicht wahr sein.

Und alles wegen mir? Abby wich zurück. Lange Zeit stand sie im Schnee und starrte auf das Haus der Newquists, in das man sie nicht einließ. War es wirklich wegen ihres Vorhabens für die letzte Nacht so weit gekommen? Versuchten sie, Mitch und sie auseinander zu bringen? Sie konnte sich nicht vorstellen, dass Mitch so etwas über sie gesagt oder gedacht haben konnte.

Abby hämmerte abermals gegen die Tür zum Garten.

«Bitte! Was ich auch immer getan habe, es tut mir leid.

Es tut mir leid! Bitte schicken Sie Mitch nicht fort. Bitte nicht!»

Ihre Stimme wurde immer leiser, und sie begann zu schluchzen.

Als ihre Mutter sie zehn Minuten später fand, legte sie den Arm um ihre am Boden zerstörte Tochter.

«Woher wusstest du, wo ich bin?», fragte Abby und weinte sich an ihrer Schulter aus.

Allem Anschein nach war ihre Mutter den ganzen Weg durch den Schnee gerannt. Sie trug zwar eine Jacke, doch der Reißverschluss war nicht einmal zu, und sie hatte weder Handschuhe noch Stiefel an.

«Nadine hat angerufen und gesagt, dass ich dich holen soll.» Margie schlang die Arme fest um ihr jüngstes Kind und flüsterte unter Tränen so aufgebracht, dass ihr Schwur zu einem wütenden Zischen wurde: «Ich werde sie dafür umbringen, dich so zu verletzen!» Mit einer Hand strich sie über Abbys Kopf, mit der anderen wischte sie sich die Tränen ab. Dann trat sie ein Stück zurück, gerade so weit, dass sie in die feuchten Augen ihrer Tochter sehen konnte, und sagte: «Komm, sehen wir zu, dass wir hier wegkommen. Lass uns nach Hause gehen, mein Schatz.»

6

Als Rex am nächsten Morgen die Treppe hinunterstolperte, saß seine Mutter mit dem Kopf auf die Hände gestützt am Küchentisch, statt wie üblich Frühstück zu machen. Kein Wunder, dass er heute so spät dran war; es hatte ihn auch kein Geruch von gebratenem Speck aus dem Bett gelockt. Das ganze Haus wirkte kalt und ungemütlich, obwohl es inzwischen aufgehört hatte zu schneien und die Sonne durch die Fenster schien.

Er riss sich so gut es ging zusammen und erkundigte sich: «Ist alles in Ordnung, Mom?» Als sie aufblickte, sah er, dass nichts in Ordnung war. «Du siehst schrecklich aus!»

«Ich fühle mich noch schlechter, als ich aussehe, sag lieber nichts.»

«Wo ist Pat?»

«Schläft noch.»

«Kann ich was für dich tun?»

Sie schüttelte den Kopf und zuckte dabei wie unter Schmerzen zusammen. «Dein Vater wartet im Stall auf dich. Er will mit dir sprechen.»

«Wann?»

«Er hat gesagt, sobald du wach bist.»

«Hast du mit Doc Reynolds gesprochen?», fragte Rex.

Die Frage schien sie zu erschrecken, bis sie merkte, dass er einfach nur meinte: «Hast du mit deinem Arzt gesprochen?»

«Ich habe Angst, dass er mich nach Emporia schickt, Rex. Ins Krankenhaus. Ich glaube, ich habe eine Lungenentzündung.»

«Mom, wenn du ihn nicht anrufst, werde ich es tun.»

«Ich mach es schon selber, und du gehst jetzt in den Stall.» Aber bevor er das Haus verlassen konnte, hielt sie ihn zurück. «Rex? Du wolltest wissen, wie es mir geht, aber umgekehrt habe ich nicht gefragt, wie ...»

«Mir geht's gut, Mom.»

Er fühlte sich alles andere als gut. «Gut» signalisierte ein weit entferntes Gebiet der Empfindung, und er war sich nicht sicher, ob er überhaupt je wieder bis dorthin vordringen würde. Doch darüber wollte er nicht reden. Und darüber nachdenken wollte er auch nicht, obgleich das kaum möglich war. Es war überraschend, dass er überhaupt hatte schlafen können, auch wenn er sich jetzt fühlte, als hätte er kein Auge zugetan. Seine Hand war definitiv gebrochen, daran bestand kein Zweifel. Sie war im Vergleich zur anderen Hand zu doppelter Größe angeschwollen, schillerte in leuchtenden Farben und schmerzte höllisch. Man merkte, wie schlecht es seiner Mutter ging, sonst hätte sie sich ganz sicher schon eher nach ihm erkundigt. Er versuchte, die Hand hinter dem Rücken zu verbergen, damit sie nicht daran erinnert wurde und sich verpflichtet fühlte, etwas für ihn tun zu müssen. Außerdem waren die Schmerzen in seiner Hand nichts im Vergleich zu denen in seinem Herzen, das sich ebenfalls geschwollen, verletzt, ja gebrochen anfühlte.

Als es zu schneien aufgehört hatte, lag auf allem mehr als ein halber Meter Schnee. Diesen halben Meter musste man mit den vielen Quadratmetern multiplizieren, die Rex fürchtete, noch am selben Morgen freischaufeln zu müssen. Wie er das mit der gebrochenen Hand schaffen sollte, darüber wollte er ebenfalls lieber nicht nachdenken. Zurzeit hatte er nicht das Gefühl, überhaupt irgendeine Aufgabe bewältigen zu können. Er war so erschöpft, dass er sich am liebsten ein Schild mit der Aufschrift «Bitte nicht belasten» umgehängt hätte. Sein Kopf war vor Stress und Schlafmangel wie benebelt. Er hatte das Gefühl, die Routine für seine tägliche Arbeit vollkommen vergessen zu haben, als hätte er noch nie Pferde gefüttert oder den Stall ausgemistet. Er fühlte sich, als müsste ihn jemand an die Hand nehmen – an die nicht schmerzende – und ihn an diesem schulfreien Tag von einer Stelle zur nächsten bringen. Wie sollte er wissen, wo er als Nächstes hingehen sollte, wenn es nicht alle vierzig Minuten klingelte?

Ungeschickt schob er mit der unverletzten Hand eine Seite des Stalltors auf, betrat den warmen, wohlriechenden Raum und schloss das Tor wieder.

«Dad?»

Sein Vater stand in einer Box, in der eine der Kühe mit ihrem Neugeborenen untergebracht war, und gab dem Kalb die Flasche. Als Nathan aufblickte und seinen Sohn angespannt und müde, aber mit einer unerwarteten Wärme anlächelte, wäre es fast um Rex geschehen. Seine Augen füllten sich mit Tränen, er hatte einen Kloß im Hals. Plötzlich verspürte er den unbändigen Wunsch, mit seinem Vater über alles zu reden, genauso wie er es in der Nacht zuvor mit seiner Mutter getan hatte. Doch die Macht der Gewohnheit hinderte ihn daran.

«Nimmt es die Zitze nicht?», fragte Rex und räusperte sich.

«Doch, wird schon gehen. Ich will nur sicherstellen, dass es die ersten vierundzwanzig Stunden überlebt.» Sein Vater zog einen langen Gummisauger aus dem Maul des Kleinen, und das Kalb versuchte sofort, ihn sich wieder zu schnappen. Schaumige weiße Milch tropfte von der rosafarbenen Zunge und der großen Plastikflasche auf das Heu vor den Füßen seines Vaters. Die Mutter des Kalbs sah gelassen zu.

«Setz dich, Rex», sagte sein Vater und deutete auf den Heuballen auf der anderen Seite des Ganges.

Als Nathan mit dem Kalb fertig war, ging er zu dem großen Metallwaschbecken, wusch Sauger und Flasche aus und stellte beides zum Trocknen auf ein Brett. Dann ließ er sich neben Rex auf einem zweiten Heuballen nieder und stieß einen tiefen Seufzer aus, während er eine bequeme Sitzposition suchte. Rex legte seine verletzte Hand so hin, dass sein Vater sie nicht sehen konnte. Seine Mutter würde besorgt reagieren, wenn sie sie zu Gesicht bekäme, sein Vater würde sich jedoch nur aufregen, wie ungeschickt er war.

Als seine Hand mit dem Heu in Berührung kam, blieb ihm fast die Luft weg.

«Was ist los?», wollte sein Vater sofort wissen.

Ob seine Mutter vielleicht doch mit ihm gesprochen hatte?

«Nichts.» Um den Schmerz zu verdrängen, lenkte er seine Gedanken auf eine andere Stelle, die wehtat – die Zunge. «Tut mir leid, dass ich nicht rechtzeitig aufgestanden bin, um die Kälber zu füttern.»

Sein Vater winkte ab. «Ich konnte sowieso nicht schlafen. Da bin ich eben in den Stall gegangen.»

«Wo hast du sie … hingebracht?»

«In Quentins Praxis. Mehr konnte ich nicht tun.» Einen Moment lang hielt er inne und schien seine Gedanken zu sammeln. «Vertraust du mir, mein Sohn?»

«Was?»

«Ob du mir vertraust, habe ich gefragt.» Er klang barsch und ungeduldig, woraus Rex schloss, dass seinem Vater diese Frage unangenehm war.

«Natürlich», sagte er eilig, da er die unangenehme Situation möglichst schnell hinter sich bringen wollte, um sich einfacheren Dingen widmen zu können, als mit seinem Vater zu reden. Zum Beispiel den ganzen Vorplatz mit einer gebrochenen Hand vom Schnee freizuschaufeln. «Du bist mein Vater. Natürlich vertraue ich dir.»

«Ja, aber habe ich dein Vertrauen im Laufe deines Lebens verdient?»

Rex fand das Gespräch immer eigenartiger. «Ja, Sir.»

«Was wäre, wenn ich dich bitten würde, etwas zu tun, was du für falsch hältst?»

«Das würdest du nicht tun –»

«Wenn aber doch, würdest du es dann machen, nur weil ich dich darum gebeten habe?»

Rex wollte ihn gerade fragen, worauf er hinauswolle, als sein Vater schnell hinzufügte: «Glaubst du, dass ich für jeden Einzelnen immer nur das Beste im Sinn habe? Glaubst du, dass ich stets den Überblick behalte?»

Rex stellte fest, dass die Ausgangsfrage inzwischen so bedeutungsschwer geworden war, dass sie einen Bären zur Strecke gebracht hätte. Was glaubte sein Vater, was er sagen würde? Dass sein eigener Sohn kein Vertrauen zu ihm hatte? Was zum Teufel sollte das alles?

Ich bin viel zu müde für so einen Mist, dachte Rex. «Natürlich», antwortete er schulterzuckend, und nachdem es seinen Vater nicht zu überzeugen schien, zwang er sich noch hinterherzuschieben: «Auf jeden Fall.»

«Gut. Dann hoffe ich inständig, dass du das auch so meinst.»

«Vater!» Er merkte, dass man seiner Stimme anhörte, wie matt er sich fühlte. «Das habe ich doch gesagt.»

«Dann hör mir gut zu. Und jetzt hör wirklich genau zu. Für fünf Minuten bist du jetzt mal nicht der verdammte Teenager, der nur halb hinhört, wenn seine Eltern etwas sagen. Verstanden?»

«Ja, Dad, nun sag schon …»

«Das ist vielleicht das Wichtigste, was ich dir je sagen

werde. Ich meine das ganz ernst. Ich versuche, dich auf etwas vorzubereiten. Du musst dich darauf gefasst machen, einige Dinge über den Tod des Mädchens zu erfahren, mit denen du nicht rechnest.»

Rex zuckte unwillkürlich zusammen. Sein Herz raste. «Was denn?», stammelte er.

Sein Vater sah ihm jetzt nicht mehr in die Augen.

«Das erfährst du bald genug. Alles, was du jetzt wissen musst, ist, dass ich dich bitte, den Mund zu halten, egal, was du hörst. Du sprichst niemals … und ich meine *niemals* … und mit niemandem über letzte Nacht. Keine Ausnahme. Nicht mit Mitch, nicht mit Abby, mit niemandem. Wenn du dich dazu äußern willst, dann sprichst du mit mir.»

«Kein Problem», antwortete Rex, doch sein Vater redete einfach weiter.

«Wenn dich jemand danach fragt, sagst du, die Ermittlungen in dem Mordfall laufen und dein Vater habe dir verboten, darüber zu sprechen. Punkt. Ende der Durchsage. Kann ich dir vertrauen, Rex?»

Rex blickte ins Leere, doch die plötzliche Stille veranlasste ihn, sich wieder seinem Vater zuzuwenden. Er merkte, dass der Alte ihn anstarrte und auf etwas wartete.

«Was soll ich tun, Vater?»

«Das sagte ich bereits. Ich habe dich gefragt, ob ich dir vertrauen kann.»

Rex nickte gemessen mit dem Kopf, weil er wusste, dass sein Vater das so erwartete, und fügte mit getragener Stimme ein «Ja» hinzu, weil er wusste, dass sein Vater das so hören wollte. Doch insgeheim dachte er: Das ist Mist. Mir braucht niemand das Maul zu verbieten, egal, was mir zu Ohren kommt. Darüber – über sie – zu reden war ohnehin das Letzte, was er tun wollte, solange er lebte.

«Was ist mit Pat?», fragte er.

«Pat geht wieder aufs College.»

«Aber er ist doch gerade rausgeflogen?»

«Man kann auch woanders studieren.»

Unsere Familie nicht, das ist noch nie vorgekommen, dachte Rex. Die Aussage seines Vaters schockte ihn fast genauso wie alles, was letzte Nacht geschehen war. Die Shellenbergers gingen alle auf die K-State University, seit ewig und drei Tagen. Patricks Rausschmiss war deshalb eine Katastrophe. Dennoch stand außer Frage, dass Rex nächstes Jahr dort anfangen würde, und bislang war er, wenn er ehrlich war, davon ausgegangen, dass es auch für Patrick einen Weg dorthin zurück gab.

«Und da ist noch was», sagte sein Vater.

«Was denn?»

«Patrick. Wer weiß, dass er zu Hause war?»

Rex zuckte mit den Schultern, doch selbst dabei schmerzte die Hand, und er hielt inne. «Keine Ahnung.»

«Wem hast du es denn erzählt?»

«Niemandem.»

«Niemandem? Bist du sicher? Was ist mit Mitch?»

«Nein, ich hab's niemandem erzählt. Ist ja nicht gerade etwas, worauf man stolz sein kann.»

Das Gesicht seines Vaters verfinsterte sich ein wenig, es schien ihm einen Stich zu versetzen. «Du vergisst bitte, dass er diese Woche hier war. Wir beide haben den Leichnam des Mädchens gefunden, nur wir zwei, sonst niemand. Patrick ist noch auf dem College.»

«Hä? Warum?»

Doch dann wollte Rex plötzlich gar nicht mehr wissen, warum. Sein Vater hätte ihm wahrscheinlich auch keine Begründung geliefert.

Die Welt schwankte, geriet aus dem Gleichgewicht. Als

sich seine Mutter dann noch am selben Morgen so schlecht fühlte, dass Quentin Reynolds sie mit Verdacht auf Lungenentzündung ins Krankenhaus nach Emporia schickte, geriet sie fast aus den Fugen. Und schließlich glaubte er, jeglichen Halt zu verlieren, als er Stunden später nach Hause zurückkehrte und sein Freund Matt Nichols anrief. «Mann! Wo warst du denn? Alle suchen dich! Wir haben gehört, dass ihr das ermordete Mädchen letzte Nacht auf eurer Ranch gefunden habt und dass sie so übel zugerichtet war, dass man ihr Gesicht gar nicht mehr erkennen konnte! Stimmt das? Weißt du, wer sie ist? Und weißt du schon, dass Mitch Newquist ganz plötzlich die Stadt verlassen hat und angeblich nie mehr zurückkommt?»

Die Worte trafen Rex so unerwartet, dass er die Anweisungen seines Vaters völlig vergaß. Außerdem machte ihn das Schmerzmittel ganz dösig, das ihm im Krankenhaus gespritzt worden war, als man ihm den Arm bis zum Ellbogen eingegipst hatte. Anstatt also zu sagen: «Die Ermittlungen in dem Mordfall laufen», stammelte er: «Meine Mutter ist im Krankenhaus, Matt. Ich kann jetzt nicht reden.»

«Ach so! Na, ich hoffe, es geht ihr bald wieder besser. Meld dich.»

Beim nächsten Mal war er vorbereitet, auch wenn ihm jedes Wort, das er sagte, einen Stich versetzte: Die Ermittlungen in dem Mordfall laufen noch, und mein Vater hat mir verboten, darüber zu sprechen. Ich habe keine Ahnung, wer sie ist. Und ich habe, verdammt nochmal, auch keine Ahnung, wo Mitch ist. Er hat überhaupt nichts zu mir gesagt.

Einige Wochen nachdem Mitch verschwunden war, nahm Abby an einem Tag, an dem Tom und Nadine nach Kansas City gefahren waren, die Schlüssel zum Haus der Newquists, die Mitch ihr einmal gegeben hatte, und schlich sich hinein.

Sie lief die Treppen hinauf in sein Zimmer und sah, dass sich nichts verändert hatte.

Nur ihr Foto war nicht mehr auf der Anrichte, wo es sonst immer gestanden hatte, doch das konnte alles bedeuten. Vielleicht hatte er es mitgenommen, was ein gutes Zeichen wäre, vielleicht aber auch nicht, und Nadine hatte es weggeschmissen, nachdem er fort war.

Besessen durchsuchte sie jeden Winkel seines Zimmers. Sie prüfte jedes Regalbrett, schaute unter seiner Matratze nach und unter seinem Bett.

Auf der Suche nach einer geheimen Nachricht für sie, nach irgendeiner Erklärung oder Lösung seines mysteriösen Verschwindens, durchsuchte sie alle Taschen der Kleidung, die noch im Schrank hing. Sie fand nichts außer einem Schoko-Minz-Bonbon in der Tasche seines besten Anzugs, das sie auswickelte und sich in den Mund steckte. Sie vergrub das Gesicht in seinen Sachen und sog seinen Geruch ein, bis sie es nicht mehr ertragen konnte. Dann legte sie sich auf sein Bett, erst auf den Rücken, dann auf die Seite und auf den Bauch, um zu spüren, wo er gelegen hatte.

Abby fand keine Nachricht. Post hatte sie auch nicht von ihm bekommen.

Seine Jahrbücher waren alle noch da. Trotz der vielen Fotos von ihr auf Schulveranstaltungen oder der Schnappschüsse von ihnen beiden als Paar hatte er sie nicht mitgenommen. Auf einem Foto, ihrem Lieblingsbild, waren sie in Wintermänteln zu sehen. Mitch umarmte sie ungestüm, und sie grinsten beide so fröhlich in die Kamera, als könnten sie für immer miteinander glücklich sein.

Sie war in der Hoffnung gekommen, einen Anhaltspunkt

zu finden, warum er fortgegangen war, oder einen Hinweis darauf, dass er seine Liebe zu ihr mitgenommen hatte und sie ihm noch etwas bedeutete.

Sie fand nichts dergleichen. Als sie langsam die Treppe hinunterging, sah sie Mitchs Papagei, J.D. Salinger, in seinem Käfig. Mitch und Rex hatten J.D. nach dem Autor von *Der Fänger im Roggen* benannt, ihrem Lieblingsbuch in der Mittelstufe. Sie fanden den Namen urkomisch für einen Papagei. Als Abby sah, dass der Vogel sich die Hälfte der Federn ausgerissen hatte, war sie schockiert, konnte es aber verstehen. Wenn sie selbst Federn hätte, würde sie sich längst alle ausgerissen haben, so wenig hatte sie ihre Sehnsucht nach dem Jungen, den sie nicht haben konnte, im Griff.

Angesichts von J.D.s erbärmlichem Zustand wurde Abby plötzlich wütend auf Mitch, so wütend, dass sie gar Hass verspürte. Es war ein gutes Gefühl, ihn zu hassen. Es war ein gutes Gefühl, zu sehen, dass es noch ein Wesen auf der Welt gab, das so litt wie sie und noch dazu aus genau demselben Grund. Sie wollte nicht, dass J.D. litt, aber ihn in diesem Zustand zu sehen gab ihr das Gefühl, nicht vollständig verrückt zu sein. Vielleicht hatte sie nicht mehr Verstand als ein halb nackter Vogel, aber zumindest gab es noch jemanden, der ebenso schwer mit der Situation zurechtkam wie sie. In diesem Moment schwor sich Abby, den Papagei zu retten und ihm so viel Liebe zu schenken, dass er wieder froh würde.

Drei Wochen später war die Gelegenheit da, und sie stahl ihn von der Veranda der Newquists. Es dauerte lange, bis es J.D. besser ging, doch schließlich wuchs sein Gefieder nach, der Glanz kehrte in seine Augen zurück und er bekam wieder Appetit. Als er eines Tages in ihrem Haar zu spielen begann und zärtlich an ihrem Ohr knabberte, ohne dass es verletzt wurde, wusste sie, dass sie es geschafft hatte.

Das Einzige an dem Vogel, was sich für immer änderte, war, dass er nie wieder kreischte, wie er es in Mitchs Gegenwart oft getan hatte. Der Papagei könne mit seinem Kreischen die Hühner von der Stange aufscheuchen, hatte der Richter immer gesagt, doch nun gab der große rote Vogel nur noch ein leises Krächzen von sich, als wollte er nicht stören.

«Ich weiß doch auch nicht, was ich falsch gemacht habe», sagte Abby zu ihm.

Als Abby nach dem Schneesturm wieder zur Schule ging, war sie wie gelähmt, sie wusste nicht mehr, wie man Leute anlächelte, sich in der Cafeteria ein Tablett nahm und schon gar nicht, wie man das Essen hinunterbekam. Im Unterricht fiel es ihr schwer, die Hand zu heben, und sie antwortete nur, wenn sie dazu aufgefordert wurde. Wenn jemand von hinten ihren Namen rief, zuckte sie zusammen. Außerdem fürchtete sie ständig, seinen Namen zu hören, und zog sich unauffällig zurück, wenn über ihn gesprochen wurde. Die Kette mit dem goldenen Herzchen als Anhänger, die er ihr geschenkt hatte, steckte sie jeden Tag ein und wickelte sie in ihrer Hosen- oder Rocktasche um die Finger, ohne dass es jemand sehen konnte.

Als ihre Schwester Ellen in den Ferien vom College nach Hause kam, verschanzte sich Abby in ihrem Zimmer. Wenn ihre Schulkameradinnen vorbeikamen, um sie zu besuchen, wimmelte sie sie ab, selbst ihre besten Freundinnen Cerule und Randie. Hin und wieder war sie versucht, Rex anzurufen, oder nahm sich vor, in der Schule auf dem Gang ein paar Worte mit ihm zu wechseln, aber er schien sie zu meiden. Außerdem fiel ihr dann jedes Mal ein, dass sie ohnehin sauer auf ihn war, weil er sich nie gemeldet hatte, und so legte sie den Hörer auf, bevor jemand abnahm, oder drehte sich in der Schule schnell wieder um. Sie fragte sich, ob es Rex auch so schlecht ging. Seit ewigen Zeiten war er Mitchs bester Freund gewesen. Aber vielleicht wusste Rex, warum Mitch so plötzlich verschwunden war. Vielleicht rief Rex sie nicht an, weil er nichts dazu sagen wollte.

Dann soll er sich eben zum Teufel scheren, dachte sie.

Alle sollen sich zum Teufel scheren.

Jeder glaubte, Mitch hätte die Stadt ihretwegen verlassen, dafür hatte seine Mutter gesorgt.

Irgendwann lernte sie, mit der Sache umzugehen. Sie konnte es auch wieder ertragen, wenn andere Leute seinen Namen sagten.

Eines Tages ließ sie die Herzchenkette aus Versehen in der Hose, die sie in die Wäsche steckte. Als sie es im Trockner klappern hörte, nahm sie sie heraus und legte sie in das unterste Fach ihres Schmuckkästchens.

Ein Teil von ihr verstand, wie gut sie es hatte: Sie war hübsch, beliebt, es gab Jungen, die mit ihr zusammen sein wollten, jetzt, da Mitch nicht mehr da war, und auch einige Mädchen fühlten sich ihr näher, nachdem sie sitzen gelassen worden war wie jede andere auch. Langsam kam sie aus ihrer Einsamkeit hervor und bekam neuen Lebensmut. Doch ihr Leben war nicht mehr dasselbe. Sie war nicht dieselbe. Sie war ein Mädchen, das den Jungen, den es liebte, verloren hatte, und sie musste befürchten, dass sie nie erfahren würde, warum. Auch ihr zweitbester Freund, Rex, hatte sich von ihr abgewandt, ihr wurde die Schuld für Dinge gegeben, die sie nicht getan hatte, und selbst ihr Vater wirkte abweisender als zuvor. Ihr bester Freund war jetzt ein großer roter südamerikanischer Papagei.

Die Entfremdung zwischen ihr und Rex hielt den ganzen einsamen Sommer über an, und im Herbst ging er aufs College. Danach wurde es jedes Mal ein wenig einfacher, wenn sie sich wieder begegneten. Bis sie beide mit dem College fertig waren, hatte sich ihr Verhältnis normalisiert, und Abby versuchte einige Male, mit ihm über Mitch zu reden, aber Rex ging nicht darauf ein. So gab sie es schließlich auf. Doch sie ahnte die ganze Zeit, dass er sich genauso fühlte wie sie: wie ein Dreieck, dem eine Seite fehlte.

7

Östlich von Small Plains war es zu einem schweren Unfall gekommen – ein Traktor mit Anhänger war während des Schneesturms umgekippt –, und Rex Shellenberger und seine Leute hatten einige Autofahrer aus dem Graben ziehen müssen. Inzwischen war die Sonne fast vollständig aufgegangen. Rex war vom Kampf gegen den Sturm erschöpft und sehnte sich nach einem ausgiebigen Frühstück in der Stadt. Doch mitten in seine Träume von Speck und Eiern klingelte in seinem Geländewagen das Telefon.

Es war Tom Newquist, der Richter, dessen Anruf auf Rex' Handy umgeleitet worden war. Er war in Panik, weil er nicht wusste, wo Nadine war.

«Was glauben Sie, wo sie hingegangen ist, Richter?»

Rex war sofort wieder bei der Sache. Wer arbeitet, soll auch nicht essen, dachte er. Schon gar nicht Eier oder Speck.

«Wenn ich wüsste, wo sie hin ist, würde ich sie auch finden!» Tom Newquist wirkte ungehalten und verzweifelt. «In ihrem Zustand könnte sie überall sein. Mit Logik hat das bei ihr nichts zu tun.»

«Aber Sie sind sicher, dass sie sich außerhalb des Hauses aufhält?»

Rex steuerte den Wagen mit einer Hand, wobei er das kalte Lenkrad unter den Fingern spürte. Mit der anderen hielt er sich das kalte Telefon ans Ohr. Bei der Glätte und dem nach wie vor dichten Schneetreiben hätte er eine ganze Menge Hände gebrauchen können, mindestens aber zwei am Steuer.

«Ich weiß, dass sie nicht drinnen ist.» Die Stimme des Richters klang jetzt schrill und hilflos. «Die Küchentür war offen und Schnee wehte herein.»

Shit, dachte Rex, sagte es aber nicht laut. Eine Alzheimerpatientin alleine draußen, bei diesem Wetter?

«Dann gehen Sie doch nochmal raus, Richter, und schauen Sie nach, ob irgendwelche Fußspuren zu sehen sind.»

«Das habe ich bereits getan.» Er war ja nicht auf den Kopf gefallen. «Da ist nichts zu sehen.»

Shit und nochmal Shit, dachte Rex. Das bedeutete, sie war schon eine Weile fort, lange genug, damit der fallende Schnee alle Spuren zudecken konnte. «Ich bin auf dem Weg», versprach er dem Richter. «Bitte machen Sie sich nicht selbst auf die Suche nach ihr. Bei diesem Wetter geht niemand raus, der auch nur einen Funken Verstand hat.» Als Rex merkte, was er gesagt hatte, bereute er es augenblicklich. «Tut mir leid, Richter. Ich habe es nicht so gemeint.»

«Ich dachte, es ginge ihr besser», sagte der Richter, ohne auf die taktlose Bemerkung einzugehen. «Gut genug, dass ich die Pflegerin gestern Abend nach Hause geschickt habe. Was Nadine sagte, machte durchaus Sinn. Sie bewegte sich korrekt, sorgte für sich. Sie weinte auch nicht mehr die ganze Zeit über. Ich dachte, es wäre kein Problem, sie allein in ihrem Zimmer schlafen zu lassen.»

Vielleicht war der Richter doch auf den Kopf gefallen, dachte Rex. Alzheimerkranke waren in der Nacht aktiver als am Tag. Das wusste jeder, der einmal mit so jemandem zu tun gehabt hatte. Wenn der Richter das nicht begreifen konnte, hätte er sie vor langer Zeit in ein Pflegeheim geben sollen.

«Ist Jeff da?», fragte Rex.

Jeffrey war der jüngere Sohn der Newquists, der achtzehn

Jahre nach Mitch kam. Er war ein Adoptivkind, von einigen «der Ersatzsohn» genannt. Normalerweise sah Rex keine Veranlassung nachzufragen, ob ein Kind nachts zu Hause war, noch dazu mitten im Schuljahr und wenn draußen ein Sturm tobte, aber Jeff war in der Abschlussklasse, und dieser Spezies war nicht über den Weg zu trauen. Rex erinnerte sich an sein eigenes Abschlussjahr. Doch entweder hatte er gewisse Dinge inzwischen verdrängt, oder Jeff war schlimmer, als er und seine Freunde in dem Alter je gewesen waren. Zudem benahm er sich ziemlich provozierend. Natürlich war es nicht gerade förderlich, dass seine Mutter verrückt geworden und der Richter noch immer ein egoistischer Workaholic war. Allzu oft hatte Rex Jeff an Orten aufgesammelt, wo er nichts zu suchen hatte. Wenn er ihn zu Hause ablieferte, hatten seine Eltern meist nicht einmal bemerkt, dass er nicht da gewesen war.

Der Richter versicherte ihm, Jeff schlafe in seinem Zimmer.

Rex verkniff sich die Frage, ob er auch tatsächlich nachgeschaut hatte, denn der Mann konnte an diesem Morgen nicht noch ein Familienmitglied gebrauchen, um das er sich sorgen musste. Falls Jeff irgendwo unterwegs war, würde er wahrscheinlich überleben, was bei seiner Mutter nicht so sicher war.

«Wie bald kannst du hier sein?», wollte der Richter wissen.

«Ich fahre über den Friedhof.»

«Kommst du nicht direkt her?»

Der Richter schien mit ihm diskutieren zu wollen.

«Ich nehme den schnellsten Weg von da, wo ich jetzt bin», beruhigte Rex ihn.

Das Grundstück der Newquists grenzte an den Friedhof, es war gut möglich, dass Nadine dort unterwegs war.

Während er mit dem Richter telefonierte, bekam er noch einen Anruf, aber Rex achtete nicht weiter darauf. Als er das Gespräch beendete, beschäftigte ihn nur noch die Suche nach Nadine. Er legte sein Handy auf den Sitz neben sich, um sich wieder voll aufs Fahren zu konzentrieren. Die Bedingungen waren schlecht, aber nicht schlecht genug, um nicht über die Ironie des Schicksals nachzudenken. Er fragte sich, ob dem Richter ebenfalls bewusst war, dass heute der 23. Januar war und Rex in einem Schneesturm jemanden suchte. Es war nicht das erste Mal, dass er so etwas an einem 23. Januar tat. Er hoffte nur, dass es dieses Mal besser endete als beim letzten Mal vor vielen Jahren.

Bis zum Friedhof brauchte er mehr als zwanzig Minuten.

«Lieber Himmel –»

Er hatte einen schwarzen Ford Pick-up entdeckt, der tief im Straßengraben auf der anderen Seite des Highways hing. Er war stark demoliert. Auf der Beifahrertür stand in weißer Schreibschrift: *Abbys Landschaftsgärtnerei*, darunter eine Telefonnummer und eine Webadresse.

«Nein!», schrie Rex und fuhr so dicht wie möglich an den Pick-up heran. Nachdem er rutschend zum Stehen gekommen war, sah er zu seinem großen Schrecken einen Körper am Fenster auf der Fahrerseite.

Rex spürte, wie es ihm fast das Herz brach, so wie es ihm vor langer Zeit schon einmal ergangen war. Abgesehen von einer kurzen Zeit, als er sieben und sie fünf gewesen war, war er nie in Abby verliebt gewesen. Genau wie heute hatte sie auch damals schon lange blonde Locken und große blaue Augen. Es war nicht schwer gewesen, sich in sie zu verlieben. Und das war noch lange bevor sie diese Figur bekommen hatte, die in engen Jeans und T-Shirts so gut zur Geltung kam. Er hatte sich aber dann in ein kleines rothaariges Mädchen verguckt, das neu in der Stadt war, und danach in viele andere Mädchen, die seine Liebe meist nicht erwiderten. Also blieb es Mitch vergönnt, Abby zu lieben, allerdings hatte er dabei eine jämmerliche Figur abgegeben.

Rex sprang aus seinem Geländewagen, griff nach seinen Handschuhen und lief los, ohne die Wagentür hinter sich zu schließen. Er schickte ein Stoßgebet zum Himmel und rutschte zu dem demolierten Pick-up. Er liebte Abby wie eine Schwester und würde es nicht ertragen können, wenn sie tot wäre. Mitch nicht mehr zu haben war schlimm genug, aber sie zu verlieren wäre noch viel schlimmer. Kaum an ihrem Wagen, riss er auch schon die Fahrertür auf.

«Abby!»

Als sie Rex' Stimme hörte, kam Abby langsam wieder zu sich. Durch eine merkwürdig nach oben gerichtete Windschutzscheibe sah sie einen weißen Himmel. Sie merkte, dass sie angeschnallt in ihrem eigenen Wagen saß. Ihr linker Arm und ihre linke Kopfhälfte schmerzten. Sehr sogar. Ihr war so kalt, dass sich ihr gesamter Körper taub anfühlte. Als sie den Kopf wenden wollte, um festzustellen, wer nach ihr rief, begann sich alles zu drehen. Mit Mühe erkannte sie das vertraute Gesicht, das sie so entsetzt anstarrte, als wäre sie Godzilla.

«Abby, rede mit mir! Deine Augen sind offen … Sag mir, wie viele potthässliche Sheriffs du vor dir siehst.»

«Drei.»

Er sah sie noch entsetzter an, doch dann lächelte sie.

«Ich hab nur Spaß gemacht. Dich gibt's nur einmal, das steht fest.»

«Jage mir ja nicht so einen Schrecken ein! Was ist passiert?»

Abby fasste sich vorsichtig mit der linken Hand an die Stirn und merkte, dass Blut am Handschuh kleben blieb.

Steif gefroren klappte sie mit der rechten Hand die Sonnenblende herunter und hob die Abdeckung des Spiegels an. Was sie sah, jagte auch ihr einen Schrecken ein – wie blass sie aussah und wie das Blut unter ihrer schwarzen Wollmütze hervorsickerte. Ihre Pupillen waren groß und dunkel, was erklärte, warum ihre Augen bei dem Licht so schmerzten. Sie griff nach der Sonnenbrille auf dem Beifahrersitz und setzte sie vorsichtig auf. Dann zog sie sich die Mütze herunter, um ihre verklebten blonden Locken zu betrachten, die jetzt rosarot waren.

«Ich sehe aus wie ein Punk», bemerkte sie matt. «Fehlt nur noch eine Sicherheitsnadel in der Augenbraue.»

«Setz die Mütze wieder auf, sonst holst du dir noch eine Lungenentzündung.»

«Ja, Dad», antwortete sie spöttisch, tat aber dennoch, was er sagte, auch wenn der Schmerz ihr den Atem raubte, sobald sie den linken Arm hob. Als sie sah, dass der Kaffee ausgekippt war, fiel ihr auf, dass sie ihn gar nicht roch. Sie fürchtete einen Moment lang, ihre Nase wäre gefroren. Doch als Rex sich zu ihr beugte, um sich ihr Gesicht anzuschauen, nahm sie erleichtert den Ledergeruch seiner Jacke wahr.

«Du hast mich zu Tode erschreckt, Abby», sagte er vorwurfsvoll. «Als ich deinen Pick-up hier im Graben sah …»

Da das Fenster in der Fahrertür keinen Sprung hatte, hoffte sie, dass auch ihr Kopf in Ordnung sein würde, selbst wenn die Haut aufgeplatzt war. Sie berührte erneut ihre Wunde und hatte plötzlich das Gefühl, der Schmerz würde sie wachrütteln. Auf einmal erinnerte sie sich schlagartig wieder daran, wie sie dort gelandet war.

«Was ist mit meinem Pick-up? Hilf mir aus dem Gurt. Hast du Nadine eingesammelt?»

«Nein. Woher weißt du von ihr?»

Jetzt war es Abby, die entsetzt dreinblickte. «Hast du meine Nachricht nicht gehört?»

«Nein, ich bin zufällig hier vorbeigekommen –»

«Ach herrje, Rex! Nadine ist auf dem Friedhof! Ich habe sie dort im Bademantel herumirren sehen –»

Er richtete sich auf und sah sie an. «Um Gottes willen», sagte er mit leiser, angespannter Stimme. Eilig streifte er seinen linken Handschuh wieder über und blickte auf die Uhr. «Es ist sechs Uhr zweiunddreißig. Weißt du, wann du den Unfall hattest?»

Abby versuchte sich aus dem Wagen zu befreien, wobei sie sich an Rex' muskulösem Körper festhielt, um sich herauszuziehen. Er half ihr, bis sie neben ihm stand. Der Schnee war so tief, dass sie nicht einmal erkennen konnte, ob er Stiefel trug.

«Es muss gegen sechs gewesen sein», antwortete sie ihm. «Meine Güte, Mitch, eine volle halbe Stunde!»

«Mitch?» Rex sah Abby an und runzelte die Stirn. «Du hast mich Mitch genannt, Abby.»

Sie blickte in die vertrauten braunen Augen, in denen jetzt ein leicht verärgertes Funkeln zu erkennen war.

«Habe ich das? Ich habe dich Mitch genannt? Na ja, seine Mutter läuft ja auch hier draußen herum. Ist doch egal, Rex! Ich hätte dich auch Fred oder Harvey nennen können. Los, wir müssen sie finden. Du musst mir helfen, mir ist ein bisschen schwindelig –»

«Du kommst nicht mit. Vielleicht hast du eine Gehirnerschütterung.»

«Ach, hör auf, Rex. Mir ist nur eiskalt, ich muss mich unbedingt bewegen. Ich kann dir zeigen, wo sie war.»

Sie merkte, wie ihr schwarz vor Augen wurde, und lehnte sich an Rex, bis sie wieder sehen konnte.

«Du wirst mir ja eine große Hilfe sein», sagte er und sah noch immer verärgert aus.

«Wir müssen zu Nadine!», drängte sie und zog ihn an der Jacke, damit er sich in Bewegung setzte.

Er half ihr aus dem Graben und stützte sie auf dem Weg durch den tiefen Schnee zu seinem Geländewagen. Dreimal rutschten sie aus und wären beinahe gestürzt, doch Rex war kräftig genug, um sie beide zu halten, und Abby war fest entschlossen, ihn nicht allein suchen zu lassen. Sie hatte kein Vertrauen zu Männern, wenn es darum ging, irgendetwas zu finden. Auch zu Rex nicht, selbst wenn es um eine dreiundsechzig Jahre alte Frau in einem rosafarbenen Bademantel im Schnee ging.

«Als ich sie zum ersten Mal gesehen habe, war sie dort, Rex.»

Wild fuchtelte sie mit dem Finger in der Luft und zeigte auf eine Stelle, die gut dreißig Meter vom Eingangstor des Friedhofs entfernt lag.

«Los, Beeilung», trieb sie ihn an, auch wenn sie wusste, dass er nicht schneller fahren konnte. «Als ich sie dann noch einmal sah, war sie nicht viel weiter gekommen.» Abby blieben die Worte im Hals stecken. Rex drückte ihre Hand, bevor er schnell wieder ans Lenkrad griff. «Sie trägt einen rosafarbenen Bademantel, damit sollte man sie eigentlich sehen können. Hoffentlich! Vielleicht merkt sie gar nicht, dass es kalt ist. Vielleicht glaubt sie, es ist Sommer. Und dass sie nur kurz über die Straße geht, um meine Mutter zu besuchen.»

«Vielleicht», war Rex' einzige Reaktion, aber zumindest nahm er sie ernst.

Das war eine der Eigenschaften, die ihr an Rex besonders gefielen, dachte Abby. Er war Realist, ließ aber jedem seine Überzeugungen. Die Leute konnten behaupten, morgen ginge die Welt unter, und er würde immer noch anerkennend mit dem Kopf nicken und «Interessant» sagen. Natürlich entlockte er den Leuten auf diese Art viele Informationen, was hilfreich für seine Ermittlungen war. Rex war das Gegenteil von Mitchs Mutter, die in solchen Fällen eher sagen würde: «Das ist das Dümmste, was ich je gehört habe», und andere mit ihren Sprüchen verletzte. Von den Freunden ihrer Eltern war Nadine immer diejenige gewesen, die sie nicht gemocht und vor der sie Angst gehabt hatte. Rex' Vater, der Sheriff, war zu seinen Söhnen ziemlich grob, und auch der Richter konnte einschüchternd wirken, aber zu Abby waren beide Männer immer die Freundlichkeit selbst gewesen. Nadine war anders. Sie hatte eine spitze Zunge und genaue Vorstellungen, wie die Welt zu sein hatte. Seit sie an Alzheimer erkrankt war, war es noch schwieriger, mit ihr auskommen, als hätte die Krankheit den bösen Kern ihres Charakters freigelegt. Immer wenn Abby sich bei ihrer Mutter über Nadine beschwert hatte, wurde sie von Margie beschwichtigt. «Ach, Abby, ich kenne Nadine schon mein ganzes Leben und diese Stadt ist nicht groß genug, als dass man bei seinen Freunden allzu wählerisch sein könnte.»

Nadine und Margie gerieten sich öfter in die Haare und sprachen dann mehrere Tage nicht miteinander; nachdem Mitch die Stadt verlassen hatte, waren es sogar mehrere Wochen. Aber dann trafen sie sich doch wieder. Abbys Mutter hatte stets gesagt, man sollte besser mit ihr befreundet sein, als zu ihren Feinden zu gehören, denn Nadine war geistreich und hatte einen scharfen Verstand. Nicht, dass sie nicht freundlich sein konnte – besonders, wenn es ihrem Ruf förderlich war, ging das manchmal sehr wohl. Doch Freundlichkeit war keine ihrer natürlichen Eigenschaften, keine Grundhaltung wie bei Rex' Mutter Verna oder bei Margie, als sie noch lebte.

«Rex», begann Abby, während sie die weiße Landschaft absuchte. Ihr war immer noch schwindelig, aber die Kälte hielt sie wach. Der vordere Teil des Friedhofs, den sie einsehen konnten, stammte aus dem neunzehnten Jahrhundert und stand voller verwitterter Grabsteine. Im hinteren Teil, der jenseits einer Anhöhe lag, gab es stattdessen flach eingelassene, moderne Gedenktafeln. Wie alle anderen mochte auch Abby den hinteren Bereich nicht, obwohl er für ihre Leute viel leichter zu pflegen war. Niemand konnte den Vormarsch von modernen Rasenmähern aufhalten, nicht einmal die Eigentümerin von *Abbys Landschaftsgärtnerei*. «Sie könnte sterben, ohne Mitch je wiedergesehen zu haben.»

«Wir alle werden sterben, ohne Mitch je wiedergesehen zu haben», murmelte Rex.

«Vielleicht kann sie sich nicht mal an ihn erinnern», murmelte Abby gerade, als sie einen farbigen Fleck im Schnee entdeckte. «Rex, da!»

Der Schnee knirschte, als er so dicht wie möglich heranfuhr. Sie sprangen hinaus und kämpften sich gemeinsam durch den tiefen Schnee. Nadine Newquist lag auf der linken Seite zwischen zwei Reihen alter Grabsteine, die fast zugeschneit waren. Auch sie war bereits mit Schnee bedeckt; einige Minuten später hätte man sie nicht mehr sehen können.

Es war so kalt, so einsam.

Obgleich Abby fast befürchtet hatte, dass es so ausgehen würde, war es doch ein Schock.

Aus irgendeinem Schornstein roch sie ein Holzfeuer und schmeckte es in ihrem Mund. Der Gegensatz zwischen wohliger Wärme und Trostlosigkeit hätte in diesem Moment nicht grausamer sein können.

Rex kniete sich vor Nadine hin und drehte sie vorsichtig um. Ihre Augen waren offen und starrten in den grauweißen Tag. Der Form halber und nicht weil er glaubte, dass sie noch lebte, legte er sein Ohr an ihre Brust und zwei Finger an Hals und Handgelenk, um nach einem Puls zu suchen, den es nicht gab. Unter dem rosafarbenen Bademantel trug sie ein weißes Nachthemd, was Rex zu Kopfschütteln veranlasste. «Meine Güte, sie war wahrscheinlich schon halb erfroren, bevor sie gestürzt ist.» Ihre langen, dünnen, knochigen Füße waren so nackt wie am Tag ihrer Geburt. Ihr kastanienrotes Haar – sie hatte sich immer in Kansas City frisieren lassen, weil ihr die Friseure von Small Plains nicht gut genug waren – war am Ansatz so grau wie der Untergrund, auf dem sie lag.

«Du weißt, was die Leute sagen werden?», fragte Abby mit zitternder Stimme.

Er lehnte sich zurück und blickte zu ihr auf. Sie stand über ihm und hatte die Hände in den Taschen zu Fäusten geballt. Ihr Gesicht war auf einer Seite geschwollen, getrocknetes Blut klebte daran.

«Nein, was denn?»

Abby zeigte auf einen Grabstein hinter Nadine, der aus dem Schnee herausragte. Die Inschrift war verschneit. «Sie werden sagen, dass Nadine auf dem Weg zu diesem Grab war», behauptete Abby. «Wenn Nadine es nur ein paar Schritte weiter geschafft hätte, werden sie sagen, wäre sie womöglich gerettet gewesen.»

Rex drehte sich zu dem Grab um, das Abby meinte. Er kannte es gut. In seinem Wagen lagen Blumen, die er dort eigentlich heute hinbringen wollte.

Es war das Grab des Mädchens, das er mit seinem Vater und seinem Bruder in der Nacht vor siebzehn Jahren gefunden hatte, als Small Plains ebenfalls von einem Schneesturm heimgesucht wurde. Alle waren damals über den Mord entsetzt gewesen und hatten sich darüber empört, dass sich kein Angehöriger meldete. Sie hatten für die Begräbniskosten gesammelt und zur Beerdigung ihre besten Kleider getragen. Seither war eine Legende um sie entstanden. Viele Leute behaupteten, das nicht identifizierte ermordete Mädchen würde Kranke heilen und Menschen in Not helfen, weil sie der Stadt dankbar dafür war, dass sie sich um sie gekümmert hatte.

«Meinst du?», sagte Rex und seine Stimme klang härter als beabsichtigt. «Na ja, die Leute sind einfältiger, als man denkt.»

«Rex!»

Argwöhnisch sah er sie an. «Du glaubst diesen Mist doch wohl nicht etwa, oder?»

«Ich weiß nicht –»

«Herr im Himmel!» Er klang empört. «Vergiss das. Komm jetzt. Ich trage sie in den Wagen, und dann fahren wir sie nach Hause.»

«Okay.» Doch dann fügte sie noch hinzu: «Nadine würde das gar nicht mögen. Es … ist würdelos.»

«Was bleibt uns übrig?»

«Stimmt.»

Er blickte noch einmal auf den Grabstein des Mädchens.

«Was ist?», wollte Abby wissen und bemerkte seinen abwesenden Blick.

«Weißt du, was heute für ein Tag ist?», fragte Rex.

«Montag?»

«Nein, ich meine das Datum. Der 23. Januar.» Er sah Abby an, als sollte ihr ein Licht aufgehen. Als sie nicht darauf kam, sagte er nach einer Weile: «Genau der Tag, an dem wir sie damals gefunden haben.»

Abby runzelte die Stirn, bevor sie verstand. «Ach ja?

O Gott, Rex, ich vergesse immer, dass du sie gefunden hast.»

«Nicht nur ich. Mein Vater und ... mein Vater war auch dabei.»

Abby blickte auf den kaum noch sichtbaren Grabstein. «Ich habe mir das eigentlich nie bewusst gemacht, Rex. Ich weiß, das klingt schlimm, aber ich hatte andere Dinge im Kopf. Du weißt ja, wie es ist, wenn man sechzehn ist. Die ganze Welt dreht sich nur um einen selbst. Ein Meteor hätte einschlagen können, und ich hätte es nicht gemerkt.» Sie blickte ihn an und er sah, wie sich ihre Brauen abermals über ihrer Sonnenbrille zusammenzogen, als würde sie sich über etwas wundern. «Ich kann mich auch gar nicht erinnern, dich damals oft gesehen zu haben.»

Er nickte. «Ich glaube, ich habe mich versteckt, wie du.»

«Versteckt?» Abby wusste zunächst nicht, was er damit meinte, doch plötzlich, als sie ihn ansah, fiel es ihr wie Schuppen von den Augen. Nach siebzehn Jahren verstand sie plötzlich etwas, worüber sie zuvor nie nachgedacht hatte. «Rex, es muss doch fürchterlich für dich gewesen sein, ihre Leiche zu finden. Und dann war auf einmal auch noch Mitch weg ...»

Ihre Augen füllten sich mit Tränen. «Rex, es tut mir leid. Ich hätte es merken müssen, ich hätte dich schon vor langer Zeit darauf ansprechen sollen. Ich habe nur an mich gedacht.»

Er winkte ab. «Machst du Witze? Ich habe mich auch nicht gerade wie ein guter Freund verhalten.»

Sie atmete die kalte Luft tief ein. «Ich bin froh, dass wir endlich darüber sprechen.»

«Ja.» Er lächelte sie an, doch dann wurde er wieder ernst. «Komm. Ich reiße mich genauso wenig darum wie du, aber wir müssen es tun.»

«Déjà-vu für dich.»

«Na ja, ich habe seitdem noch einige andere erfrorene Leute im Schnee gefunden.»

«Trotzdem ein seltsamer Zufall.»

Rex hockte sich in den Schnee und betrachtete mit zusammengekniffenen Augen die Leiche der Mutter seines ehemals besten Freundes. «Das ist wahr», stimmte er zu, und seine Stimme klang plötzlich nachdenklich und leise.

«Ja, das Leben ist manchmal seltsam.»

«Wohl wahr.»

«Vielleicht hat meine Mutter sie umgebracht», sagte Abby.

Er fuhr herum und starrte sie an. «Was?»

Abby berührte die Wunde in ihrem Gesicht, zuckte zusammen und sagte: «Als Mitch die Stadt verlassen hat, war Nadine nicht gerade nett zu mir. Meine Mutter hat damals gesagt, sie würde sie umbringen, weil sie so gemein zu mir war.» Sie versuchte ein wenig zu lächeln, aber es schmerzte. Sie sah zu ihm hinab. «Vielleicht hat meine Mutter sie aus ihrem Grab angelockt und sich so an ihr gerächt.»

«Manchmal», sagte er und hielt den Blick auf sie gerichtet, «bist du auch ziemlich seltsam.»

«Ja, und mit dir kann man gut reden.»

«Was meinst du damit?»

«Ach, nichts.» Abby zeigte auf etwas. «Was ist das, Rex?»

«Was?»

«Was sie in ihrer Hand hält. Was hat sie da bei sich?»

Vorsichtig drehte Rex Nadine Newquists dünnen Arm, damit er erkennen konnte, was sie in ihrer Faust verbarg. «Es ist ein Bild von Jeff», sagte er zu Abby.

«Oh!» Abby war ergriffen. «Es ist so traurig.»

Dieses Detail brachte sie schließlich zum Weinen. Als

sie nach Nadine suchten, war sie voller Angst und Sorge gewesen, aber jetzt spürte sie nur noch Trauer – auch wenn sie das Gefühl hatte, es war mehr Trauer um ihre Mutter und um andere Menschen, die sie verloren hatte, als um die Frau, die vor ihr im Schnee lag. Dennoch … Nadine mochte eine Schlange gewesen sein, aber sie war mit einem Foto ihres Adoptivsohns, ihres jüngsten Kindes, in den Tod gegangen.

Rex hob den dürren, leichten Körper hoch und trug ihn wie ein Baby zu seinem Wagen. Abby lief neben ihm her und zog Bademantel und Nachthemd hinunter, damit Mitchs Mutter auch im Tod einen gewissen Anstand bewahrte.

Rex trug Nadine in das Haus der Newquists.

Auf Wunsch des Richters legte er den Leichnam auf ein breites Bett in einem Gästezimmer im Erdgeschoss.

«Ich dachte, es ist in Ihrem Sinne, dass ich sie hierher bringe», sagte er zu Tom Newquist. Der Richter stand im Türrahmen des Zimmers. «Bestimmt wollen Sie die McLaughlins lieber selbst anrufen und sie von hier abholen lassen, als dass ich sie zum Bestatter bringe.»

Tom Newquist nickte schweigend.

Seit ihrer Ankunft hatte er sich, abgesehen von «Wo habt ihr sie gefunden?», noch nicht zu seiner Frau geäußert. Er hatte müde und erschöpft ausgesehen, als er die Tür öffnete und sie in das makellose, wohlriechende Haus einließ, das seine Frau so viele Jahre für ihn gehegt und gepflegt hatte. Doch er wirkte nicht geschockt. Sie alle hatten gewusst, dass die Situation nicht gut enden konnte.

Abby, die hinter ihm stand, musterte ihn von oben bis unten. Sein Rücken war steif wie stets und seine Haltung sollte wie immer ausdrücken, dass er ein großer Mann war – immerhin 1,90 Meter –, der große Probleme schultern konnte.

An der Haustür war sie nervös gewesen, als müsse sie befürchten, dass er sie im nächsten Moment für den Tod seiner Frau verantwortlich machen würde.

Rex verließ den Raum, der Richter begleitete ihn.

«Sie sind dafür bekannt, immer alles abzuschließen», hörte Abby Rex sagen, als die beiden Männer in Richtung Küche gingen. «Wie konnte es passieren, dass die Tür heute offen stand?»

Der Richter antwortete mit seiner tiefen Stimme: «Eine der verdammten Pflegerinnen war's.»

Sobald die Schritte der Männer sich entfernt hatten, betrat Abby ruhig das Zimmer und stellte sich neben die Freundin ihrer verstorbenen Mutter ans Bett. Am Fußende lag eine weiße seidene Bettdecke. Abby faltete sie auseinander, woraufhin sie Blütenduft verströmte, und deckte Mitchs Mutter ordentlich bis zu den Schultern damit zu. Dann ordnete sie ohne Eile Nadines Haar, das nass vom Schnee war. Auf dem Friedhof hatte Rex ihr die Augenlider geschlossen. In der rechten Hand hielt sie nach wie vor das Foto ihres Adoptivsohns Jeff.

Einen Moment blieb Abby vor der Frau stehen, die sie gefürchtet und gehasst und dennoch stets höflich und mit Respekt behandelt hatte, weil sie so erzogen worden war. Dann beugte sie sich vor – auch von ihr tropfte der Schnee – und küsste vorsichtig die kalte Stirn der Toten. Es war ganz sicher kein Vergebungskuss. Sie tat es für ihre eigene Mutter und für Mitch. Dabei hasste sie sich selbst für den Gedanken, der ihr in dem Moment gekommen war, als sie sicher wusste, dass Nadine tot war. Sie hatte nicht an ihre Todesqualen gedacht oder an den Richter. Es war das absolut Letzte, was sie in diesem Moment denken wollte, aber sie konnte nichts dagegen tun, denn es war einfach da …

Vielleicht kommt er zur Beerdigung.

8

Er kam nicht zur Beerdigung.

Rex stand in der letzten Reihe der Menge und ließ den Blick über die versammelte Gemeinde schweifen. Es war ein Tag, der die Geister weckte, und sie schienen alle gleichzeitig zu heulen, dachte er. Ihm selbst war nicht wehmütig zumute, aber er entnahm den düsteren, abwesenden Blicken einiger Anwesender, dass Erinnerungen an andere Tage in ihnen wachgerufen wurden. Die Pappeln und die umliegenden hohen, an den Kuppen abgeflachten Hügel fingen nichts von dem Wind ab, der zwischen den Menschen, die um das Grab standen, hindurchpfiff. Als Trauernde konnte man sie nicht bezeichnen, dachte Rex, höchstens als Trauernde über die eigenen Verluste oder vielleicht über Leben und Tod im Allgemeinen. Eines hatten sie allerdings gemeinsam: Ihnen war kalt. Es war ein schneidender Wind, der die Kälte aus den Bergen Colorados mit sich führte und sich durch die hochgestellten Mantelkragen der Männer fraß und die Beine der Frauen in Kleidern gefrieren ließ.

Die Lippen des Pfarrers am Grab waren so kalt, dass er sogar beim Gebet nur nuschelte. Bei all seinen Bewegungen, bei allem, was er sagte und tat, wirkte er linkisch. Schließlich stellte er die Bibel vor sich auf einen metallenen Klappstuhl, vergrub die spröden Hände in den Taschen seines schwarzen Mantels und holte sie nicht mehr heraus. Rex wünschte, er würde endlich «Amen» murmeln und die Menschen damit zu ihren Heizungen in den Autos und Geländewagen entlassen.

Zwischen dem Richter Tom Newquist und dem siebzehn

Jahre alten Jeff Newquist war eine Lücke, als hätten sie Platz gelassen für jemanden, der nicht gekommen war. Rex sah, wie Abby darauf starrte. Sie tat ihm leid. Die Verletzungen in ihrem Gesicht waren noch sichtbar, und sie hielt den linken Arm dicht am Körper, als würde er schmerzen. Diese Wunden würden heilen. Andere jedoch, seelische Verletzungen, Zurückweisungen und Schocks verwand man nur schwer. Abby würde wahrscheinlich niemals das Gefühl loswerden, etwas falsch gemacht zu haben.

Ich auch nicht, stellte Rex fest. Er hatte seine eigenen Gründe dafür.

Er blickte zu dem Grab des Mädchens hinüber, das an jenem anderen 23. Januar gestorben war. In diesem Jahr waren die Blumen, die er ihr an ihrem Todestag bringen wollte, in einer Vase in Tom Newquists Küche gelandet – Nadine zu Ehren.

Auf dem Grabstein des Mädchens stand kein Name, da man nie herausgefunden hatte, wer sie war. Lediglich ihr Todesjahr und die Inschrift *Ruhe in Frieden* waren darin eingemeißelt.

Als der Pfarrer sie endlich entließ, beobachtete Rex, dass viele Menschen wie zufällig am Grab des toten Mädchens vorbeigingen und es berührten. Abby hatte Recht gehabt – mehr als einen hörte er etwas sagen wie: «Du weißt, warum Nadine Newquist auf dem Friedhof war. Sie wollte ihren Alzheimer loswerden, die Arme. Sie hat wohl geglaubt, dass ein Wunder geschähe, wenn sie es bis dorthin schaffte.»

Man sprach dem toten Mädchen nicht nur Heilkräfte zu, sondern nannte sie hier im Ort auch «die Jungfrau».

Der erste Fehler an dieser Legende war, dass sie nicht als Jungfrau gestorben war. Für immer würde Rex die Stimme seines Vaters im Ohr behalten, als er gesagt hatte, sie sei vergewaltigt worden. Er würde niemals das gefrorene Blut an ihren Beinen vergessen. Natürlich wusste niemand außerhalb seiner Familie davon, da sein Vater ihnen verboten hatte, darüber zu sprechen. Doch ein wildes Gerücht hatte die Runde gemacht, dem zufolge Doc Reynolds bei der Untersuchung gesagt haben sollte, dass sie vor dem Mord so rein wie frisch gefallener Schnee gewesen wäre. Rex vermutete, diese Version gefiele den Menschen, da sie einen Hang zum Melodramatischen hatten. Sie war nicht einfach nur ein Mädchen, das unglücklicherweise ermordet worden war, sie war mehr, eine *Jungfrau*.

Der zweite Fehler bestand darin, dass der Doc diese Tatsache gar nicht wirklich hätte beweisen können, selbst wenn er es gewollt hätte. Und drittens hätte Quentin Reynolds sich eher die Zunge abgebissen, als eine abgedroschene Phrase wie «rein wie frisch gefallener Schnee» zu verwenden.

Das hier dagegen ist ein wahres Wunder, dachte Rex, als sich die Sonne ihren Weg durch die Wolken bahnte und auf den Friedhof schien. Er blickte auf seine Stiefel, die im kalten Schneematsch standen. Der Schnee fing endlich an zu schmelzen.

Auf dem Weg zum Ausgang des Friedhofs schloss Rex zu einer korpulenten Frau auf, in der er eine von Nadines Pflegerinnen erkannte.

«Mrs. Kolb», sprach er sie an. «Haben Sie einen Moment Zeit?»

Als sie nickte, trat Rex mit ihr zur Seite. «Sie haben gehört, wie Mrs. Newquist an jenem Tag nach draußen gelangt ist?», fragte er sie und blickte ihr in die Augen.

«Jemand hat die Tür offen gelassen», sagte sie mit hochgezogenen Augenbrauen und verächtlichem Blick.

Rex konnte direkt sein, wenn er wollte. «Der Richter sagt, eine der Pflegerinnen habe sie offen gelassen.»

«Der lügt, der Schweinehund!» Die Frau war so empört, dass einige Leute sich erschrocken nach ihr umdrehten. Sie merkte es und senkte die Stimme zu einem wütenden Flüstern. «Ich hatte als Letzte Dienst, wie Sie sicher wissen, sonst hätten Sie mich nicht darauf angesprochen, und ich schwöre bei einem Stapel Bibeln, so hoch wie Sie wollen, dass ich die Tür nie ... *niemals* ... offen gelassen habe. Wenn wir das Haus nicht abschlossen, konnte uns das unseren Job kosten! Die wichtigste Regel im Haus war, die Türen nach draußen immer verschlossen zu halten. Wenn er jetzt so etwas behauptet, versucht er nur, andere dafür verantwortlich zu machen, woran er, verdammt nochmal, und Christus möge es bezeugen, selbst schuld ist.»

Rex kratzte sich mit dem Zeigefinger am Kinn. «Glauben Sie, er hat die Tür selbst offen gelassen?»

«Nein, so etwas würde ihm nie passieren, ihm nicht», sagte sie verbittert. «Aber wenn er nicht gut genug auf sie aufgepasst hat ...»

Sie ließ den Satz unvollendet.

Rex hakte nach. «Wenn der Richter nicht gut genug auf seine Frau aufgepasst hat, ist sie vielleicht selbst zur Tür gegangen und hat sie geöffnet?»

«Möglich. Oder ...»

Rex hob neugierig die Augenbrauen.

«Sie war nicht die Einzige im Haus, die keinen vernünftigen Gedanken fassen konnte», sagte die Pflegerin in demselben harten Ton, in dem sie über den Richter gesprochen hatte.

Rex blickte über ihren Kopf hinweg auf den vorbeigehenden Witwer und seinen jugendlichen Sohn. Genau in dem Moment blickten auch die beiden Newquists in die Richtung, wo Rex stand und sich mit der ehemaligen Pflegerin unterhielt.

Jeff erinnerte Rex ein wenig an Mitch in dem Alter, auch wenn es dafür eigentlich keinen Grund gab. Aber er hatte einige der Eigenschaften der Newquists angenommen, weil er bei ihnen lebte, und daraus entstand wohl der Eindruck, dass er ihnen ähnelte. Er hatte einen zielstrebigen Gang, vergleichbar mit Toms, auch wenn er bei Jeff provozierend wirkte, und sein neckisches Augenzwinkern war genau wie bei Nadine. Seine Haltung hingegen war nicht so aufrecht wie Toms, er ließ die Schultern hängen. Ganz so gut wie die «richtigen» Newquist-Männer sah er einfach nicht aus. Er war zwar ebenfalls groß, aber viel dünner und lange nicht so athletisch wie Tom und Mitch. Seine Augen hatten eine Farbe, die bei den Newquists nicht vorkam, und sein Teint war blasser und ungleichmäßiger als ihrer. Eindeutig hatten hier andere Gene gewirkt, aber es fiel nur jemandem auf, der über Gang, Größe und Blick hinausschaute.

Rex wandte sich wieder Mrs. Kolb zu. «Sie glauben, Jeff hat sie offen gelassen?»

«Nun ja, er hat seine Kleidung auf irgendwelchen Möbelstücken liegen lassen, seine Handtücher auf den Boden geworfen und sein dreckiges Geschirr irgendwo hingestellt.»

«Was ist mit Türen, hat er die auch offen gelassen oder nicht zugeschlossen?»

«Na ja», gab sie zögernd zu. «Gesehen habe ich es nie.»

Rex nickte und entließ sie mit einem Lächeln. «Danke.»

Während er ihr nachblickte, überlegte er, ob er die Sache weiter verfolgen sollte. Jemand hatte zufällig oder ohne darüber nachzudenken eine Tür offen gelassen, und eine geistig verwirrte Frau war dort hindurch in den Tod spaziert. Dass so etwas passieren konnte, war menschlich, wenn auch nicht schön. Vielleicht war es die Pflegerin gewesen, auch wenn sie selbst es leugnete; es konnte auch der Richter gewesen sein oder Jeffrey oder sogar Rex' eigene Mutter, die ihre alte Freundin Nadine am Tag zuvor besucht hatte. Es konnte auch Rex' Vater gewesen sein, der am Vorabend bei Tom vorbeigeschaut hatte, oder auch jemand anders, der einen Kurzbesuch abstatten wollte, wie das in der Kleinstadt eben üblich war. Man brachte Blumen oder etwas zu essen mit oder hielt einer senilen Frau einfach nur für einige Minuten die Hand. Kriminell war das nicht, es sei denn, jemand hatte damit absichtlich den Tod einer leidenden, unbequemen Frau etwas beschleunigen wollen.

Sie war tot. Und eigentlich war es ein Segen, dachte Rex.

Sie war tot, und er war der Sheriff. Er hatte keine Ahnung, was er, wenn überhaupt, mit dieser unbequemen Verbindung anfangen sollte.

Mitch Newquist war nicht bei der Beerdigung, dennoch – oder gerade deswegen – sorgte er im weiteren Tagesverlauf für einige Diskussionen. Rex hörte das Flüstern im Haus des Richters bei dem anschließenden Empfang. Als Rex eintrat, bemerkte er den Geruch von Zigarren, den Nadine niemals akzeptiert hätte. Er fragte sich auch, was sie wohl zu dem selbst gemachten Buffet der Kirchenfrauen gesagt hätte. Zu viel fettes Essen, hätte sie wahrscheinlich schnippisch bemerkt. Rex machte sich jedoch sofort darüber her, über die Käsemakkaroni, die grünen Bohnen mit gebratenen Zwiebelringen und den Apfelkuchen.

«Man sollte doch glauben, dass ein Sohn zur Beerdigung der eigenen Mutter nach Hause kommt!», hörte er. Doch er vernahm auch mitfühlende Töne: «Es ist wirklich traurig, wenn ein Mann noch nicht einmal zur Beerdigung der eigenen Mutter kommen kann.»

Letzteres wurde mit einem Seitenblick auf Abby gesagt, ein Blick, der Rex zur Weißglut brachte. Meine Güte, hätte er am liebsten gewettert, das ist doch eine alte Geschichte! Lasst es doch endlich gut sein, Leute!

Die Idee, dass Abby Nadine vielleicht hätte retten können, wenn sie keinen Unfall gehabt hätte, nährte die Mär von Abbys Schuld noch zusätzlich. Es war Abbys Fehler, dass Mitch die Stadt verlassen musste, Abbys Schuld, dass niemand rechtzeitig bei Nadine war. «Warst du angeschnallt?», fragte Rex' Vater sie. «Bist du dir sicher, dass der Pick-up nicht zu groß für dich ist?», wollte ihr eigener Vater wissen. «Du kannst nicht einfach auf die Bremse treten, da musst du ausgleichen, wenn du rutschst», belehrte sie ein weiterer alter Kauz, als wären sie in Miami. «Tausch die alte Kiste lieber gegen einen Wagen mit Airbags ein», meinte ein anderer.

Rex musste an Abbys blutige Stirn denken und an ihren Konflikt, einerseits sich selbst in Sicherheit bringen zu müssen und andererseits Hilfe für Nadine rufen zu wollen. Am liebsten hätte er jeden Einzelnen von ihnen geohrfeigt. Was die Geschichte mit Mitchs Verschwinden anging, wusste er nicht, warum sein bester Freund gegangen war, aber er hätte seinen ganzen Besitz darauf verwettet, dass es nicht Abbys Schuld war. Es machte ihn wütend, wenn die Leute versuchten, sie dafür verantwortlich zu machen.

Im Laufe der Jahre, nachdem Mitch Newquist über Nacht die Stadt verlassen hatte, war er von vielen Leuten, die ihn noch nicht einmal gut kannten, zum Helden verklärt worden – zum Footballstar, Leichtathletikass, begnadeten Politiker, Unternehmer, Rancher, kurz: zum Allroundtalent ohnegleichen. Kurz nach seinem Verschwinden hatte es noch einige Spekulationen darüber gegeben, dass er das Mädchen vielleicht umgebracht haben könnte, doch die legten sich schnell, da man dahinter kam, dass er durch Abby ein Alibi hatte. In der Folge wurde er zusehends positiver dargestellt. Einige Leute erinnerten sich sogar an ihn als begabten Klavierspieler – eine Verdrehung der Tatsachen, über die Rex nur verächtlich lachen konnte, wenn ihm so etwas zu Ohren kam. Man musste daraus folgern, dass Mitch, wenn er dageblieben wäre, die Stadt längst großherzig unter seine Fittiche genommen hätte – als fescher, strammer blonder Gott mit Dauergrinsen. Er war netter als seine Mutter und weniger selbstherrlich als sein Vater, und damit der verlorene Star von Small Plains.

Rex nannte es den «Mitch-Mythos», was aber niemand hören wollte.

Wie dieses Image zu einem Mann passen sollte, der nicht zur Beerdigung der eigenen Mutter kam, blieb ein Rätsel, das niemand anzusprechen wagte. Genauso, wie sich viele nie einen Reim darauf machen konnten, wie Abby, die sie alle als liebes, nettes Mädchen kannten, und das Luder, das seinen Freund dazu gebracht hatte, die Stadt zu verlassen, um ihren Krallen zu entkommen, ein und dieselbe Person sein sollten. Beide Widersprüche – der leibhaftige achtzehnjährige Teenager und der romantisierte Held sowie die leibhaftige Abby und der Sündenbock – hatten sich als Alternativen, die nebeneinander bestehen konnten, in den Köpfen vieler Leute festgesetzt.

Alles ging auf vierundzwanzig Stunden zurück.

Vor dem 23. Januar 1987 …

Nach dem 23. Januar 1987.

Du warst achtzehn Jahre alt und bist in jener Nacht über deinen Schulbüchern eingeschlafen, dachte Rex, als er die Trauergesellschaft nach kurzer Zeit verließ. Erinnerungen, die er den ganzen Tag verdrängt hatte, peitschten jetzt auf ihn ein wie der Wind, der ihm auf dem Friedhof um die

Ohren gepfiffen hatte. Und als du aufwachtest, war alles anders. Für dich, für deine Familie, für deine besten Freunde, für deine Heimatstadt. Für immer.

9

Als Mitch in der Nacht von Abby nach Hause kam, waren seine Hände so gefroren, dass er kaum den Hausschlüssel aus der Hosentasche bekam und ins Schloss stecken konnte. Drinnen blickte er an sich herunter und sah, dass seine nackten Hände und Füße ganz rot vor Kälte waren. Seine Jacke und Schuhe lagen noch in Abbys Zimmer. Die Kleidung war voller Schnee, der ihm auch aus den Haaren tropfte und in seinen Wimpern hing.

Doch das Frieren war gar nichts im Vergleich zu der eisigen Kälte, die er in seinem Inneren spürte. Er hob den Kopf und blickte sich langsam um, als sähe er sein eigenes Zuhause zum ersten Mal. Unter seinen Füßen und auf der Treppe nach oben lagen Perserteppiche. Im Eingangsbereich hingen Bilder an den Wänden. Die Lieblingsblütenmischung seiner Mutter verbreitete aus mehreren chinesischen Porzellanschüsseln einen angenehmen und zugleich stickigen Geruch. Er blickte nach links ins Wohnzimmer, dann nach rechts ins Esszimmer. Alles war makellos ordentlich, was seinen Eltern sehr wichtig war. Er war froh, in einen geordneten Kosmos zurückzukehren, doch er kam ihm so unwirklich vor, als wäre er gerade in eine Phantasiewelt getreten.

Die Tür zum Büro seines Vaters im hinteren Teil des Hauses öffnete sich, und plötzlich stand sein Vater in Schlafanzug und Bademantel und mit Hausschuhen an den Füßen vor ihm und sah ihn an. Tom Newquist war ein stattlicher Mann und zehn Zentimeter größer als sein einziges Kind. Durch sein kerniges Gesicht und seine kräftige Statur machte er stets eine beeindruckende Figur, ob in der Robe des Richters im Bezirksgericht 6 oder zu Hause in seinem Bademantel. Es war nicht ungewöhnlich, dass er so spät noch arbeitete; er saß gern am Schreibtisch, wenn das Haus still und leer war, sobald seine Frau und sein Sohn im Bett waren, und er mochte es gar nicht, wenn einer von ihnen aus irgendeinem Grund länger aufblieb.

«Mitchell! Was, um Himmels willen –»

«Dad.» Seine Lippen zitterten, seine Stimme war brüchig. «Ich muss dir etwas erzählen.»

«Du bist barfuß! Wo warst du? Bist du betrunken?»

«Nein! Vater, hör mir zu, es ist etwas geschehen –»

Sein Vater machte einen Schritt nach vorn. «Hattest du einen Unfall? Bist du verletzt? Wo bist du bei diesem Unwetter hingefahren?»

«Dad!» Seine Stimme wurde lauter. «Ich war bei Abby! Ich war nicht mit dem Auto unterwegs! Jetzt hör mir doch mal zu!»

Sein Vater zog die Brauen zusammen, diesen Ton war er nicht gewohnt. «Zieh dir erst mal was an und wärm dich auf. Dann komm in mein Büro. Und weck deine Mutter nicht.»

«Dad.» Mitch machte einen Schritt auf seinen Vater zu. Das Wort hing in der Luft. Mit enormem Kraftaufwand beruhigte er seine Stimme so weit, dass es ihm gelang, in einem ruhigen Tonfall zu sprechen, der seinen Vater hoffentlich dazu brachte, ihm endlich zuzuhören.

Er redete langsam und versuchte, die absurden Unterstellungen seines Vaters zu entkräften, indem er sagte: «Erinnerst du dich noch … an das Mädchen, das bei uns sauber gemacht hat? Sie hieß Sarah, glaube ich. Sie war nicht von hier. Ich glaube, sie kam eigentlich aus Franklin. Da bin ich mir ziemich sicher.» Franklin war ein kleinerer Ort, etwa vierzig Kilometer von Small Plains entfernt. «Dad, sie ist tot. Ich habe sie … Ich habe gesehen …»

Sein Mund wollte die Worte, die jetzt folgen sollten, nicht aussprechen.

Er blickte in das ausdruckslose Gesicht seines Vaters und war wie gelähmt von den enormen, grausamen, völlig abwegig klingenden Worten, die er als Nächstes sagen musste. Nun sag schon!, befahl er sich selbst. Doch es ging nicht, sein Kopf weigerte sich, die Befehle weiterzugeben. Er fürchtete sich vor der Wirkung, die die Nachricht auf den Richter haben würde. Er würde die besten Freunde seines Vaters … was würde er? *Verraten* war das Wort, das ihm als Erstes in den Sinn kam. Aber das war nicht richtig. Er verriet niemanden, er berichtete nur von der Grausamkeit, die er beobachtet hatte. Es war nicht sein Fehler, dass er sie gesehen hatte. Das war nichts, was er einfach nur mit ansehen konnte, ohne je mit jemandem darüber zu sprechen. Sein Vater mochte mit ihnen befreundet sein, aber er war auch Richter. Mitch musste es ihm sagen, es ging …

Sein Vater blickte finster drein, als hätte ein Anwalt ihm wieder einmal juristisch unzulängliche Unterlagen vorgelegt.

«Wer? Wer war das Mädchen, das den Unfall hatte? Was sagst du da?»

«Sarah», wiederholte Mitch und begann heftig zu zittern. Er konnte sich nicht an ihren Nachnamen erinnern und schalt sich selbst dafür, dass er noch nicht einmal ihren Nachnamen wusste. Zähneklappernd stammelte er: «Ich … kann … kaum sprechen.» Drei Meter von ihm entfernt saß sein Vater und verzog keine Miene. «W-warte auf mich, ja? Ich z-ziehe mich eben um. Dann k-komme ich wieder runter …»

Hastig verließ er den Raum und rannte die Treppe hinauf in sein Zimmer.

Als er wieder herunterkam, trug er nicht nur mehrere Kleidungsschichten und Wollsocken übereinander, sondern hatte sich gegen sein inneres und äußeres Zittern auch noch eine Decke umgewickelt. Doch als er sich auf die Couch im Büro seines Vaters setzte und dem Richter erzählte, was er mit angesehen hatte, erntete er für all seine Qualen nichts als Ungläubigkeit.

«Zunächst einmal», sagte sein Vater streng, «will ich wissen, was du in Quentins Praxis zu suchen hattest.»

«Was?»

Mitch gefror das Blut in den Adern, so überrascht war er von dieser Frage. *Zunächst einmal?* Was für eine dumme Frage war das? Was tat das zur Sache? Wen interessierte das? Hatte sein Vater nicht gehört, was er gesagt hatte? Ein Mädchen war tot! Jemand, den sie kannten, jemand, der für sie gearbeitet hatte, war tot! Als Mitch die Frage hörte, die wie aus einem Lehrbuch für Eltern klang, hätte er fast angefangen zu lachen, konnte sich aber gerade noch beherrschen. Da er mit dieser Reaktion seines Vaters nicht gerechnet hatte, war sein Kopf plötzlich völlig leer. Er war unfähig, sich eine Lüge auszudenken.

Anscheinend hatte sein Vater ihm noch mehr zu sagen: «Zweitens, warum warst du um diese nachtschlafende Zeit mitten im Schuljahr überhaupt dort? Und drittens kannst du unmöglich gesehen haben, was du behauptest. Ich glaube, du hast getrunken, Mitchell. Ich fürchte, du hast Drogen genommen.»

Mitch warf stöhnend den Kopf in den Nacken.

«Mitchell!»

Das war verrückt!, dachte Mitch verzweifelt. Er hatte gerade einen barbarischen Akt, begangen an der Leiche eines außergewöhnlich schönen Mädchens, mit angesehen, von einem der besten Freunde seines Vaters ausgeführt, und seinem eigenen Vater fiel nichts Besseres ein, als mit elterlichen Vorwürfen zu kommen!

Dann überlegte er erneut und versuchte, die seltsame Reaktion seines Vaters zu verstehen … Natürlich. Es ging um die besten Freunde seines Vaters, Menschen, die Tom Newquist so nahe standen wie ihm selbst Abby und Rex. Wenn sein Vater ihm dieselbe Geschichte über Rex und Abby aufgetischt hätte, würde er ihm auch nicht glauben. Nicht sofort jedenfalls, nicht ohne einen verdammt guten Beweis.

Mitch war erstaunt, jetzt so klar denken zu können.

Er wusste, dass er weiter ausholen musste, als wäre sein Vater ein langsam Begreifender, was er, bei Gott, sonst nicht war. Aber hier war alles anders. Dies war kein Kriminalfall im Gerichtssaal, bei dem es um Menschen ging, die er nicht kannte. Dies war eine persönliche Geschichte. Mitch wurde bewusst, wie sehr ihn die Sache selbst mitnahm und dass auch er nicht hatte begreifen wollen, was er gesehen hatte. Es war nicht verwunderlich, wenn sein Vater ihm das Ganze nicht glaubte.

Mitch seufzte. Ihm war klar, dass er jetzt die ganze Wahrheit erzählen musste, mit den Kondomen und allem Drum und Dran. Neben ihm stand eine Schale mit dem Lieblingskaramell seiner Mutter; er nahm ein blassgelbes Bonbon und steckte es sich in den Mund, um durch das Lutschen und Kauen ein wenig Zeit zu gewinnen.

Dann begann er zu reden.

Zwanzig Minuten später, als er fertig war, schien sein Vater derjenige zu sein, der zitterte. Er sah plötzlich aus wie ein alter Mann.

«Mein Gott», sagte sein Vater, und es war nicht mehr als ein Flüstern. «Ist das wahr, Mitch?»

«Ich schwöre es, Dad.» Er zwang sich zu der Frage: «Was machen wir jetzt?»

Sein Vater hob ruckartig den Kopf. Von einer Sekunde auf die andere wirkte er nicht mehr wie ein alter Mann, sondern war wieder er selbst – aufrecht, einschüchternd und Befehle erteilend. «Ich finde das raus. Du gehst jetzt ins Bett und unternimmst nichts, bis ich dir sage, was zu tun ist.» Dann wurden seine Stimme und sein Gesicht weicher. «Versuch ein wenig zu schlafen.»

Mitch fühlte sich unendlich erleichtert, dass sein Vater die enorme Last von ihm genommen hatte.

Beim Aufstehen stolperte er über den Rand der Decke. Viel zu müde, um noch irgendetwas zu erwidern, tat er, was sein Vater ihm gesagt hatte. Als er den Raum verließ, griff Tom Newquist zum Telefonhörer.

Seine Mutter weckte ihn vor Sonnenaufgang.

Als Mitch mühsam die Augen öffnete, begriff er nicht, was er sah: Zwei große Koffer lagen auf dem Boden, und seine Mutter war dabei, seine Sachen aus den Schubladen zu räumen und dort hineinzupacken.

«Mom! Was machst du da?»

Er war müde und fühlte sich so erschöpft, dass er seine Augen am liebsten wieder zugemacht hätte. Außerdem war ihm schlecht.

Doch dann merkte er, dass sie nervös war. «Mom? Was ist los? Was wird hier gespielt?»

«Dein Vater bringt dich aus der Stadt.» Ihre Stimme klang seltsam belegt, als würde sie vor Wut weinen. War sie sauer auf ihn? Was hatte er getan? Er hörte sie sagen: «Steh auf und zieh dich an. Dann hilf mir beim Packen.

Nimm so viel mit, wie du kannst. Den Rest schicke ich dir hinterher.»

«Was schickst du mir wohin? Ich verstehe überhaupt nichts. Bist du sauer auf mich?»

Schließlich drehte sie sich um, und er konnte sie besser sehen. Seine Mutter war ebenfalls groß und eine beeindruckende Person, auch wenn das bei ihr eher an der eleganten Kleidung und ihrer spitzen Zunge lag. Mitch machte sich nichts vor – er hatte seine Mutter nie sehr gemocht. Er war sich nicht einmal sicher, ob er sie liebte. Zwar wusste er, dass man als Sohn seine Mutter lieben sollte, aber mit ihr konnte man keinen Spaß haben, sie machte einem sogar ein wenig Angst, weil man nie wusste, auf wen sie es als Nächstes abgesehen hatte, und sie war überhaupt nicht herzlich. Ganz im Gegensatz zu Margie Reynolds, die er fast so sehr liebte wie Abby selbst. Und ganz im Gegensatz zu Verna Shellenberger, die eine einzige wandelnde Umarmung war. Andererseits war ihm sein Vater auch nicht lieber. Wenn er sich einen Vater hätte aussuchen können, wäre es allerdings nicht Nathan Shellenberger gewesen, sondern Abbys Vater …

Bei dem Gedanken erstarrte sein schlaftrunkenes Hirn: Abbys Vater. Die schreckliche Erinnerung an die letzte Nacht war wieder da.

Jetzt war er hellwach und blickte seine Mutter mit einer bösen Vorahnung an.

«Du musst fort», sagte sie und wandte sich ab, um die Schubladen weiter auszuräumen.

«Wohin? Warum?»

Doch er bekam keine Antwort, lediglich immer eindringlichere Aufforderungen, sich zu beeilen, beeilen, beeilen. Er versuchte zu gehorchen, ohne zu verstehen, warum. Als er aus seinem Zimmer trat, sah er seinen Vater einen Koffer über den Flur tragen. In dem Moment wurde Mitch schlagartig bewusst, dass das seltsame Verhalten seiner Eltern mit der fürchterlichen Tat zu tun hatte, die er zufällig in der Nacht zuvor beobachtet hatte. Er wünschte – und es sollte das erste Mal von unzähligen Malen in seinem Leben sein –, er wäre in der Nacht zuvor nicht bei Abby gewesen und hätte sich auch niemals die Treppe hinuntergeschlichen und aus seinem Versteck rein gar nichts beobachtet.

Er konnte es kaum glauben, dass sie sich trotz des hohen Schnees ins Auto setzten.

Sein Vater hatte Ketten angelegt, was er sonst nie tat. Er schien, ebenso wie seine Mutter, fest entschlossen, ihn so schnell wie möglich von zu Hause fortzubringen.

Mitch schwieg solange er konnte, aber als sie an dem Haus der Shellenbergers vorbeikamen, brach es aus ihm heraus: «Sag's mir!»

Ohne den Blick von der Fahrbahn zu nehmen, sagte sein Vater: «Quentin und Nathan leugnen, was du gesehen hast, mein Sohn. Sie behaupten, es wäre nicht so gewesen, wie du es mir erzählt hast. Sie sagen, das Gesicht des Mädchens wäre schon zerstört gewesen, als Nathan und Patrick sie gebracht haben.»

«Nein, Dad! Ich habe Quentin mit dem Schläger auf sie eindreschen sehen.»

«Sie drohen, wenn du diese Geschichte irgendjemandem erzählst, werden sie sagen, dass sie für uns gearbeitet hat –»

«Sie hat für viele Leute gearbeitet, Dad!»

Das Mädchen, Sarah – deren Nachname ihm immer noch nicht wieder eingefallen war –, hatte nur einige Monate bei ihnen sauber gemacht. Er war sich nicht einmal sicher, wie oft sie bei ihnen gewesen war. Einmal in der Woche vielleicht? So war es normalerweise. Er war sich ziemlich sicher, dass sie an den anderen Tagen bei anderen Leuten sauber machte. Sie war älter als Mitch, hatte die Schule bereits hinter sich und verdiente nun auf diese Weise ihr Geld, weil es dort, wo sie herkam, wahrscheinlich keine Jobs gab. Er wusste nicht, wofür sie arbeitete, wahrscheinlich, um leben zu können, oder fürs College. Er wusste auch nichts über ihre Familie. Allerdings wusste er, dass alle seine Freunde jedes Mal fast in Ohnmacht fielen, wenn sie einen Blick von ihr erhaschten. Und er wusste, dass er sich nie Gedanken darüber gemacht hatte, warum sie nicht mehr für seine Mutter arbeitete.

Irgendwann war plötzlich jemand anders da, jemand, der nicht so attraktiv war wie Sarah. Das war alles, was er wusste.

«Ich weiß, dass sie für andere Leute gearbeitet hat», erwiderte sein Vater, und es klang, als würde es ihm genauso schwer fallen, ruhig und langsam zu sprechen wie Mitch in der Nacht zuvor. «Dummerweise haben diese Leute letzte Nacht nicht gesehen, was du gesehen hast. Sie werden sagen, sie war jung, so wie du. Sie werden behaupten, jeder wusste, dass sie in dich verliebt war –»

«Was? Das ist nicht –»

Er war sich dessen nicht sicher. Er erinnerte sich daran, wie sie ihn angelächelt hatte, wenn sie bei ihnen war und er gerade aus der Schule oder vom Footballtraining nach Hause kam. Er erinnerte sich daran, wie sein Körper reagierte, als er das Lächeln sah. Er erinnerte sich daran, wie er nur ein nervöses «Hi» hervorbrachte und sich dann aus dem Staub machte. Und er musste sich eingestehen, dass im Laufe der Jahre viele Mädchen in ihn verliebt gewesen waren. Shit.

Sein Vater fuhr fort. «Sie werden dich zum Mordverdächtigen machen.»

Mitch war fassungslos. Sie sprachen über die Freunde seiner Eltern, Leute, deren Kinder seine besten Freunde waren. Es ging um einen Mann – Quentin Reynolds –, den er bereits als seinen zukünftigen Schwiegervater gesehen hatte. Er hatte sich ausgemalt, Quentin könne ihm der lustige, lockere, liebenswürdige Vater sein, der sein Vater nie war und nie sein würde. Mitch hatte geglaubt, er würde diesen Männern etwas bedeuten, so wie Abby, Rex und Patrick ihnen etwas bedeuteten. Das Gefühl, verraten worden zu sein, brannte einen deutlichen Trennstrich in sein Herz: vorher und nachher.

Sein Vater sah ihn von der Seite an. «Der eine ist Sheriff, der andere Arzt, Mitch. Dein Wort würde gegen ihres stehen.»

«Aber du bist Richter!»

«Und dein Vater, und deshalb wird auch mir niemand glauben.»

«Sie sind deine Freunde!»

Tom Newquist schwieg.

«Warum tun sie das, Dad? Sie kennen mich doch!»

In einem seltsam kalten Tonfall, der Mitch ungläubig zu seinem Vater hinüberblicken ließ, antwortete der Richter: «Ich glaube, sie sind sich nicht mehr sicher, ob sie dich sehr gut kennen.»

Mitch drückte den Kopf gegen die Lehne und war vor Fassungslosigkeit wie gelähmt. Verdächtigte sein eigener Vater etwa ihn? Glaubte sein Vater seinen Freunden mehr als seinem Sohn, obwohl sie ihm, seinem Vater zufolge, im selben Moment die Freundschaft aufgekündigt hatten?

«Dad, du weißt doch, dass ich die Wahrheit sage, stimmt's?»

«Wir bringen dich erst mal in Sicherheit», erwiderte sein Vater, «und dann werden wir die Wahrheit herausfinden.»

«Was meinst du mit herausfinden?» Mitch war so wütend, dass er schrie. «Ich habe dir die Wahrheit gesagt!»

«Hör auf zu schreien. Ich habe nur gesagt, dass wir noch nicht alles wissen.»

Das stimmte. Bei Gott, das stimmte. Doch die Art, wie sein Vater geredet hatte … bildete sich Mitch den Zweifel nur ein, den er in der Stimme und in seinem Gesichtsausdruck bemerkt zu haben glaubte? Mitch fragte sich, ob ein Angeklagter im Gerichtssaal seines Vaters sich so fühlte wie er jetzt, wenn er einer schrecklichen Tat beschuldigt wurde, die er nicht begangen hatte. Glaubte so jemand dann auch, die ganze Welt würde zusammenbrechen?

«Wo fahren wir hin?», fragte er mit matter Stimme.

«Zunächst einmal raus aus dem Schneesturm. Dann geht's weiter nach Chicago, und da bleiben wir, bis du in einem College eingeschrieben bist, das möglichst weit von hier entfernt liegt.»

«Was?» Mitch sah seinen Vater auf dem Fahrersitz entgeistert an.

Er würde also nicht mit seiner Klasse den Schulabschluss machen. Er würde nicht mit seinen Freunden zusammen aufs College gehen. Er wurde an einen Ort geschickt, der so weit weg war, dass ihn niemand einer Tat beschuldigen konnte, die er nicht begangen hatte.

Eine tiefe Niedergeschlagenheit überkam Mitch, und er fühlte sich vollkommen entmutigt. Er war zu verwirrt, um logisch denken zu können, doch ein Gedanke ließ ihn nicht mehr los und traf ihn, als er ihn zu Ende gedacht hatte, schlimmer als alles andere, schlimmer als das, was er gesehen hatte. Wenn wir im Hotel sind, rufe ich Abby an, hatte er sich überlegt. Bis ihm bewusst wurde, dass nicht nur das nicht ging, sondern er womöglich nie wieder mit ihr sprechen konnte.

Mitch war am Ende seiner Kräfte. Mit dem Gesicht zum Fenster begann er zu schluchzen. Er weinte leise, aber seine breiten Schultern bebten. Sein Vater schwieg.

Abbys Vater hatte die schreckliche Tat begangen. Der Doc, genauso wie Rex' Vater, beschuldigte ihn. Mitch konnte seinen besten Freunden doch nicht sagen, was deren Väter getan hatten, ohne dass für immer etwas zwischen ihnen stehen würde. Und wie wichtig er Abby und Rex auch sein mochte, wem würden sie glauben? Ihm oder ihren eigenen Vätern, die ihnen bislang nie einen Grund gegeben hatten, ihnen zu misstrauen? Würde irgendjemand, selbst Mitchs eigene Eltern, ihm glauben, wenn das Wort dieser beiden Männer dagegen stand? Mitch kannte die Antwort: Nein. Er hatte jegliche Hoffnung verloren.

Ich werde Abby niemals heiraten …

Wie konnte man sie je vor die Wahl zwischen ihm und ihrem Vater stellen? Wie konnte er je in eine Familie einheiraten, von der er etwas so Schreckliches wusste? Ihr Vater würde ihn nicht mehr in sein Haus lassen. Was egal war, denn auch er würde Quentin Reynolds nicht mehr vertrauen.

In dem Moment wurde Mitch bewusst, dass er nie wieder nach Hause zurückkehren würde.

«Dad», sagte er, nachdem sie einige Kilometer gefahren waren. «Vielleicht haben die beiden sie umgebracht. Oder … Patrick war da. Vielleicht hat er sie getötet, und sie decken ihn. Vielleicht war sie noch nicht ganz tot, als sie in die Praxis gebracht wurde. Vielleicht hat der Doc sie mit dem Schläger umgebracht.»

«Mitch! So etwas hätten sie niemals getan!»

«Ach so. Mich dürfen sie beschuldigen, aber sie, sie sind so nette Kerle, die so etwas niemals …»

«Hör auf, Mitch.»

«Was ist mit ihr geschehen, Dad?»

«Ich weiß es nicht.»

Später, nach vielen weiteren Kilometern, setzte Mitch erneut an: «Was haben sie zu verbergen?»

Sein Vater sah ihn eindringlich an. «Vergiss die ganze Sache.»

«Vergessen?» Er war jung, und die Ereignisse erdrückten ihn. Er war verwirrt und verzweifelt und hatte Angst, doch eine Sache war ihm klar.

Vergessen würde er niemals können. Und vergeben auch nicht.

Während des zweiten Semesters auf dem Grinnell College in Iowa, nachdem er weder Thanksgiving noch Weihnachten, noch während der Ferien nach Hause gefahren war, erhielt er einen Brief von seiner Mutter, die ihm zu verstehen gab, dass sie und sein Vater die Freundschaft mit den Reynolds und den Shellenbergers nicht beendet hatten.

Das Leben in Small Plains ging weiter wie immer, nur ohne ihn.

Mitch war so gekränkt, dass er nicht zurückschrieb und sich weigerte, mit seinen Eltern am Telefon zu sprechen. Lediglich ihre regelmäßigen Schecks nahm er an, solange sie bereit waren, für ihn zu zahlen. Während seiner Jahre auf dem College war er einsamer und verbitterter, als er sich das je hätte vorstellen können.

Eines Tages schickte ihm seine Mutter ein Foto des kleinen Jungen, den sie adoptiert hatten – «Jeffrey Allen», schrieb sie dazu –, und da wusste er, wem sie letztendlich glaubten. Inwiefern sie ihn für schuldig hielten, wusste er nicht, aber nun war er ersetzt worden, als hätte er nie als Sohn in ihrem Haus gelebt, als hätte es ihn nie gegeben.

10

31. Mai 2004

Am Memorial Day des Jahres, in dem Nadine Newquist gestorben war, fuhr Verna Shellenberger am frühen Morgen zum Friedhof. Nadine war seit fünf Monaten tot, aber sie war nicht der Grund, warum Rex' Mutter sich auf den Weg dorthin machte. Sie wollte zum Grab der Jungfrau.

Zu dieser Zeit, kurz vor sechs Uhr, hing ein Dunst über den Feldern wie eine besondere und anmutige, aber gefährliche Gabe, die die kalte Nacht für den Morgen zurückgelassen hatte. In den Senken verdichtete sich der Dunst zu Nebel, der vor ihren Scheinwerfern aufstieg wie der Rauch aus den Pfeifen der Pawnee-Indianer. Oder der Shawnee. Oder der Potawatomi. Verna konnte sich nie merken, welche Stämme in dieser Gegend gelebt und gejagt hatten. Im Laufe der Jahre hatten ihre Söhne mehrere Dutzend Pfeilspitzen gesammelt, die sie auf den Anhöhen der Weiden gefunden hatten. Aber Geschichte war nicht Vernas Stärke, wie sie unumwunden zugab, wenn sie sich im Fernsehen eine Quizsendung anschauten. Ihre Themen waren kochen, putzen, ihre Söhne groß ziehen und sich mit Ehemännern arrangieren. Oder besser, mit einem Ehemann. «Ich führe ein Familienunternehmen», sagte sie immer, wenn es ihr an Selbstwertgefühl mangelte, weil sie keinen Collegeabschluss hatte. «Um vierzig Jahre lang jeden Abend das Essen auf den Tisch zu stellen, braucht man nicht auf dem College gewesen zu sein.»

Insgeheim bedauerte sie sehr wohl, nicht wenigstens einige Kurse belegt zu haben.

Sie wusste zwar nicht viel über Geschichte, aber das ließ sich ja nachholen, dachte sie. Oder auffrischen, überlegte sie mit einer Art zynischem Optimismus.

Sie musste sehr vorsichtig fahren, um auf ihrer Straßenseite zu bleiben, was ihre ohnehin vorhandene Nervosität noch verstärkte. Sie hatte vor Kummer nicht mehr schlafen können und sich deshalb so früh am Morgen ins Auto gesetzt.

Über weite Strecken blendeten ihre Scheinwerfer sie im Nebel, und ihre einzige Orientierung auf dem Weg zum Friedhof war die gelbe Linie. Sie betete, dass kein verrückter Rancher bei diesem Wetter die Straße mit seinem Vieh überquerte. Aber Rinder und die Leute, die sie hüteten, waren unberechenbar. Wenn auf einmal ein Cowboy auf einem Pferd vor ihr im Nebel auftauchen würde, wäre das nichts Ungewöhnliches. Sie würde sich erschrecken, weil sie mit ihrem Wagen womöglich nicht rechtzeitig vor ihm zum Stehen käme, aber überrascht wäre sie nicht.

Erleichtert, die Fahrt heil überstanden zu haben, fuhr Verna schließlich durch das Friedhofstor.

Normalerweise wäre sie niemals am Memorial Day gekommen, wenn die Leute von überall her mit ihren echten oder falschen Blumen erschienen. Verna wohnte nahe genug, dass sie zu jeder anderen Zeit kommen konnte. Doch sie war verzweifelt, daher musste sie ausgerechnet heute hierher fahren. Sie war so früh unterwegs, weil sie allein sein und niemandem begegnen wollte.

Verna fuhr die Anhöhe halb hinauf, parkte dann am Straßenrand und stieg aus. Da sie ein wenig wackelig auf den Beinen war und Atemnot hatte, musste sie sich einen Moment an ihrem Wagen abstützen, bevor sie losgehen konnte.

Als Kind hätte sie sich bei Nebel auf einem Friedhof, wo

man nichts als drei Grabreihen vor sich sah, gefürchtet, dachte sie, während sie über den Rasen lief. Doch sie war wohl zu alt, um sich vor dem Tod zu fürchten. Sie hatte ihn bei Tieren und Freunden zu oft erlebt.

Es roch nach frisch gemähtem Gras, die Luft fühlte sich feucht an. Verna blieb vor einem gepflegten Grab stehen, um ihrer alten Freundin Margie Reynolds Hallo zu sagen.

«Hi, Margie.» Sie räusperte sich und faltete die Hände vor dem Bauch. «Du wirst dich freuen, wenn ich dir sage, dass Ellen nach wie vor eine großartige Bürgermeisterin ist. Das Mädchen wird eines Tages noch Gouverneurin, ich schwöre es dir. Quentin geht es gut, glaube ich, aber man sieht ihn kaum noch. Er hat hauptsächlich seine medizinischen Sachen im Kopf und nicht viel anderes, soweit ich das beurteilen kann. Ich wünschte, ich könnte dir erzählen, dass sich Abby in meinen Rex verliebt hätte und dass sie heiraten und Enkelkinder für dich und mich planen, aber du würdest es mir ja doch nicht glauben.» Verna seufzte. Keiner ihrer beiden Söhne, weder Patrick noch Rex, waren bislang verheiratet. «Bis ich Enkelkinder bekomme, Margie, werde ich so alt sein, dass sie mich bereits für tot halten.» Bewusst vermied sie, ihrer verstorbenen Freundin davon zu erzählen, was sich seit einiger Zeit zwischen ihrem älteren Sohn und Margies jüngerer Tochter abspielte, sie würde sich sonst nur im Grabe umdrehen.

«Bist du Nadine schon begegnet?», fragte sie. «Du weißt doch, dass sie jetzt auch hier ist?»

Verna blickte sich um, da ihr bewusst war, dass man glauben konnte, sie habe nicht alle Tassen im Schrank, wenn man ihr zuhörte. Sie konnte niemanden sehen, aber der Nebel hatte womöglich Ohren, oder es stand jemand jenseits der Anhöhe.

«Na dann, bis bald, meine Liebe», verabschiedete sie sich

von Margie Reynolds. Sie wandte sich zum Gehen, drehte sich dann aber noch einmal um, und ihre Stimme zitterte plötzlich, als sie sagte: «Ich vermisse dich immer noch. Du hättest nicht so früh gehen dürfen.»

Ellens und Abbys Mutter war erst achtundfünfzig gewesen, als sie dem Krebs erlag.

Anschließend suchte Verna die erst kürzlich verstorbene Nadine Newquist auf.

«Ich hoffe, dein Kopf ist jetzt wieder klar, Nadine», sagte sie ein wenig schnippischer, als sie es eigentlich vorgehabt hatte. Es lag wohl daran, dass sie sich zusammenreißen musste, damit ihre Stimme nicht zitterte, entschuldigte sie sich selbst. «Ich bin froh, dass dein Leiden ein Ende hat, aber es tut mir leid, dass du auf diese Weise gehen musstest.» Um sie nicht zu verletzen, zwang sie sich, auch zu ihr «Ich vermisse dich» zu sagen, obwohl es nicht aufrichtig war. Wie die Hölle, fügte sie in Gedanken hinzu und gab damit den Versuch auf, so zu tun, als würde sie für Nadine genauso empfinden wie für Margie. Es war fast schockierend, wie angenehm es war, Nadines ätzenden Humor nicht mehr ertragen zu müssen. «Eine Zeit lang schien Tom ohne dich etwas verloren», log sie. In Wahrheit wirkte der Richter wie von einer schweren Last befreit, so wie viele Angehörige von Alzheimerkranken nach dem Tod ihrer Lieben. Tom kam einmal in der Woche zu ihnen zum Essen, und es war schön, den stattlichen Mann wieder lachen zu hören.

«Es ist gut, dass er Jeff hat, für den er sorgen muss.»

Als würde er es je tun, dachte Verna, doch sie sprach auch diesen Gedanken nicht aus. Tote soll man nicht aufregen.

Unvermittelt, sodass es fast unhöflich wirkte, setzte Verna ihren Weg zu ihrem eigentlichen Ziel an diesem Morgen fort.

Der Schnee war schon lange geschmolzen, und man

konnte die Inschrift auf dem schlichten Grabstein *Ruhe in Frieden, 1987* gut lesen. Damals, während Vernas Krankenhausaufenthalt in Emporia, hatten Nadine und Margie in der Gemeinde Geld für die Beerdigung des Mädchens und für den Stein gesammelt. Nadine hatte dann zusätzlich zu den Spenden noch eine Summe dazugegeben, sodass sie sich immer mit ihrer Wohltat hervortun konnte. Es war ein schöner Stein mit einem Stich ins Rosafarbene. Die McLaughlins, denen das Bestattungsunternehmen und der Friedhof gehörten, hatten einen der letzten freien Grabstellen in dem hübschen alten Teil zur Verfügung gestellt, sie konnte folglich einen richtigen Stein bekommen und nicht nur eine unpersönliche Tafel. Alle hatten es so gewollt – es sollte deutlich werden, dass man die Würde eines unbekannten Mädchens achtete. Alle hatten verurteilt, was dem Mädchen widerfahren war, und fast noch mehr, dass sich kein Angehöriger um sie kümmerte. Das Mädchen war als Fremde unter Fremden gestorben, und so hatten die freundlichen Fremden sie begraben. So wollte Verna es sehen. Geschichte war nicht ihre Stärke, also konnte sie sich die Ereignisse so auslegen, wie sie es wollte.

«Guten Morgen», sagte sie förmlich zu dem Grabstein.

«Ich bin Verna Shellenberger, falls du dich nicht an mich erinnerst.» Verna war in den vergangenen Jahren schon einige Male an ihrem Grab gewesen. «Mein Mann und meine Söhne haben dich damals gefunden. Ich bedaure sehr, was dir widerfahren ist, auch wenn du das wahrscheinlich längst verwunden hast. Vielleicht sogar vergeben», fügte sie hoffnungsvoll hinzu.

«Ich bin hier, weil ich dich um Hilfe für meinen Nathan bitten möchte. Ich weiß, dass er es nicht verdient. Ich weiß das alles. Aber er hat ständig Schmerzen wegen seiner Arthritis. Manchmal tut es ihm so weh, dass er kaum aus dem

Bett kommt, und es bringt mich fast um, ihn so zu sehen. Die einzige Freude, die er hat, ist, mit Quentin und Tom mittags in der Stadt essen zu gehen. Ich weiß von Harmony Watson, dass du die Koliken ihres Babys geheilt hast, und Frank Allison ist überzeugt, dass du ihn von seiner Gürtelrose befreit hast. Er hatte schreckliche Schmerzen, und jetzt geht es ihm wieder gut.»

Verna überlegte, ob sie sich niederknien und die Hände wie beim Beten falten sollte. Sie entschied sich dagegen, nicht zuletzt, weil der Boden feucht war.

«Ich wäre so dankbar, wenn du Nathan helfen könntest. Ich weiß, dass es nicht einfach ein Geben und Nehmen sein kann. Aber bislang hat niemand erwähnt, wie man dich vielleicht entschädigen kann.» Zu spät kam Verna auf die Idee, dass sie Blumen hätte mitbringen sollen, um der Jungfrau Respekt zu zollen. «Aber ich wäre gern bereit, jemand anderem zu helfen, wenn du mir sagst, was ich tun kann. Nicht als Bezahlung. Ich will dich nicht beleidigen. Nur als, sagen wir, Aufmerksamkeit, als Dank für das, was du vielleicht für uns tust.»

Vernas Augen füllten sich mit Tränen. Ihr Mann war erst fünfundsechzig, aber er bewegte sich wie ein Neunzigjähriger. Nicht nur, dass sie Mitleid mit ihm hatte; es war auch nicht leicht, mit jemandem zu leben, der so starke Schmerzen hatte wie Nathan und so schlecht gelaunt war wie er, wenn es ganz schlimm wurde. Die Ärzte sagten, er könnte mit diesem Leiden so alt werden wie jeder gesunde Mensch auch, was bedeutete, dass sie womöglich noch dreißig Jahre mit seiner mürrischen Art zurechtkommen musste. Wenn sie sich das vorstellte, beneidete sie ihre verstorbenen Freundinnen geradezu.

In der letzten Nacht hatte Nathan vor Schmerzen geschrien, und sie hatte mit ihm geweint. Verna hatte die Situation so viel Angst gemacht, dass sie sich früh am Morgen auf den Weg zu diesem Bittgang gemacht hatte.

«Bitte», flehte sie das schweigende Grab an. Bitte, bitte, bitte.

Vielleicht tat es einfach gut, seine Sorgen einmal laut auszusprechen, vielleicht war es auch etwas anderes, aber Verna spürte plötzlich eine Ruhe in sich wie schon seit Jahren nicht mehr. Ihre Muskeln, Organe, sogar ihre Knochen entspannten sich. Es war wunderbar und Verna wünschte, sie könnte dieses Gefühl konservieren. Selbst wenn ihr Bitten für Nathan nicht erhört wurde, so hatte sie doch diesen unerwarteten Glücksmoment inneren Friedens.

«Danke», flüsterte sie der Jungfrau zu.

Als Verna sich zum Gehen wandte, merkte sie, dass der Dunst sich in der Zwischenzeit verzogen hatte. Sie sah jetzt die Sonne, das grüne Gras, die Grabsteine – und sie sah, dass sie nicht allein war.

«Oh!» Verna stieß einen kleinen Schrei aus, als eine junge Frau in Jeans und grünem T-Shirt auf sie zukam, und griff sich ans Herz. «Abby!»

«Verna, es tut mir so leid! Ich wollte dich nicht erschrecken.»

«Was machst du hier in aller Herrgottsfrühe?»

«Heute ist Memorial Day», erklärte Abby. Auf ihrem T-Shirt stand in weißen Buchstaben über ihrer linken Brust: *Abbys Landschaftsgärtnerei*. «Da muss alles picobello sein. Aber was machst du hier so früh?»

«Meine Aufwartung machen», antwortete sie schnell, ohne mehr dazu zu sagen. «Ich habe deinen Pick-up gar nicht gesehen.»

«Ich habe hinter dem Geräteschuppen geparkt.»

Erst jetzt bemerkte Verna den Kantenschneider in Abbys Hand, und der Nebel gab die Sicht auf einen großen Plastiksack frei, der hinter ihr stand. «Wie lange bist du schon hier? Hast du mich wie eine Idiotin mit mir selbst reden gehört?»

«Ich bin schon eine Weile hier.» Abby lächelte sie entschuldigend an. «Ich bin gekommen, um ein paar letzte Handgriffe zu erledigen, aber ich konnte in dem verdammten Nebel nichts sehen. Also habe ich mich einfach auf einen Grabstein gesetzt und gewartet, bis sich der Dunst auflöst. Dann bist du aufgetaucht. Ich habe dich erst nicht erkannt und wollte niemanden erschrecken, deshalb bin ich sitzen geblieben. Als ich dann gemerkt habe, dass du es warst, war es zu spät, um noch etwas zu sagen.» Sie verzog verlegen das Gesicht und lächelte entschuldigend. «Irgendwie habe ich gehofft, du würdest wieder gehen, ohne zu merken, dass ich da war.»

«Was hast du mich sagen hören?»

«Ach nichts! Wirklich nicht viel. Aber … Es tut mir leid, dass es Nathan so schlecht geht.» Abby war dazu übergegangen, die Freunde ihrer Eltern mit Vornamen anzusprechen, sofern es ihnen, wie Verna Shellenberger, gefiel. Dann redete Abby schnell weiter, als wollte sie diskret das Thema wechseln: «Verna, was glaubst du, wer sie ist?»

Verna konnte nicht leugnen, dass sie wusste, von wem Abby sprach, noch bevor sie mit der Spitze des Kantenschneiders direkt auf den Grabstein zeigte. Aus Angst, das Falsche zu sagen, schüttelte Verna nur den Kopf.

«Was war los in der Nacht, als sie sie gefunden haben, Verna?»

«Was soll los gewesen sein?» Die ältere der beiden Frauen blickte auf das Grab und nicht in Abbys freimütige blaue Augen. Abby war für sie immer wie eine Tochter gewesen, doch in diesem Moment wünschte sie sich, die Erde möge sich auftun und eine von ihnen verschlucken, damit sie einer

Frau, die sie nicht anlügen wollte, diese Frage nicht beantworten musste. «Was meinst du damit?»

«Ich meine … woran erinnerst du dich? Hat Nathan dir in jener Nacht erzählt, dass sie jemanden gefunden haben? Oder Rex? War es schlimm für Rex? Ich meine, er war doch noch so jung …»

«Es war ziemlich schlimm», gab Verna zu. «Ich war damals krank … du wirst dich nicht daran erinnern, aber ich hatte eine Lungenentzündung und musste am Tag darauf sogar ins Krankenhaus. Rex kam in der Nacht zu mir, setzte sich auf meine Bettkante und erzählte, dass sie … den Leichnam eines Mädchens im Schnee gefunden hatten.»

«Ich dachte, ich hätte gehört, dass du … gerade … zu ihr gesagt hättest, deine ‹Söhne› hätten sie gefunden.»

Verna stockte der Atem, als sie Abby das sagen hörte.

«Nein, nicht beide. Patrick war gar nicht zu Hause», stammelte sie. «Nur Rex war dabei, er und sein Vater, das hat schon gereicht, glaub mir.»

«Warum hast du gesagt, dass Nathan ihre Hilfe nicht verdient?»

Verna brach der kalte Schweiß aus. Als sie wieder atmen konnte, zitterte sie am ganzen Leib. Abby hatte ganz offensichtlich jedes Wort gehört, das sie gesagt hatte, und nun war das Mädchen beunruhigend neugierig. Genau wie ihre Mutter, dachte Verna. Margie Reynolds war stets offen und interessiert durch die Welt gegangen, und genauso hatte sie ihre Töchter erzogen. Die Reynolds-Frauen liebten es, Fakten zu sammeln, selbst wenn Leute mit etwas nicht so gern herausrückten.

Sie bemühte sich, Abby in die Augen zu schauen und nichts von dem unbehaglichen Gefühl, das sie in sich verspürte, nach außen dringen zu lassen. «Ach, er ist einfach nur ein griesgrämiger Alter», sagte Verna mit einem Lachen, das,

110

so hoffte sie, nicht so gezwungen klang, wie es sich anfühlte. «Du kennst ihn ja, Abby. Allein wenn er wüsste, dass ich hierher gekommen bin und eine Tote um Hilfe bitte, würde er mich enterben. Das habe ich damit gemeint, dass er nicht dankbar wäre, wenn sie ihm helfen würde.»

Abby lächelte und schien sich damit zufrieden zu geben. Einen Moment lang schwiegen beide, dann fragte Abby: «Glaubst du wirklich, dass sie heilen kann?»

Verna hatte plötzlich das Gefühl, am Ende ihrer Kräfte zu sein. «Ich weiß es nicht.»

«Na ja, fragen kostet ja nichts.»

«Nein», sagte Verna fast flüsternd. «Ich hoffe nicht.»

«Ich würde gern wissen, ob ich sie kannte.»

Verna riss den Kopf hoch und sah Abby erschrocken an. «Wie bitte?»

Abby erwiderte ihren Blick nicht, sondern schaute stur geradeaus. «Ich habe mich darum nie gekümmert, Verna. Ich war zu sehr mit Mitchs Verschwinden beschäftigt. Aber jetzt habe ich darüber nachgedacht und auch darüber, dass sie …», mit einem Kopfnicken deutete sie auf das Grab, «in jener Nacht in unserem Haus war.» Sie schauderte stark genug, dass Verna es bemerkte. «Mein eigener Vater hat sie so übel zugerichtet gesehen. Es muss schrecklich für Dad gewesen sein, aber wir haben nie darüber gesprochen.»

«Abby, ich glaube nicht, dass du mit deinem Vater darüber sprechen solltest.»

Abby sah sie verwundert an. «Warum nicht? Verna, manchmal kommt es mir vor, als hätte sich in jener Nacht alles auf der Welt geändert, zumindest in meiner Welt. Nicht nur, dass Mitch Small Plains am Morgen danach verlassen hat. Auch mein Vater war nie mehr derselbe. Er hat sich in sich zurückgezogen und war nie mehr so wie vorher.»

«Na ja, es war … aufreibend, Abby. Warum willst du ihn daran erinnern?»

«Aber ich habe ihn noch nicht einmal danach gefragt. Ich habe ihm nie gesagt, dass es mich interessiert, wie nahe es ihm gegangen ist. Vielleicht würde er sich dann öffnen und …»

«Menschen müssen sich nicht öffnen», entgegnete Verna und war verzweifelter als vor ihrem Gang zu dem Grab. «Das ist nur Psychoquatsch. Man muss Dinge hinter sich lassen können und nach vorne schauen …»

Abby lächelte, und Verna merkte an ihrem Schmunzeln, dass sie nicht ganz ernst genommen wurde.

«Okay», sagte Abby beschwichtigend. «Vielleicht schneide ich jetzt lieber die Rasenkanten um die Grabsteine weiter.»

«Und ich muss zurück und Nathan sein Frühstück machen.» Verna hielt inne, bevor sie sich zum Gehen wandte. Einen Moment zögerte sie, und dann war es ihr auch schon herausgerutscht, obwohl sie es nicht wollte: «Warum interessierst du dich auf einmal so für die Jungfrau, Abby? Du hast doch noch nie danach gefragt. Was ist jetzt anders als während der letzten siebzehn Jahre?»

Abby holte tief Luft und atmete seufzend wieder aus.

«Als Rex und ich Nadine gefunden haben, ist irgendetwas in mir wachgerüttelt worden, Verna. Als hätte ich all die Jahre geschlafen und nicht gemerkt, was für Auswirkungen … ihr Tod auf andere Leute hatte. Ich habe das Gefühl, es ist höchste Zeit, dass ich mir mehr Gedanken über andere Leute mache. Auch über sie habe ich nie wirklich nachgedacht.» Abby nickte in Richtung des Grabes. «Sie war jung. Womöglich habe ich sie mal gesehen oder sie sogar gekannt. Aber ich habe mich nie darum gekümmert, weil ich so sehr mit mir selbst beschäftigt war.»

112

«Ich bin mir sicher, dass du sie nicht gekannt hast. Niemand hier kannte sie.»

«Wie kannst du da so sicher sein, Verna, wenn man nicht weiß, wer sie war?»

Verna kannte kaum ein Mädchen, das so wenig egoistisch war wie Abby, deshalb verstand sie nicht, was sie damit meinte, wenn sie sagte, sie wolle sich über andere Leute mehr Gedanken machen. Verna wusste nur, dass sie Abby davon überzeugen musste, die ganze Sache schnellstens wieder in Vergessenheit geraten zu lassen.

«Lass sie in Frieden ruhen. Das ist das Beste, was du für sie tun kannst.»

Abby blickte sie argwöhnisch an. «Aber niemand lässt sie in Frieden ruhen. Nicht mal du. Alle wollen etwas von ihr. Und ich habe den Eindruck, dass es an der Zeit ist, ihr etwas zurückzugeben.»

«Was denn?» Verna schlug das Herz bis zum Hals. «Wir haben sie anständig beerdigt, Abby. Sie hat ein Grab und einen Stein bekommen. Man hat sich wirklich um sie gekümmert. Wir denken immer noch an sie. Aber was in aller Welt können wir ihr jetzt noch geben?»

«Wir können ihr ihren Namen zurückgeben», antwortete Abby mit einer Entschlossenheit, die Verna mehr erschreckte, als wenn ein Geist aus dem Nebel aufgestiegen wäre. Wenn eine der Reynolds-Schwestern sich etwas in den Kopf gesetzt hatte, setzte sie es auch durch, komme, was wolle. Ellen hatte Bürgermeisterin werden wollen und war es auch geworden. Abby hatte sich entschieden, eine Landschaftsgärtnerei aufzubauen, und so war es geschehen. Verna bemühte sich, über das betäubende Pulsieren ihres eigenen Blutes in den Ohren hinweg zu verstehen, was Abby als Nächstes sagte. «Wir müssen herausfinden, wer sie war, zumindest können wir es versuchen. Es gibt neue Technolo-

113

gien. Rex wird das wissen. Da gibt es sicher Möglichkeiten, die Nathan damals noch nicht hatte.»

«Abby, nicht …»

Abby bückte sich und schnitt eine Hand voll Gras ab, die der Rasenmäher stehen gelassen hatte. Sie ließ sich nicht anmerken, ob sie Vernas Worte wahrgenommen und als das erkannt hatte, was sie sein sollten: eine Warnung. Verna hatte plötzlich das Gefühl, an dem Geruch von frisch geschnittenem Gras, der ihr in die Nase stieg, zu ersticken; sie hatte Beklemmungen wie bei einer allergischen Reaktion oder gar einem Infarkt. Sie griff sich mit der Hand an ihr Kleid, ließ es aber schnell wieder los, als Abby erneut aufblickte und sie ansah.

«Was, nicht?»

«Nicht …» Verzweifelt suchte Verna nach Worten, die sie anstatt derer, die sie im Kopf hatte, sagen konnte: «… vergessen, bald mal wieder vorbeizukommen. Ich backe heute Blaubeerkuchen.»

Abby grinste. «Das würde ich doch niemals vergessen.»

Kurze Zeit später entschwand Verna, nicht ohne ihre Einladung, bald vorbeizuschauen, zu wiederholen. Als sie bei ihrem Wagen ankam, drehte sie sich um und sah, dass Abby ihr nachblickte.

Sie winkte. Nach kurzem Zögern winkte Verna zurück.

Als die Mutter ihres alten Freundes und ihres derzeitigen Liebhabers wegfuhr, kniete Abby sich mit dem Kantenschneider in der Hand ins feuchte Gras. Die Menschen konnten so ablehnend gegenüber Veränderungen sein, dachte sie und fand es gleichzeitig sympathisch und befremdlich, selbst bei Veränderungen zum Guten. Was für ein Unheil konnte es schon anrichten, dass zu einem Grab endlich ein Name gehörte? Als sie aufblickte, bog Verna gerade auf den

Highway ein. Rex' Mutter wirkte hinter dem Lenkrad klein und plump, wie ein Dutzend anderer Frauen aus der Gegend auch. Sie trug eines ihrer geliebten A-förmigen Kleider: einen kurzärmeligen bedruckten Kittel, der in der Taille mit einem Gürtel gebunden wurde, über und unter dem ihre Speckröllchen hervorquollen. Ihre Oberarme wirkten darin dick und fleischig, und der Stoff machte sie blass. Doch das täuschte über ihre physische Kraft hinweg. Abby wusste, dass Verna Shellenberger ein Kalb heben oder einen Heuballen über einen Zaun werfen konnte, wenn sie wollte.

Als Abby Vernas Wagen nicht mehr sehen konnte, erhob sie sich und ließ ihren Blick über den Horizont schweifen.

Immer wenn sie so in die Ferne blickte, musste sie an die Indianer denken, die einst hier gelebt hatten. Ihre Mutter, für die Fakten, Daten und Geschichte sehr wichtig gewesen waren, hatte ihr von ihnen erzählt, sobald Abby alt genug war, die Erde nach Pfeilspitzen abzusuchen. Abbys Gedanken schweiften ab zu einer ganz anderen Zeit und einem anderen Verbrechen. Doch auch darüber sprach niemand, genauso wie Verna Shellenberger mit ihr nicht über den Mord an der Jungfrau reden wollte.

Einst jagten in dieser Gegend auf einem Gebiet von 180 Quadratkilometern – unter anderem genau dort, wo sie stand – die Osage- und Kansa-Indianer. Das Land teilten sie mit 50 Millionen Bisons. Sie konnte das Trampeln der Hufe förmlich hören und die dunkle, durch die Prärie donnernde Masse der Tiere fast vor sich sehen. Doch die Stämme wurden verdrängt und nach Oklahoma vertrieben. 1873 wurden sie zwangsweise umgesiedelt. Die Bisons wurden getötet. Abby hatte Freunde, die eine Bisonranch besaßen, und dort hatte sie einem alten Bullen in die kämpferischen Augen geschaut. Auf der Suche nach heimischen Pflanzen für die Zucht und zum Verkauf war sie auch in den Potawatomi-,

Iowa- und Kickapoo-Reservaten gewesen, die es in Kansas noch gab. Von jeher hatte sie etwas für Außenseiter übrig, und sie konnte sich vorstellen, wie schrecklich es war, hilflos dem Strom der Geschichte ausgeliefert zu sein. Sie konnte keine vergangenen Verbrechen ungeschehen machen, aber sie konnte vielleicht dazu beitragen, wenigstens ein einziges aufzuklären.

Bevor sie den Friedhof verließ, flüsterte sie ihrer Mutter noch einige Worte zu und berührte den Grabstein der Jungfrau.

«Wenn du mir sagst, wer du bist», versprach sie dem toten Mädchen, «werde ich dafür sorgen, dass jeder deinen Namen erfährt.»

11

Nachdem sie die letzten Arbeiten auf dem Friedhof beendet hatte, fuhr Abby wieder nach Hause. Sie war mit dem Ergebnis zufrieden und voller Tatendrang, die Suche nach der Identität der Jungfrau aufzunehmen.

Obwohl Feiertag war, hatte sie einiges in der Gärtnerei zu erledigen. Blumen waren aus der Erde in Töpfe umzupflanzen, mehrere Beete mussten umgegraben und gedüngt, Bestellungen aufgegeben und ein Werbeplan erstellt werden. Doch zuerst ging sie in ihr Schlafzimmer, wo Patrick Shellenberger auf der Bettkante saß und sich gerade eine Socke anzog. Er trug Jeans, aber kein Hemd. Beim Anblick seiner breiten Cowboyschultern und Bizepse spürte sie ein Kribbeln, das ihr gar nicht recht war.

«Wo warst du?», fragte er und sah zu ihr auf.

«Auf dem Friedhof.»

«Du gehst lieber auf den Friedhof, als mit mir aufzuwachen?»

Sie lächelte ihn an. «Kommt fast aufs Gleiche raus. Du hast geschlafen wie ein Toter.»

Patrick lachte.

«Ich habe deine Mutter getroffen», sagte sie, während sie seine zweite Socke aufhob und sie ihm reichte.

Er nahm sie, warf sie dann aber über die Schulter und zog Abby an sich. Dann legte er seine Arme um ihre Hüften, und sie setzte sich breitbeinig auf seinen Schoß, so dicht vor ihn, dass ihre Nasen nur noch wenige Zentimeter voneinander entfernt waren.

«Wo?», fragte Patrick, während seine Hände zu ihrer Brust wanderten.

«Huhuuu. Auf dem Friedhof. Sie hat Gräber besucht.»

Patrick verzog das Gesicht und schüttelte sich. «Wenn sie das glücklich macht.»

«Sehr freundlich, wie du über deine Mutter sprichst.»

Er beugte sich vor, um sie zu küssen, und murmelte dabei in ihre Lippen: «Ich weiß, was meine Mutter wirklich glücklich machen würde.»

«Hm? Was denn?»

«Heirate mich.»

«Dich heiraten?» Abby zuckte zurück und wäre fast von seinen Knien gefallen, wenn er sie nicht aufgefangen hätte. Sie starrte ihn an. «Ich lasse dich gerade mal hier schlafen! Warum in aller Welt sollte ich dich heiraten wollen?»

«Weil es für uns beide Sinn macht.»

«Für dich macht es Sinn, Patrick, für mich nicht.» Sie stand von seinem Schoß auf und wies seine Hände zurück, als er versuchte, sie wieder an sich zu ziehen. Aus sicherer Distanz hob sie warnend den Finger. «Ich weiß, worauf du hinauswillst. Du willst deinen schlechten Ruf loswerden, und ich bin Schritt zwei in deinem Plan.»

Patrick grinste sie an. «Nicht wirklich. Eher Schritt sechs. Das soll keine Beleidigung sein.»

Abby rollte theatralisch die Augen. «Das habe ich auch nicht so gesehen, das kannst du mir glauben.» Dann drehte sie sich um und verließ den Raum.

«He, wo gehst du hin? Ich habe dir gerade einen Heiratsantrag gemacht!»

Patrick erhob sich, griff nach der Socke, die er hinter sich geworfen hatte, nach Hemd und Stiefeln und lief ihr in die Küche nach.

«Ich meine es ernst, Abby.»

«Du bist ernsthaft verrückt», erwiderte sie barsch, ohne sich auch nur umzudrehen.

Es war noch früh, nicht einmal halb acht, und die Sonne schien erst zaghaft durch die weißen Baumwollvorhänge. Patrick und ihr standen die anstrengendsten Monate in ihren Jobs bevor. Für Patrick würde es bedeuten, fast jeden Morgen, sofern er weiterhin bei ihr übernachtete, zur Ranch seiner Eltern hinauszufahren, die Rinder zusammenzutreiben, um die Kälber zu füttern, die Tiere zu impfen, abzusprühen oder sonst etwas zu machen, was im Frühling erledigt werden musste. Abby hatte nur die wenigen Meter bis zu ihrem Treibhaus zu gehen. Normalerweise waren immer einige ihrer Angestellten unterwegs, um sich um die Grünanlagen der Stadt oder die Außenbereiche von Firmen oder Privatgrundstücken zu kümmern. Ein oder zwei weitere blieben mit Abby im Betrieb und verkauften – direkt oder übers Internet – Blumen und Stauden, Samen, Dünger, Blumentöpfe, junge Bäume und Büsche und sonstigen Gartenbedarf. Es gab immer mehr als genug zu tun.

Doch dieser Tag war ein Feiertag, und Patrick hatte es nicht eilig.

«Okay, fangen wir nochmal von vorne an», sagte er. «Du hast gesagt, ich wolle meinen schlechten Ruf loswerden und du wärest nur ein Schritt meines großen Plans. Wenn das stimmt, was war dann der erste Schritt?»

Abby drehte sich um und musterte ihn.

Patrick Shellenberger, der ältere Bruder ihres Freundes Rex, vom Schrecken ihrer Kindheit zum Bauernrecken mutiert, hatte seine Stiefel abgestellt, Hemd und Socke auf einen Stuhl geworfen und sich jetzt mit dem Rücken gegen den Türrahmen gelehnt. Plötzlich hatte sie nur noch Augen für das zerraufte Haar, die nackte Brust und die blauen Augen.

«Nur aus Neugier», fügte er hinzu und hob dabei die

Augenbrauen, was ihn unschuldig aussehen ließ, worauf sie aber nicht eine Sekunde hereinfiel.

«Na ja», sagte sie nach kurzem Nachdenken. «Schritt eins war dann, nach Hause zurückzukehren und die Ranch der Eltern zu übernehmen, sodass dein Vater aufhören kann zu arbeiten.»

Als er nickte, um zu bestätigen, dass sie richtig geraten hatte, fragte Abby: «Wenn nicht ich Schritt zwei bin, was ist es dann?»

«Harte Arbeit», antwortete er sofort. «Dinge zum Laufen bringen.»

«Aha.» In Abbys Stimme klang ein gewisser Groll mit, weil sie zugeben musste, dass es zumindest im Moment so aussah, als hätte er diese beiden Schritte erfolgreich in die Tat umgesetzt. «Schritt drei?»

«Nicht trinken und jeden wissen lassen, dass ich es nicht tue.»

«Und Schritt vier?»

«Nicht mit dem Gesetz in Konflikt kommen.»

Abby schüttelte theatralisch den Kopf. «Ich kann es gar nicht fassen, dass ich mich mit einem Mann unterhalte, der so einen Plan braucht. Ist es wirklich so weit mit mir gekommen?»

Patrick lachte und stieß sich von dem Türrahmen ab, um sich gerade hinzustellen. Plötzlich wirkte der Raum viel kleiner, und Abby wich instinktiv ein wenig zurück. Patrick streckte sich lässig von den nackten Zehenspitzen bis zu den langen sonnengebräunten Fingern, und erneut musterte sie ihn dabei. Die Jeans rutschten ihm auf die Hüften, und ein Streifen hellere Haut kam zum Vorschein, wo die Sonne nie hinkam.

Abby musste sich eingestehen, dass er ein wunderbares Lachen hatte und die volle, erotische Stimme, die breiten

Schultern sowie die bestechend blauen Augen sie nicht unbeeindruckt ließen. Trotz ihrer Vorbehalte gegen ihn reagierte ihr Körper auf sein Lächeln und seine Hände, als hätte er seinen eigenen Kopf. Abby konzentrierte sich darauf, sich diese Gefühle nicht anmerken zu lassen. Patrick hatte sie am Abend zuvor in Council Grove zum Essen eingeladen, und dann war er mit ihr zur Ranch seiner Familie gefahren, um ihr die neuen Zäune und andere Verbesserungen zu zeigen, an denen er gearbeitet hatte. Es war eine wunderschöne Frühlingsnacht, und er war so charmant zu ihr gewesen, insbesondere als er sie gefragt hatte, ob er bei ihr bleiben dürfe, anstatt in seinem alten Kinderzimmer zu schlafen.

Als er sich genug gestreckt hatte, schüttelte sich Patrick und schob die Daumen in die Gürtelschlaufen seiner Jeans. Dabei blickte er sie eindringlich an und setzte seinen Vortrag fort. «Schritt fünf war, dass ich jedermanns Erwartungen zunichte mache und nicht mit einer Schlampe rumvögele.»

«Nicht trinken, nicht mit dem Gesetz in Konflikt geraten und nicht mit einer Schlampe rumvögeln.» Abby zählte die Dinge an den Fingern ihrer rechten Hand ab. «Oh, là, là, wie kann eine Frau da noch widerstehen?» Sie sah ihn geziert an. «Ich hasse das Wort Schlampe.»

«Warum?» Patrick wirkte ehrlich überrascht.

«Warum?», wiederholte sie schnippisch, worauf er grinsen musste. «Wenn du das nicht weißt, wirst du es niemals verstehen, also benutze das Wort einfach nicht mehr, okay? Du solltest lieber versuchen, dich zu benehmen.»

«Ich benehme mich doch.»

«Ja, aber du willst etwas von mir.»

«Das ist wahr», sagte er und ließ die Stimme lasziv klingen, während er sie mit seinem Blick förmlich auszog. Bevor sie ihm entkommen konnte, sprang Patrick vor und zog sie an sich.

«Lass mich los, Patrick! Ich muss die Vögel füttern.»

Außer dem Betrieb hatte sie auch noch eine ganze Veranda voller Vögel, um die sie sich kümmern musste. Doch anstatt sie loszulassen, drückte er sie fester und beugte sich zu ihr hinab, um sie zu küssen.

«Sieh es doch so, Abby.» Er fuhr mit dem Mund um ihre Augenbrauen, küsste sie auf die Nase und landete dann sanft auf ihren Lippen. «Wir haben Spaß zusammen. Wir sind gut zueinander. Wir brauchen uns gegenseitig. Ich brauche dich, um mein Image aufzupolieren. Und du brauchst mich, ganz offen gesagt» – Patrick grinste ihr direkt ins Gesicht –, «weil dich mit deiner Vergangenheit niemand anders mehr will.»

«Meine Vergangenheit?» Abby löste sich aus seiner Umarmung. «Was meinst du mit *meiner Vergangenheit*?»

Er zuckte mit den Schultern und gab sich vollkommen unschuldig. «Du treibst deinen ersten Freund aus der Stadt, sodass er sich nie wieder blicken lässt. Du bist nie länger als ein paar Monate mit jemandem zusammen. Du findest keinen anderen …»

«Du bist mir gerade der Richtige, wenn es um Vergangenheit geht!» Abby legte die Handflächen auf seine nackte Brust und schob ihn weg.

«Genau!», sagte er, als sie wütend davonstapfte. «Das meine ich doch! Wir sind füreinander gemacht. He, Abs, hast du ein sauberes Handtuch für mich? Ich will duschen.»

«Im Wäscheschrank», antwortete sie mürrisch, «was du wüsstest, wenn du nicht immer zu faul wärst, dir selber eins zu holen.» Dann platzte Abby plötzlich spontan und ohne Vorankündigung heraus: «Patrick, wie war das in der Nacht, als ihr das tote Mädchen gefunden habt?»

Er blinzelte, zog die Augenbrauen zusammen und sagte dann betont beiläufig über die Schulter hinweg, während er zur Dusche ging: «Was, hat Rex dir etwa gesagt, dass ich in der Nacht zu Hause war? Das sollte doch niemand wissen. Was glaubst du, wie es war? Ätzend natürlich. Braucht man so schnell bestimmt nicht wieder, schönen Dank auch.»

Abby starrte mit offenem Mund auf die Stelle, wo er gerade noch gewesen war.

Sie hatte erwartet, dass er sie fragen würde, wie sie auf so eine verrückte Idee käme. Sie hätte nie geglaubt, dass er es unumwunden zugeben würde! Mit ihrer Frage hatte sie nur bluffen wollen. Sie wollte wissen, ob sie Verna am Morgen auf dem Friedhof richtig verstanden hatte. Auch hatte sie sich daran erinnert, was Rex an dem Tag gesagt hatte, als sie Nadine Newquist fanden. Oder vielmehr etwas, was er anscheinend sagen wollte, sich aber gerade noch verkniff. «Mein Vater und … mein Vater war auch dabei.»

Sie wusste nicht, warum ihr das im Gedächtnis geblieben war, aber es kam ihr wieder in den Sinn nach Vernas … ja, was? Versprecher? Altersbedingter Zerstreutheit? Vernas Lüge?

Sie hatte niemals erwartet, dass Patrick Vernas Ausrutscher ganz eindeutig bestätigen würde. Jetzt hatte Abby diese Information, wusste aber nicht, was sie damit anfangen sollte. Warum ging jeder davon aus, dass nur Rex und Nathan das Mädchen gefunden hatten, obwohl auch Patrick dabei gewesen war? Und warum, um Himmels willen, hatte Verna sie angelogen?

Abby merkte, dass die Sache unklarer war als je zuvor. Damals hatte sie sich nicht besonders dafür interessiert. Auch später hatte sie sich all die Jahre stets zurückgezogen, wenn das Gespräch darauf kam, weil sie nicht wollte, dass ihre alten Wunden wieder aufgerissen wurden.

Vielleicht gingen doch nicht alle anderen von falschen Tatsachen aus, sondern nur sie. Dennoch …

Abby war unruhig, ohne zu wissen warum. Als sie den Kaffee vom frühen Morgen aus der Kanne spülte und frischen aufsetzte, damit Patrick keine lauwarme Brühe trinken musste, wenn er aus der Dusche kam, fühlte sie sich, als hätte sie der Nebel bis in ihr Haus verfolgt.

Patrick und sie waren seit drei Monaten zusammen. Genauso lange hatte er zuvor gebraucht, um sie dazu zu bringen, sich überhaupt mit ihm abzugeben, und sie war sich sicher, dass sie sich nie darauf eingelassen hätte, wenn es jemand anders in der Stadt gäbe, der in Frage käme. Sein eigener Bruder war dagegen, und auch ihre Freunde waren nicht begeistert. Aber was sollte sie machen? In eine Stadt ziehen, wo es mehr Männer gab? Ihr ganzes Leben allein zu Hause sitzen?

Die Gedanken an Patrick ließen sie Vernas Lüge vorübergehend vergessen. Sie verfluchte sich selbst, dass sie trotz der unfairen Umstände – dreiunddreißig Jahre alt, ledig und ohne große Perspektiven zu sein, in einer unglaublich kleinen Stadt zu leben und Lust auf Sex zu haben – nicht standhaft geblieben war.

Andererseits konnte er sie zum Lachen bringen. Unvermittelt lief sie ins Schlafzimmer, öffnete die Tür zum Bad und rief ihm unter der Dusche zu: «Patrick! Du willst mich doch heiraten. Liebst du mich denn?»

«Könnte ich!», rief er durch das rauschende Wasser hindurch zurück.

Genau das war es, dachte sie. Manchmal war er, abgesehen von allem anderen, so witzig, dass sie nur den Kopf schütteln konnte. Zumindest war er auf seine Weise ehrlich. Vielleicht war «direkt» der bessere Ausdruck. Provozierend und direkt. Außerdem sah er sehr gut aus, wenn man ein

Faible für harte Kerle hatte. Und er war gut im Bett. Das spielte ganz bestimmt eine Rolle. Ja, und manchmal machte es Spaß, mit ihm zusammen zu sein, sie waren dann wie zwei Jugendliche. Aber Patrick Shellenberger heiraten, einen Mann, der einen verdammt schlechten Ruf loszuwerden hatte, was fast unmöglich war?

Rex würde sie umbringen. Sie musste wirklich verzweifelt sein, um ernsthaft darüber nachzudenken, Patrick zu heiraten.

«Warum willst du deinen schlechten Ruf loswerden, Patrick? Was versprichst du dir davon?»

Er begann aus voller Kehle unter der Dusche «Mandy» zu singen.

Als er wieder in die Küche kam, roch er frisch und sauber, obwohl er die Kleidung vom Vortag trug. Während sie ihm einen Becher schwarzen Kaffee reichte, erkundigte er sich: «Seit wann weißt du eigentlich, dass ich in der Nacht zu Hause war, als wir das Mädchen gefunden haben?»

«Weiß ich nicht genau», redete sie sich heraus.

«Wer weiß es noch?»

«Keine Ahnung.»

«Behalte es jedenfalls für dich, okay?»

«Warum soll es niemand wissen, Patrick?»

Er lächelte sie verlegen, aber charmant an. «Weil ich gerade wegen schlechter Leistungen vom College geflogen war, deshalb war ich zu Hause.»

«Das habe ich ja gar nicht gewusst!»

«Das sollte auch niemand wissen.» Er grinste. «Meine Eltern haben sich für mich geschämt. Mein Vater hätte mich am liebsten umgebracht. Ich selbst war ja auch nicht gerade superstolz darauf. Also sollten alle glauben, dass ich aufgehört habe, weil es mir dort nicht gefiel.»

«Meine Lippen sind fest versiegelt», versprach sie ihm.

Er drückte seinen Mund auf ihren. «Jetzt sind sie das», murmelte er und ließ sie dann los, um sich auf einen Stuhl zu setzen und sich fertig anzuziehen.

Er angelte nach einem Stiefel und stieg hinein.

«Verdammt!»

Abby, die gerade begonnen hatte, an der Spüle frisches Obst zu schneiden, fuhr herum. «Was ist?»

Mit spitzen Fingern hielt er seinen braunen Stiefel in der Hand. «Schon wieder! Deine verdammten Vögel haben schon wieder in meine Stiefel geschissen!» Er war so wütend, dass man fürchten musste, er würde im nächsten Moment jemandem den Hals umdrehen, entweder ihr oder den Vögeln. «Guck dir das an!»

Er drehte den Stiefel um, sodass sie das weiße Rinnsal auf der Innenseite sehen konnte. Offensichtlich hatte sich einer der Vögel auf den Rand gesetzt und es dann laufen lassen.

«Das tut mir leid, Patrick», sagte sie, musste sich aber das Lachen verkneifen.

«Das ist nicht lustig, verdammt nochmal! Deine Vögel mögen mich nicht, Abby.»

Sie hätte versuchen können, es zu leugnen, aber er hatte eindeutig Recht. Ihr grauer Sittich, der südafrikanische Liebesvogel mit dem apricotfarbenen Köpfchen und der südamerikanische Papagei verhielten sich Patrick gegenüber so aggressiv, dass man das bei anderen Lebewesen boshaft genannt hätte. Sobald er auftauchte, begannen sie zu kreischen, wenn sie nicht gerade im abgedeckten Käfig saßen. Kam er ihnen zu nahe, bissen sie zu. Und sie nutzten jede Gelegenheit, um auf seine Sachen zu kacken.

«Das reicht», fluchte er mit grimmigem Blick. «Ich halte das nicht mehr aus.»

«Ach, Patrick, dein Stiefel hat mehr Kuhmist gesehen als jeder Stall. Gib ihn mir. Ich mach das weg.»

Er gab ihr den Stiefel, und sie wischte ihn mit einem Papiertuch sauber. Doch als sie ihn Patrick wiedergab, sagte er: «Die Vögel müssen weg.»

«Was?»

«Ich meine es so, Abby. Entweder sie oder ich.»

«Ach ja?» Sie sah ihn mit zusammengekniffenen Augen an und erwiderte ebenso drohend: «Na, dann pass mal auf, dass du auf dem Weg nach draußen nicht von der Käfigtür erschlagen wirst, Patrick!»

«Irgendwann bringe ich die Viecher nochmal um.»

Das war kein Scherz, und er lachte nicht. Das war der andere Patrick, der Patrick, den sie nicht mochte und noch nie gemocht hatte. Der, an den sie sich als Rex' gehassten, bösen älteren Bruder erinnerte, der sie als Kind so oft zum Heulen gebracht hatte. Hin und wieder kam dieser Patrick zum Vorschein. Nicht nur, dass sie ihn dann nicht ertragen konnte, sie hatte auch Angst vor ihm, ganz wie zu der Zeit, als sie sechs war und er zehn, und viele Jahre danach auch noch. Dieser Patrick war irgendwann verschwunden und als viel netterer Mensch zurückgekommen. Aber eben nicht immer, und sie wusste, dass er die Vögel genauso hasste wie die Tiere ihn.

«Wenn du sie jemals auch nur berührst», sagte sie mit eindringlicher, warnender Stimme, «dann landest du mit dem Arsch im Käfig.»

Er sah sie wütend an, nahm seine Stiefel und marschierte aus der Küche auf die Veranda, vorbei an dem großen, abgedeckten Käfig, in dem die Vögel die Nacht verbrachten. Bevor er die Fliegengittertür zuschlug, hörte sie noch, wie er wütend zischte: «Flambiertes Huhn! Huhn auf Jägerart! Ente à l'orange!»

Ob sie wollte oder nicht, sie musste lachen. Die «Ente à l'orange» war schuld.

Abby wusste, dass Patrick ein kaum verdecktes Gewaltpotenzial besaß. Als er jünger war, hatte er nach Schlägereien mehr als eine Nacht betrunken in der Ausnüchterungszelle verbracht. Wenn sein Vater nicht Sheriff gewesen wäre, hätte er wahrscheinlich noch öfter gesessen. Seit sie sich erinnern konnte, hatte er diesen Charakterzug. Doch es war schwer, sich darüber ernsthaft Sorgen zu machen, solange er Dinge wie «Huhn auf Jägerart» sagte, Dinge, die sie zum Lachen brachten.

Abby lief ihm über die Veranda nach und stieß die Fliegengittertür auf. «Patrick», rief sie ihm hinterher, «vergiss nicht, mir die Heuballen zu bringen, die du mir versprochen hast!»

Patrick drehte sich nicht um, streckte aber als Zeichen, dass er sie gehört hatte, den Arm in die Luft.

Da er dabei nicht auch den Mittelfinger ausstreckte, grinste sie. Das war sein «Okay».

Mit einem heiseren Krächzen machten sich die Tiere bemerkbar.

Sie gurrte zur Begrüßung, als sie das Tuch von dem großen Käfig zog, wo ihre Vögel J.D., Lovey und Gracie die Nacht verbrachten. Als Abby, lange nachdem sie J.D. von den Newquists gestohlen hatte, zwei neue Vögel dazukaufte, stellte sie fest, dass es den Leuten half, sich die Namen der Vögel zu merken, wenn man darin das Tier wiedererkennen konnte. Also nannte sie den grauen Sittich Gracie und den bunten kleinen Liebesvogel Lovey. Ihre Kunden freuten sich, sie bei warmem Wetter auf der Veranda zu sehen. Sie liefen dann oft zu ihnen, klopften gegen das Fliegengitter und unterhielten sich mit ihnen.

«Na, wer von euch Vögelchen hat in Patricks Stiefel gekackt?»

«Hallo!», antwortete Gracie und gab damit das einzige Wort von sich, das sie beherrschte.

Auf dem Weg zurück in die Küche zum Frühstück saßen alle drei auf ihrem Arm oder ihrer Schulter. Sie bemerkte, dass Patrick in der Eile etwas vergessen hatte. «He, ihr Vögelchen, er hat seine Sonnenbrille liegen lassen.» Sie lag noch auf dem Küchentisch. Abby wusste, dass er sich ärgern würde, sobald er in Richtung Osten der Sonne entgegenfuhr und die Augen zusammenkneifen musste, um etwas sehen zu können.

«Geschieht ihm ganz recht», sagte sie zu den Vögeln, «wenn er so schlecht über euch spricht.»

Während sie die Früchte und Nüsse auf die Schüsseln verteilte – und dabei fast genauso viel selbst aß, wie für die Vögel bestimmt war –, beschwerte sich Abby: «Wisst ihr, was der dreiste Kerl zu mir gesagt hat? Er hat gesagt, ich soll ihn heiraten, weil mich sonst niemand nimmt. Könnt ihr das glauben?»

Sie trug die Vögel und die Schüsseln wieder auf die mit Fliegengitter umgebene Veranda, damit sie beim Fressen auf ihren Stangen sitzen konnten. Jedes Jahr im Frühling stellte sie tropische Pflanzen aus ihrem Treibhaus hier herein, hängte Spiegel und Spielzeuge auf und machte aus der Veranda eine Voliere für sie.

«Nächstes Mal», ordnete sie an, und ihr Ärger auf Patrick kam sofort wieder hoch, «kackt ihr in beide Stiefel.»

12

Memorial Day. Alle möglichen Leute fahren am Memorial Day nach Hause, sagte sich Mitch Newquist mit dem Tankschlauch in der einen Hand, die andere gegen seinen Saab gestützt. Während der Treibstoff in den Wagen gepumpt wurde, starrte er auf das Schild, das nicht einmal fünfzig Meter von ihm entfernt an der Auffahrt zur Interstate stand, und versuchte sich zu entscheiden. Fahren oder nicht fahren?

«Deine Mutter ist gestern gestorben, Mitch», hatte sein Vater das Telefongespräch eröffnet. Das war Ende Januar gewesen. Inzwischen war Memorial Day, also Ende Mai. «Durcheinander, wie sie war, ist sie letzte Nacht im Schneegestöber draußen herumgeirrt. Rex Shellenberger und Abby Reynolds haben sie auf dem Friedhof hinter unserem Haus gefunden. Sie ist erfroren, ich dachte, du würdest es wissen wollen.»

Mitch hatte nicht gewusst, ob er lachen oder weinen sollte. Seine Mutter war tot, eigentlich ein Anlass für Tränen, aber die Formulierung seines Vaters, «ich dachte, du würdest es wissen wollen», war fast genauso komisch wie die Tatsache, dass er Rex' und Abbys Nachnamen benutzt hatte, als wüsste Mitch sonst nicht, von wem er sprach.

Er fand, dass «komisch» nicht das richtige Wort war, um das Verhalten seines Vaters ihm gegenüber zu beschreiben, aber ihm fiel, verdammt nochmal, kein besseres ein, während er mit dem Telefon in der Hand in seiner Wohnung stand und schwieg. Ironisch? Überflüssig? Schließlich kam er auf «grausam», was die Sache – und seine Gefühle – treffend zum Ausdruck brachte.

«Warum war sie überhaupt draußen im Schnee?», fragte er seinen Vater.

«Eine der Pflegerinnen hat die Hintertür offen gelassen.»

«Das tut mir leid. Wann ist die Beerdigung?»

«Dienstag. Glaubst du, dass du kommst?»

«Dad, ich weiß nicht. Ich denke darüber nach.»

«Wenn du darüber nachdenken musst», sagte sein Vater, und seine Stimme klang plötzlich kalt und ablehnend, «dann brauchst du auch nicht zu kommen. Sie war deine Mutter, Herrgott nochmal!»

Mitch stand allein in seiner Wohnung und schüttelte den Kopf über die Worte des Alten. Es war unglaublich. Die Wut und die Bitterkeit kamen sofort wieder in ihm hoch, und er erwiderte, glühend vor Zorn, sodass der Gegensatz zu den Worten seines Vaters nicht größer sein konnte: «Du meinst also, da gibt es nichts nachzudenken, Dad? Nichts zu beachten, wenn ich zurückkomme? Der Doc wird zu ihrer Beerdigung kommen, stimmt's? Und Nathan. Glaubst du im Ernst, dass ich da keinen Grund habe nachzudenken, bevor ich erscheine?»

«Das sind doch alte Geschichten.»

«Alte Geschichten?» Mitch lachte verbittert, es klang eher wie ein lautes Bellen. «Du machst wohl Scherze. Diese beiden Schweinehunde haben Lügen über mich verbreitet. Sie wollten mir einen Mord anhängen. Sie haben mein Leben ruiniert oder hätten es getan, wenn ich es zugelassen hätte, und weder du noch Mom haben einen Finger gekrümmt, um mir zu helfen, mich gegen sie zu verteidigen.»

«Was redest du? Wir haben dich aus der Stadt gebracht!»

«Du meinst wohl, ihr habt mich rausgeschmissen.»

«Wir haben dir eine gute Ausbildung bezahlt, wir haben immer dafür gesorgt, dass …»

«Hör auf. Hör sofort auf. Glaubst du wirklich, ich kann da einfach wieder auftauchen und auf die Vergangenheit pfeifen?»

«Tu, was du willst, Mitch», hatte Tom Newquist gesagt und aufgelegt.

Als er seinen Vater zurückrief, um ihm zu sagen, dass er nicht kommen würde, hielt er es für zwecklos zu erklären, warum er sich so entschieden hatte. Er sagte ihm nicht, dass er vermeiden wollte, die ganze Aufmerksamkeit auf sich zu ziehen, wenn er nach so langer Zeit zurückkehrte, während es doch um die Frau gehen sollte, die beerdigt wurde. Mitch hatte seiner Mutter die einzige Form von Respekt gezollt, die ihr gefallen hätte. Und er hatte beschlossen, am Memorial Day zu ihrem Grab zu fahren, wenn niemand ihn erwartete und er sich von allen fern halten konnte, da er nicht besonders auffallen würde.

So war jedenfalls der Plan.

Zur Hälfte hatte er ihn schon erfüllt. Mehr als die Hälfte sogar, denn er stand am Highway 177 und hatte die Interstate 70 bereits verlassen. Im Norden war Manhattan, Kansas, im Westen Denver und im Osten Kansas City, wo er die letzten sieben Jahre gelebt hatte. Small Plains lag südlich von dem Punkt, an dem er sich befand. Wenn er sich recht erinnerte, lag der Friedhof nördlich der Stadt direkt am Highway. Er könnte dort anhalten, dem Grab einen kurzen Besuch abstatten und sich dann sofort wieder ins Auto setzen und nach Hause zurückkehren, ohne überhaupt nach Small Plains hineinzufahren. Es waren nur noch wenige Kilometer bis dorthin, er könnte es schnell hinter sich bringen. Doch was war der Sinn dieser Reise?, fragte er sich zum hundertsten Mal. Zum Teufel, er hatte nicht einmal Blumen dabei, weil er keine Spuren hinterlassen wollte. Ob er ihr Grab besuchte oder nicht, war seiner Mutter inzwischen egal, wäre ihr vielleicht immer egal gewesen. Niemand sonst, auch nicht sein Vater, würde je davon erfahren. Warum sollte er es dann überhaupt tun?

«Mach dich nicht lächerlich», sagte er zu sich selbst.

Er wollte dorthin, weil es ihm ein wirkliches Bedürfnis war. Er fühlte einfach ein Loch in sich, das nur gefüllt werden konnte, wenn er am Grab seiner Mutter stand.

Der Tank war voll. Er hängte den Schlauch in die Zapfsäule zurück, nahm seinen Beleg, schüttelte den Kopf über den Preis und setzte sich wieder hinters Steuer. Seine Hände rochen nach Benzin. Als er auf die Kreuzung zufuhr, die ihm vier Richtungen anbot, wusste er immer noch nicht, wofür er sich entscheiden sollte … bis der Saab wie von selbst nach Süden fuhr.

Wenige Minuten später befand er sich mitten in den Flint Hills, wo er geboren wurde.

Es war nicht das einzige Mal an diesem Tag, dass er von den Ereignissen überrumpelt wurde.

Niemals wäre er darauf gekommen, dass Abby fast die Erste sein würde, die er bei seiner Ankunft «zu Hause» zu Gesicht bekam. Er hatte inständig gehofft, gerade ihr nicht zu begegnen. Doch als ihm drei Kilometer vor dem Ortseingang ein grünweißes Schild mit einem Pfeil darauf ins Auge fiel, auf dem *Abbys Landschaftsgärtnerei* stand, setzte sich sein Blinker scheinbar von selbst, und er bog vom Highway auf eine schmale geteerte Straße ab, die bald zu einem Schotterweg wurde.

Da war er plötzlich und wirbelte Staub auf wie eine Herde Kühe.

Nur weil ihr Vorname auf dem Schild stand, bedeutete es

noch nicht, dass wirklich sie hinter der Firma steckte. Oder dass er seine Nase dort hineinstecken sollte, ermahnte er sich selbst.

Doch sein Auto setzte seinen Weg fort, der an beiden Seiten von braunen Pfählen mit Stacheldraht gesäumt wurde. Er dachte daran, wie es war, den ganzen Tag Löcher für solche Pfähle zu graben und sie dann in die Erde zu rammen. Er erinnerte sich an die dicken Lederhandschuhe, die man trug, wenn man mit Stacheldraht umging, und an die Schnitte und Blasen, die man trotz der Handschuhe davontrug. Ihm kamen die üppigen, fettigen, aber köstlichen Mittagessen in den Sinn, die man als Helfer vorgesetzt bekam, wenn alle gleichzeitig Pause machten und bei der Frau eines Ranchers in der Küche oder in einem Lokal in der Stadt einfielen.

Auf den Wiesen wuchsen Wildblumen, deren Namen er nicht kannte, lila, gelb, rosa und weiß. Auf der einen Seite weideten rotweiße Hereford-Rinder, auf der anderen schwarzweiße Tiere, eine Mischung aus Hereford- und Angus-Rindern. Immer wieder wurden Vögel aus dem Gras am Wegrand durch sein Auto aufgescheucht. Die Vögel – Mitch war sich fast sicher, dass es Wiesenstärlinge waren – flatterten auf und davon.

Er begann zu bereuen, dass er ausgerechnet in dieser Jahreszeit gekommen war, in der sich die Flint Hills von ihrer besten Seite zeigten, besonders an einem hellen Frühlingsmorgen. Er hatte vergessen, wie hinreißend die Landschaft in diesen Monaten bei bestimmtem Licht und bei gutem Wetter sein konnte. Vielleicht hatte er es als Kind nicht einmal bemerkt, weil es für ihn normal war, genauso wie frische Eier, Rodeos und frei laufende Hunde. Aber jetzt, als er die Landschaft nach so vielen Jahren und mit den Augen eines Erwachsenen wiedersah, hatte er den Eindruck, seine

Kindheit in einem impressionistischen Gemälde verbracht zu haben. Nur widerstrebend ließ er diese Gefühle zu, und er wünschte, er wäre mitten im Winter oder im stickigen Sommer gekommen, wenn die karge Landschaft nur in einem verbohrten Einheimischen solche Gefühle geweckt hätte.

Mitch öffnete die Fenster, um die frische Luft hereinzulassen.

Er sog das Knirschen der Reifen auf dem Schotter ein, das Pfeifen des Windes im Gras, das Zwitschern der Vögel und das Summen der Insekten. Er hielt mitten auf dem Weg an und stellte den Motor ab, um alles intensiver in sich aufnehmen zu können.

Nach einer Weile fuhr er weiter.

Auf den wenigen hundert Metern, die er zurückgelegt hatte, seit er vom Highway abgebogen war, merkte er, dass die Reise noch schwerer werden würde als erwartet. Er hatte die vielen schönen Dinge seiner Kindheit vergessen, wusste nicht mehr, wie gut es sich anfühlte, im Herzen eines riesigen Landes zu leben, das sich in alle Richtungen erstreckte. Er hatte vergessen, wie es war, auf einen der hohen, an den Kuppen abgeflachten Hügel zu klettern, von denen man in vier Bezirke sehen konnte, meilenweit ungestört unterwegs zu sein und doch stets auf Leute zu treffen, die einen kannten. Er hatte vergessen, wie es war, sich sicher und geliebt zu fühlen, wenn auch nicht unbedingt so sehr von den eigenen Eltern, so doch von der Gemeinschaft.

Der Schmerz war nahezu unerträglich. Fast hätte er gewendet und wäre nach Kansas City zurückgefahren.

Doch dann sah er ein weiteres grünweißes Schild mit einem Pfeil darauf.

Er trug eine dunkle Sonnenbrille. Zusätzlich setzte er nun seine Baseballkappe der Kansas City Royals auf. Verkleidet wie ein Spion kam er sich zwar ein wenig lächerlich vor, doch er musste unbedingt ein Zusammentreffen mit dem Mädchen vermeiden, das er so schmachvoll zurückgelassen hatte. Wenn hinter *Abbys Landschaftsgärtnerei* genau die Abby steckte und sie ihm im nächsten Moment zufällig entgegenkommen sollte, dann wollte er unerkannt an ihr vorbeikommen.

Das Mädchen, das er so schmachvoll zurückgelassen hatte … im Bett.

Hör auf mit dem Mist, befahl er sich selbst, doch da hatte er bereits wieder das Bild des nackten sechzehnjährigen Mädchens vor Augen und kam sich vor wie ein dreckiger Alter.

Mitch zog sich die Kappe tiefer in die Stirn, er war fast angekommen. Links vor ihm befand sich ein eingezäuntes Grundstück, auf dem ein kleines weißes Haus mit grünen Fensterläden und zwei Veranden stand; an der seitlichen Veranda waren Fliegengitter befestigt, vorne stand eine weiße Schaukel. Außerdem sah er eine zu einem Treibhaus umgebaute Scheune, eine Schonung mit jungen Bäumen und Büschen sowie ein Feld, auf dem anscheinend Wildblumen gezüchtet wurden.

Das Anwesen hatte einen ländlich-rustikalen Charme, auch wenn dem Haus und der Scheune eine neue Schicht Farbe nicht geschadet hätte. Neben dem Haus parkte ein schwarzer Pick-up, der schon bessere Zeiten gesehen hatte, aber daneben stand auch noch ein neueres Modell, schicker und größer. Aber auch das konnte nicht darüber hinwegtäuschen, dass die Leute, die hier lebten und arbeiteten, schuften mussten, damit sie über die Runden kamen.

Er war langsamer geworden, und schließlich blieb er stehen.

Gerade als er wieder Gas geben wollte, um schnell vorbeizufahren und dann unauffällig zu wenden, flog die Tür der seitlichen Veranda auf. Ein Mann stürmte polternd aus dem Haus und schlug die Fliegengittertür hinter sich zu. Er sah aus wie ein Cowboy, vom Kopf bis zu den Stiefeln, die er in seiner Hand trug. Obwohl er groß und muskulös war und gut aussah, hatte er etwas von einem Heuler, wie sein Vater immer Männer genannt hatte, die zu viel tranken und zu schnell Auto fuhren. Auf Socken lief er über den Schotter zu den Pick-ups, als würde er die Steine vor Wut gar nicht spüren. Plötzlich erkannte Mitch ihn. Es war Patrick Shellenberger, Rex' älterer Bruder, der Arsch.

Hatte Abby etwa Patrick geheiratet?

Bevor Mitch darüber nachdenken konnte, was das bedeutete, öffnete sich die Fliegengittertür erneut, und sie stand da. Die Sonne war gerade hoch genug, um ihr ins Gesicht zu scheinen.

Mitch blieb das Herz stehen.

Da stand Abby, fast genau so, wie er sie in Erinnerung hatte. Sie rief Patrick irgendetwas hinterher, und er hob zur Antwort die Hand.

Als Mitch sah, wie sie grinste, versetzte es ihm einen Stich. Sie war noch immer so hübsch wie früher. Und wenn man danach ging, wie sein Herz raste, schien es zu glauben, es gehöre immer noch ihr.

Verdammtes, dummes, albernes Herz, dachte er.

Schnell fuhr er los, um so unauffällig wie möglich an der Einfahrt zu dem Grundstück vorbeizukommen, bevor Patrick dort herausfahren würde.

Mitch fuhr mehrere Kilometer, ohne darauf zu achten, wohin oder wie lange er unterwegs war. Während die Räder über die holperigen Wege jagten, konnte er nur daran denken, was er verloren hatte. Alles, er hatte alles verloren. Träume, Erwartungen, Illusionen. Er hatte seine

Heimat und seine Familie verloren, seine Freunde, seine High School, sein College, sein Mädchen, seine Unschuld und seine Kindheit. Er hatte den Glauben verloren. Vertrauen. Hoffnung. Mit der Zeit, im Laufe der Jahre, hatte er sich neu orientiert, hatte versucht, sich ein neues Leben aufzubauen, sich alles so einzurichten, dass er Menschen und Dinge um sich hatte, die ihm das Verlorene ersetzten. Doch in diesem Moment spürte er nur einen einzigen, bitteren Verlust. Vielleicht hätte er Abby nie geheiratet. Vielleicht wäre er auch gar nicht in Small Plains geblieben. Vielleicht hätte er sich aus anderen Gründen von seinen Eltern entfremdet. Aber dann hätte er selbst entscheiden können, dann hätte er wenigstens ein Mitspracherecht gehabt.

Irgendwann blieb er stehen, wendete und fuhr den Weg, den er gekommen war, zurück. Als abermals das grünweiße Haus vor ihm auftauchte, war niemand zu sehen.

Mitch fuhr durch den Staub, den Patricks Pick-up aufgewirbelt hatte. Als er den Highway erreichte, blickte er nach Nordosten in Richtung Kansas City und nach Süden in Richtung Small Plains. Wieder war er nahe daran, nach Nordosten abzubiegen. Was würde es ändern, das Grab seiner Mutter zu sehen? Würde eine Stippvisite seine offenen Wunden heilen können?

Das weiß man erst, wenn man es ausprobiert, mahnte er sich selbst.

Er war nicht zu dem Mann geworden, der er immer geglaubt hatte zu werden. Die Ereignisse hatten ihn verändert, oder er hatte sich von ihnen verändern lassen. Erst heute Morgen war ihm aufgegangen, dass Abby das Gleiche widerfahren sein konnte. Auch sie war mit der Zeit vermutlich abgestumpft und hatte sich eine harte Schale zugelegt. Das Mädchen, das er geliebt hatte, konnte als Erwachsene nicht Patrick Shellenberger geheiratet haben. Das war einfach nicht möglich, jedenfalls nicht, wenn man davon ausging, wie sie früher waren oder wie sie geworden wären, wenn sich nicht alles geändert hätte. Womöglich mag die Abby von damals mich gar nicht so, wie ich jetzt bin, kam ihm plötzlich in den Sinn, während er die Hand über den Blinker hielt, ohne ihn zu betätigen. Die Abby, an die er sich erinnerte, würde mit dem ehrgeizigen, besessenen Menschen, der er geworden war, vielleicht gar nichts zu tun haben wollen. Aber damals hatte sie auch mit Patrick nichts zu tun haben wollen, und doch war er jetzt da. Na gut, vielleicht mochte sie ihn nicht so, wie er jetzt war … aber womöglich entsprach die Frau, die gerade auf der Türschwelle stand, auch nicht mehr seinen Vorstellungen.

Mitch blinkte rechts, um zum Friedhof von Small Plains abzubiegen.

13

Im Stagecoach Inn, östlich von Small Plains, starrte der Angestellte an der Rezeption hilflos auf die junge Frau im Rollstuhl und entschuldigte sich, dass er kein Zimmer für sie hatte.

«Es tut mir wirklich leid», sagte er und meinte es auch so, denn er vergab ungern die Chance, 37 Dollar pro Nacht einzustreichen. «Ich habe keine behindertengerechten Zimmer mehr. Ich schwöre, manchmal wird monatelang nicht danach gefragt, und plötzlich wollen sie alle eins. Das liegt daran, dass Memorial Day ist und überall Familientreffen stattfinden. Oben habe ich noch einige Zimmer frei, aber es gibt keinen Fahrstuhl. Es müsste Sie jemand rauftragen, aber ich kann das nicht wegen meines Rückens, sonst würde ich es bestimmt tun», versicherte er beflissen. «Es tut mir schrecklich leid. Soweit ich weiß, ist die Econo Lodge auch voll, und zwar komplett, aber ich kann nochmal für Sie nachfragen, wenn Sie wollen.»

«Das wäre nett», bat sie ihn.

Ihr ging es wirklich schlecht, das sah man ihr an. Ihre Haut war grau, und sie saß in sich zusammengefallen im Rollstuhl. Anscheinend konnte sie nicht aufrecht sitzen. Ein deutliches Zeichen war auch das Tuch, das sie auf dem Kopf trug. Wahrscheinlich hatte sie darunter eine Glatze, weil sie krebskrank war und gerade eine Chemotherapie oder so etwas machte. Sie war allein unterwegs, was bei den anderen Leuten, die in dieser Woche ein Behindertenzimmer brauchten, nicht der Fall war. Sie waren mit Verwandten oder Freunden gekommen. Das arme junge Mädchen dagegen war allein in einem braunen Kastenwagen vorgefahren und hatte hupen müssen, damit ihr jemand aus dem Wagen half. Sie war sicher ziemlich verzweifelt, dachte er. Er bildete sich ein, sie würde nach Krankenhaus riechen, und zweifelte nicht daran, dass sie auf der Schwelle zum Tod stand. So gern er ihr auch geholfen und das Geld für das Zimmer kassiert hätte, war er doch auch froh, sie woandershin schicken zu können. Dann brauchte er sich keine Sorgen darum zu machen, was die Zimmermädchen morgens vorfinden könnten. Er wollte nicht unhöflich sein, aber er arbeitete schließlich in einem Motel und nicht in einem Leichenschauhaus.

«Ich rufe schnell beim Econo an», sagte er zu ihr. «Wenn die Sie nicht aufnehmen können, gibt es noch eine Pension, bei der Sie vielleicht unterkommen können, aber ich muss Sie warnen, die ist teurer, auch wenn man sich fragt warum, so alt wie die Möbel da sind, keine Ahnung –»

«Ich nehme alles», flüsterte sie. «Danke.»

«Da gibt's aber nur Frühstück.»

«Das macht nichts.»

Er ging davon aus, dass sie ohnehin nicht viel aß, und wahrscheinlich schmeckte sie auch kaum etwas.

Während er wartete, dass in dem Motel jemand ans Telefon ging, begann er aus Höflichkeit, sich mit ihr zu unterhalten. «Und, haben Sie hier in der Gegend Familie?»

«Nein», sagte sie. «Ich kenne hier niemanden.»

Das überraschte ihn. Meistens kannten die Leute jemanden.

«Was führt Sie dann zu uns in die Einöde?»

Er war sich ziemlich sicher, zu wissen, was sie sagen würde, wenn sie ehrlich genug war. Wenn Fremde aus dem Nichts auftauchten ... kranke Fremde ... konnte es nur bedeuten, dass sie von der Jungfrau gehört hatten und hierher gekommen waren, um geheilt zu werden. Es war erstaunlich, dachte er, wie sich die Sache herumgesprochen hatte und seine kleine Heimatstadt den Ruf einer Art Supermarkt für Wunder erlangt hatte.

«Ich will auf den Friedhof», sagte sie mit schwacher Stimme.

«Zur Jungfrau?», fragte er und sah sie mitfühlend an.

Sie wurde verlegen und errötete sogar ein wenig, nickte dann aber.

«Wie haben Sie von ihr erfahren?»

«Durch das Internet.»

«Wirklich!» Das war ihm neu.

Sie nickte abermals. «Es gibt Chatrooms über … Wunder.»

«Donnerwetter.»

«Stimmt das … mit den Wundern?»

«Na ja, ich habe auf jeden Fall so einige Geschichten gehört.»

Er bemühte sich, vage zu bleiben. Auf der einen Seite wollte er nichts versprechen und dann womöglich dafür zur Verantwortung gezogen werden. Auf der anderen Seite war die Jungfrau natürlich gut fürs Geschäft. Und in einer kleinen Stadt mitten in Kansas musste man jede Möglichkeit nutzen, Umsatz zu machen.

Da die Econo Lodge ebenfalls ausgebucht war, rief er in der Frühstückspension an.

«Sie haben ein Zimmer im Erdgeschoss für Sie frei!» Er blickte strahlend zu ihr herab. «Wie heißen Sie?»

«Caitlin Washington.»

Er war zu sehr damit beschäftigt, die Information an den Besitzer der Pension weiterzugeben, als dass er sie flüstern hörte: «Oder Catie. Meine Freunde nennen mich Catie.»

«Die werden sich um Sie kümmern», versicherte ihr der Angestellte, als er den Hörer aufgelegt hatte. «Brauchen Sie Hilfe, um zu Ihrem Auto zurückzukommen?»

Sie nickte, und Tränen der Dankbarkeit bildeten sich in ihren blauen Augen.

Während er ihren Rollstuhl schob, drehte sie sich um und fragte: «Könnten Sie mir noch sagen, wie ich zu ihrem Grab komme?»

14

Am späten Vormittag betrat Abby ihr Elternhaus und rief: «Dad?»

«Ich bin in der Küche», antwortete ihr Vater.

Sie ging in den hellen, großen Raum, in dem einst ihre Mutter mit Zauberstab und Bratpfanne das Zepter geschwungen hatte. Dort saß er im Bademantel am Tisch und starrte auf den Bildschirm seines Laptops.

«Was machst du denn?», fragte sie.

Heute war Feiertag und damit einer der wenigen Tage im Jahr, an denen er nicht arbeitete – es sei denn, es gäbe einen Notfall, dann wäre der Feiertag für ihn natürlich vorbei.

«Ich lese *The New York Times* online.»

«Na, sicher», neckte sie ihn. «Mich kannst du nicht so leicht an der Nase herumführen. Ich weiß, was du wirklich liest – die Fernsehzeitung, um bei deinen Soaps auf dem Laufenden zu bleiben.»

Ihr Vater sah nie fern. Sie hätte wetten können, dass seit dem Tod ihrer Mutter keiner der Apparate benutzt worden war, außer vielleicht für den Wetterbericht. Bevor es Computer gab, hatte er in seiner Freizeit Bücher und medizinische Zeitschriften gelesen. Inzwischen aber war er süchtig wie ein Teenager nach dem Internet.

«Sind wir nicht heute Abend bei deiner Schwester zum Essen eingeladen?», fragte er und blickte kurz auf.

«Ja, aber ich dachte, ich komme trotzdem kurz vorbei.» Sie fasste an die Kaffeekanne. «Ist der Kaffee schon so alt, dass er wählen darf?»

«Gestern war er frisch.»

Abby goss einen Schluck in eine Tasse, blickte hinein und roch daran. «Ja, das war gestern.»

Dann drehte sie dem Kaffee den Rücken zu und lehnte sich gegen die Arbeitsfläche. «Dad? Erinnerst du dich an die Nacht, in der die Jungfrau gestorben ist?»

«Hm.» Ohne den Mund zu öffnen, schaute er weiter auf den Bildschirm.

«Und du weißt, dass Mitch in der Nacht hier war?»

«Hm. Deine Mutter hat es mir erzählt.»

Abby ärgerte sich darüber, dass er sie nicht ansah.

«Dad? Ich muss mit dir mal kurz über etwas reden.»

Es klang harscher, als es klingen sollte, und ein viel sagender Unterton schwang darin mit, doch ihr Vater schien es nicht bemerkt zu haben. Schließlich sah er zu ihr auf.

«Ja, Abby, was gibt's denn?»

Sie blickte ihren stämmigen, grauhaarigen Vater an, den schlauen, hart arbeitenden, anerkannten Arzt, und empfand in dem Moment so viel Liebe für ihn, dass sie fast in Tränen ausbrach. Wie verschlossen er im Laufe der Zeit auch geworden sein mochte, die ersten sechzehn Jahre voller Zuneigung, in denen er beiden Töchtern – der jüngeren vielleicht besonders – ein fröhlicher, begeisterter Vater gewesen war, wurden dadurch nicht ausgelöscht. Die Worte «Ich vermisse dich, Dad» lagen ihr auf der Zunge, doch sie verkniff sie sich, da sie noch nicht sicher war, wie sie mit allem, was noch folgen konnte, umgehen sollte.

«Warum fragst du mich nach dem Mädchen, Abby?»

Sie zuckte mit den Schultern. «Weil ich es noch nie getan habe?»

Er lächelte ein wenig. «Ist das eine Frage?»

«Nein.» Abby erwiderte das Lächeln. «Genau deshalb wahrscheinlich. Weil wir noch nie darüber gesprochen haben, und das würde ich jetzt gerne nachholen.»

«Meinetwegen.»

Er klang zögerlich, Abby dagegen war überhaupt nicht zögerlich zumute. «Ich erzähl dir jetzt mal, was ich von dieser Nacht noch weiß.» Als er darauf nichts sagte, fuhr sie fort. «Mitch und ich waren in meinem Zimmer. Du und Mom, ihr seid im Schlafzimmer gewesen. Irgendwann hat sich Mitch im Dunkeln runtergeschlichen, um etwas zu holen.» Sie hatte das Gefühl, ihr Vater wusste, worum es ging, deshalb sprach sie einfach weiter. «Nachdem er mein Zimmer verlassen hatte, hörte ich im Schlafzimmer dein Notruftelefon klingeln, und kurz danach warst du auch schon auf dem Flur.»

Sie hielt inne und er nickte, als wollte er sagen: Stimmt, mach weiter.

«Ich lief hinaus und habe dich gefragt, was denn los sei, aber du hast nur gesagt, ich solle ins Bett zurückgehen, und bist nach unten gegangen.»

Er nickte abermals. «Ich glaube, daran kann ich mich erinnern.»

«Dad, seitdem habe ich Mitch nicht mehr gesehen.»

Er senkte den Blick, und für einen Moment fürchtete sie, ihn wieder an den Computerbildschirm verloren zu haben. Doch dann hob er den Kopf und schaute aus dem Fenster auf das schöne Wetter zum Memorial Day.

«Hast du ihn gesehen, Dad? Hast du ihn in jener Nacht in unserem Haus gesehen? Oder danach?»

«Nein, Abby, ich habe Mitch irgendwann früher an dem Tag zum letzten Mal gesehen.»

«Und da gibt es noch etwas, woran ich mich erinnere», sagte Abby. «Als ich wieder in meinem Zimmer stand, sah ich Scheinwerfer in der Einfahrt und hörte ein Motorengeräusch. War sie das, Dad? Ich meine, war das Nathan, der sie in die Praxis gebracht hat?»

«Wahrscheinlich.»

«Was geschah dann? Hat er sie allein hereingetragen? War es Nathan, der dich auf dem Notruftelefon angerufen hat? Wusstest du, dass er kommen würde und dass sie ein totes Mädchen auf der Weide gefunden hatten?»

«Die Antwort auf all diese Fragen ist ja, Abby.» Ihr Vater räusperte sich. «Wenn du wissen willst, was dann passiert ist, erzähle ich dir, woran ich mich erinnere. Ich sagte ihm, er solle sie in eins der Behandlungszimmer bringen, obwohl wir beide wussten, dass sie bereits tot war. Er hatte das schon festgestellt. Ich konnte nicht mehr tun, als sie dort bis zum nächsten Morgen liegen zu lassen. Dann haben die McLaughlins sie abgeholt.»

Ihr Vater sagte nichts mehr.

«Ist das alles?», fragte sie ihn. «Ist das alles, was passiert ist?»

«Das ist alles, Abby. Warum? Glaubst du, da war noch mehr?»

Zum zweiten Mal spürte sie, wie die Tränen in ihr aufstiegen, und sie versuchte, sie zu unterdrücken. «Ich weiß nicht, Dad, ich glaube ... ich habe mich nur gefragt, ob Mitch es vielleicht gesehen hat und dann ganz durcheinander war, und ich weiß nicht ...»

Ihr Vater sah sie ratlos an.

«Ich glaube, ich suche immer noch nach einer Begründung für sein Verschwinden», gab sie zu. «Ich weiß, wenn ich das so sage, klingt es vollkommen abwegig. Aber so schrecklich es ist, einen ermordeten Menschen zu sehen, deshalb würde doch niemand von zu Hause weglaufen und nie mehr zurückkommen.»

«Ist nicht anzunehmen», sagte ihr Vater, und seine Stimme klang wieder zögerlich.

«Dad, du weißt, dass ich ihn nicht fortgetrieben habe.

Was auch immer Nathan über mich erzählt hat, es stimmt nicht.»

«Abby.» Er schien sich unwohl zu fühlen und wirkte verlegen. «Natürlich weiß ich das.» Sie wandte sich ab, um frischen Kaffee zu kochen und damit sie ihn nicht ansehen musste. Es war lächerlich, dass sie die Sache nach so vielen Jahren noch so sehr mitnahm. Als sie die Kanne ausgewaschen und frisches Pulver in einen neuen Filter gelöffelt hatte, drehte sie sich wieder um und sah ihn an.

«Kannst du dich an irgendetwas bei ihr erinnern, Dad?»

«Was denn zum Beispiel?»

«Sie war jung …»

«Ja, wahrscheinlich nicht viel älter als du damals.»

«Welche Farbe hatten ihre Haare? Waren sie lang oder kurz?»

«Abby, daran kann ich mich nicht erinnern.»

«Nein? War sie dünn oder dick? Fandest du sie hübsch?»

Er atmete tief ein, dachte einen Moment nach. «Wenn mich mein Gedächtnis nicht täuscht, war sie ziemlich groß und hatte langes dunkles Haar; sie war nicht wirklich dünn, aber auch nicht dick. Entschuldige, aber ob sie hübsch war, konnte man beim besten Willen nicht mehr erkennen.»

Der Schrecken dieses Satzes hing in der Luft.

«War es schwer für dich, Dad?»

Plötzlich war da etwas in den Augen ihres Vaters, das ihr Angst machte, ein Schmerz oder Zorn, der seinem Blick etwas Hartes, Aggressives verlieh. Einen Moment fürchtete sie, zu weit gegangen zu sein. Doch seine Antwort war milde. «Abby, ich bin Arzt.»

Sie nahm an, das sollte alles erklären, als würde der Zustand seiner Patienten einen Arzt stets ungerührt lassen, doch Abby wusste, dass das bei ihm nicht der Fall war. Ihm ging das Schicksal der Kranken sehr nahe, er wurde ärgerlich, wenn sie seinen Rat nicht befolgten oder er sie nicht heilen konnte, er war niedergeschlagen, wenn er jemanden verlor, und glücklich bei Genesungen und Geburten. Doc Reynolds mochte sich in den letzten Jahren von seiner Familie zurückgezogen haben, doch für seine Patienten hatte er sich im Laufe der Zeit immer stärker eingesetzt, wenn das überhaupt noch möglich war.

Der Kaffee war durchgelaufen, und Abby blieb auf eine Tasse.

Als sie sich von ihm verabschiedete und die Küche verließ, blickte ihr Vater nur kurz auf. «Wir sehen uns dann wohl heute Abend.» Da er sich danach gleich wieder dem Bildschirm zuwandte, war Abby einigermaßen überrascht, als sie aus ihrem Wagen heraus die Ecke des Wohnzimmervorhangs fallen sah. Anscheinend war ihr Vater von seinem Computer aufgestanden und zum Fenster gegangen, um zu sehen, wie sie abfuhr.

15

Er wusste nicht, wo seine Mutter begraben lag. Zu seiner eigenen Überraschung beunruhigte ihn das. Auch wenn er sie jahrelang nicht gesehen hatte, hatte er doch stets das Gefühl zu wissen, wo sie war. Jetzt konnte er nur eine Vermutung anstellen. Er parkte sein Auto an der Friedhofstraße auf halbem Wege zwischen den beiden Familiengräbern seiner Eltern, sofern er sich richtig erinnerte. Mitch stieg aus dem Saab aus und ging über das Gras in Richtung des Newquist-Grabes, da er davon ausging, dass sein Vater sie dort hatte beerdigen lassen. Als er die Anhöhe hinaufblickte, sah er eine junge Frau aus einem Kastenwagen aussteigen. Allerdings schien sie Schwierigkeiten zu haben.

Er beobachtete sie, bis er sicher war, dass sie Hilfe brauchte.

Schnell legte er die wenigen Meter zu ihr zurück. Sie hielt sich mit einer Hand am Türgriff auf der Fahrerseite fest, mit der anderen am Sitz. Hinter der Kopfstütze konnte er die Griffe eines Rollstuhls erkennen, doch sie schien sich ohne das Gefährt auf den Weg machen zu wollen.

«Kann ich Ihnen helfen?», fragte er.

«Nein», antwortete sie keuchend. «Geht schon.»

Nein, es geht nicht, dachte Mitch, als er sah, wie sie schwankte, sobald sie die Hand vom Türgriff löste, nur um sich gleich wieder daran festzuklammern. Sie schien noch nicht einmal dreißig Jahre alt zu sein, sah eher aus wie fünfundzwanzig und trug ein Tuch auf dem Kopf, was sie eindeutig als Chemotherapiepatientin kennzeichnete. Sie sah ihn aus großen, dunklen Augen an, wobei sie ängstlich und entschlossen zugleich wirkte.

«Ich muss auch in die Richtung», sagte er und stand jetzt dicht genug vor ihr, um zu sehen, dass ihre Armmuskeln wie dünne Seile zitterten, während sie versuchte, sich auf den Beinen zu halten. «Ich stütze Sie und bringe Sie, wohin Sie wollen.»

«Nein danke, ich schaffe das wirklich allein.»

Sie machte einen Schritt nach vorn, oder versuchte es zumindest, doch sie strauchelte und musste sich sofort wieder festhalten. Einen Moment später blickte sie ihn an, und er sah, dass sie den Tränen nahe war. Als er ihr jetzt den rechten Arm anbot, wehrte sie nicht ab, sondern klammerte sich an ihm fest wie an einen Lebensretter.

«Ich dachte …», begann sie entschuldigend.

«Ich weiß.» Er grinste sie an. «Ich bin auch stur.»

Daraufhin musste sie ein wenig lächeln, und ihre Augen bekamen ein wenig Glanz.

Sie war so leicht, dass er ihr Gewicht an seinem Arm fast nicht spürte. Als er mit ihr losgehen wollte, merkte er jedoch, dass es unmöglich war. Sie konnte kaum einen Fuß vor den anderen setzen.

«Müssen Sie wirklich da rauf?», fragte er sie.

«Ja, ich muss. Ich muss unbedingt.»

«Na gut, dann schlage ich vor, dass ich Sie jetzt auf den Arm nehme und trage.»

Ihre Augen wurden noch größer. «O nein. Sie werden sich verheben.»

Er lächelte. «Das glaube ich kaum.»

Sie widersprach ihm nicht, und er beugte sich zu ihr hinunter, schob einen Arm unter ihre Knie, den anderen unter ihren Rücken und hob sie vorsichtig hoch.

«Alles klar?», erkundigte er sich.

Sie biss sich auf die Unterlippe und nickte.

«Okay, dann zeigen Sie mir einfach, wo Sie hinwollen.»

Sie hob einen ihrer dünnen Arme und zeigte auf einen altmodischen, leicht rosafarbenen Grabstein. Mitch stieß mit dem Fuß die Wagentür zu und trug sie dorthin.

«Lassen Sie mich einfach auf dem Gras runter», sagte sie.

«Hinstellen?», fragte er unsicher.

«Nein», flüsterte sie, «so, dass ich sitzen kann.»

Er ging in die Knie, bis er sie behutsam absetzen konnte. Als sie versuchte, sich mit den Armen abzustützen, erinnerte sie ihn an das spindeldürre Mädchen auf dem berühmten Bild «Christina's World» von Andrew Wyeth.

«Ich kann Sie auch zu dem Stein bringen, da haben Sie es bequemer», schlug er vor.

Sie wirkte einen Moment lang befremdet, schien dann aber zu akzeptieren, dass sie ohne irgendeine Form von Lehne nicht vernünftig sitzen konnte. Als sie nickte, nahm er sie erneut hoch und setzte sie vor dem Stein wieder ab. Sie konnte ihren schmalen Rücken nun gut an den rosafarbenen Granit lehnen.

«Ich bin da drüben», sagte er und deutete vage in Richtung des Familiengrabs der Newquists.

«Okay», erwiderte sie und blickte zu ihm auf. «Danke.»

«Wenn Sie los wollen, geben Sie mir einfach ein Zeichen.»

«Mach ich.»

Erst als er sich bereits abgewandt hatte und sich nur noch einmal umdrehte, um nach ihr zu sehen, fiel sein Blick auf den Grabstein, zu dem die junge Frau unbedingt gewollt hatte. Sie hatte es geschafft, sich so hinzusetzen, dass sie seitlich an dem Granit lehnte, während sie die linke Hand flach auf die Vorderseite gelegt hatte. Über ihren Fingern befand sich eine kurze Inschrift: *Ruhe in Frieden*, aber es stand kein Name dabei, lediglich eine Jahreszahl: *1987*.

Mitch hatte nicht vorhersagen können, was er am Grab seiner Mutter empfinden würde, doch auf Rastlosigkeit wäre er niemals gekommen. Er merkte, dass er nicht still stehen konnte, dass er sich bewegen musste, und so begann er über den Friedhof zu streifen. Hin und wieder blickte er zu der kranken Frau zurück.

Als er zufällig an Margie Reynolds' Grab vorbeikam, empfand er auf einmal, was er bei seiner Mutter nicht gespürt hatte. Zunächst war er geschockt. Mrs. Reynolds war tot? Dann wurde er ärgerlich, dass er nicht davon erfahren hatte. Schließlich folgte die Trauer um eine Frau, die er so viel mehr geliebt hatte als seine eigene Mutter. Er las ihr Geburts- und Todesdatum und rechnete aus, dass Abby achtundzwanzig Jahre alt gewesen war, als Margie starb. Sie hatten eine enge, warmherzige Beziehung gehabt.

Das hat sie sicher sehr mitgenommen, sagte er sich und dachte dabei an Abby.

Bevor er sich bewusst wurde, was er eigentlich tat, zog er sein Portemonnaie aus der Gesäßtasche und öffnete es. Ein kleines Foto kam zum Vorschein, von dem ihn sein sechsjähriger Sohn angrinste. Mitch lächelte zurück. In dieser Woche war der Junge bei seiner Mutter, und er fehlte ihm plötzlich sehr.

Mitch hielt sein Portemonnaie über Margie Reynolds' Grab.

«Das ist Jimmy», sagte er liebevoll. «Mein Sohn.»

Dann erzählte er einfach weiter. «Wir haben gemeinsames Sorgerecht. Ich finde, es läuft ganz gut. Besser, als wenn ich ihn nur am Wochenende sehe. Meine Exfrau würde Ihnen wahrscheinlich gefallen. Sie hätte Sie auf jeden Fall gemocht. Vielleicht hätte ich mir mehr Mühe geben müssen, aber es hat einfach nicht funktioniert. Ich dachte, ich würde sie genug lieben, um sie zu heiraten, aber ich habe schon viele Dinge gedacht, die sich dann nicht bewahrheitet haben …»

Mitch klappte das Portemonnaie wieder zu und steckte es zurück in die Hosentasche.

«Das ist jedenfalls Jimmy. Schade, dass Sie ihn nicht kennen gelernt haben.»

Es schmerzte ihn, dass Jimmy ein ganzes Jahr vor Margie Reynolds' Tod geboren wurde. Vielleicht hätte es einen Weg gegeben, seinen Sohn hierher zu bringen, um ihn ihr zu zeigen …

Zu ihrer Beerdigung hätte ich vielleicht kommen wollen, kam ihm in den Sinn, doch dann wurde ihm klar, dass es unmöglich gewesen wäre, Abby in dieser Situation unter die Augen zu treten. Unter keinen Umständen hätte er das Haus der Reynolds zum ersten Mal wieder betreten können, wenn er einen Sohn von einer anderen Frau dabeihatte.

Als er darüber nachdachte und ihm wieder einfiel, dass er Abby zusammen mit Patrick gesehen hatte, wurde er plötzlich von einer Niedergeschlagenheit ergriffen, die ihn schwindeln ließ. Im Stillen hatte er immer noch einen Funken Hoffnung gehabt.

Einen Moment lang glaubte er, sich an jemandem festhalten zu müssen, so wie er die kranke Frau gestützt hatte. Aber es war niemand da. Schließlich zwang er sich, die kolossale Enttäuschung hinunterzuschlucken.

Doch dann stieg die alte Wut wieder in ihm auf, ein flammender, böser, pulsierender Zorn, und damit auch der Satz, der seit siebzehn Jahren in seinem Kopf widerhallte: Ich habe nichts falsch gemacht. Ich habe das nicht verdient. Das hier war auch meine Heimatstadt.

Aus den Augenwinkeln bemerkte er, dass die junge Frau ihm zuwinkte. Es war ein zaghaftes, schlaffes Winken, aber es erfüllte seinen Zweck.

Angetrieben von seiner Wut, marschierte Mitch energisch zu ihr hinüber.

«Fertig?»

Sie nickte und streckte jetzt sogar die Arme nach ihm aus, wie ein Kind, das hochgenommen werden wollte. Als er sich dieses Mal zu ihr hinunterbeugte, roch sie nach Gras.

«Wer ist hier eigentlich begraben?», erkundigte er sich unvermittelt.

«Die Jungfrau», sagte sie.

«Entschuldigung, wer bitte?»

«Die Jungfrau.» Als er sie verständnislos anblickte, fragte sie: «Wissen Sie etwa nicht, wer die Jungfrau ist?»

«Nie von ihr gehört.» Die Frau fühlte sich jetzt noch leichter an, wenn das überhaupt möglich war.

«Sie wurde vor langer Zeit umgebracht. Ein schreckliches Verbrechen, aber niemand wusste, wer sie war. Ihr Gesicht war so übel zugerichtet, dass man nicht herausfinden konnte, wer sie war. Also haben die Einwohner des Ortes ihr hier eine Grabstelle errichtet, und man sagt, dass sie aus Dankbarkeit Menschen heilt und ihnen hilft.»

Mitch stolperte über einen Dreckklumpen, worauf sie ihm beinahe aus den Armen gerutscht wäre.

«Tut mir leid», stieß er mit Mühe hervor.

Ihm war kotzübel.

«Kein Problem», antwortete sie, auch wenn sie noch blasser geworden war und sich Schweiß auf ihrer Oberlippe gebildet hatte.

Er fühlte sich so schlecht, dass er fürchtete, sie absetzen zu müssen, um sich im Gebüsch zu übergeben.

«Alles in Ordnung?», fragte sie ihn.

Er schluckte. «Schon okay. Wohnen Sie hier in der Nähe?»

«Ich? Nein, ich komme aus Wichita.»

«Woher wissen Sie dann von der … Jungfrau?»

«Sie ist ziemlich berühmt, wie dieser Ort in Frankreich …»

«Lourdes?»

«Ja, genau, wo das Wasser einen angeblich heilen kann.»

Er merkte, wie die Übelkeit weiter in ihm aufstieg, und versuchte, dagegen anzukämpfen.

«Ich habe sie gebeten, mir zu helfen», erzählte die junge Frau ehrfürchtig flüsternd.

«Aha.» Sie waren bei ihrem Wagen angekommen. «Da sind wir wieder.»

Mitch stellte die kranke Frau vorsichtig auf die Füße, und sie hielt sich lange genug auf den Beinen, damit er die Tür öffnen konnte. Anschließend half er ihr beim Einsteigen.

«Ist es Krebs?», fragte er ohne Umschweife und blickte in die großen Augen in ihrem schmalen Gesicht.

Sie nickte und streckte ihm eine dünne Hand entgegen. «Ich bin Catie.»

«Mitch», sagte er und griff nach ihrer Hand. «Wie weit musst du? Bist du sicher, dass du fahren kannst?»

«Ich muss nicht weit. Ich bin in der Stadt untergebracht. Und Autofahren macht mir wirklich nichts aus.»

Mitch stand an der Straße und sah dem Wagen nach. In ihren Augen war ein gewisser Glanz zu sehen gewesen, als sie ihm aus dem Seitenfenster einen letzten Blick zugeworfen hatte. Der Besuch auf dem Friedhof hatte sie zumindest für eine Weile ein bisschen glücklicher gemacht.

Als sie fort war, ging er langsam zum Grab des Mädchens zurück, das Catie die Jungfrau genannt hatte. Mitch blieb lange davor stehen, bis die Menschen mit ihren Blumen zum Memorial Day auf dem Friedhof einzufallen begannen und er fürchten musste, von jemandem gesehen zu werden, den er kannte.

Ein letztes Mal blickte er auf den Grabstein.

«Sie haben also nicht herausgefunden, wer du bist», sagte er mit zynischem, verbittertem Unterton. «Aber es gibt noch jemanden, der es weiß, habe ich Recht … Sarah?»

Als er beim Verlassen des Friedhofs kurz zur Seite blickte, bemerkte er durch das Seitenfenster seines Autos eine Frau, die ihm bekannt vorkam. Vielleicht war sie mit ihm zur Schule gegangen. Mitch versuchte, sich nichts anmerken zu lassen, doch an ihrem überraschten Blick konnte er ablesen, dass sie ihn erkannt hatte.

Mist, dachte er ärgerlich, während er automatisch nach links in die Stadt abbog und nicht nach rechts in Richtung Norden zur Interstate. Wenn es bisher vielleicht keinen guten Grund gegeben hat, länger zu bleiben, jetzt gibt es einen.

Sein Herz pochte laut, als er in den Ort hineinfuhr.

Während er sein Auto durch die ehemals vertrauten Straßen lenkte, setzte er die Sonnenbrille und die Baseballkappe wieder auf und stützte den linken Ellenbogen an der Fahrertür ab, damit man sein Gesicht nicht sehen konnte. Er stellte fest, dass das Ortszentrum besser aussah, als er es in Erinnerung hatte, doch er bemerkte auch einige Schilder in den Schaufenstern: ZU VERKAUFEN.

Sein Vater sowie Abbys und Rex' Vater hatten Small Plains als ihr Reich betrachtet, das ihnen durch Erbschaft von ihren eigenen Vätern und Großvätern übertragen wurde. Während Mitch durch die Straßen fuhr, entstand in seinem Kopf eine Idee, wie er sich rächen und vielleicht sogar Gerechtigkeit üben könnte.

Er dachte daran, was er sich geschworen hatte: Niemals vergessen, niemals vergeben. Dann rief er sich das Mädchen mit dem übel zugerichteten Gesicht wieder ins Gedächtnis zurück, dessen Identität ausgelöscht worden war, als habe es niemals existiert. Und er dachte daran, wie viele Jahre vergangen waren, in denen er nichts unternommen hatte.

Mit einer Mischung aus Angst, Wut und Entschlossenheit steuerte Mitch sein Auto zu einer kleinen Ranch, die seiner Familie gehört hatte. Er war sich ziemlich sicher, dass das Haus noch da sein würde und sein Vater es nicht verkauft hatte. Wenn er Recht behielt und es auch nicht vermietet war, wenn die Schlüssel immer noch an der gleichen Stelle versteckt waren wie früher und es noch bewohnbar war, dann würde er dort die Nacht verbringen.

16

«Weil ich es so will.»

Es war 11.30 Uhr am Vormittag, und Rex funkelte zwei seiner Deputys in der Dienststelle von Small Plains wütend an. Allerdings brachte sein Blick nicht einmal ansatzweise zum Ausdruck, was in ihm vorging. Unglücklicherweise mussten die beiden Beamten lachen, anstatt ihn ernst zu nehmen. Genauso erging es der vierten Person im Raum.

«Na gut, Dad», spottete einer der Beamten.

«Müssen wir jetzt auf unsere Zimmer?», wollte seine Kollegin wissen und grinste dabei.

«Gebt's ihm», feuerte Abby sie an, worauf sie einen bösen, viel sagenden Blick von ihrem alten Freund und dem Chef der beiden Deputys erntete. Das ist alles deine Schuld, bedeutete dieser Blick, und damit hatte er natürlich Recht. Sie war direkt vom Haus ihres Vaters zur Dienststelle des Sheriffs gefahren, um Rex dazu zu bringen, den Mordfall der Jungfrau wieder zu eröffnen. Sie wollte handeln, bevor sie den Mut verlor. Wegen des Feiertages hatte sie auch die Zeit, sich darum zu kümmern, was an einem Werktag nicht der Fall gewesen wäre.

Der Zufall hatte es so gewollt, dass sie vor seinem Büro auf dem Gang die beiden Deputys getroffen und sie dann gleich damit konfrontiert hatte.

Abby kannte beide. Mit dem einen war sie zur Schule gegangen, und die andere hatte bei ihr viele Dinge für den Garten gekauft. Sie hieß Edyth Flournoy, war dreißig Jahre alt und erst der vierte weibliche Deputy, der im Bezirk Muncie tätig war. Ihr Kollege war John Charm, der schon seit zehn Jahren dabei war und ständig wegen seines Nachnamens aufgezogen wurde. Er beugte sich jetzt vor und wirkte wie ein überaus motivierter Neuling und nicht wie der dreiunddreißigjährige abgeklärte Deputy, der er war. «Chef, wann haben wir es denn zum letzten Mal mit einem Mord zu tun gehabt? Genau vor siebzehn Jahren, als sie umgebracht wurde! Und dann gab es noch fünf Jahre davor einen Mord, der aber aufgeklärt wurde. Wir können diesen Fall doch nicht einfach so auf uns sitzen lassen.»

«Auf keinen Fall», pflichtete seine Kollegin ihm bei. «Das lässt uns ganz schlecht aussehen.»

«Und warum hat es uns bis jetzt noch nicht schlecht aussehen lassen?», wollte der Sheriff wissen.

Doch sie alle wussten, dass es eine rhetorische Frage war.

«Denken Sie mal daran, wie viele neue Technologien es gibt, seit die Jungfrau umgebracht wurde», legte die Beamtin nach.

«Wahrscheinlich Dutzende», ergriff Abby unterstützend das Wort.

«Nennen Sie sie nicht immer Jungfrau», regte sich Rex auf.

«Warum nicht?», entgegnete Edyth Flournoy. «Das tun alle. Wenn wir sie Anna Anonym nennen, weiß doch niemand, von wem wir sprechen.»

«Das weiß man sehr wohl.»

«Aber überlegen Sie doch mal», beharrte sie. «Wir haben jetzt so viele Möglichkeiten, die Ihr Vater damals nicht hatte. Wir könnten CODIS benutzen und AFIS ausprobieren …»

«Was ist CODIS?», erkundigte sich Abby.

«Das steht für Combined DNA Indexing System. Mit dem Verfahren wertet das FBI genetische Fingerabdrücke aus», erklärte die Beamtin stolz. «Und AFIS steht für Automated

Fingerprint Identification System, da werden herkömmliche Fingerabdrücke gespeichert.»

«Aha», unterbrach Rex sie, «und hat einer von Ihnen zufällig die zweitausend Kröten, die so ein DNA-Abgleich mit der Liste der als vermisst gemeldeten Personen kostet?»

«Ja, ich vielleicht», sagte Abby.

«Ach, hör doch auf», fuhr er sie an und wandte sich dann wieder seinen Kollegen zu. «Und wo, bitte schön, sollen wir die Fingerabdrücke finden, wenn es keine Waffe gab und sie keine Kleidung am Leib hatte –»

«In der Nacht tobte ein Schneesturm, stimmt's?», fragte Flournoy. «Hat Ihr Vater damals eine Spurensicherung vornehmen können?»

«Nein, erst als der Schnee geschmolzen war, und das war mehrere Wochen später.»

«Und?»

Rex zuckte mit den Schultern. «Nichts.»

«Warum sind sie nicht mit einem Generator und Heizlüftern rausgegangen und haben das Zeug zum Schmelzen gebracht?», fragte John Charm.

«Keine Ahnung. Vielleicht weiß ich auch nicht alles, und er hat es sehr wohl getan.»

«Wir könnten nochmal alles absuchen und genau unter die Lupe nehmen», schlug Flournoy vor.

Rex warf ihr einen skeptischen Blick zu. «Auf einer Weide? Nach siebzehn Jahren?»

«He, Boss, was glauben Sie denn, was Archäologen machen?», schoss sie zurück. «Was für einen Unterschied macht es, wie lange es her ist? Es könnte doch etwas vergraben sein, oder man hat etwas übersehen –»

«Auf jeden Fall», stimmte Abby zu und nickte energisch mit dem Kopf.

«Oder von Kojoten gefressen, von Kühen niedergetrampelt oder von einem Tornado erfasst», fauchte Rex zurück. Er beugte sich vor und versuchte es auf ernste Weise. «Ich weiß ja, dass Sie heiß darauf sind, den Fall wieder zu bearbeiten. Ich verstehe das. Bei Ihnen beiden zumindest. Sie sind ehrgeizig, und es ist heutzutage ziemlich modern, alte Fälle zu lösen. Du dagegen», er warf seiner alten Freundin einen bösen Blick zu, «bei dir weiß ich nicht, was das soll. Du willst damit einfach nur nerven. Aber gut», er lächelte seine Kollegen gequält an, «ich schaue mir *Cold Case – Kein Opfer ist je vergessen* auch gern an.»

Die Deputys grinsten zurück und blickten verlegen drein, da sie sich ertappt fühlten, von einer Fernsehshow inspiriert zu sein, in der ungelöste Kriminalfälle behandelt wurden.

«Ich freue mich, dass Sie sich mit der Sache beschäftigen wollen, wirklich», fuhr Rex fort. «Nur gibt es da einiges, was Sie nicht vergessen dürfen. Zum Beispiel sind unsere Mittel so begrenzt wie eh und je. Bei uns gibt es auch kein kriminologisches Labor, dafür ist nicht genug Geld da. Und es gibt nicht genug Leute wie Sie.»

Rex blickte mit dem Kopf nickend in Richtung Fenster. «Die Kriminalität ist hier vielleicht nicht sehr hoch, aber wir haben noch nicht einmal die Mittel und das Personal, um das bisschen, was hier vorkommt, vernünftig zu bearbeiten, ganz davon zu schweigen, einen von Ihnen von seinen Aufgaben zu entbinden, damit er sich um ein siebzehn Jahre altes Verbrechen kümmert.»

Als alle drei gleichzeitig zu sprechen begannen, hob er die Hand.

«Wissen Sie eigentlich, wie viel Arbeit es bedeutet, so einen Fall neu aufzurollen?»

Edyth Flournoys Gesicht erhellte sich wieder. «In Miami gibt es ein Seminar ...»

«Ja, ja», sagte Rex. Er musste lachen. «Bestimmt. Ich

schicke Sie beide zum Seminar nach Miami und kaufe Hummer für alle.» Dann wurde er wieder ernst. «So etwas ist unglaublich nervenaufreibend und zeitaufwändig. Allein der Papierkram bringt einen um. Und ich weiß, wie gern Sie Aktenvorgänge erledigen.»

Wie er sich erhofft hatte, schien ihre Motivation bereits ein wenig zu sinken.

«Und da wir gerade bei zu erledigendem Papierkram sind …», beendete er die Diskussion geschickt.

Die Beamten verstanden den Hinweis. Sie nahmen ihre Kaffeetassen, gingen gemeinsam aus dem Büro und ließen Abby mit ihrem übellaunigen Chef allein zurück.

Rex drehte seinen Stuhl, bis er seine alte Freundin Abby genau vor sich hatte.

«Was hast du vor?», wollte er wissen.

«Ich weiß nicht genau», gab sie zu. «Oder vielleicht doch. Es hat angefangen, als wir Nadine gefunden haben, Rex. Seitdem muss ich dauernd an das Mädchen denken und daran, dass wir vielleicht herausfinden könnten, wer sie war, mit all den neuen Möglichkeiten, die Edyth erwähnt hat.»

«Und herausfinden, wer sie umgebracht hat?»

Abby zuckte mit den Schultern. «Da bin ich mir selbst nicht sicher. Mir geht es vor allem darum, einen Namen auf ihren Grabstein zu schreiben.»

«Warum?»

«Warum?» Abby blinzelte. «Willst du nicht wissen, wer sie ist? Wüsste nicht jeder gern, wer sie ist?»

«Natürlich. Das meinte ich nicht. Was mich wundert, ist, warum ist dir das plötzlich so wichtig?»

Abby starrte über seine Schulter hinweg aus dem Fenster, während sie sich mit der Antwort Zeit ließ. «Vielleicht bin ich nur neugierig.»

«Da muss mehr dahinter stecken.»

Abby konnte nur abermals mit den Schultern zucken. «Ich weiß es wirklich nicht.»

Er atmete tief ein und setzte sich aufrecht hin. «Okay, die Lage ist folgendermaßen. Wenn wir nicht durch irgendeinen glücklichen Zufall zu Geld kommen, wird nichts geschehen. Wir müssten sie exhumieren, um an ihre DNA zu kommen, und das können wir uns nicht leisten. Den Rest können wir uns auch nicht leisten, und erzähl mir nicht so einen Quatsch, du würdest das bezahlen. Ich habe gesehen, dass dein Haus dringend mal wieder gestrichen werden müsste, und weiß, wie alt dein Pick-up ist. Also vergiss das mal ganz schnell wieder.»

«Okay», gab sie so schnell und kleinlaut nach, dass er sofort misstrauisch wurde.

«Abby …?»

«Nein, du hast schon Recht, Rex. Was kann ich allein schon ausrichten. Nichts.»

«Das ist wahr», stimmte er ihr mit fester Stimme zu. «Nichts. Bitte, tu genau das.»

Abby erhob sich, lächelte ihn freundschaftlich an und ging zur Tür. Dort drehte sie sich um. «Deine Mutter will auch nicht, dass ich etwas unternehme.»

«Meine Mutter?»

Doch Abby war bereits fort, die Türschwelle war leer. In seinem Büro hingegen schwebte der Moschusduft ihres Parfums. Vielleicht war es auch das Rasierwasser von John Charm, dachte Rex und musste schmunzeln.

Er stand auf und ging zu seiner Bürotür, um sie zuzumachen.

Dann kehrte er an seinen Schreibtisch zurück, griff nach seinen Schlüsseln und suchte so lange, bis er den richtigen gefunden hatte: einen kleinen silbernen, der in die unterste

Schublade seines Schreibtisches passte. Zunächst sah man darin nur Unterlagen ... doch als Rex sie herausnahm, kam ein doppelter Boden zum Vorschein. Darunter lag eine ungefähr zehn Quadratzentimeter große Schachtel.

Er nahm ihren Deckel ab.

In der Schachtel befand sich ein rotes Stück Stoff mit einem Gummiring. Die Mädchen in seiner High School hatten diese Zopfgummis damals geliebt. Dieses hier hatte auf einer Seite einen dunklen Fleck. Außerdem hatten sich mehrere lange dunkle Haare in ihm verfangen. Als sein Vater, Patrick und er das tote Mädchen damals auf die Ladefläche gehoben, sie auf dem kalten Boden abgelegt und sie schließlich mit leeren Säcken abgedeckt hatten, war Rex als Letzter hinuntergesprungen.

Sein Vater und sein Bruder waren bereits wieder in den Pick-up gestiegen, als er etwas Dunkles im Schnee liegen gesehen hatte.

Er hatte es aufgehoben und gemerkt, dass er das Gummi in der Hand hielt, mit dem sie ihr Haar zusammengebunden hatte.

Plötzlich räusperte sich jemand, und Rex blickte auf. Schnell schloss er die Hand um das rote Haargummi, damit es niemand sah. Völlig irritiert merkte er, dass er eine halbe Stunde gedankenverloren dagesessen hatte.

Edyth Flournoy stand grinsend in der Tür. Sobald sie merkte, dass der Sheriff sie wahrgenommen hatte, sagte sie: «Chef, ich habe ganz vergessen, Ihnen zu erzählen, dass ich ... Ihren Bruder heute bei etwas Interessantem beobachtet habe.»

Rex seufzte. «Was war es denn? Hat er eine Bank ausgeraubt? Ist er betrunken Auto gefahren?»

«Nein.» Sie lachte über seinen Witz. «Sieht so aus, als

habe er die Nacht bei Abby verbracht. Ich bin heute Morgen an ihm vorbeigefahren, als er gerade von ihr kam.»

Als die Beamtin merkte, wie Rex darauf reagierte, fügte sie hinzu: «Aber das geht mich wohl nichts an», und zog sich schnell zurück.

Rex spürte Zorn in sich aufsteigen, wie jedes Mal, wenn er an seinen Bruder dachte. Seine Laune wurde nicht besser, als er überlegte, dass Abby ihm gerade noch gegenübergesessen hatte, ohne ein Wort darüber zu verlieren. Allerdings war es nicht wirklich überraschend, dass sie es nicht erwähnt hatte, da sie wusste, wie er dazu stand. Sollte er aber merken, dass es zwischen Abby und Pat ernst würde, würde er einen Grund finden müssen, um seine Freundin festzunehmen, damit sie nicht den größten Fehler ihres Lebens beging. Oder er musste Patrick erschießen. Allerdings hätte er das wahrscheinlich bereits getan, wenn er dazu imstande gewesen wäre.

Rex öffnete seine Faust und starrte auf den Gegenstand darin.

Das rote Haargummi war heruntergerutscht, während sie zum Pick-up getragen wurde. Er hatte einen Moment gezögert, als er es im Schnee fand. Dann jedoch hatte er es schnell in seine Jackentasche gesteckt – eigentlich, um es später seinem Vater zu geben. Vielleicht auch nicht, dachte er jetzt, allein in seinem Büro. Vielleicht hatte er immer vorgehabt, es als kleine Erinnerung zu behalten, nicht zuletzt, weil er es ihr geschenkt hatte.

17

Vielleicht war es die Hitze – 43,3 Grad Celsius zeigte das Thermometer draußen am Stall an –, die ihn dazu verleitete, Patrick an jenem Sommertag nachzufahren. Vielleicht war es auch die Tatsache, dass sein Bruder an drei der letzten fünf Tage vom Feld verschwunden war, wo sie beide Heu machen sollten, und Rex allein mit der Arbeit fertig werden musste.

Obwohl er wütend genug war, Patrick so lange mit dem Kopf in einen Wassertrog zu stecken, bis er ertrunken war, hatte Rex ihn bei seinen Eltern nicht verraten. Damit hätte er sich nur selbst Ärger eingehandelt. Aus den Streitigkeiten der Brüder hatten sich die Eltern immer rausgehalten; selbst als Rex und Patrick noch ganz klein waren, mussten sie ihre Probleme untereinander lösen oder sich im Stillen darüber ärgern. Deshalb hatte Rex seinem Bruder zwar tödliche Blicke zugeworfen, als sein Vater sie beide angeschrien hatte, da sie nicht genug arbeiteten, aber den Mund gehalten, solange seine Eltern in der Nähe waren. Er wusste, dass sein Vater nicht dumm war und sehr wohl begriff, dass er einen hart arbeitenden und pflichtbewussten Sohn hatte sowie einen faulen und rebellischen. Auch wenn Nathan sich nicht weiter darum kümmerte, was dieses Mal im Argen lag, so zweifelte er sicher nicht daran, dass Patrick der Grund war. Dennoch erwartete er von Rex, dass er selbst eine Lösung fand. Er erwartete auch, dass das Heu gemacht wurde, solange das Wetter hielt, ob von beiden zusammen oder von einem allein. Diesen Preis zahlten sie dafür, dass ihr Vater neben der Ranch gleichzeitig einen Vollzeitjob als Bezirks-sheriff hatte. Ohne zwei kräftige Söhne, die auf der Ranch mithalfen, hätte Nathan es nie schaffen können.

Als der Mechanismus der Heupresse zum zweiten Mal innerhalb einer Stunde versagte, schaltete Rex die Maschine ab. Er öffnete die Tür des Führerhauses und merkte sofort, dass es, vom Summen der Insekten abgesehen, vollkommen ruhig war. Eigentlich hätte man das Rattern einer weiteren Heupresse hören müssen, doch er suchte vergeblich in Richtung der benachbarten Weide nach dem Staub, den sein Bruder hätte aufwirbeln sollen. Stattdessen sah er nur die Hitze über dem Boden flimmern. Das brachte das Fass zum Überlaufen.

Wütend sicherte er die Maschine, schwang sich aus dem Führerhaus, sprang hinunter auf den piksenden Untergrund und marschierte geradewegs zu seinem verbeulten, alten Pick-up, der auf der anderen Seite der Weide am Gatter stand.

Er setzte sich hinters Lenkrad und jagte zur nächsten Weide, nur um festzustellen, dass Patricks Wagen fort war. Wo zum Teufel steckt der immer? Rex kochte. Wahrscheinlich hatte er sich bei einem seiner nutzlosen Freunde in einen klimatisierten Raum verkrochen, um dort Bier zu trinken. Oder er war bei einem der unzähligen Mädchen, die sich mit ihm einließen, weil er so gut aussah, wenn er auch sonst zu nichts taugte.

Und wie soll ich ihn jetzt finden?

Rex war klar, dass er ohne Anhaltspunkt Stunden brauchen würde, um Patrick aufzuspüren. Natürlich war sein Bruder nicht so einfältig, seinen Wagen direkt vor einem Haus oder einer Bar zu parken, wo sein Vater oder einer seiner Deputys ihn leicht sehen konnten.

Fluchend wendete Rex seinen Pick-up und kehrte zu

seiner Weide zurück. Heute konnte er seinen Bruder nicht mehr finden, aber er hatte eine Idee, wie es ihm beim nächsten Mal gelingen konnte.

Die nächsten zwei Tage arbeitete Patrick wie geplant, als hätte er genau bemessen, wie viel Schlendrian er sich leisten konnte, bevor sein Vater ihn erwischen würde. Doch am Nachmittag des dritten Tages verschwand er erneut.

Jetzt war Rex vorbereitet.

Seit dem letzten Mal hatte er die Arbeit seines Bruders mit Adleraugen beobachtet, immer in Alarmbereitschaft für den Moment, in dem auf der Weide nebenan kein Staub mehr aufgewirbelt würde. Als es so weit war, schaltete er seine Maschine ebenfalls sofort ab, rannte zu seinem Pick-up und war schnell genug da, um seinem Bruder unauffällig zu folgen.

Mitchs Eltern besaßen eine kleine Ranch, die an das westliche Ende der wesentlich größeren Ländereien der Shellenbergers auf der anderen Seite des Highways angrenzte. Als sein Bruder in den kleinen Seitenweg einbog, der von hinten zu dem Ranchhaus führte, war Rex vollkommen überrascht – die Hauptzufahrt mit dem schmiedeeisernen Tor lag hinter der nächsten Kurve. Diesen Seitenweg nahmen er und Mitch zwar immer, wenn sie sich dort aufhielten, aber das kam nur selten vor. Das Ranchhaus der Newquists wurde fast ausschließlich für Feste mit nicht ortsansässigen Richtern und Anwälten genutzt, die sich mit jeder Ranch beeindrucken ließen, selbst wenn es dort gerade mal einige Dutzend Kühe gab. Für Stadtmenschen klangen 200 Hektar riesig. Die Shellenbergers dagegen bewirtschafteten fast 4000 Hektar und damit eine richtige Ranch und keine Farm für Showzwecke.

Rex hatte keine Vorstellung, was sein Bruder vorhatte. Sicher nichts Gutes. Was war, wenn sein Bruder und dessen Freunde in dem schicken kleinen Haus wilde Partys feierten?

Patrick wusste, dass es die meiste Zeit leer stand. Sie konnten also ohne Bedenken einbrechen und das Haus vollkommen verwüsten, ohne dass die Newquists es merkten, bevor es zu spät war. Rex bezweifelte, dass es Patrick in irgendeiner Weise belasten würde, das Eigentum anderer Leute derartig zu missbrauchen, selbst dann nicht, wenn es sich um Freunde der Familie handelte.

Während sein Pick-up langsam über das unebene Terrain holperte, drehte sich ihm vor Angst fast der Magen um. Neben die Angst trat allerdings auch eine Spur Freude, denn diesen Verstoß würden seine Eltern Patrick vielleicht nicht ohne weiteres verzeihen. Konnte ein Sheriff einen ernst zu nehmenden Fall von Vandalismus übergehen? Einen Einbruch? Patrick müsste dafür vor Gericht, womöglich in den Knast. Angesichts dieser erfreulichen Aussichten fuhr Rex ein wenig schneller.

Er konnte sich nicht an eine Zeit erinnern, in der er Patrick nicht gehasst hatte.

Rex hatte das Gefühl, seinen Bruder von dem Moment an gehasst zu haben, als er ihn zum ersten Mal sah. Selbst in seinen frühesten Kindheitserinnerungen hatte sein Bruder ihn gequält, und er war wütend und hilflos gewesen, weil er nichts dagegen tun konnte. Er ging davon aus, dass Patrick ihn ebenfalls von Anfang an verflucht hatte – den jüngeren Bruder, der einfach daherkam und seinen Platz einnahm.

So gesehen war sein Verhalten in gewisser Weise verständlich. Doch das bedeutete nicht, dass es zu verzeihen war, schon gar nicht, wenn man als der Kleinere und Schwächere die ganze Last zu tragen hatte und die Eltern lediglich sagten: «Patrick, hör auf.»

Patrick hörte niemals auf und Rex hoffte, er würde, verdammt nochmal, im Knast landen.

Als Rex schließlich hinter der Kurve das Haus der Newquists vor sich sah, war er überrascht, lediglich Patricks Pick-up davor zu sehen und keinen einzigen Wagen seiner zwielichtigen Freunde.

Anstatt neben den Wagen seines Bruders zu fahren, setzte er ein Stück zurück und parkte zwischen den Bäumen. Nachdem er sich vergewissert hatte, dass Patrick nirgends zu sehen war, schlich er in Richtung Haus, wobei er sich im Schatten der Bäume und Nebengebäude hielt.

Als er näher kam, hörte er aus einem Fenster Musik. Party, dachte er und hoffte, dass er doch noch Recht behalten würde.

Nicht, dass es ihn freuen würde, das Eigentum seines besten Freundes ramponiert zu sehen, aber den Ruf seines Bruders ramponiert zu sehen würde ihn sehr wohl freuen. Mitch wäre auf jeden Fall seiner Meinung, denn Patrick war zu den Freunden seines Bruders keineswegs netter als zu ihm. Als Abby klein war, brauchte Patrick keine zehn Sekunden, um sie zum Heulen zu bringen. Allein deshalb hätten Rex und Mitch ihn am liebsten umgebracht.

Mit Mordgedanken schlich sich Rex zu dem Fenster, aus dem die Musik am lautesten drang. Er drückte sich an die Hauswand und versuchte, einen Blick nach drinnen zu werfen. Es war ein Schlafzimmer; da aber niemand zu sehen war, ging er von einem Fenster zum nächsten, bis er schließlich den sonnengebräunten Rücken seines Bruders sah, der so muskulös war, dass im Schwimmbad selbst durchaus vernünftige Mädchen fast in Ohnmacht fielen.

In Jeans und Cowboystiefeln sprach Patrick mit einer anderen Person.

Als sein Bruder einen Schritt zur Seite machte, konnte Rex sehen, wer dort stand, und war abermals überrascht. Und enttäuscht. Tief enttäuscht, bis zu dem Punkt, dass er sich verraten und betrogen fühlte, auch wenn er dazu kein Recht hatte: Patrick unterhielt sich mit einem Mädchen namens Sarah, das als Putzfrau in vielen Haushalten von Small Plains gearbeitet hatte. Rex wusste, dass sie in Patricks Alter war und aus einer anderen Stadt stammte, die ungefähr 40 Kilometer entfernt lag.

Er kannte den Grund, warum sie sich so weit entfernt von zu Hause Arbeit gesucht hatte. Zumindest konnte er es nachvollziehen, seit Abby es ihm erklärt hatte.

«Es ist nichts Schlechtes, bei anderen Leuten putzen zu gehen», hatte Abby mit ernstem Blick gesagt, «aber ich würde es auch nicht in meiner Heimatstadt tun wollen, wenn ich es vermeiden könnte. Wenn ich schon putzen müsste, um mein Geld zu verdienen, würde ich es woanders machen.»

«Das ist doch dumm», hatte er behauptet.

«Nein, ist es nicht! Wenn ein Mädchen, das wir kennen, putzen gehen würde, meinst du nicht, dass die anderen sie verachten würden?»

Rex hatte damals gedacht, wenn sie ein Mädchen kennen würden, das so gut aussah wie Sarah, dann könnte sie alles machen und es wäre egal, was die anderen darüber dachten. Allerdings sprach er das Abby gegenüber nicht laut aus. Sie war ebenfalls hübsch, sehr hübsch, aber Sarah war Rex' Meinung nach wie von einem anderen Planeten. Mit ihrem dunklen Haar und dem blassen, makellosen Teint, den seltsamen, aber faszinierend hellblauen Augen, die ein wenig schräg standen, mit dem großen Busen, dem flachen Bauch und den langen Beinen sah sie so unglaublich sexy aus, dass er, außer im Kino, noch nie ein schöneres Mädchen gesehen hatte. Aber natürlich hatte er keine Ahnung, wie die Teenager in ihrer Heimatstadt mit ihr umgingen. Er war kein Mädchen. Vielleicht hatte Abby Recht. Außerdem hatte er gehört, dass es mit Sarahs Familie Probleme gab, sodass es vielleicht auch noch andere Gründe dafür gab, warum sie nicht in ihrem Heimatort arbeitete.

Während Rex noch entgeistert am Fenster stand, bemerkte sie ihn. Da sie nun auch entgeistert dreinblickte, drehte Patrick sich um.

«Du kleines Arschloch», fluchte er, «du gemeines kleines Arschloch!»

In Sekundenschnelle war Patrick auf der Veranda und dann auch schon bei seinem Bruder, der wie versteinert dastand. Er packte Rex an den Schultern und schüttelte ihn. «Was zum Teufel machst du hier? Bist du mir nachgefahren? Hör mir zu, Brüderchen, wenn Dad je davon erfährt, bringe ich dich um!»

«Was soll er nicht erfahren?» Langsam löste sich Rex aus seiner Erstarrung und befreite sich aus dem Griff seines Bruders. Er stieß ihn weg, Patrick setzte nach.

«Ich warne dich, sag kein Wort davon, dass du mich hier gesehen hast. Du hast keine Ahnung, dass ich hier war, und du weißt auch nicht, dass Sarah hier ist. Du bist niemals hier gewesen!»

«Okay, ich war niemals hier», willigte Rex ein und wich zurück, bis er außer Patricks Reichweite war.

Auch wenn er nicht mehr der «Kleine» war und nur noch ein bis zwei Zentimeter kleiner als Patrick, so war er, verglichen mit seinem kräftigen, muskulösen Bruder, doch immer noch ein dünner Strich. Patrick sah mit neunzehn aus wie ein Mann, in einer Woche durfte er mit dem College beginnen. Rex dagegen wirkte mit seinen siebzehn, fast achtzehn Jahren noch wie ein Teenager. Doch er fühlte sich jetzt erwachsen genug, mit tiefer, eindringlicher Stimme, die er kaum als seine eigene erkannte, zu sagen: «Ich war niemals hier – wenn du nie wieder hierher kommst.»

«Was soll das heißen?»

Patrick kam ihm wieder bedrohlich nahe.

«Genau, was ich gesagt habe.» Rex wich kein Stück zur Seite. «Wenn du noch ein einziges Mal vom Feld abhaust und hierher kommst, werde ich nicht mehr stillhalten. Wenn du draußen bleibst und deine Arbeit erledigst, werde ich darüber niemals ein Wort verlieren.»

«Du sagst es ihnen ja doch nicht, du kleiner Wichser.»

«Sei vorsichtig, Arschloch.»

Patrick zögerte und Rex wusste, dass er gewonnen hatte. Endlich hatte er einen Kampf gegen seinen Bruder gewonnen! Er wusste, dass er irgendwann dafür bezahlen musste, aber jetzt war es ein großartiges Gefühl.

Als er seinen Blick zum Fenster wandte, sah er Sarah hinter dem Fliegengitter. Sie stand im Schatten, dennoch konnte er erkennen, dass sie ihn ansah. Zwar waren in ihren Augen weder Fragen noch Antworten zu lesen, doch sie war ihm auch nichts schuldig.

Plötzlich wurde ihm unangenehm bewusst, wie dreckig er war und wie sehr er nach Schweiß stank.

Er blickte sich wieder nach seinem Bruder um.

«Und?», sagte er ein wenig frecher als beabsichtigt, aber er fühlte sich entsprechend gut. «Kommst du? Wir haben heute wegen deines kleinen Ausflugs noch was aufzuholen.»

Patrick war jetzt so abgrundtief wütend wie Rex zuvor auf dem Weg zur Newquist-Ranch.

«Ich komm schon, ich muss nur noch mein Hemd holen.»

Rex kehrte zu seinem Pick-up zurück und fühlte sich so siegestrunken, dass es ihm schwer fiel, nicht die Faust hochzureißen. Vorsichtshalber verließ er das Grundstück jedoch erst, als er den Pick-up seines Bruders direkt hinter sich sah.

Nachdem sie an dem Tag die Arbeit an den Heupressen beendet hatten, fuhren sie nach Hause, aßen, und jeder ging seines Weges, ohne noch ein Wort zu wechseln. Die Eltern bemerkten nur, dass es verhältnismäßig ruhig zuging.

Als Patrick nach Manhattan abreiste, um aufs College zu gehen, fuhr Rex erneut zur Ranch der Newquists. Er hatte weder Mitch noch irgendjemand anderem davon erzählt, dass er dort Sarah gesehen hatte. Ohnehin glaubte er nicht, dass sie noch da sein würde. Als er vorfuhr, war er umso erstaunter, sie auf der Veranda zu sehen.

Sie lebte dort, hatte sie ihm anschließend erzählt. Bestimmte Leute sollten es nicht wissen, und sie bat ihn eindringlich, niemandem etwas davon zu sagen.

Mit der Zeit fuhr er so oft zu ihr hinaus, dass sie ihm Einkaufslisten mitgab, auf der Dinge standen, die sie brauchte oder haben wollte. So ergab es sich, dass Rex ihr eines Tages ein rotes Gummi für ihr langes dunkles Haar kaufte.

18

Abby wusste sofort, dass etwas geschehen sein musste, als sie mehrere ihr bekannte Wagen vor ihrem Haus parken sah. Sie war unterwegs gewesen, um Wildblumen zu pflücken, die sie dann getrocknet vor Weihnachten zu Kränzen verarbeiten wollte. Dabei hatte sie die Zeit vergessen. Sie war so schnell wie möglich nach Hause gefahren, da sie vorhatte, noch kurz zu duschen, bevor sie zu ihrer Schwester zum Essen weiterfahren würde.

Stattdessen jedoch war ihre Schwester hier.

Ellens Kombi stand vor der Tür, genauso wie das rote Cabriolet von Cerule Youngblood, der schwarze Caddy von Susan McLaughlin und Randie Andersons weißer Pick-up.

Sie hatte heute nicht Geburtstag, eine Überraschungsparty konnte es also nicht sein. Außerdem war es bald Zeit fürs Abendessen, sodass sie an diesem Feiertag eigentlich alle zu Hause in der Küche oder bei Verwandten erwartet hätte …

War etwas geschehen? Mit pochendem Herzen hastete sie ins Haus.

Vier Frauen schauten zu ihr und lächelten zur Begrüßung, doch sie wirkten auf Abby angespannt. Vor ihr saß ein nicht unbeträchtlicher Teil der Personen, die in Small Plains etwas bewegten: Da war zum einen ihre flotte, wohlorganisierte große Schwester, die Bürgermeisterin, wie immer in Westernhemd, gegerbter Hose und braunen Cowboystiefeln. Außerdem saßen in ihrer Küche Ellens beste Freundin Susan, die das Bestattungsinstitut ihrer Familie übernommen hatte, sowie Randie, die in den Lebensmittelclan der Andersons eingeheiratet hatte, und Cerule, die bei Gericht arbeitete. Beide waren mit Abby seit der High School befreundet.

Sie hatten die drei Vögel zu sich geholt, was ihr gefiel.

Ellen stand an der Spüle und mixte irgendwelche Drinks – den Zutaten auf der Arbeitsplatte zufolge waren es Margueritas. Susan in ihrem schwarzen Anzug holte Gläser aus dem Schrank. Randie saß am Küchentisch und versuchte, Gracie von dem Salz fern zu halten, das sie auf einen Teller gekippt hatte, um die Ränder der Gläser darin einzutauchen. Und Cerule telefonierte auf ihrem Handy, beendete das Gespräch aber schnell, als sie Abby in die Küche kommen sah.

«Wir haben dich kommen hören», sagte Ellen, als wollte sie damit die Situation erklären, wandte sich dann aber wieder den Drinks zu.

«Ich dachte, ich sei heute bei dir eingeladen», wunderte sich Abby.

«Du brauchst einen Drink», verkündete Cerule.

«Ach ja?» Abby sah, wie Gracie, nachdem sie am Salznaschen gehindert wurde, auf Patricks Sonnenbrille zusprang. Sie hechtete zum Küchentisch, um sie zu retten. «Warum? Warum seid ihr eigentlich hier? Was ist los?»

«Wir müssen dir etwas erzählen», sagte Susan, ohne sie dabei anzusehen.

Erst jetzt merkte Abby, dass Susan nicht die Einzige war, die ihrem Blick auswich. Ellen tat es ebenfalls. Randie und Cerule sahen sie zwar an, aber sie starrten auf sie, als wäre sie eine besondere Spezies, die man hinter Glas hielt.

«Was ist los?», wiederholte sie und wurde ungeduldig. «Ihr macht mich nervös!»

Susan, Randie und Cerule blickten in Richtung Spüle, da sie davon ausgingen, dass Abbys Schwester die Sache in die

Hand nehmen würde. Da es so still war, drehte Ellen sich um. Sie warf den anderen Frauen einen kurzen Blick zu und sah ihrer Schwester schließlich direkt in die Augen. Als sie Ellens ernsten Gesichtsausdruck bemerkte, begann Abbys Herz immer schneller zu schlagen.

«Was?», fragte sie. «Ist etwas mit Dad? Ich habe ihn doch heute Morgen noch gesehen …»

«Nein, nein», versicherte Ellen ihr. «Dad geht es gut. Es ist etwas ganz anderes. Er … er ist wieder da, Abby. Mitch ist in der Stadt. Er war heute Morgen auf dem Friedhof an Nadines Grab. Susan hat ihn gesehen.»

Abby blickte zu Susan hinüber, die nickte.

«Ich glaube nicht, dass er mich erkannt hat», sagte sie, «aber ich bin mir sicher, dass er es war.»

Einen Moment lang dachte Abby, sie könnte sich der Sache mit einem «Na und? Was interessiert mich das?» entziehen. Doch im nächsten Moment sank sie bereits zu Boden und hörte ihre eigene Stimme «Shit» flüstern.

Sofort gesellten sich die anderen zu ihr, indem sie sich auf das Linoleum setzten und Gläser austeilten. Den Margueritakrug und die Eiswürfel stellten sie in die Mitte. Sogar die Vögel machten mit, indem sie sich auf den Schultern der Frauen niederließen.

«Warum?», fragte Abby. «Er ist nicht mal zur Beerdigung seiner Mutter gekommen, warum kommt er dann jetzt?»

Die anderen Frauen zuckten mit den Schultern und sahen ratlos aus.

«Schlechtes Gewissen», vermutete Cerule schnippisch.

«Besser spät als nie», höhnte Randie.

«Ich will ihn auf keinen Fall sehen!», jammerte Abby.

«Verdammt nochmal, niemand will ihn sehen», sagte Randie. «Der soll uns doch gestohlen bleiben.»

«Ich würde ihn schon gern sehen», bekannte Cerule,

fügte jedoch schnell hinzu: «Aber nur von weitem. Ich will doch wissen, wie er nach all den Jahren aussieht. Ich wünsche ihm, dass er Pickel und eine Glatze und fünfzig Kilo Übergewicht hat.» Sie sah Susan an. «Stimmt das, Susan? Ist er fett, pickelig und hässlich?»

Die Bestattungsunternehmerin blickte in ihr Glas. «Nein, nicht wirklich.»

«Sch…eibenhonig», fluchte Cerule. «Schlimm genug, dass er zurückgekommen ist, aber dass er auch noch gut aussehen muss.»

«Ist so», seufzte Susan.

«Mir ist das egal», sagte Abby, ihre Stimme hob sich bei dem letzten Wort. «Das ist doch Schnee von gestern!»

«Na klar, dir ist das egal», bemerkte Randie spöttisch, «du bist nur überrascht.»

Abby lächelte sie matt an. «War ein Versuch.»

Plötzlich sprang Ellen auf und verkündete: «Ich glaube, was wir jetzt brauchen ist eine große Pizza mit allem.»

«Aber wollten wir nicht eigentlich mit der Familie bei dir essen?», erkundigte sich Abby.

«Das hier ist auch Familie», erklärte Ellen. «Wenn das kein Familiennotfall ist, dann weiß ich es auch nicht. Und bei manchen Notfällen hilft nur Pizza.»

Cerule erhob sich ebenfalls. «Und Schokoladeneis.»

«Dekadent», sagte Randie und gesellte sich zu ihren stehenden Freundinnen, «aber köstlich.»

«Können wir nicht einfach hier bleiben und weitertrinken?», versuchte Abby es noch einmal, doch sie wurde überstimmt. Außerdem war der Margueritakrug leer. Sie räumten noch die Küche auf, sperrten die Vögel in den großen Käfig und drängten sich dann alle in Ellens Auto, da sie nur einige Schlucke Alkohol getrunken hatte.

In gemächlichem Tempo, wie es sich für die Bürgermeisterin von Small Plains gehörte, fuhren sie zum Essen in die Stadt.

Im Westen hatten sich weiße Kumuluswolken gebildet, die sich in der schwülen Abendluft immer höher türmten, dahinter waren auch grauschwarze zu sehen. Im Auto schien es immer heißer und stickiger zu werden, als wäre es August und nicht Mai.

Doch die Freundinnen achteten nicht auf das Wetter.

Sobald sie sich der Stadt näherten, merkte Abby, dass alle nur eins im Sinn hatten, freilich ohne dass es jemand und vor allem sie nicht mitbekommen sollte: Verstohlen schielten sie auf die Autos und Menschen und hielten nach *ihm* Ausschau. Auch sie tat nichts anderes, dennoch hätte sie am liebsten gesagt: «Hört auf!» Sie wollte das Fenster öffnen und «Scher dich zum Teufel und geh zurück, wo du herkommst!» schreien. Und sie wollte flüstern: «Warum hast du mich verlassen?»

Als sie am Friedhof vorbeifuhren, fragte Cerule plötzlich: «Sag mal, Susan, kann die Jungfrau eigentlich nur heilen? Oder kann sie auch Unglück bringen?»

«Keine Ahnung. Woher soll ich das wissen?», antwortete Susan vom Vordersitz.

Cerule blickte hämisch drein. «Dann könntest du der Jungfrau sagen, wenn du das nächste Mal auf dem Friedhof bist, dass sie Mitch Newquist die Pest schicken soll.»

19

«Haben Sie je die Bezirksgefängnisse von Douglas oder Johnson gesehen, Chef?»

«Ja, habe ich», antwortete Rex seinem Deputy John Charm, der vor ihm an einer Reihe normaler Zellen mit Eisengittern vorbeiging. Die Luft war schwer, und die alte Klimaanlage arbeitete wie eine Mühle lärmend dagegen an.

«Sind Sie etwa neidisch?», fragte Rex.

«Na ja, die sind auf dem neuesten Stand, Sir.»

«Nicht wie wir hier, wollen Sie damit sagen?»

Sie blieben vor einer Zelle stehen, in der ein Häftling in einem gelben Overall auf einem schmalen Bett an der Wand saß und sie ansah. Rex bemerkte Neugier, aber keine Angst in seinem Blick, woraus er schloss, dass seine Leute ihre Position nicht missbrauchten. Dieser Deputy tat es zumindest nicht, und ihm selbst sagte man so etwas zum Glück auch nicht nach. Er fragte sich, wie viel schwieriger es wäre, für einen bevölkerungsreicheren Bezirk verantwortlich zu sein, in dem es entsprechend mehr Kriminalität gab. Wahrscheinlich würde er es nie erfahren. Einstweilen mussten er, sein kleiner Mitarbeiterstab und ihre nicht sehr zahlreichen «Gäste» weiter in ihrer einfachen, abgeschlossenen Welt miteinander auskommen.

«Im Bezirksgefängnis von Douglas», setzte Charm erneut an und band auch den Häftling in das Gespräch ein, indem er nicht nur mit Rex, sondern auch ihn hin und wieder ansah, «sieht der Zellentrakt aus wie die Notaufnahme eines Krankenhauses und nicht wie ein Gefängnis. Die Leitstelle wirkt wie ein Schwesternzimmer, und jeder Häftling hat einen eigenen Raum mit einer Tür und einem Fenster darin. Alles ist so sauber, dass man vom Fußboden essen könnte.»

Automatisch schauten alle auf den schäbigen Zementfußboden mit dem Abfluss in der Mitte.

«Wir bräuchten mehr Steuerzahler», stellte Charm fest.

«Ja, aber dann hätten wir auch mehr Kriminalität», konterte Rex.

«Und schwerere Fälle», fügte der Mann in der Zelle mit einem Grinsen hinzu, das von schlechter Zahnpflege zeugte.

«Das würde ich an Ihrer Stelle nicht unbedingt sagen», scherzte der Deputy und öffnete die Zellentür. Dann trat er zur Seite und wischte sich mit dem Ärmel den Schweiß von der Stirn.

Rex ging in die Zelle und ließ den Kollegen hinter sich abschließen, bevor er sich die Schlüssel geben ließ.

«Hat Abby Reynolds Sie überzeugt?», wollte John Charm noch wissen.

«Wovon?», fragte Rex.

«Den Fall wieder –»

«Nein!», wetterte Rex, bevor der Kollege noch irgendetwas sagen konnte.

Charm hob die Augenbrauen, tauschte einen Blick mit dem Gefangenen aus und sagte: «Okay, schon gut.»

Dann entfernte er sich pfeifend.

«Nichts macht mehr Angst als ein schlecht gelaunter Gesetzeshüter», sagte der Mann in der Zelle.

«Also ärgert man uns besser nicht», blaffte Rex ihn an und holte tief Luft, um sich zu beruhigen. Dann stellte er sich an die feuchte Wand, ohne sie jedoch zu berühren, da er darauf bedacht war, Hemd und Hose nicht zu beschmutzen. An heißen, feuchten Abenden wie diesem roch es in den Zellen wie in einem alten Keller.

Rex hätte es für einen erstaunlichen Zufall gehalten, ausgerechnet diesen Mann derzeit in Haft zu haben, wenn er nicht in den letzten Jahren relativ häufig bei ihnen «zu Gast» gewesen wäre.

«Ich höre mit dem Trinken auf», verkündete der Häftling wie aus heiterem Himmel.

«Keine schlechte Idee», bestätigte Rex, ohne eine Miene zu verziehen. «Wann haben Sie damit angefangen?»

«Mit dem Trinken?» Der Mann richtete den Blick in Richtung Decke und blinzelte in die Glühbirne. «Keine Ahnung. Ich glaube, ich war zehn, vielleicht noch jünger.»

«Seit wann haben Sie einen Führerschein, Marty?», erkundigte sich Rex.

«Ach, seit drei Jahren, fast vier. Aber unter diesen Umständen kriege ich ihn wohl nie zurück.»

«Das kann passieren.»

«Wie soll man denn bitte schön seine Brötchen verdienen, wenn man nicht mal Auto fahren darf und der nächste Job meilenweit entfernt ist?»

«Ich weiß es nicht», antwortete Rex.

«Das Gericht nimmt einem den Führerschein weg, aber weil man ein Auto braucht, um irgendwo hinzukommen, wo's Geld gibt, fährt man trotzdem.»

Rex nickte, da er wusste, dass es so ablief.

«War einer Ihrer Eltern auch Alkoholiker, Marty?»

Sein Gegenüber lachte. «Beide, und alle anderen Verwandten auch.»

«Sie haben doch Brüder, was ist mit denen?»

«Einer ist total fanatisch bei den Anonymen Alkoholikern, der andere ist vor einigen Jahren bei einer Schlägerei in einer Kneipe ums Leben gekommen.»

«Wie sieht's mit Schwestern aus, haben Sie welche?»

Rex versuchte, langsam und gleichmäßig zu atmen und

seinen Puls unter Kontrolle zu halten, während er sich an die Fragen herantastete, die der Grund für das Verhör waren.

Der Inhaftierte verzog den Mundwinkel, als würde er Ekel empfinden. «Zwei. Beide völlig nutzlose Flittchen.»

«Ach ja, warum?»

«Die Jüngere hat jemanden geheiratet, der ein noch größeres Arschloch ist als ich und sie zu Tode geprügelt hat, auch wenn man ihm das kaum übel nehmen kann. Sie hatte bei allem und jedem was zu meckern, Sie wissen schon, was ich meine.»

Rex hörte einfach zu, was der Mann preisgab.

«Die andere war die Älteste von uns. Sie ist mit siebzehn oder so von zu Hause abgehauen –»

Neunzehn, verbesserte Rex in Gedanken und dachte an Sarah, die Schwester des Mannes.

«Bei der gab's allerdings was zu sehen.»

«Ach ja? Was ist aus ihr geworden, Marty?»

Der Mann zuckte mit den Schultern. Erst jetzt schien ihm aufzufallen, dass der Bezirkssheriff von Muncie ungewöhnlich viel Interesse an einem betrunkenen Verkehrssünder hatte. «Warum fragen Sie mich über meine Familie aus?»

Rex zuckte mit den Schultern und ging wieder in Richtung Zellentür. «Wir entwickeln ein neues Programm für Drogen- und Alkoholabhängige», erfand er spontan. «Wir versuchen, ein Gefühl für den familiären Hintergrund zu bekommen, wollen die Ursachen und so etwas rausfinden.»

«Sozialdienst schieben?»

Rex lächelte matt. «Genau.»

«Krieg ich meinen Führerschein dann schneller zurück?»

«Keine Chance.»

«Dann interessiert mich der Rotz nicht.»

Rex nahm die Schlüssel, die sein Kollege ihm gegeben

hatte, schob seine Hand durch die Gitterstäbe hindurch und öffnete sich die Tür. Bevor er die Zelle verließ, drehte er sich noch einmal um und stellte eine letzte Frage:

«Hat Ihre Familie jemals nach der Schwester gesucht, die abgehauen ist, Marty?»

«Meine Familie?» Die Frage schien ihn zu überraschen. Er zeigte abermals seine Zähne. «Nein. Die sind jetzt alle sonst wo, außer mir. Ich bin der Einzige, der in der Gegend geblieben ist. Die meisten anderen sind sowieso tot. Aber ich suche bestimmt nach ihr …»

Rex zuckte zusammen. Vielleicht hätte ich ihn doch nicht darauf ansprechen sollen, dachte er.

«… wenn ich rausfinde, dass sie einen reichen Macker geheiratet hat.»

Sarahs Bruder brach in schallendes Gelächter aus, das von den Wänden widerhallte.

Rex entspannte sich wieder und nickte dem Mann in der Zelle zum Abschied zu. In Gedanken versunken ging er den Korridor entlang.

Niemand aus der Familie hatte in all den Jahren nach ihr gesucht. Anscheinend hatten sie sich nie Gedanken darüber gemacht, ob sie noch lebte. Sie würden nie auf die Idee kommen, das Mädchen, dessen eigener Bruder sich nicht einmal daran erinnerte, wie alt sie war, als sie verschwand, mit einer übel zugerichteten Leiche in einem Grab in Small Plains in Verbindung zu bringen.

Seine Erleichterung hielt nicht lange an.

Als er im Büro auftauchte, kam Edyth Flournoy auf ihn zu und sagte: «Wissen Sie, dass der Regen, der für heute Abend vorhergesagt ist, ziemlich unangenehm werden könnte, Sheriff? Drüben in Marion haben sie vor fünfzehn Minuten einen Tornadorüssel gesichtet.»

Marion war der Nachbarbezirk von Muncie.

«Mit Bodenkontakt?»

«Nicht, dass ich wüsste.»

«Was sagt der Wetterdienst?»

«Für uns bislang nur eine Tornadowarnung, aber bei denen ist bereits Alarm.»

«Bewegt er sich auf uns zu?»

«Ja.»

«Wie lange haben wir noch?»

«Er ist mit 60 Kilometer pro Stunde unterwegs. Zurzeit ist er noch ungefähr 150 Kilometer von uns entfernt.»

«Dann haben wir noch mehr als zwei Stunden.» Rex fiel etwas ein. «Verdammt.»

«Was?»

«Heute ist Memorial Day. Fahren Sie raus zum Friedhof, holen Sie die Leute da runter und schließen Sie ihn.»

Die Ortsansässigen wussten, wie man sich bei Tornadowarnungen zu verhalten hatte, aber Besucher womöglich nicht. Außerdem musste er sich überlegen, was er mit ihnen tat, wenn es wirklich schlimm würde. Schon ging Rex im Geiste alle Schutzräume durch, die zur Verfügung standen: von Kirchen, Schulen, dem Gerichtsgebäude bis zu Geschäften.

Small Plains war seit mehreren Jahren nicht mehr von allzu schlimmen Unwettern heimgesucht worden. Das Schneegestöber, in dem Nadine Newquist im letzten Winter umgekommen war, hatte viele Autounfälle verursacht und einige Tiere das Leben gekostet. Fünf Jahre zuvor hatte ein Eissturm viele Bäume und Dächer mitgerissen. Doch dass ein Tornado mehr Schaden angerichtet hätte, als einige alte Schuppen auf entlegenen Farmen und Ranches aus den Angeln zu heben, war schon sehr lange her. Bei einem Tornado war es angeblich nichts Ungewöhnliches, dass man Rinder nach dem Sturm auf der falschen Weide wiederfand, weil der Wind sie mit sich gerissen und beim Nachbarn wieder abgesetzt hatte. Doch seit Rex auf der Welt war, hatte es keinen Tornado mehr gegeben, und er konnte sich auch nicht daran erinnern, dass bei einem Sturm jemals jemand verletzt worden wäre. Ein Optimist hätte das als gutes Zeichen für die kommende Nacht gewertet, doch Rex glaubte wie immer, sie hätten bislang einfach nur Glück gehabt.

«Wenn Sie auf dem Friedhof sind», rief er seiner Kollegin nach, die sich noch einmal umdrehte, «dann bitten Sie die Jungfrau, dass der Tornado an uns vorbeiziehen möge, okay?»

Edyth Flournoy grinste. «Mach ich, Sheriff.»

Doch nach seiner sarkastischen Bemerkung zog sich alles in ihm zusammen, und er spürte den bitteren Nachgeschmack, mit dem sein schlechtes Gewissen sich bei ihm meldete. Sie hatte eine bessere Behandlung von ihm verdient.

20

Im Sommer vor seinem letzten Schuljahr konnte Rex an nichts anderes denken als an das Mädchen, das er nur als Sarah kannte. Nicht, dass er sie davor nicht wahrgenommen hätte. In seinen Phantasien hatte sie bereits eine wichtige Rolle gespielt, als sie noch bei mehreren Familien im Ort geputzt hatte und er hin und wieder einen kurzen Blick auf sie erhaschen konnte. Doch dann war sie plötzlich aus Small Plains verschwunden, und er hatte sie fast schon vergessen. Schauspielerinnen oder andere Mädchen, die er kannte, nahmen ihren Platz in seinen Träumen ein. Nachdem er sie allerdings im Halbdunkel des Ranchhauses mit Patrick wiedergesehen hatte, waren alle anderen Phantasien seines inneren Privatkinos wie ausgelöscht. Jetzt gab es nur noch Sarah, heiß und sexy, schön und willig. Letzteres war sie zumindest in seinen Träumen.

Nur im Traum!, verspottete er sich selbst, doch das änderte nichts.

Er erzählte niemandem davon, dass er sie vor kurzem auf dem Grundstück der Newquists gesehen hatte – nicht, weil er seinem Bruder gegenüber Wort halten wollte, sondern weil Sarah sein Geheimnis sein sollte. Wenn er niemandem davon erzählte, nicht einmal Mitch, dann konnte auch niemand wissen, dass sie mit Patrick zusammen war und nicht mit ihm. In seinen Träumen konnte er Patrick sogar ganz ausblenden oder für sie bis aufs Letzte gegen ihn kämpfen. Wenn Rex die nächsten Monate auf seinem Bett in seinem Zimmer hätte verbringen können, dann hätte er nichts anderes getan, als in erotischen Phantasien mit ihr in der Hauptrolle zu schwelgen.

Die Schule begann einige Wochen bevor Patrick sein Studium an der K-State University in Manhattan aufnahm. Mitch versuchte sich durch tägliches Footballtraining, die niemals endende Arbeit auf der Ranch und das neue, sein letztes Schuljahr abzulenken. Er wusste, dass er erst nach Patricks Abreise versuchen konnte, sie wiederzusehen.

Es bachte ihn fast um, den ganzen Tag in der Schule sitzen zu müssen, während Patrick zu Hause war und all das tun konnte, was Rex verhindern wollte – Sarah besuchen, mit ihr zusammen sein, sie für sich einnehmen. Oder Sarah tatsächlich «nehmen». Die äußerst wahrscheinliche Vorstellung, seinen Bruder mit dem Mädchen seiner eigenen Träume im Bett zu sehen, war für Rex der pure Albtraum.

Sie war zu gut für Patrick. Rex hoffte, dass ihr das bewusst war. Er kannte sie gar nicht und wusste nichts von ihr. Grundsätzlich war Rex der Ansicht, dass jedes Mädchen zu gut für Patrick war. Außerdem konnte man es ihr ansehen.

Bislang hatte er es noch nicht gewagt, aber irgendwann würde er Mitch beiläufig fragen, ob er Sarahs Nachnamen kannte und wusste, aus welcher Stadt sie kam. Falls er ihm nicht weiterhelfen konnte, bestand noch die Möglichkeit, Frauen ausfindig zu machen, bei denen Sarah geputzt hatte, um bei ihnen unauffällig nachzufragen. Er hätte sich auch bei Mrs. Newquist erkundigen können, aber das wollte er lieber vermeiden. Mitchs Mutter hatte die Angewohnheit, jede Frage erst einmal zurückzugeben, was den Fragenden immer blöd aussehen ließ. Nadine Newquist musste die Situation nicht noch unangenehmer machen.

Sobald er Sarahs Nachnamen und die Stadt, aus der sie kam, herausgefunden hätte, würde er sicher einen Grund haben, um dort einmal hinzufahren. Sie würden sich vielleicht zufällig über den Weg laufen und unterhalten. So ein bemerkenswerter Zufall konnte Folgen haben, das wusste man ...

Dass seine Träumereien vollkommen unrealistisch waren, verdrängte er. Seine Phantasien ließ er sich nicht streitig machen. Er durfte entscheiden, welche Frau darin vorkam und wie sie sein sollte.

Zum Beispiel malte er sich aus, dass er zur Newquist-Ranch fahren würde, sobald Pat auf dem College war, und sie tatsächlich noch da wäre. Warum, war ihm egal. Vielleicht sollte sie dort einfach sauber machen. Vielleicht musste sie etwas holen, was sie an dem Tag, als sie mit Pat dort gewesen war, liegen gelassen hatte. Oder, und das war seine Lieblingsvariante, jemand, eine geheimnisvolle innere Stimme, hatte ihr Rex' Namen zugeflüstert, und sie war hinausgefahren, ohne genau zu wissen, warum. Vielleicht spürte sie, dass ihre Zukunft, ihre Bestimmung, ihre einzig wahre Liebe dort gleich neben dem Highway 177 auf sie wartete ...

Möglich wäre es, sagte er sich.

Nur im Traum, dachte er, als er sich endlich auf den Weg dorthin machen konnte.

Niemand hätte überraschter sein können als er, sie tatsächlich vor sich zu sehen, nachdem er auf der kleinen Ranch der Newquists vorgefahren war.

Sie stand auf der Veranda, und ihrem hübschen Gesicht war der Schrecken anzumerken.

«Wer bist du?», rief sie, wobei sie abweisend und nervös klang.

Er stieg aus dem Pick-up und stellte sich sofort vor. «Ich bin Rex. Ich wusste nicht, dass du hier bist. Ich wusste nicht, dass überhaupt jemand hier ist. Tut mir leid, ich wollte dich nicht erschrecken –»

Sie schien ein wenig zu entspannen und schnitt ihm das Wort ab. «Ist ja schon gut.»

Sie sah jünger aus, als er sie in Erinnerung hatte, aber genauso schön. Ihre weißen Shorts brachten die langen, gebräunten Beine gut zur Geltung, unter dem weiten orangefarbenen T-Shirt schien sie keinen BH zu tragen. Das lange, glatte Haar war im Nacken zusammengebunden, und ihre großen Ohrringe baumelten bei jeder Bewegung glitzernd in der Sonne. Rex spürte, wie sein Körper darauf reagierte. Am liebsten hätte er sich die Kappe vom Kopf gerissen und sie sich vor den Schritt gehalten, um zu verbergen, was sich in seiner Hose regte. Stattdessen starrte er ihr ins Gesicht, wobei er sich darauf konzentrieren musste, seinen Blick oberhalb ihrer Schultern zu lassen.

Als sie sich eine Hand zum Schutz über die Augen hielt, war er enorm erleichtert, da er daraus schloss, dass sie ihn aufgrund der blendenden Sonne offensichtlich gar nicht so gut sehen konnte. «Ach, du bist Pats Bruder, oder?»

Anscheinend sah sie immerhin gut genug, um ihn wieder zu erkennen, was Rex nervös und zufrieden zugleich machte. Er war erfreut, dass sie ihn damals überhaupt richtig wahrgenommen hatte, aber er war unsicher, wie sie ihn von dem Tag wohl in Erinnerung behalten hatte.

«Ja», bestätigte er. «Pat ist weg, auf dem College.»

«Stimmt. K-State.»

Ihm gefiel gar nicht, dass sie so gut Bescheid wusste.

«Du warst schon mal hier», sagte sie.

Er nickte und fragte sich, ob sie ihn für einen Idioten hielt.

«Da hast du Patrick gezwungen zu gehen.»

Rex glaubte, sie lächeln zu sehen, nur ein ganz kleines bisschen, doch er brachte kein Wort heraus und konnte wieder nur nicken.

«Warum bist du hergekommen?», fragte sie ihn.

Er schaltete schnell. «Ich suche nach Mitch.»

Wieder erschrak sie. «Mitch Newquist? Kommt er her?»

«Nein, ich meine, ich weiß es nicht. Ich suche ihn jedenfalls.» Dann fragte er sie und fühlte sich dabei so falsch wie ein Cowboy im Freizeitpark: «Du hast ihn nicht zufällig gesehen?»

Als sie den Kopf schüttelte, wusste er nicht, was er als Nächstes tun sollte. Einen Moment lang herrschte betretenes Schweigen, dann wandte sich Rex zum Gehen.

«He! Sag aber niemandem, dass du mich hier gesehen hast, okay?», rief sie ihm nach, und ihre Stimme klang so dringlich, dass er sich umdrehte.

Er ging einige Schritte auf sie zu. «Warum nicht? Dürftest du eigentlich nicht hier sein? Warum bist du überhaupt hier? Zum Putzen?» Er sah kein Auto, mit dem sie gekommen sein könnte. Wenn er darüber nachdachte, war letztes Mal auch nur Patricks Pick-up da gewesen. Plötzlich kam ihm eine verrückte Idee. «Du lebst ... du wohnst hier doch nicht etwa?»

Einmal mehr war er vollkommen überrascht, als sie mit Ja antwortete und hinterherschob: «Willst du ein Bier?»

Wie konnte er da nein sagen!

Bei jenem ersten Mal bat sie ihn zwar nicht ins Haus, aber auf die Veranda, und brachte ihm eine kalte Flasche Bier. «Trinkst du nichts?», fragte er sie. Allein zu trinken war ihm ein wenig unangenehm. Sie schüttelte den Kopf. Doch es dauerte nicht lange, bis Rex seine Vorbehalte überwunden hatte, einen großen Schluck nahm und das kühle Getränk, das Verbotene daran und die Situation, allein mit einem wunderschönen Mädchen auf einer Veranda zu sitzen, in vollen Zügen genoss.

«Ja, ich wohne hier», sagte sie.

Er saß auf dem Geländer, während sie im Türrahmen lehnte und ihm die Hintergründe erklärte oder zumindest Teile davon. «Du kennst meine Familie nicht», begann sie, eine Aussage, die Rex nur bestätigen konnte. «Wenn du sie kennen würdest, wüsstest du, warum ich von ihnen wegmusste. Mein Vater –» Sie hielt inne, schüttelte den Kopf und begann einen ganz anderen Satz. «Ich kann dir das nicht erzählen. Die Gründe sind sehr persönlich. Aber der Richter und Mrs. Newquist kennen sie und haben mir erlaubt, hier zu wohnen, bis ich eine andere Bleibe gefunden habe.»

«Du versteckst dich vor deiner Familie?», fragte er.

Sie nickte. «Bitte, bitte, verrate mich nicht.»

«Niemals!», versprach er und fühlte sich wie ein großer Beschützer. Er hatte Mitleid mit ihr. Wenn sich ein Mädchen vor ihrer eigenen Familie – vor ihrem Vater – verstecken musste, konnte es nur etwas Schreckliches bedeuten wie Schläge oder …, noch schlimmer, Inzest, dachte Rex, verdrängte das Wort aber gleich wieder aus seinem Kopf, so grausam war es. Er kannte ihren Vater nicht, aber wer auch immer er war, Rex hasste diesen Mann und wäre sofort bereit gewesen, ihn für sie zu töten.

«Weiß Mitch davon?», fragte er sie. Rex konnte kaum glauben, dass sein bester Freund etwas so Brisantes wusste und vollkommen dichthielt. «Wenn ja, hat er mir nie davon erzählt, und er erzählt mir sonst alles.»

«Mitch weiß nicht, dass ich hier bin, zumindest glaube ich das.»

«Wirklich? Möglich ist es. Wir sind nie hier. Er und seine Freunde, meine ich. Seine Alten würden uns umbringen, wenn hier irgendetwas zu Bruch gehen würde.»

Es überraschte ihn, dass die Newquists jemanden in ihrem Haus wohnen ließen, noch dazu ein Mädchen, das nur für sie putzte. So freizügig oder offen für die Probleme anderer hätte Rex Mitchs Eltern gar nicht eingeschätzt. Doch anscheinend hatte er ein vollkommen falsches Bild von ihnen. Wenn es hart auf hart kam, was bei Sarah wohl leider der Fall war, waren der Richter und seine Frau offensichtlich in Ordnung.

Es war komisch. Er würde jetzt vor seinem Freund ein Geheimnis haben, obwohl es um dessen Haus ging. Rex fand Gefallen daran, etwas zu wissen, was eigentlich Mitch betraf. Doch er wusste auch, wie schwer es sein würde, es für sich zu behalten. Oder zumindest dachte er es, bis Sarah ihn mit ihren seltsamen, bezaubernden, flehenden Augen ansah und ihm fast flüsternd sagte: «Wenn du jemandem erzählst, dass ich hier bin, könnte das mein Ende bedeuten. Das ist kein Scherz. Die holen mich und ich weiß nicht, was die dann mit mir machen. Bitte, bitte, du musst mir versprechen, Mitch und auch niemand anderem jemals davon zu erzählen.»

Natürlich schwor er bei seinem Leben, dass er es nie tun würde.

Erst kurze Zeit später auf dem Weg nach Hause fiel ihm auf, dass sein Bruder Bescheid gewusst haben musste. Vertraute sie Patrick, dass er es für sich behalten würde? Anscheinend kannte sie seinen Bruder nicht sehr gut, sonst wüsste sie, dass er in betrunkenem Zustand ein noch viel größerer Aufschneider war als nüchtern.

Am Anfang war Rex wirklich besorgt, wenn er daran dachte, dass Patrick ein so wichtiges Geheimnis anvertraut war. Erst einige Tage später, als der Glanz ein wenig verblasst war, kamen ihm die ersten Zweifel. Wie geheim konnte etwas sein, wenn Patrick davon wusste? Und wie wahrscheinlich war es, dass Mitchs Mutter, die nicht einmal einem vor ihrer Tür verhungernden Bettler ein Stück Brot

geben würde, ihr geliebtes Ranchhaus einer Putzfrau überließ? Doch wenn all dies nicht stimmte, dann war auch an
Sarahs Geschichte etwas faul. Was zum Teufel tat sie dann
dort draußen?

Dennoch sprach er weder mit Mitch noch mit irgendjemand anderem darüber. Vielleicht stimmte es doch.

Von nun an fuhr er alle paar Tage bei ihr vorbei, um zu sehen, ob sie etwas brauchte, und um herauszufinden, warum
sie wirklich dort war. Auch auf anderen Wegen versuchte er,
etwas über sie zu erfahren, doch ohne Erfolg.

21

«Mom», fragte Rex Verna bei seinem ersten Vorstoß, dem Wahrheitsgehalt von Sarahs Geschichte auf den Grund zu gehen. «Wieso nutzt ihr alle eigentlich das Ranchhaus der Newquists nicht mehr?»

Seine Mutter, die gerade mit dem Rührgerät Kartoffelpüree für das Abendessen zubereitete, hob das runde, freundliche Gesicht. Sie wirkte überrascht. «Wie kommst du denn darauf, Rex?»

«Och, keine Ahnung.» Er zuckte die Achseln, kam heran und steckte einen Finger in die Rührschüssel, in gefährlicher Nähe der wirbelnden Schneebesen. Prompt erhielt er dafür einen Klaps auf die Hand. Etwas Brei hatte er aber trotzdem stibitzen können, den er sich grinsend vom Finger leckte. Dann sagte er: «Ich habe nur neulich daran gedacht, wie lustig es immer war, wenn wir alle zusammen da auf Besuch waren. Du und Dad, Doc und Abbys Mutter, der Richter und Mrs. Newquist und wir Kinder. Ich dachte, du hättest dich da immer besonders gern mit deinen Freunden getroffen.»

«Das machen wir auch bestimmt einmal wieder, irgendwann.»

«Warum habt ihr damit aufgehört?»

«Aufgehört? Wir haben nicht aufgehört, Rex, es ist nur … du kennst doch Nadine, wenn etwas nicht perfekt ihren Wünschen entspricht, verzichtet sie lieber ganz darauf.»

«Was ist denn nicht perfekt?»

«Ihrer Ansicht nach», sagte seine Mutter mit leicht spöttischem Unterton, der ihn an ihre andere Freundin erinnerte, Margie Reynolds, «kann man das Haus Gästen nicht mehr

196

zumuten. Sie will niemanden mehr dorthin einladen, bis Tom genug Geld rausrückt, damit sie es nach ihren Vorstellungen renovieren lassen kann. Und du weißt, was das heißt.»

Rex lachte. Tom war als Geizkragen verschrien, Nadine als Perfektionistin. «Es wird nie passieren?»

«Vermutlich nicht mehr zu meinen Lebzeiten», sagte seine Mutter lächelnd. «Vielleicht erlebst du es ja noch.»

«Hallo, Mrs. Newquist», sagte er, als er das nächste Mal bei Mitchs Eltern zu Besuch war. «Wieso nutzen Sie eigentlich Ihr Ranchhaus nicht mehr?»

Sie antwortete nicht sofort. Schließlich aber hob sie den Blick von der Zeitung, in die sie gerade vertieft war, und sagte, kühl und präzise, wie es ihre Art war: «Ich lasse es renovieren, Rex.»

«Renovieren? Und wie genau?»

«Ich lasse ein neues Fundament einziehen, das Dach wird erneuert, das Haus bekommt außen und innen einen neuen Anstrich und eine neue Einrichtung, und zum Garten hinaus lassen wir eine Terrasse anbauen.»

«Prima», sagte er. «Dann ist es zurzeit also eine Baustelle?»

Ihr kurzes Zögern entging ihm nicht. Auch wenn er mit diesem Zögern nicht gerechnet hätte, wäre daran bei Nadine nichts Ungewöhnliches gewesen. Sie gab Leuten gerne erst dann Antwort, wenn es ihr, und nur ihr, passte. «Ja. Während der Arbeiten möchte ich da draußen niemanden haben.»

Ihre Erklärung deckte sich fast mit den Worten seiner Mutter, dennoch war sie seltsam – er hatte in dem Haus keinerlei Hinweise auf Renovierungsarbeiten bemerkt. Ihm kam es vor, als hätte Mrs. Newquist seiner Mutter eine Version der Geschichte erzählt und ihm jetzt eine etwas andere aufgetischt, doch beide liefen auf dasselbe hinaus: Es sollte vertuscht werden, dass die Newquists einem Mädchen Unterschlupf gewährten, das nicht gefunden werden wollte.

In dem Moment stieg Mitchs Mutter gewaltig in seiner Wertschätzung.

Sie konnte nicht nur verdammt gut lügen, viel besser, als er ihr je zugetraut hätte, sondern sie tat ein gutes Werk, ohne auf die Anerkennung ihrer Freundinnen und Nachbarn zu spekulieren. Seine und Abbys Mutter würden staunen, wenn sie davon erführen. Aber das würde nicht passieren, weil er dichthalten würde.

Während Rex und Mitch im Kino auf Abby und seine Begleiterin warteten, die vor der Vorstellung noch einmal zur Toilette gegangen waren, sprach Rex ihn an. «Weißt du noch, die süße Kleine, die mal für deine Mutter geputzt hat? Hieß die nicht Sarah? Wie war nochmal ihr Nachname, kannst du dich erinnern? Und wo kam sie eigentlich her?»

«Sarah?» Mitch wandte ihm das Gesicht zu und grinste anzüglich. «O, là, là, Sarah.»

Verärgert schlug Rex gegen die Popcorntüte seines Freundes, worauf eine ganze Menge Popcorn in Mitchs Schoß landete.

«Hey!», entrüstete sich Mitch. «Was soll das denn?»

«Weißt du jetzt ihren Nachnamen oder nicht? Ich habe neulich versucht, mich zu erinnern, aber er will mir nicht mehr einfallen. Das macht mich wahnsinnig.»

Mitch klaubte sich das Popcorn von den Beinen und ließ es auf den Boden fallen. «Hm, keinen Schimmer. Halt, warte. Doch, jetzt fällt es mir wieder ein.» Ungeniert langte er mit der Hand in Rex' Popcorntüte, nahm sich eine ganze Hand voll und tat es in seine Tüte.

«Hey!», sagte Rex erbost.

«Francis», sagte Mitch. «Es waren zwei Vornamen, ich erinnere mich, und ihr Nachname klang wie die Stadt, aus der sie stammte. Sarah Francis aus Franklin. So war's.»

Rex zog die Füße zurück, um Abby vorbeizulassen. Seine Begleiterin setzte sich auf den Platz rechts neben ihm.

«Wieso willst du ihren Namen wissen?», fragte Mitch eine Spur zu laut.

«Wessen Namen?», fragte Rex' Begleiterin umgehend.

«Den von unserer Grundschullehrerin», blödelte Rex.

«Ist das ein Witz?» Seine Begleiterin sah ihn ungläubig an. «Du hast Miss Plants Namen vergessen? Wie konntest du den vergessen? Sie sah doch wie eine Pflanze aus.»

Alle vier brachen in Gelächter aus.

«Ich weiß zwar nicht, was man sich darunter vorstellen darf», prustete Mitch, der sich beinahe an dem Popcorn verschluckte, das er bei ihrer Bemerkung gerade im Mund hatte. «Aber du hast Recht, genauso sah sie aus.»

«Ihr seid gemein», sagte Abby tadelnd, musste aber selber kichern.

Als der Film anfing, neigte Mitch sich zu ihm und raunte ihm ins Ohr: «Willst du sie suchen?»

«Wen?»

«Stell dich nicht blöd. Du weißt, wen. Willst du sie ausfindig machen?»

«Quatsch. Mir war bloß ihr Nachname entfallen, mehr nicht.»

Trotz der Dunkelheit meinte er zu spüren, dass sein bester Freund ungläubig grinste. «Echt? Sarah Francis sieht nicht gerade aus wie ein Rhododendron, wenn ich mich recht entsinne.»

«Nein», musste Rex einräumen, «tut sie nicht. Tat sie nicht. Und jetzt sei still.»

«Sie sieht aus wie eine Rose, eine wunderschöne, voll er-
blühte, reife, saftige, wohlriechende –»

«Halt endlich die Klappe, Blödmann.»

Mitch gluckste vergnügt vor sich hin, was wiederum Abby
veranlasste, ihm neugierig das Gesicht zuzuwenden. Er
neigte sich blitzschnell vor und gab ihr einen Kuss, worauf
sie zu Rex hinüberlächelte und sich wieder in ihren Sessel
zurücklehnte.

Unter dem Vorwand, Rasierschaum zu benötigen, schaute
Rex im Drugstore vorbei, wo eine seiner Geschichtslehre-
rinnen von der High School in den Ferien an der Kasse arbeitete.

«Rex», sagte sie, «was treibst du denn diesen Sommer?
Hilfst du deinem Vater auf der Ranch?»

«Hauptsächlich.» Er schob den Rasierschaum über den
Tresen und legte kurz entschlossen noch ein Päckchen Kau-
gummi dazu. «Mrs. Aldrich, stammen Sie nicht ursprünglich aus der Gegend um Franklin?»

«Ja, stimmt.» Sie klang erstaunt und erfreut. «Wie hast
du dir das denn gemerkt?»

Er grinste. «Immer wenn wir gegen Ihre ehemalige High
School Football gespielt haben, haben Sie erzählt, wie hin
und her gerissen Sie sich fühlen.»

«Oje», meinte sie lachend. «Damit bin ich euch bestimmt
ziemlich auf die Nerven gefallen.»

«Nein, nein, war schon in Ordnung. Aber ich habe eine
Frage. Kannten Sie da vielleicht eine Familie Francis?»

«Francis?» Beinahe hätte sie die Augen verdreht. «Und
ob ich die kannte. Die Sippe kennt jeder. Ich will dir ein
Geheimnis verraten, Rex. Allein die Familie Francis ist ein
guter Grund, hier in diesem Bezirk an einer Schule zu un-
terrichten statt drüben in Franklin.»

«Kein Witz? So schlimm sind die?»

Sie schüttelte sich leicht. «Rex, über diese Kinder habe ich Ansichten, die eine Lehrerin über ihre Schüler nicht haben sollte.» Dann lächelte sie wieder, händigte ihm sein Wechselgeld und die Tüte mit seinen Einkäufen aus und zwinkerte ihm zu. «Sag's niemandem weiter.»

Er grinste zurück. «Keine Sorge. Sind die alle so?»

Sie dachte blinzelnd nach. «Fast alle. Mit Ausnahme einer älteren Schwester, die ein nettes Mädchen ist, oder zumindest war, als ich sie zum letzten Mal gesehen habe, was schon einige Jahre her ist. Ich habe damals während meiner Schwangerschaft als Vertretung an ihrer Grundschule unterrichtet, und da war sie in meiner Klasse. Hübsches Kind, vielleicht nicht gerade ein Genie, aber sie hat sich viel Mühe gegeben, und sie war sehr lieb. Mit ihren Eltern hatte ich, Gott sei Dank, nie etwas zu tun, weil sie sich an den Sprechtagen nie blicken ließen, aber ihre jüngeren Geschwister haben schon damals nichts als Ärger gemacht. Sogar die Schwestern waren einfach unmöglich. Wie dieses Mädchen einem solchen Haufen entstammen konnte, ist mir bis heute ein Rätsel. Ich weiß noch, damals habe ich gedacht, wenn sie schlau ist, sieht sie zu, dass sie sich vor denen so weit wie möglich in Sicherheit bringt.» Sie beugte sich über die Ladentheke und fügte im Flüsterton hinzu: «So etwas sage ich nur ungern über Menschen, Rex, aber diese Familie ist Abschaum, der reinste Abschaum, von den wertlosen Eltern bis hin zum kleinsten Kind. Schrecklich.»

«Bis auf diese eine Tochter.»

Mrs. Aldrich zuckte fast gleichgültig mit den Schultern. «Ich weiß nicht, was aus ihr geworden ist.» Erst jetzt fiel es ihr ein nachzuhaken. «Wieso interessierst du dich für sie, Rex?»

Auch er zuckte nur mit den Schultern und gab sich unbestimmt. «Ich habe gehört, ein paar Jungs aus der Familie wollen sich als Rancharbeiter verdingen, und –»

«Ich kann nur davon abraten, von denen einen einzustellen, Rex.»

«Danke, Mrs. Aldrich. Ich werd's mir merken. Ich sage es auch meinem Vater.»

«Dass du deinem Vater damit etwas Neues sagst, wage ich zu bezweifeln», sagte sie mit bitterem Lächeln. «Der Name Francis dürfte Sheriffs in ganz Kansas ein Begriff sein, da gehe ich jede Wette sein.»

Um Sarahs Geschichte auf den Grund zu gehen, musste er nur noch eine letzte Tour unternehmen.

Am folgenden Samstag, einem Tag, an dem er seinem Vater auf der Ranch nicht zu helfen brauchte, gab er nach dem vormittäglichen Football-Training seinen Freunden, die ein bisschen mit ihm durch die Gegend kurven wollten, einen Korb und fuhr alleine nach Franklin, vierzig Kilometer entfernt.

Er war seit Jahren nicht mehr dort gewesen und erschrak ziemlich, als er sah, wie sehr das Städtchen heruntergekommen war. Arbeit war in dem Flecken, der mit seiner kümmerlichen Ansammlung von Häusern kaum als Stadt im eigentlichen Sinne zu bezeichnen war, immer schon Mangelware gewesen. Inzwischen aber machte der Ort einen geradezu verödeten Eindruck, die von zwei Häuserzeilen gesäumte, trostlose Hauptstraße wirkte wie ausgestorben. Bei dem Anblick wurde ihm schlagartig klar, warum Sarah Francis regelmäßig den weiten Weg bis Small Plains gefahren war, um als Putzhilfe zu arbeiten. Das hatte nichts mit ihrem Ruf in ihrer Heimatstadt zu tun, sondern, soweit er das nachvollziehen konnte, allein damit, dass es hier schlicht nichts zu tun gab.

Wo ihre Familie wohnte, hatte er nicht in Erfahrung bringen können, aus Furcht, mit der Frage Argwohn zu erregen. Jetzt merkte er, dass das eigentlich nicht ins Gewicht fiel. Im ganzen Ort gab es nicht ein anständig aussehendes Haus. Sämtliche Einwohner schienen am Rande der Armut zu leben oder bereits völlig verarmt zu sein. Zusammen mit der üblen Familie gab es also reichlich Gründe für ein Mädchen, diesem Nest entfliehen zu wollen. Sarahs Erklärung, warum sie im Haus der Newquists lebte, mochte nicht vollkommen überzeugend geklungen haben, aber das konnte auch damit zusammenhängen, dass sie sich ihrer Herkunft und ihrer derzeitigen Lage schämte.

Ich hätte ihr glauben sollen, dachte er und bekam ein schlechtes Gewissen.

Er wendete den Wagen und fuhr wieder nach Hause. Zwei Tage darauf nahm er all seinen Mut zusammen und schaute ein weiteres Mal bei ihr vorbei.

«Ich habe mir überlegt, ob du vielleicht irgendwas brauchst, das ich dir besorgen könnte?»

«Na ja, Mrs. Newquist versorgt mich zwar mit Lebensmitteln, aber ... Ja, da gibt es schon ein paar Sachen, um die ich sie nicht so gerne bitten möchte.»

Sie stellte ihm eine kurze Liste zusammen, hauptsächlich etwas teurere Lebensmittel, die er ihr umgehend in einem Supermarkt in einer anderen Ortschaft in der Gegend besorgte, wo ihn niemand kannte und sich womöglich fragen konnte, wieso der Sohn des Sheriffs unter anderem Frauenzeitschriften und tiefgekühlte Diätmenüs einkaufte. Es freute ihn, sich nützlich machen zu können, und dass sie ihn bat, diese speziellen Sachen zu besorgen, vermittelte ihm sogar ein gewisses Gefühl von Vertrautheit mit ihr. Als er ihr die Einkäufe aushändigte und sie ganz vergaß, ihn nach seinen Auslagen zu fragen, machte ihm das nichts aus. Nach dem beklemmenden Abstecher nach Franklin wollte er ihr gern helfen. Wenn er danach für sie Besorgungen machte, hatte er zunehmend das Gefühl, nicht er tue ihr damit einen Gefallen, sondern eher umgekehrt. Schließlich gab sie ihm die Möglichkeit, ihr etwas Gutes zu tun.

22

Randie hob den Kopf und schaute sich verwundert in Sam's Pizzeria um, wo die Freundinnen um einen großen runden Tisch herum saßen. «Werde ich blind, oder ist es hier drinnen auf einmal stockduster geworden?»

«Dir fehlt nichts», beruhigte Abby sie. «Guckt mal raus, Leute.»

Alle wandten brav den Blick zur Fensterfront, die auf die Hauptstraße hinausging. Die Autos draußen fuhren mit angeschaltetem Licht, obwohl die Sonne noch längst nicht untergegangen war. Genau in dem Moment ließen sich die ersten Regentropfen vernehmen, die gegen das Fenster klatschten.

«Sieht aus, als hätten wir es gerade noch rechtzeitig vor dem Wolkenbruch hierher geschafft», bemerkte Ellen.

Vor ihnen auf dem Tisch stand eine extragroße Pizza mit dünner Kruste und doppelt Käse, dick mit allem belegt und von Cerule großzügig mit scharfen Chiliflocken bestreut. Die drei Frauen, die keine Pflichten als Bürgermeisterin oder Bestattungsunternehmerin wahrzunehmen hatten, hatten Bier vor sich stehen, während Ellen und Susan, die jederzeit wegen eines Notfalls gerufen werden konnten, Eistee tranken. Die Freundinnen hatten ihre Mahlzeit halb beendet, als die Lampen im Restaurant auf einmal flackerten.

«Hui», sagte Susan, «die Sorte Wetter mag ich besonders gern.»

«Typisch», sagte Cerule und schnaubte abfällig. «Du magst ja auch Leichenhallen.»

«Nein, im Ernst», beharrte Susan. «Findet ihr es nicht auch toll, wenn es draußen auf einmal so dunkel und unheimlich wird? Ich finde das aufregend, als ob alles passieren könnte.»

«Ja, klar, wir könnten zum Beispiel jeden Augenblick weggepustet werden», konterte Cerule.

Wie gerufen trat auch schon die Geschäftsführerin des Lokals an ihren Tisch. «Es hat eine Tornadowarnung gegeben, meine Damen. Sollte es zu einem Alarm kommen, können wir im Keller Schutz suchen.» Sie lächelte in die Runde. «Falls es Ihnen nichts ausmacht, auf Kisten voller Tomatensoße zu sitzen.»

Als sie zum nächsten Tisch weiterging, bemerkte Randie: «Wenn bei dem Tornado die Büchsen mit Tomatensoße kaputtgehen, wird jeder denken, es hätte ein Blutbad gegeben.» Alle am Tisch lachten, und dann kehrten sie zu dem Gesprächsthema zurück, das die Runde bisher in Atem gehalten hatte. «Was glaubt ihr, was hat er all die Jahre über so getrieben?»

«Er ist Anwalt, habe ich gehört», sagte Cerule.

«Wirklich?» Abby starrte sie über den Tisch hinweg an. «Das ist mir ja ganz neu.»

«Und ich habe gehört, er macht irgendwas mit Immobilien», meldete sich Susan.

Ellen schaltete sich ein. «Wir wissen, dass er geheiratet und ein Kind bekommen hat, stimmt's, Abby?» Nadine hatte dafür gesorgt, ihre Mutter zumindest das wissen zu lassen. «Einen Sohn, im Jahr bevor Mom gestorben ist. Und wir wissen, dass er sich irgendwann in Kansas City niedergelassen hat. Und er sieht immer noch besser aus, als ihm eigentlich zusteht.»

Die Frauen waren sich einig. Ein Mann, der sich nicht einmal zur Beerdigung seiner Mutter blicken ließ, war ein gefühlloser, selbstsüchtiger, mieser Schuft. Während sie eifrig weiter über seine Unzulänglichkeiten debattierten, bekamen sie gar nicht mit, wie sich das Wetter verschlechterte.

In der Dienststelle des Sheriffs ging um 19.10 Uhr der Anruf eines Hobby-Sturmjägers ein, der die Sichtung eines Tornadorüssels einen Kilometer westlich des Highway 177 meldete, unweit der Bundesstraße 12. Fünf Minuten später hieß es, er habe Bodenkontakt. Exakt sechzehn Sekunden lang bewegte sich der Tornado über den Erdboden und stieg dann wieder hoch in die Luft. Der Sturmjäger folgte dem Tornado in seinem Wagen und hielt über Handy und Funk Kontakt.

Um 19.22 Uhr meldete er, der Wirbel bewege sich «in der Luft, über dem Friedhof, Richtung Südwesten, mit einer Geschwindigkeit von etwa fünfundzwanzig Kilometern in der Stunde».

Schon nach der ersten Meldung war Rex klar, dass der Bodenkontakt des Tornados ungefähr bei Abbys Haus stattgefunden hatte. Da er sie weder zu Hause noch über Handy erreichen konnte, hastete er zu seinem Wagen und raste zur Stadt hinaus, um bei ihr nach dem Rechten zu sehen. Unterwegs erreichte ihn die Meldung, der Tornado habe unvermutet die Richtung geändert und komme jetzt auf ihn zu, Richtung Südosten, ungefähr auf der gleichen Strecke, die er jetzt in Richtung Nordwesten fuhr. Nach Südosten? Rex war entgeistert. Tornados zogen nie nach Südosten, immer nach Nordosten. Dann sah er, wie der Tornado etwa zwei Kilometer vor ihm aus den Wolken hervorbrach. Was zum Teufel trieb dieser Sturm? Wenigstens hatte er momentan keinen Bodenkontakt mehr.

Der Tornadoschlot befand sich hoch oben in der Luft,

aber er hatte den Eindruck, als sinke er mit jeder Sekunde tiefer zur Erde. Dann spaltete sich der Tornado auf einmal und bildete Zwillingsrüssel.

Verdammter Mist, dachte Rex.

Die beiden Rüssel konnten sich wieder vereinen, oder einer oder gar beide konnten Bodenkontakt haben. Möglich war aber auch, dass beide wieder hinauf in die Wolken entschwanden, ohne Schaden anzurichten.

Falls der Tornado sich immer noch mit fünfundzwanzig Kilometern in der Stunde bewegt …

Und er nur noch zwei Kilometer entfernt ist …

Inzwischen wohl eher weniger …

Eine schützende Unterführung war nirgends in Sicht, ebenso wenig Abfahrten in eine sichere Richtung. Wenn er einfach von der Straße ab- und dann querfeldein fuhr, müsste er dabei Zäune durchbrechen, und das würde seinen Etat später sehr teuer zu stehen kommen. Falls der Tornado allerdings seinen Wagen erfasste und davonwirbelte, konnte wohl nicht einmal der für den Bezirk zuständige Versicherungsprüfer Einwände erheben. Sich während eines Tornados in einem Fahrzeug aufzuhalten war allerdings alles andere als ratsam.

Rex lenkte seinen Geländewagen auf den Seitenstreifen des Highways.

Der erste Hagel setzte bereits ein, als er aus dem Wagen hechtete und sich in den Entwässerungsgraben parallel zur Straße warf, wo er sich die Jacke bis über den Kopf zog, um sich notdürftig vor dem Hagel, dem Regen und umherfliegenden Trümmern zu schützen.

«Es wird ernst, meine Damen», teilte ihnen die Geschäftsführerin von Sam's Pizzeria mit und wandte sich dann mit lauter Stimme an ihre übrigen Gäste. «Ein Tornado wurde gesichtet, er bewegt sich direkt auf uns zu! Bitte folgen Sie mir, alle! Alle runter in den Keller, sofort!»

«Ja, sicher», spottete Randie, während eine Touristin hörbar erschrocken «Tornado?» rief. Randie sah ihre Freundinnen an und fuhr betont gelangweilt fort: «Wie oft haben wir das schon gehört?» Sie biss seelenruhig in ein Stück Pizza, als hätte die Geschäftsführerin gar nichts gesagt. «Wisst ihr, was ich finde? Ich finde, Rex lässt diese verflixte Sirene ein bisschen zu oft heulen. Nehmt ihr das noch ernst? Das Ding heult ja schon los, wenn in der Stadt einer nur zu laut atmet, ich schwör's! Habt ihr das auch gehört, als es neulich nachts losging? Am Ende bin ich zwar wach geworden, aber ich habe mich nur auf die Seite gedreht und weitergeschlafen.»

«Genau!» Susan griff nach den Chiliflocken, während die ersten Gäste der Aufforderung der Geschäftsführerin hektisch Folge leisteten. Andere Leute im Lokal blieben sitzen und aßen in Ruhe weiter, wie die fünf Freundinnen. «Als würde ständig blinder Alarm gegeben. Eines Tages erwischt uns ein richtiger Tornado, und wir beachten die Warnung nicht und kommen alle um.»

«Wäre doch gut fürs Geschäft, oder?», witzelte Cerule.

Susan warf ihr einen vernichtenden Blick zu, aber Cerule zwinkerte ihr nur zu.

«Rex würde die Sirene nicht heulen lassen», sprang Abby für ihn in die Bresche, «wenn es dafür nicht gute Gründe –»

«Holla», fiel Cerule ihr unvermittelt ins Wort. Sie schaute gebannt zu einem der großen Fenster nicht weit von ihrem Tisch, und die anderen folgten ihrem Blick.

«Au Backe», hauchte Randie. «Diesmal könnte es wirklich ernst werden.»

Alle wechselten beklommene Blicke. Ohne viele Worte

ließen sie Essen und Getränke stehen und schoben ihre Stühle zurück.

Abby eilte ans Fenster, um zu sehen, was draußen los war. Sie schaute erst nach oben, dann die Straße hinauf und hinunter. Der Abendhimmel hatte eine merkwürdig gelbgrünliche Färbung angenommen. Sie drehte sich um. «Die Wolken solltet ihr euch anschauen.» Jetzt standen auch die vier anderen Frauen auf und kamen ans Fenster. Die schwarzen Wolken direkt über ihnen machten einen öligen, brodelnden Eindruck. Erste Hagelkörner knallten gegen die Fensterscheiben.

«Gut, ich glaub's jetzt», sagte Randie und drehte sich um, um sich in Sicherheit zu bringen.

Abby, Ellen, Mary und Cerule eilten ihr nach, auf die Geschäftsführerin zu, die an der Kellertür Nachzügler wie sie armwedelnd die Treppe hinunterscheuchte. Während sie sich der offenen Tür näherten, stieß Cerule Abby den Arm in die Seite. Abby sah sie fragend an, und Cerule deutete mit dem Kopf zur Kasse hinüber.

Dort sah Abby Jeff Newquist, den siebzehnjährigen Adoptivsohn des Richters, der in der Stadt gerne herzlos als «der Ersatzsohn» bezeichnet wurde. Jeff war ein hoch aufgeschossener, schlaksiger Junge mit scharfen Gesichtszügen, braunen Augen und langen dunklen Haaren, die er gewöhnlich zu einem Pferdeschwanz gebunden hatte, der ihm viel Spott bei den hiesigen Cowboys eintrug. Die beiden Freundinnen beobachteten ihn, und Abby schnappte unvermittelt nach Luft. «Habe ich mich getäuscht, oder hast du das gerade auch gesehen?», flüsterte sie.

Cerule sah sie bestürzt an und nickte.

Jeff Newquist, der mit zwei Kumpels eine Pizza essen gegangen war und jetzt wie alle anderen auf den Keller zustrebte, hatte soeben mehrere Schokoriegel von einem

Ständer auf dem Kassentresen genommen und sich in die Jackentasche geschoben. Ein Riegel rutschte ihm dabei aus der Hand und landete auf dem Boden vor seinen Freunden, von denen einer kurz auflachte. Jeff sah sich im Lokal um und blickte Abby kurz direkt ins Gesicht. Dann drehten sich die drei Jungen unvermittelt um und gingen zum Ausgang.

«Hey!», schrie Cerule ihnen nach, und auch die Geschäftsführerin rief: «Nein, Jungs, geht da nicht raus!»

Die Jungen aber lachten nur, schlugen sich die Jackenkragen hoch und liefen hinaus auf die Straße, wo jetzt die Regentropfen größer wurden und der Wind an Stärke zunahm.

An der Kellertür wandte Ellen sich aufgebracht an die Geschäftsführerin. «Haben Sie das gesehen, die haben doch glatt ein paar Schokoriegel mitgehen lassen!»

Die Geschäftsführerin seufzte nur. «Das wäre nicht das erste Mal. Muss schön sein, der Sohn des Richters zu sein.»

Die Freundinnen quetschten sich die Kellertreppe hinunter, den anderen Gästen hinterher. Gedämpftes Stimmengewirr erfüllte den Abstellraum, während alle gleichzeitig zum Handy griffen und bei Kindern, Ehemännern und -frauen daheim und in den Büros anriefen, um zu hören, ob alles in Ordnung war. Manche, die bei ihren Anrufen niemanden erreichten, sahen besorgt aus. In dem nur schwach erhellten Raum herrschte eine beklommene Stimmung. Als die Freundinnen sich auf den Kartons niedergelassen hatten und selbst ihre Handys herausholten, um bei sich zu Hause anzurufen, fiel ihnen auf, dass Abby nicht mitgekommen war.

«Abby?» Ihre Schwester Ellen stand auf, und in dem Moment überschlugen sich die Ereignisse. Ein knallender Donnerschlag ertönte, scheinbar direkt über ihren Köpfen, unmittelbar darauf blitzte es, und dann fiel der Strom aus. Mit einem Schlag war es stockfinster im Keller. Als sich von oben ein lautes Krachen vernehmen ließ, stockte allen vor Schreck der Atem, einige Frauen schrien auf vor Angst. In der Finsternis begann ein Kind zu weinen.

Statt zum Keller zu laufen, war Abby noch einmal zum Fenster zurückgekehrt, um einen letzten Blick auf das Unwetter zu werfen. Dann aber vermochte sie sich nicht von dem Anblick loszureißen, den die Hauptstraße ihrer Stadt bot. Die Augenblicke unmittelbar vor und direkt nach einem Gewitter übten schon immer einen besonderen Zauber auf sie aus. Sie liebte das diffuse Licht, in dem alles irgendwie unheimlich und unnatürlich schön aussah.

Während sie gebannt hinausschaute, sah sie, wie die drei Jungen auf einen Pick-up zuliefen, hastig einstiegen, rasant mitten auf der Straße wendeten und losfuhren, dem Unwetter direkt entgegen. Allein beim Zuschauen bekam sie heftiges Herzklopfen. Am liebsten hätte sie den Wagen hinten an der Stoßstange gepackt und sie zurückgeholt.

Auf der Straße waren noch weitere Autos unterwegs, und sogar einige Fußgänger. Der eigentliche Regenguss hatte noch nicht eingesetzt, aber es konnte jederzeit losgehen. Dann würde dieser eigenartige, schwebende Moment voller Schönheit vorbei sein.

Warum ist Mitch bloß so lange fortgeblieben?

Abby hatte gedacht, er liebte ihre Heimatstadt ebenso sehr wie sie. Wie oft hatten sie früher darüber gesprochen, dass sie hier bleiben wollten, wo ihre Familien schon seit so langer Zeit zu Hause waren.

Ihr graute so sehr vor einem Wiedersehen, dass sie allein bei der Vorstellung einen trockenen Mund bekam und innerlich zitterte. Sie wusste weder, was sie sagen, noch, wie sie sich verhalten sollte. Vermutlich wäre sie wie gelähmt. Vielleicht sollte sie ihn aggressiv zur Rede stellen: Wie konntest du das bloß tun, verdammt? Wo warst du bloß all die Jahre? Aber falls sie nun in Tränen ausbrach, was ihr oft passierte, wenn sie wütend war? Das wäre peinlich und demütigend.

Vielleicht sollte sie betont kühl bleiben.

Ja, klar, dachte Abby sarkastisch, nichts leichter als das. Ganz bestimmt würde sie kühl bleiben, wenn sie Mitch zum ersten Mal nach siebzehn Jahren wiedersah. Die Chancen dafür standen in etwa so gut wie die von Rex' Deputys, zur forensischen Weiterbildung nach Miami geschickt zu werden.

Vielleicht sollte sie ihm ganz aus dem Weg gehen. Er war nur auf Besuch hier, vermuteten ihre Freundinnen. Und Besuche dauern nicht ewig. Besucher reisen auch wieder ab.

Abby betrachtete das Glitzern des Asphalts draußen auf der Straße, blickte durch Schaufenster in die Verkaufsräume von Läden, so unwirklich grell erleuchtet, dass deutlich Regale und Waren, Farben und Formen zu erkennen waren.

Und immer noch rührte sie sich nicht vom Fleck, nicht einmal, als sie hörte, wie die Kellertür hinter ihr geschlossen wurde.

Draußen wurde es noch dunkler, wodurch sich die Szenerie wieder veränderte. Im gespenstisch grünlichen Licht mutete alles schärfer akzentuiert an, als hätte ein Maler alle Gebäude mit schwarzen Umrisslinien versehen, die ihnen etwas Irreales verliehen. Abby fand den Anblick immer noch schön, auf eigentümliche Weise, wie das Bild eines geisteskranken Künstlers. Kuriose Details fielen ihr ins Auge, seltsam angeordnete Schilder, die sie noch nie zuvor wahrgenommen hatte. Die grotesken Fassadenfiguren am Bankgebäude an der Ecke, das aus dem neunzehnten Jahrhundert stammte, schienen sich auf ihren Podesten zu regen, ihre vorquellenden Augen glotzten böse.

In dem eigenartigen Licht wirkte ihre Heimatstadt seltsam verletzlich.

Weil sie verletzlich ist, dachte Abby und schauderte insgeheim.

Small Plains mochte noch besser dastehen als viele andere Kleinstädte, doch durch eine einzige Katastrophe konnte sich das jederzeit ändern. Die Ladenlokale an der Hauptstraße waren größtenteils vermietet, in den fünf Häuserblocks, die die Hauptstraße zu beiden Seiten säumten, standen lediglich drei Geschäfte leer. Als Bürgermeisterin hatte Ellen die Eigentümer dazu überreden können, die Schaufenster zur Anbringung städtischer Bekanntmachungen zur Verfügung zu stellen, so waren wenigstens die trostlosen, verstaubten Räumlichkeiten dahinter verborgen. Die «Zu verkaufen»-Schilder waren so diskret wie möglich angebracht.

Drei Leerstände waren für eine alte Stadt dieser Größe wirklich nicht viel, hinzu aber kamen noch die Geschäfte, die mit Schwierigkeiten zu kämpfen hatten. Abby kannte mindestens ein Dutzend, die sich gerade so durchwursteln. Als Inhaberin eines Kleinbetriebs wusste sie selbst, was für ein Kampf es war, sich über Wasser zu halten. Ob die Inhaber der betreffenden Geschäfte ausreichend versichert waren, wagte sie zu bezweifeln. Falls ein Tornado mitten durch die Hauptstraße fegte, könnte das Folgen zeitigen, denen sie womöglich nicht gewachsen wären.

Dann wäre alles aus …

Da sah Abby draußen etwas. Ein alter Mann kam gerade aus dem Wagon-Wheel-Café, oder er versuchte es zumindest.

Entsetzt verfolgte sie, wie ihn ein heftiger Windstoß traf, der ihn rücklings gegen die Backsteinmauer des Gebäudes

214

drückte. Abby stürzte von dem großen Fenster weg zur Tür, um ihm zu Hilfe zu eilen, als sich auf einmal die Härchen an ihren Armen sträubten und ihr ein Schauer über die Kopfhaut rieselte. Unmittelbar darauf schlug ein Blitz in das Transformatorenhäuschen einen halben Häuserblock entfernt ein, tauchte den Himmel in gleißend grünes Licht und sorgte dafür, dass die Innenstadt in Finsternis versank. Der Blitz prallte vom Transformatorenhäuschen ab, schoss waagerecht über Sam's Pizzeria hinweg und traf den Laternenmast davor, der in der Mitte einknickte. Die obere Hälfte krachte durch die Fensterfront, genau dort, wo Abby Augenblicke zuvor noch gestanden hatte. Vom Blitz geblendet taumelte sie gegen einen Tisch, der mit ihr zusammen zu Boden polterte. Hinter ihr flogen Glassplitter umher, Schrapnellen gleich. Der Querträger des Laternenmastes war ein Stück hinter ihrem Kopf gelandet, Stromleitungen hingen wirr über die Tische. Abby kam versehentlich gegen ein frei gelegtes Kabelende und merkte erst dann, dass es keinen Strom führte. Staunend stellte sie fest, dass sie noch am Leben und sogar unversehrt war. Um sie herum roch es zwar verbrannt, aber es war kein Feuer ausgebrochen. Als ihr voll zu Bewusstsein kam, dass sie gerade ein Stromkabel von wer weiß wie vielen tausend Volt berührt hatte, wurde ihr speiübel. Um sicherzugehen, dass die Leitungen wirklich keinen Strom mehr führten, las sie Pizzastückchen vom Boden auf und warf sie auf verschiedene Kabelstellen. Da sich nichts tat, weder Funken sprühten noch Knistern zu vernehmen war, schloss sie, dass sie die Kabel gefahrlos beiseite räumen konnte. Mit einem Stuhl in der Hand schuf sie eine Gasse durch die Kabelstränge, damit die anderen aus dem Keller nicht zu Tode erschraken, wenn sie wieder nach oben kamen. Auch konnten die Kabel auf einmal wieder Strom führen und eine tödliche Gefahr darstellen.

Sie wollte die Kellertür öffnen, aber ein Stück Lichtmast hatte sich zwischen ihr und dem Tresen so verkeilt, dass sie nicht zu bewegen war.

Da unten sind sie wenigstens in Sicherheit, hoffte sie. Einstweilen zumindest.

Ihr Versuch, durch lautes Rufen Kontakt durch die Tür aufzunehmen, scheiterte. Der Sturm übertönte mit seinem Tosen mittlerweile alles.

Sie probierte, Rex per Handy anzurufen, aber das Netz war tot.

Abby stemmte sich mit aller Kraft gegen die Restaurant-tür, um sie trotz des Windes zu öffnen und dem alten Mann draußen auf der Straße zu Hilfe zu eilen.

23

Der Name «Cotton Creek Ranch» prangte nach wie vor über dem Eingangstor, das Ranchhaus stand unverändert in einer Senke am Ende der Auffahrt, und die Schlüssel lagen an derselben Stelle wie früher. Als Mitch durch die Tür trat, musste er jedoch feststellen, dass das Haus sich in einem Zustand befand, den seine Mutter nie und nimmer geduldet hätte. Bierdosen standen überall herum, die meisten leer, manche noch halb voll. Die Möbel, die seine Mutter so penibel gepflegt hatte, waren in Unordnung, Stühle aus dem Esszimmer standen oder lagen umgekippt im Wohnzimmer herum, während die Polster von Sofa und Sesseln wild auf dem Boden verstreut lagen.

Das Haus stank wie eine Kneipe. Offenbar war ewig nicht gelüftet worden.

Die beiden Schlafzimmer im hinteren Teil des kleinen Hauses fand er in einem ähnlich traurigen Zustand vor: Laken und Decken lagen verknüllt auf den Betten, die Teppichböden waren voller Flecken, die Möbel klebrig von angetrockneten Bierspuren. Den Blick in die Badezimmer hätte er sich am liebsten ganz erspart.

Mitch kam kurz der Verdacht, sein Vater könnte das Haus mitsamt Einrichtung nach dem Tod seiner Mutter verkauft haben. Er erwog schon, wieder kehrtzumachen und die Schlüssel zurück in das Versteck zu legen, als ihm einige Familienfotografien ins Auge fielen, darunter sogar eine von ihm als kleinem Jungen. Daneben stand ein alter Aktenschrank, in dem vergilbte juristische Dokumente aufbewahrt wurden – nie und nimmer hätte sein Vater die Fotos oder Dokumente in fremde Hände gelangen lassen.

Mitch riss alle Fenster auf und öffnete die Haustür sowie die Tür zum Garten hin.

Waren Jugendliche eingebrochen und hatten hier Partys gefeiert? In dem Fall hatten sie gewusst, wo die Schlüssel versteckt lagen, denn weder die Türschlösser noch die Fenster zeigten Einbruchsspuren.

Er machte eine Packung Mülltüten ausfindig und fing an, die Bierdosen einzusammeln.

Bald schon merkte er, dass ihm vieles entfallen war, das untrennbar zum Leben auf dem Land gehörte. Zunächst einmal das Wasser. Er hatte vergessen, dass die kleine Ranch nicht an die städtische Wasserversorgung angeschlossen war, und so überraschte ihn das erste Glas Wasser mit seinem intensiv mineralischen Geschmack.

Für das Putzen, Wischen und Schrubben verbrauchte er viele Eimer von diesem Wasser. Doch die schweißtreibende Arbeit hob seine Stimmung. Das Haus begann wieder so auszusehen, wie er es in Erinnerung hatte.

Als nach zwei Stunden Aufräumen und Saubermachen neun prall gefüllte Mülltüten draußen an der Hauswand lehnten, schloss er Fenster und Türen wieder, stellte die Klimaanlage an, stopfte eine letzte Ladung Handtücher in die Waschmaschine und machte sich, weil er auf einmal heftigen Hunger verspürte, in der Küche auf die Suche nach etwas Essbarem. Im Kühlschrank befanden sich nur eine Dose Bier und ein Glas mit schimmeliger Salsasoße, aber im Küchenschrank fand er alte Konserven, exotische Feinschmeckerkost, für die sein Vater von jeher eine Schwäche hatte: kleine Büchsen mit Ölsardinen, die über zehn Jahre alt sein mochten, alle möglichen Sorten Senf, die mit Sicherheit nicht aus hiesigen Lebensmittelläden stammten, Silberzwiebeln und diverse Sorten Leberpastete in Dosen.

Richtig. Hier hatten ja Cocktailpartys stattgefunden, fiel ihm ein, mit den alten Freunden. Den Shellenbergers, den Newquists und den Reynolds.

Während die sechs Erwachsenen in fröhlicher Runde gebechert und Karten gespielt hatten, hatten er, Rex, Abby und Patrick draußen im Garten gespielt. Bei der Erinnerung daran sah er spontan wieder die Szene vor sich, die er am Morgen zwischen Abby und Patrick beobachtet hatte. Sein Magen zog sich schmerzhaft zusammen, und er hatte das Gefühl, dringend an die frische Luft zu müssen.

Mitch trat durch die Haustür auf die Veranda und ging ein paar Schritte in den Vorgarten, wo er stehen blieb und sich umsah. Dabei erblickte er etwas, das er unfassbarerweise ebenfalls vergessen hatte: das dramatische Schauspiel eines heraufziehenden Gewitters.

«Wow», entfuhr es ihm spontan.

Von Südwesten sah er eine Unwetterfront heraufziehen, schwarz, mächtig und dräuend. Seit er seine Heimatstadt verlassen musste, hatte er nichts Vergleichbares mehr gesehen. Mein Gott, dachte er, ist mir so etwas früher ganz normal vorgekommen? Habe ich das damals für nichts Besonderes gehalten? Eine den ganzen Himmel einnehmende schwarze Wolkenfront rollte heran, die so hoch aufragte, dass er den Kopf weit zurücklegen musste, um ihren Anfang zu sehen. Auch in der Stadt waren mitunter dramatische Wolkenformationen zu sehen, aber dem Vergleich mit diesem überwältigenden Anblick hätten sie nie und nimmer standhalten können. Er konnte die gesamte Gewitterfront überblicken, die unaufhaltsam auf ihn zurückte.

Es war schon ganz nah, durchfuhr es ihn plötzlich. Der Wind frischte bereits merklich auf.

Jetzt konnte er Blitze sehen, gefolgt von Donnergrollen.

Es war atemberaubend. Wie er all die Jahre ohne dieses

Spektakel hatte leben können, war ihm rätselhaft. Er hatte den Eindruck, mit schierer Energie konfrontiert zu sein – was wohl, überlegte er, in gewisser Weise auch zutraf –, und spürte, wie sich etwas von dieser knisternden Energie auf ihn übertrug. Es war ein aufregendes Gefühl. Im Süden lag ein Teil der Landschaft bereits in tiefster Finsternis, dort war nichts mehr zu erkennen. Dann donnerte es ohrenbetäubend, ein Blitz zuckte zur Erde, der die Szenerie im Süden in grelles Licht tauchte. In diesem einen unglaublichen Augenblick konnte er Vieh auf den Weiden stehen sehen, das im nächsten Moment wieder verschwunden war, verschluckt von der Finsternis der Gewitterwolken.

Einmal, nur ein einziges Mal, hatte er als Junge einen Tornado gesehen. Hätten er und Rex damals schon Auto fahren können, hätten sie die Verfolgung aufgenommen.

Von da an hatten sie fieberhaft die Unterseite jeder Gewitterwolke abgesucht, in der Hoffnung, noch einmal jene typische brodelnde, strudelnde Bewegung zu entdecken, die gespenstische Färbung, die an Motoröl erinnerte. Jedes Mal beteten sie, der Sturm möge sich zu der vollen, grollenden Wucht eines Tornados steigern, doch sie wurden nie erhört. Freunde von ihnen behaupteten zwar, schon viele Wirbelstürme gesehen zu haben, aber Rex und Mitch war nie mehr ein ähnlicher Moment vergönnt.

Mitch traute seinen Augen kaum, als er südwestlich von sich sah, wie sich ein Tornadorüssel zu bilden begann. Ein Stückchen schwarze Wolke senkte sich, hob sich wieder, senkte sich erneut, diesmal tiefer. Er erkannte die unverwechselbare Rüsselform.

Allmächtiger!, schoss es ihm durch den Kopf. Was sollte er tun? Den Notruf wählen? Das Wetteramt anrufen? Zusehen, dass er aus dem Vorgarten verschwand und Schutz im Sturmkeller hinter dem Haus suchte?

Das würde er nicht tun, das wusste er.

Der Sturmkeller war ihm lebhafter in Erinnerung, als ihm lieb war. Da seine Mutter zur Klaustrophobie neigte, hatte sie seinen Vater gedrängt, einen Keller anlegen zu lassen, der ungewöhnlich geräumig war. Statt der üblichen nackten Lehmwände hatte sie auf sauber zementierten Wänden bestanden und auf einer Deckenhöhe, die weniger an ein Grab als an ein richtiges Zimmer denken ließ. Sogar eine Toilette und ein Waschbecken hatte sie einbauen lassen, und Strom gab es auch. Darüber konnte man lächeln, bis man dann in den Keller flüchten musste, weil über der Prärie ein Tornado wie dieser im Anmarsch war.

Er und alle seine Freunde hatten als Kinder einen Horror vor Sturmkellern; die unterirdischen Unterschlupfe mit den nackten Glühbirnen und den alten, splittrigen Holztüren waren einfach zu gruselig. Am meisten graute allen immer bei der Vorstellung, in so einem Keller eingeschlossen zu werden. Auch jetzt noch, als Erwachsener, sträubte sich alles in ihm dagegen, sich in so ein feuchtes, dunkles, kahles Loch zu sperren, wo niemand ihn je finden würde. Da kein Mensch wusste, wo er war, würde man ihn noch nicht einmal suchen.

Während er noch unschlüssig dastand, zog die Wolke mit dem Tornadoschlot auf einmal von ihm fort und schwenkte nach Südosten ab. Für ihn bestand nun keine Gefahr mehr, er konnte das Schauspiel in aller Ruhe betrachten. Da wechselte der Tornado unvermittelt wieder die Richtung und raste nach Nordosten, schnurgerade und tödlich.

Ihm wurde bewusst, dass der Tornado sich genau auf Abbys Grundstück zubewegte. Ohne die innere Stimme zu beachten, die ihn vor diesem Irrsinn warnte, rannte er zu seinem Auto, sprang hinein, startete den Motor und raste in die Richtung, in die sich der Tornado soeben bewegte.

Die Gesetzeshüterin in dem Streifenwagen bemühte sich, den Friedhof noch vor dem herannahenden Sturm restlos zu räumen. Das Mädchen mit dem Rollstuhl in ihrem Kastenwagen hatte nicht vor, sich diesem Ansinnen zu widersetzen. An diesem, dem zweiten Tag ihres Besuchs hatte sie darauf verzichtet, das Grab aufzusuchen, und war im Auto sitzen geblieben. Die Beamtin fuhr über den Friedhof, hielt bei allen Besuchern kurz an, deutete hoch zu den Wolken und forderte sie auf, den Friedhof zu verlassen. Um zum Ausgang zu gelangen, mussten alle in einer Kolonne zuerst ans Ende der Friedhofsstraße und dann in einem Bogen zurückfahren. In Sichtweite eines großen Geräteschuppens neben der Strecke überfiel Catie Washington plötzlich heftige Übelkeit. Ihr blieben, das wusste sie, nur noch wenige Sekunden, bevor sie nicht mehr in der Lage wäre, zu fahren. Kurzerhand scherte sie aus der Kolonne aus, bog in den Kiesweg ein, der zu dem Schuppen führte, und kurvte um das Gebäude herum, damit niemand mitbekam, wie sie sich übergab. Sie war gezwungen, eine ganze Zeit lang hinter dem Schuppen zu verbringen.

Schließlich fühlte sie sich wieder halbwegs in der Lage, ihren Wagen zu steuern. Ihre Hände zitterten, sie war schweißüberströmt und hatte einen säuerlichen Geschmack nach Erbrochenem im Mund, war aber gleichzeitig dankbar, wie immer, wenn das Schlimmste überstanden war.

Inzwischen hatte heftiger Regen eingesetzt.

Catie schaltete erst ihre Scheibenwischer und dann die Scheinwerfer an. Obwohl es unablässig dunkler zu werden schien, konnte sie das schwarz-grünliche Strudeln in den Wolken direkt über ihr gut erkennen. Die Polizistin hatte von einer Tornadowarnung gesprochen. Jetzt verstand Catie, wie berechtigt diese Warnung war. Ein Tornadoschlot hatte sich zwar noch nicht gebildet, aber beim Blick in die Wolken sah sie nur zu deutlich, was gleich passieren konnte. Noch ganz benommen vor Übelkeit, fuhr sie im strömenden Regen wieder auf die einspurige Friedhofstraße zu, bog dann aber irrtümlich nach links ab statt nach rechts.

Nun näherte sie sich der Anhöhe, auf der die Jungfrau begraben lag.

Die Luft hatte jetzt eine gelb-grünliche Farbe; trotz der Dunkelheit war der Farbwechsel deutlich zu erkennen. Sie fühlte das Vakuum heranziehen, die Stille im Zentrum des Tornados. Unter dem dunkelsten Abschnitt des Gewitters war die Bewegung der Wolken gerade noch zu verfolgen. Sie kräuselten sich, stießen in die Luft unterhalb vor, gerieten in rotierende Bewegung, und dann sah sie den Tornado, ein paar hundert Meter entfernt.

Direkt auf der Anhöhe parkte sie.

Ohne nachzudenken oder sich darüber im Klaren zu sein, was sie da tat, geschweige denn, warum sie es tat, stieß das Mädchen die Wagentür auf. Mittlerweile hagelte es kleine harte Körner, die auf ihren geschwächten Körper einprasselten und ihr Schmerzen zugefügt hatten, wenn sie in dem Moment noch zu einer anderen Empfindung imstande gewesen wäre. Doch das Verlangen, sich oben auf der Anhöhe dem Unwetter auszusetzen, war größer als jeder Schmerz. Sie strauchelte und stürzte, landete auf Händen und Knien auf dem vom Regen aufgeweichten, matschigen Weg. Regen und Hagel prasselten ihr auf den Rücken, der Wind zerrte brutal an ihr, während sie unbeirrt auf das Grab der Jungfrau zukroch.

Dort angelangt, streckte sie sich mit ausgebreiteten Armen auf der Erde aus, das Gesicht den Wolken zugewandt.

Die Bäume schüttelten ihre Äste und schwankten bedrohlich hin und her. Um sie herum war ein Heulen zu vernehmen, das sich zu einem lauten Grollen steigerte, als käme ein Zug auf sie zu. Sie fühlte sich wie eine tragische Heldin, die man quer über die Eisenbahngleise gebunden hatte, aber dieses Gefühl hatte sie schon seit Monaten, seit der Krebs sie langsam umbrachte. Nichts und niemand schien sie retten zu können.

Diesmal würde kein starker, gut aussehender Mann auf den Plan treten, um sie aufzuheben.

Die momentane Chemotherapie gegen ihre Hirntumore war bereits ihre dritte. Bei den ersten beiden Therapien hatte sie noch gewusst, dass die Tortur den Versuch wert war. Nach der dritten Diagnose aber überkam sie tiefe Mutlosigkeit. Eine Chemotherapie würde sie noch über sich ergehen lassen, erklärte sie ihren Ärzten, aber das wäre dann das endgültig letzte Mal. Während der beiden vorangegangenen Therapien hatte sie die Übelkeit mit allen Mitteln zu bekämpfen versucht, mit Akupunktur und Medikamenten, mit allem, was irgendwie half, und das schien eine Weile zu funktionieren.

Inzwischen funktionierte es nicht mehr, gar nichts funktionierte mehr. Die meiste Zeit über hatte sie Schmerzen und fühlte sich fürchterlich elend.

Jetzt lag sie da und beobachtete, wie sich unter den ölig schwarzen Wolkenschichten hoch über ihr in der Luft der Tornado bildete, wie der Schlot einmal zur Erde hinabsank und sich dann wieder emporhob, während er sich ihr stetig näherte. Als er sich direkt über ihr befand, hatte er an der Spitze einen Durchmesser von dreißig Metern.

Sie starrte direkt in seinen Schlund, wo sie die strudelnde Luftbewegung und auch Gegenstände sehen konnte, die im Inneren herumgewirbelt wurden. Das Tosen war ohrenbetäubend und Furcht erregend. Sie spürte, wie ihr Körper emporgehoben wurde, als würde sie schweben, und gleich wieder auf dem Boden landete. Dann begannen Dinge aus dem Tornado auf sie herabzufallen. Sie schloss die Augen und machte sich darauf gefasst, von ihnen getötet zu werden. Aber sie regneten ganz sanft auf sie und auf den Boden um sie herum nieder.

Als sie die Augen wieder aufschlug, stellte sie fest, dass sie über und über mit Blumen bedeckt war.

Die drei halbwüchsigen Jungen, die dem Tornado gefolgt waren, parkten auf der Straße gegenüber vom Friedhof. Einer von ihnen sprang aus dem Pick-up und rannte nach vorne zum Kühler, während seine Freunde im trockenen Wagen sitzen blieben.

«Spinnst du jetzt völlig?», war das Letzte, was er von ihnen hörte, bevor er die Wagentür zuschlug.

Während der Tornado in einiger Entfernung über ihm grollte, erkannte Jeff Newquist die sagenhafte Chance, die sich ihm bot: Er konnte Videoaufnahmen vom Inneren eines Tornados machen. Sicher, Regen und Hagel prasselten auf ihn nieder, der Wind zerrte heftig an ihm, aber das würde er schon überleben. Der Tornado war hoch genug, um ihm nichts anhaben zu können, und gerade niedrig genug, um ihm sein schwarzes Herz zu offenbaren.

Ein Tornado, wurde immer behauptet, höre sich an wie ein vorbeirollender Güterzug. Er hatte das Gefühl, diesem Zug direkt auf seiner Spur zu folgen.

Jeff lehnte sich gegen den Kühler des Pick-up, der seinem Freund gehörte, und fing an zu filmen. Zunächst nahm er etwas Himmel auf, als Einstieg, dann richtete er die Kamera auf das Auge des Sturms und zoomte sich näher. Die Linse vor seinem Auge vermittelte ihm ein trügerisches Gefühl von Sicherheit, und so folgte er dem Tornado im Laufschritt über den Highway bis auf den Seitenstreifen gegenüber, wo er sich gegen den Zaun lehnte, um Halt zu haben, während er weiter den dahinrasenden Tornado filmte.

Beim Blick durch den Sucher war ihm nicht ganz klar, was er da eigentlich sah. Ihm kam alles nur schwarz und nass vor. Einen kurzen Augenblick lang erfüllte ein seltsam grellgrünes Licht den Himmel und erleuchtete die Landschaft, als hätte ein Regisseur Scheinwerfer darauf gerichtet. Doch erst, als er wieder zu seinen Freunden in den Pick-up zurückgekehrt war und den Film, den er aufgenommen hatte, noch einmal laufen ließ, sahen er und seine Freunde, dass er lauter Zeug gefilmt hatte, das aus dem Tornadoschlot herabregnete. Um herauszufinden, was da wirklich heruntergefallen war – Trümmer von irgendeinem Haus? Zaunpfähle? Arme und Beine? Hunde und Katzen? –, sprang er aufgeregt wieder aus dem Pick-up und kletterte über den Friedhofszaun. Er wollte zu der Stelle laufen, auf die er seine Kamera gerichtet hatte.

Was er auf der Anhöhe vorfand, jagte ihm einen Mordsschrecken ein.

Zuerst dachte er, es sei eine Leiche, die aus dem Zentrum des Tornados auf die Erde gestürzt war. Dann dachte er, es handele sich um eine Tote, die aus einem frischen Grab gerissen worden war, denn wie sonst waren all die Blumen zu erklären, mit denen sie und der Boden rings um sie herum übersät waren?

Er hob seine Kamera und begann wieder zu filmen.

Als die Leiche sich bewegte, schrie er vor Schreck auf, hielt aber die Kamera weiter auf sie gerichtet. Jeff beobachtete, wie die Tote sich aufrichtete und aufstand, wobei Blumen zu Boden regneten.

Als er ganz sicher war, dass die Person lebte, lief er auf sie zu und schrie: «Was ist passiert?»

Die junge Frau schaute ihm nur mit benommenem Lächeln entgegen und deutete nach oben. Zum Himmel.

Erst jetzt bemerkte er, dass sie keine Haare hatte. Und furchtbar dünn war. Sie hätte sterbenskrank ausgesehen, wäre da nicht der verzückte, ungläubig staunende Ausdruck auf ihrem Gesicht gewesen.

«Wo kommen Sie her?», rief Jeff ihr zu.

«Aus Wichita», rief sie zurück und lachte.

«Wie heißen Sie?»

«Catie!» Voll überschwänglicher Freude breitete sie die Arme aus. «Ich heiße Catie Washington, und ich bin am Leben!»

Sie entfernte sich, seltsam ungelenk, wie ein Zombie, wenngleich ein verzückter Zombie. Jeff filmte, wie sie in ihren Wagen einstieg und davonfuhr.

Er rannte zum Pick-up zurück und zeigte das Material seinen Freunden, die staunend den auf Video gebannten Beweis eines «Wunders» betrachteten: Blumen, die aus einem tödlichen Tornado hinabregneten, eine junge Frau, die sich von einem Grab erhob und mit einem glücklichen Ausdruck auf dem ausgezehrten Gesicht davonging.

«Willst du das an den Lokalsender verkaufen?», wollte einer seiner Freunde wissen.

«An den Lokalsender, Mensch», schnaubte Jeff Newquist. Er meinte die Geldscheine schon in den Händen zu spüren. «Wie viel zahlen diese großen Boulevardblätter?»

24

Mitch hatte das sichere Gefühl, vollkommen vernunftwidrig zu handeln. Kein gutes Zeichen, überlegte er, unterwegs zum Highway, und lächelte gequält. Während er im strömenden Regen direkt auf das Zentrum des Unwetters zuhielt, kam er sich vor wie ein Sturmjäger, der einem Tornado auf den Fersen war. Das ist heller Wahnsinn, sagte er sich, aber wie konnte er tatenlos zusehen, wenn ein Tornado auf ihr Haus zuraste? Sollte er einfach untätig in seinem Garten herumstehen und hoffen, dass ihr nichts passierte? Wenn sie dort ganz allein war, wenn sie verletzt wurde, wenn sie Hilfe benötigte, und er war der Einzige, der es rechtzeitig zu ihr schaffen konnte, was dann? Er musste bei ihr nach dem Rechten sehen, das gehörte sich einfach so. Falls er hinkam und feststellte, dass alles in Ordnung war, könnte er beruhigt wieder wegfahren, ohne dass ein Mensch davon erfuhr.

Wahnsinn. Kaum bist du wieder hier, fängst du an, verrückt zu spielen.

Er war unterwegs zu Abby, um zu sehen, ob sie den Tornado überstanden hatte, dabei hatte er noch nicht einmal bei seinem Vater vorbeigeschaut. Oder bei seinem Bruder Jeff, den er seit seiner Examensfeier nicht mehr gesehen hatte, als der Junge gerade vier war. Er hatte einen Bruder …

So war Rex ihm früher immer vorgekommen, wie ein Bruder.

Rex. Mitch überlegte, wie er sich verhalten sollte, wenn er den Protagonisten seines, so empfand er es, privaten kleinen Melodramas begegnete, jetzt, wo er sich entschlossen hatte, länger vor Ort zu bleiben. Was würde … konnte … er sagen, nicht nur zu Abby, sondern auch zu Rex und zu all den anderen Menschen, die ihn vor Jahren gekannt hatten? Wie sollte er sich verhalten, falls, oder vielmehr, wenn er Quentin Reynolds und Nathan Shellenberger über den Weg lief? Oder Verna? Und jetzt musste er in seine Gedankenspiele auch Patrick mit einbeziehen. Was sollte er sagen, wenn Leute ihn fragten, warum er damals so überstürzt die Stadt verlassen hatte und bisher nie zurückgekommen war?

Er versuchte, sich die Situation mit Rex auszumalen, wenn auch mit einem Phantasie-Rex, der den Körper eines Erwachsenen und das vertraute Teenagergesicht hatte. Er probierte die Floskel, «Hey, tut mir leid, dass ich einfach so weg bin», aber das war kein guter Ansatz. Wenn er so anfing, musste er erklären, warum es ihm leid tat. «Tut mir leid, dass ich einfach so weg bin. Es ist nur so, ich hatte gerade mit angesehen, wie dein Vater mit einem toten Mädchen auf den Armen bei Abby zu Hause auftauchte, und dann sah ich, wie ihr Vater …»

Wohl eher nicht. Er versuchte sich vorzustellen, wie eine Begegnung mit den älteren Männern ablaufen würde. Schon bei dem Gedanken daran packte ihn die kalte Wut. Vor lauter Zorn würde er vermutlich ausfallend werden, et was sagen wie: «Ihr gottverdammten Schweinehunde …»

Er konnte sich nicht entschuldigen. Er konnte keine Erklärung liefern. Er konnte sich nicht verteidigen.

Nie und nimmer würde er die Ausrede benutzen, die seine Mutter in seinem Namen vorgebracht hatte. «Wenn Leute fragen, warum du aus der Stadt weg bist», hatte sie ihm geschrieben, «sage ich ihnen, die Beziehung zwischen dir und Abby wurde uns zu eng. Ich erkläre ihnen, wir wollten nicht, dass du dich unter Druck gesetzt fühlst, so jung schon zu heiraten oder gar, Gott behüte, eine Familie zu gründen. Aus dem Grund hielten wir einen Ortswechsel für angebracht, damit du anderswo bessere Möglichkeiten hast und andere Mädchen kennen lernen kannst.»

Nachdem er diesen Brief gelesen hatte, rief er wutentbrannt bei ihr an und verlangte, dass sie damit aufhörte, Abby, die mit alldem nichts zu tun hatte, mit hineinzuziehen. «Was fällt dir ein?», hatte er seine Mutter angeschrien. «Wie kannst du solche Sachen über sie verbreiten, was sollen denn die Leute von ihr denken?»

Worauf sie nur kühl erwidert hatte: «Nun, irgendetwas muss ich ihnen doch erzählen, Mitch.»

Die ganzen neunzehn Jahre davor hatte er niemals so mit seiner Mutter gesprochen. Nie hatte er ihr gegenüber die Stimme erhoben, aus Achtung, und auch, weil er es nie gewagt hätte. Und natürlich hätte er ihr nie in einem so barschen Tonfall derart unverblümt Vorhaltungen gemacht. In seiner Familie ging Höflichkeit immer über alles. Zum Zeitpunkt dieses Anrufes aber hatte er jede Achtung vor seinen Eltern verloren, wenn er sie auch weiter fürchtete.

«Aber nicht das!», hatte er geschrien. «Du brauchst ihnen gar nichts zu erzählen. Das geht sie gar nichts an. Aber erzähl ihnen bloß nicht das.»

Ob sie seinem Wunsch entsprochen hatte, entzog sich seiner Kenntnis.

Jetzt sah er sich einer Situation gegenüber, in der er nicht wusste, was andere Leute glaubten, welche Lügen und frei erfundenen Märchen verbreitet worden waren, um die Wahrheit zu vertuschen, die nie ans Licht gekommen war. Er beschloss, jeweils auf sein Gegenüber zu reagieren, zumindest, solange er sich über sein weiteres Vorgehen noch nicht ganz im Klaren war. Wenn andere ihm freundlich begegneten, würde er ebenso freundlich sein, ohne jedoch alte Freundschaften zu erneuern. Das kam nicht in Frage. Völlig undenkbar. Begegneten sie ihm kühl, würde auch er kühl bleiben. Am besten blieb er wohl höflich, aber zurückhaltend, freundlich, aber unverbindlich. Auf die Weise würde niemand verletzt werden, jedenfalls nicht so schlimm, wie die Wahrheit sie verletzen könnte.

Über die unangenehmen Folgen, die seine anderen Pläne für manche von ihnen haben würden, dachte er lieber nicht nach.

Während Mitch auf dem Highway nach Norden unterwegs war, wurde er das Gefühl nicht los, all seinen Planungen zum Trotz bereits auf Abwege geraten zu sein. Wieso sonst war er am Morgen kleinen grünen Pfeilen gefolgt, die ihn zu Abbys Haus führten? Und warum sonst, um Himmels willen, folgte er jetzt einem Tornado, der ihn schon wieder zu ihr führte?

«Höflich, zurückhaltend, unverbindlich, freundlich», rief er sich laut in Erinnerung. «Ich werde so gottverdammt freundlich sein, dass nicht mal meine Exfrau mich wiedererkennen würde.»

Etwa auf halbem Weg zu ihr sah er etwas, das ihn veranlasste, sofort auf dem Seitenstreifen anzuhalten. Nicht weit entfernt stand das Fahrzeug eines Sheriffs aus dem Bezirk Muncie, seltsam schräg, als wäre der Fahrer überstürzt rechts rangefahren und hätte den Wagen stehen gelassen. Und seitlich der Straße rappelte sich gerade ein großer Mann in Uniform aus dem Straßengraben auf und klopfte sich die Kleidung sauber, ein Deputy des Sheriffs vielleicht.

Das Unwetter hatte hier schlimm gewütet.

Mitch stieg aus, um sich zu vergewissern, dass dem Mann nichts fehlte.

Rex musste auf seinem Rücken schmerzhaften Hagelschlag und heftigen Regen ertragen. Der heulende Wind fegte

Kieselsteinchen vom Boden hoch und schleuderte sie gegen ihn. Ihm war, als könnte er sogar das Metall an seinem Auto klappern hören, verzichtete aber darauf, den Kopf zu heben und hinüberzuschauen, um nicht von umherfliegenden Trümmern getroffen zu werden.

Nach einer halben Ewigkeit, wie ihm schien, war das Schlimmste endlich überstanden. Er war von dem Tornado selbst verschont geblieben und lediglich von dem normalen Gewitter heimgesucht worden. Als er den Kopf hob und den Himmel absuchte, konnte er bloß noch die dräuend schwarzen Wolken entdecken, die jetzt nach Nordosten zogen. In die Richtung, in die Tornados normalerweise zogen. Rex spähte nach Norden, konnte aber weder Schäden noch andere Menschen ausmachen. Im Süden bemerkte er ein Auto, einen schwarzen Saab neuester Bauart, der auf dem Seitenstreifen stand, hinter seinem Fahrzeug. Er sah einen großen Mann aus dem Saab aussteigen und auf ihn zukommen.

Irgendetwas an der Körpersprache des Mannes kam Rex bekannt vor. Die aggressive Haltung der breiten Schultern, der hoch erhobene Kopf, all das rief in ihm den Eindruck hervor, diesem Mann schon einmal begegnet zu sein. Aus irgendeinem Grund fühlte er sich an Footballspiele in seiner Jugend erinnert, bei denen er als Halbstürmer auf der linken Seite gespielt hatte und vorangestürmt war, um ihrem begabten Tight End Freiraum zu schaffen …

Das kann doch nicht sein …

Als der Mann nahe genug war, sah Rex Mitch direkt in die Augen.

In Rex' Gesicht sah Mitch dieselbe spontane Regung, die auch er verspürte, sobald sie einander erkannten: einen natürlichen, fast unwiderstehlichen Impuls zu grinsen. In diesem Augenblick spielten die Jahre, die seit ihrem letzten Treffen vergangen waren, keine Rolle. Nur dieselbe alte, enge Freundschaft, dieselbe Herzlichkeit und Verbundenheit. Alte Sünden waren kurzzeitig vergessen, was zählte, war nur die Erinnerung an gegenseitige Zuneigung und fröhliche Zeiten. In dem Augenblick gab es nur das Vorgestern; das Gestern war wie ausgelöscht. In dem Augenblick hätten sie einander auf die Schultern schlagen, «Ich glaub's nicht!» rufen und in Gelächter ausbrechen können. Sie hätten sich fragen können: «Wo warst du denn?», und darüber lachen können. Sie hätten genau da weitermachen können, wo sie seinerzeit aufhören mussten.

Als Mitch sah, wie Rex den Impuls im nächsten Moment unterdrückte, folgte er seinem Beispiel.

Mitch hatte das Gefühl, sich in einem Schattenreich zu befinden, in dem er und Rex eine offene Tür gesehen hatten; sie hätten hindurchgehen und den Dingen damit eine andere, glücklichere Wendung geben können. Stattdessen hatten sie beide diese Tür mutwillig zugeschlagen. Und so standen sie einander jetzt im Regen auf dem Seitenstreifen gegenüber und starrten sich an, misstrauisch und ohne recht glauben zu können, was sie nach so langen Jahren mit eigenen Augen vor sich sahen.

«Mitch», sagte Rex in sachlichem Tonfall.

«Ja. Als ich rechts ranfuhr, wusste ich nicht, dass du es warst –»

«Wärst du sonst weitergefahren?» Jetzt grinste Rex zwar, aber eher sarkastisch.

«Nein, so war das nicht –» Er gab es auf. «Bist du okay?»

«Mir fehlt nichts.» Rex klopfte sich ausgiebig den Schmutz von der Kleidung. Mitch hatte den Eindruck, dass er das nur tat, um ihm nicht in die Augen sehen zu müssen.

«Nichts passiert.» Als Rex sich wieder aufrichtete, sagte er in demselben sachlichen Tonfall: «Ich wusste ja gar nicht, dass du zurückkommst –»

«Bin nur auf Besuch –»

«Klar. Was hält einen hier schon.»

«Herrgott.» Es rutschte Mitch spontan heraus, obwohl er sich vorgenommen hatte, sich von niemandem provozieren zu lassen. Rex' Sarkasmus aber konnte er nicht auf sich sitzen lassen. «Darum geht es nicht.»

«Wie du meinst. Anscheinend bist du ja auch schon auf dem Heimweg.»

«Was?» Mitch merkte, dass Rex die Fahrt in Richtung Norden meinte. Also fort. «Nein, ich bin bloß … rausgefahren, um mir den Sturm anzusehen.»

«Ja, nun, ich bin unterwegs, um bei … Leuten in der Gegend nach dem Rechten zu sehen.»

Er will mir gegenüber nicht mal ihren Namen sagen, dachte Mitch.

«Soso. Na ja, dann will ich dich mal nicht davon abhalten.»

«Tust du nicht. Wenn du noch länger bleibst, werde ich dich ja wohl noch sehen.»

«Ich weiß noch nicht, wie lange ich bleibe.» Nach kurzem Schweigen setzte Mitch widerstrebend hinzu: «Mein Vater weiß nicht, dass ich hier bin, also wäre ich dir sehr verbunden, wenn du vorerst nichts sagst.»

Rex zog die Augenbrauen hoch. «Meldest du dich noch bei ihm?»

«Demnächst. Und … bist du jetzt Deputy bei deinem Vater?»

«Nein.» Rex lächelte ein wenig. «Der ist in Pension. Ich bin sein Nachfolger.»

«Du bist der Sheriff?»

Auch jetzt, nach Mitchs fassungsloser Frage, hätten sie, einen Moment lang, zusammen in Gelächter ausbrechen können über die Vorstellung, dass einer von ihnen mal als Gesetzeshüter enden würde. Wieder entschieden sie sich beide dagegen.

«Ja. Ich bin der Sheriff.»

«Ich fasse es nicht.»

Das ließ Rex lieber unkommentiert.

«Und du?», fragte er Mitch.

«Was meinst du?»

«Was machst du so?»

«Ich bin Anwalt, aber ich habe auch mit Immobilien zu tun.»

«Klingt lukrativ.» Rex warf einen Blick auf den schwarzen Saab hinter Mitch.

«Es läuft nicht schlecht», sagte Mitch. «Bist du verheiratet?»

«Nein. Du?»

«Geschieden. Ich habe einen Sohn. Hast du Kinder?»

«Keine, von denen ich wüsste.»

Mitch lächelte, aber Rex verzog keine Miene.

Und damit war der Fall erledigt. Sie hätten sich beim Abschied einen Moment lang die Hand geben können, aber sie ließen es bleiben.

«War schön, dich zu sehen», sagte Mitch verlegen.

«Ja. Mach's gut.»

Beide wandten sich um und gingen auf ihre Autos zu, ohne sich nochmal umzuschauen.

Mitch stieg in seinen Wagen ein, fuhr aber noch nicht los, sondern beobachtete, wie Rex davonfuhr. Wenn Rex zu Abby hinausfuhr, konnte er sich das sparen. Die Begegnung hatte ihn ziemlich mitgenommen. Er war wütend, traurig, empfand einen Wirrwarr von Gefühlen, auf die er, wie er jetzt merkte, nicht gefasst gewesen war und mit denen er nicht recht umzugehen wusste. Er wollte nur, dass diese Gefühle wieder verschwanden. Kurz überlegte er, ob er nicht am besten auch einfach wieder verschwinden sollte.

Noch nicht. Nicht, bevor er erledigt hatte, was er für sich selbst tun musste … und für Sarah. Die Zeit direkt nach einem solchen Unwetter, fiel ihm auf, wäre dafür gar nicht so ungeeignet.

Mitch wartete, bis der Wagen des Sheriffs nicht mehr zu sehen war. Dann wendete er den Saab auf dem Highway und fuhr zurück in Richtung Small Plains. Vielleicht hatten die Sturmböen und Regenfluten dort ja Schäden verursacht, die ihm von Nutzen sein könnten.

25

Nach dem Unwetter war die Luft gereinigt, alles wirkte scharf umrissen.

Bei der Fahrt in die Stadt bemerkte Mitch auf den Straßen Äste und nasses Laub und tiefe Wasserlachen an den Kreuzungen, wo die Kanalisation den Regenmassen nicht gewachsen war. Da und dort fielen ihm kleinere Schäden ins Auge, abgerissene Jalousien oder größere Äste, die auf Hausdächer gestürzt waren.

Schlimmere Verwüstungen entdeckte Mitch nur bei Sam's Pizzeria. In dem Restaurant brannte kein Licht, doch so sah es überall aus. Anscheinend war in der gesamten Stadt der Strom ausgefallen. Ein Lichtmast ragte aus dem Lokal heraus, Menschen waren nicht zu entdecken. Vielleicht hatten sich alle rechtzeitig in Sicherheit bringen können, überlegte Mitch, während er langsam an dem Gebäude vorbeifuhr. Aber wenn dem nun nicht so war?

Kurz entschlossen parkte er seinen Wagen und eilte auf das Lokal zu, um nachzusehen, ob dort jemand Hilfe benötigte.

Schon lustig: In all den Jahren in Kansas City war er niemals jemandem zu Hilfe geeilt. Hier aber machte er sich schon zum dritten Mal an einem Tag nützlich, angefangen bei dem Mädchen auf dem Friedhof und dann auf dem Highway, als er anhielt, um bei dem Mann nach dem Rechten zu sehen, der sich als Rex Shellenberger entpuppt hatte.

Auf der anderen Straßenseite kauerte Abby halb verborgen in einem Geschäftseingang, neben dem alten Mann, der während des Gewitters gestürzt war. Sie hatte ihm eine Hand beruhigend auf die Schulter gelegt, während sie über Handy mit ihrem Vater, dem Arzt, telefonierte. Seitdem das Unwetter vorbei war, funktionierte das Funknetz wieder. Da sie Rex immer noch nicht erreichte, hatte sie schließlich im Büro des Sheriffs angerufen, um zu melden, dass im Keller von Sam's Pizzeria Menschen festsaßen. Sie versuchte, nicht darüber nachzudenken, welche Ängste ihre Schwester und Freundinnen wohl gerade ausstanden, und konzentrierte sich allein auf die Situation des alten Mannes, der vor ihr lag.

«Er sagt, sein Arm tut weh, Dad, und es scheint, als könnte er nicht aufstehen –»

Eine Autotür wurde zugeschlagen, und sie blickte hoch, um zu sehen, ob Hilfe eingetroffen war.

Doch anstelle von Rex oder seinen Deputys sah sie einen großen Mann, der aus einem schwarzen Saab ausgestiegen war. Er schaute sich auf der Straße um, ohne Abby und den alten Mann zu bemerken, und eilte auf Sam's Pizzeria zu.

Abby versagte die Stimme. Ihr stockte der Atem.

«Abby?», hörte sie die Stimme ihres Vaters. «Bist du noch dran?»

«Einen Moment, Dad», sagte sie ins Handy.

Abby verfolgte fassungslos, wie Mitch Newquist die Straße vor ihr überquerte. Sie duckte sich tiefer in den Eingang, damit er sie nicht sah. Trotz allem, und so lächerlich eitel das auch sein mochte, konnte sie den Gedanken nicht ertragen, dass er sie nach siebzehn Jahren in diesem Zustand zum ersten Mal wiedersah – pitschnass und zerzaust, nachdem sie durch Regen und Wind gerannt war. Auf einmal fühlte sie sich ebenso benommen, schwach und hilflos wie der alte Mann neben ihr. Da Mitch sich nicht umdrehte, beruhigte sie sich wieder etwas. Während sie ihn beobachtete, kam sie nicht umhin zu bemerken, wie breit seine Schultern waren, wie athletisch sich seine Statur zu den schmalen

Hüften hin verjüngte, wie lang und schlank seine Beine in den Jeans wirkten. Sein blondes Haar war über die Jahre zwar etwas nachgedunkelt, aber noch immer voll. Sobald er in der Pizzeria verschwunden war, entfuhr ihr ein hilfloses «Oh, verdammt!».

«Was ist denn los?», fragte ihr Vater ungeduldig.

«Komm einfach her, Dad, und schau dir diesen Mann bitte an, okay?»

Sie beendete das Telefonat, ohne den Blick von dem dunklen Restaurant gegenüber losreißen zu können. Und auf einmal fühlte sie sich nicht länger hilflos, sondern war nur wütend.

«Du mieser, elender, gottverdammter Scheißkerl! Du Schuft!»

Der alte Mann sah sie erschrocken an.

«Nicht Sie», beruhigte sie ihn. «Sie habe ich nicht gemeint.»

Angesichts der Verwüstungen, die der Lichtmast in Sam's Pizzeria angerichtet hatte, stieß Mitch einen Pfiff aus. Die Fensterscheibe war geborsten, Tische waren demoliert, Besteck, Essen, Servietten und Plastikgläser lagen überall am Boden verstreut. Immerhin war zwischen dem Kabelgewirr genug Platz, um hindurchzugehen, ohne mit plötzlichen Stromschlägen rechnen zu müssen. Es schien fast so, als hätte jemand die Kabel bereits beiseite geschoben. Ein Teil des Mastes hatte sich gegen eine Tür verkeilt, die vermutlich in den Keller führte. Als er von innen Menschen um Hilfe rufen und mit den Händen gegen die Tür schlagen hörte, lief er hin, um das Maststück zu entfernen.

«Die Tür ist blockiert!», rief er den Leuten hinter der Tür zu. «Etwas Geduld.» Ihre Hilferufe verstummten, aber er konnte weiter aufgeregte Stimmen hören.

Es dauerte einige Minuten, aber am Ende gelang es Mitch, das splittrige Holzstück wegzustemmen, worauf die Tür von alleine aufsprang. Auf der Treppe sah er einige Leute vor sich stehen, die er nicht kannte. Wer sich sonst noch dahinter befand, war in der Dunkelheit nicht zu erkennen.

«Vielen Dank!», sagte die Frau, die ganz vorne stand, und auch andere dankten ihm.

«Kein Problem. Alles in Ordnung da unten bei Ihnen?»

«Uns geht's gut. Wir hatten bloß Angst, weil wir kein Licht hatten.»

«Das glaube ich gern. Hier oben liegen massenhaft Glasscherben herum. Und nehmen Sie sich in Acht vor den Stromkabeln, wenn Sie rauskommen.»

Nachdem feststand, dass niemand mehr Hilfe brauchte, drehte Mitch sich um und verließ die Pizzeria.

Unten am Fuß der Kellertreppe standen vier Frauen und schauten verdattert zu der offenen Tür hoch, in der eben noch der große Mann mit der tiefen Stimme gestanden hatte, der sie befreit hatte. Er hatte sie zwar nicht sehen können, aber sie ihn dafür sehr deutlich, beschienen vom hellen, klaren Abendlicht.

«Oje», raunte Cerule Youngblood ihren Freundinnen zu.

Während Mitch Newquist sich in der Pizzeria um die im Keller Eingeschlossenen bemühte, war Quentin Reynolds in seinem Wagen eingetroffen und kümmerte sich an Abbys Stelle um den betagten Touristen. Sie hatte immer noch heftiges Herzklopfen und weiche Knie und war drauf und dran, ihm von Mitch zu erzählen, als ihr Handy klingelte, eine Ablenkung, die ihr nicht unlieb war. Als sie sich meldete und dann Rex' Stimme hörte, fragte sie: «Was hat das Unwetter angerichtet?»

«Komm sofort nach Hause, Abby», antwortete Rex mit

ernster Stimme. «Der Tornado hatte nur an einer Stelle Bodenkontakt, aber es hat leider dein Treibhaus erwischt.»

«Nein!», rief sie und platzte dann mit der ersten Sorge heraus, die ihr in den Sinn kam. Sie galt nicht ihrer Landschaftsgärtnerei. «Rex, meine Vögel!»

Mitch ging weiter die Straße entlang und besah sich die Unwetterschäden.

Bei einem kleinen Laden mit einem unauffälligen «Zu verkaufen»-Schild und einer komplett geborstenen Fensterfront schritt er durch die Tür und fragte die Frau, die dort gerade Scherben und Schutt zusammenfegte: «Kann ich helfen?»

Ohne ihre Antwort abzuwarten, schnappte er sich einen zweiten Besen, der an der Wand neben ihm lehnte. Ich bin ja der reinste Pfadfinder, dachte Mitch belustigt und hätte beinahe laut aufgelacht, beherrschte sich aber. So hatte er zwar nicht unbedingt das Vertrauen von Inhabern kleiner Immobilien in Small Plains gewinnen wollen, aber wenn das Schicksal ihm diese Gelegenheit schon einmal bot, würde er sie beim Schopf ergreifen und schauen, was sich daraus ergeben mochte.

Nachdem diese Mission erfolgreich abgeschlossen war, ging er wieder auf die Straße hinaus und schaute zu seinem Wagen. Dabei fiel ihm ein untersetzter grauhaariger Mann auf, der gerade einem älteren Mann dabei behilflich war, in ein Fahrzeug einzusteigen. Zunächst erkannte Mitch Abbys Vater nicht. Erst als Doc Reynolds von dem Fahrzeug zurücktrat und alleine auf dem Bürgersteig stand, wusste er, wen er vor sich hatte – und im selben Moment hatte Mitch das Gefühl, ihm würde vor Zorn gleich schwarz vor Augen. Er stand da, ballte ohnmächtig die Fäuste und sah hinüber, ohne den Versuch zu unternehmen, in Deckung zu gehen.

Insgeheim hoffte er sogar, Quentin Reynolds würde sich umdrehen und ihm ins Gesicht schauen.

Aber der Arzt drehte sich zur anderen Seite um und stieg in seinen Wagen ein.

Er fuhr an Mitch vorbei, ohne in seine Richtung zu schauen, aber Mitch konnte gut erkennen, wie erschreckend der Mann in den letzten siebzehn Jahren gealtert war. Falls der Teufel verräterische Spuren hinterließ, ging es Mitch durch den Kopf, hatte Quentin Reynolds jede einzelne Falte in seinem Gesicht mehr als verdient. Letzte Zweifel, die Mitch wegen seiner Absichten in Small Plains noch gehabt haben mochte, wurden beim Anblick seines Feindes im Nu hinweggefegt.

Bevor ihre Schwester den Wagen vor ihrem Haus ganz angehalten hatte, stürzte Abby auch schon hinaus. Ohne ihr in Trümmern liegendes Treibhaus zu beachten, rannte sie auf ihre mit Gitternetz gesicherte Veranda zu.

«Die Tür ist offen!», schrie sie verzweifelt, in heller Panik.

Als ihre Freundinnen bei ihr ankamen, kniete sie schon auf der Veranda und hielt einen zitternden, kleinen grauen Vogel in den Händen. «Gracie!» Der Sittich lebte, aber Lovey lag leblos auf der Schwelle der Haustür, als hätte der Wind ihn mit voller Wucht gegen das Glas geschleudert.

Randie ging leise zu dem kleinen Vogel, kniete sich nieder und streichelte Lovey übers Gefieder. Der hübsche Liebesvogel mit dem apricotfarbenen Gesichtchen zeigte keinerlei Reaktion.

Ein großer roter Papagei war nirgends zu sehen.

«Sucht nach J.D.!», flehte Abby sie schluchzend an und drückte den letzten ihr verbliebenen Vogel an sich.

Mit Gracie in den Händen suchte Abby hektisch die

242

Zimmer in ihrem Haus ab, in der abwegigen Hoffnung, den Papagei dort vorzufinden. Auch dieser Tornado hatte eine eigenwillige Schneise der Zerstörung gezogen; während ihr Treibhaus völlig zerstört war, war ihr Haus unversehrt geblieben – bis auf eine Kleinigkeit.

Ihr fiel auf, dass Patricks Sonnenbrille verschwunden war.

Abby hatte sie auf den Küchentisch zurückgelegt, bevor sie mit ihren Freundinnen zum Essen fuhr, und jetzt war sie fort. Lange stand sie da, drückte Gracie an sich und schaute ratlos auf die Stelle, wo die Brille gelegen hatte.

Die anderen Frauen schwärmten unterdessen über das Grundstück aus. Immer wieder riefen sie nach dem zwanzig Jahre alten Papagei. Hilflos spähten sie in jeden Baum, suchten die Sträucher und Büsche ab, hoben umherliegende Bretter hoch und ließen nichts unversucht, um ihn zu finden. Aber vergebens.

26

Als sie vor ihrer Pension anhielt, war Catie Washington wieder völlig erschöpft, zumindest körperlich. Geistig und emotional dagegen befand sie sich nach wie vor in einem Ausnahmezustand. Ihre Gedanken und Gefühle überschlugen sich förmlich, in ihr tobte ein wahrer Sturm, mit dem ihr Körper nicht Schritt zu halten vermochte. Sie fühlte sich *lebendig*. Sie konnte es kaum erwarten, in ihr Pensionszimmer zu kommen, ihren Laptop aufzuklappen und ihre Geschichte niederzuschreiben. Jetzt, wo ihr das Wunder noch so unglaublich lebhaft vor Augen stand, wollte sie so rasch wie möglich jede Einzelheit festhalten. Körperlich aber ging es ihr wieder miserabel. Sie fühlte sich elend, unendlich matt, als sei auch das letzte Fünkchen Energie restlos aufgebraucht, das es ihr ermöglicht hatte, in ihrer Verzweiflung nach Small Plains zu fahren.

Habe ich ein Wunder erlebt?, fragte sie sich. Aber eigentlich zweifelte sie nicht daran. Allerdings könnten andere Leute Zweifel daran anmelden, und für den Fall musste sie Antworten parat haben. War es auch dann ein Wunder, wenn man sich zwar nicht körperlich geheilt fühlte, dafür aber glücklicher als je zuvor im Leben? Wenn man das Gefühl hatte, auf eine höhere Seinsebene gehoben worden zu sein, wo sich Unglaubliches ereignen konnte, etwa, dass frische Blumen aus einem Furcht erregend dunklen Himmel auf einen herabregneten, und auf niemanden und nichts sonst?

Ein paar der Blumen lagen auf dem Fußboden ihres Wagens verstreut.

Als sie von dem Grab aufstand, hatte sie einige der Blüten, Stängel, Blätter und Knospen vom Boden aufgelesen, die auf sie herabgeregnet waren. Im Auto hatte sie sich diese auf den Schoß gelegt, von wo sie beim Fahren nach und nach zu Boden gefallen waren. Jetzt bückte sie sich unter Schmerzen, um so viele Blumen wie möglich wieder aufzulesen.

Danach aber war sie körperlich zu erschöpft, um noch irgendetwas unternehmen zu können. Sie versuchte es erst gar nicht, sondern hupte einfach so lange, bis der Inhaber der Pension herausgelaufen kam, um ihr zu helfen.

Sobald Catie auf dem Stuhl mit der geraden Rückenlehne an dem alten, zerschrammten Schreibtisch in ihrem Pensionszimmer saß, loggte sie sich bei thevirgin.org ein. Von der kleinen Anzahl Websites, die der Jungfrau von Small Plains gewidmet waren, war diese die am häufigsten frequentierte. Ohne sich damit aufzuhalten, die Einträge des Tages zu lesen, öffnete sie gleich ein neues Fenster, um den Bericht über das erstaunliche Erlebnis, das ihr widerfahren war, zu verfassen.

«Ich kann von einem Wunder berichten», schrieb sie. «Einige von euch kennen mich, weil ich mich bereits an diesem Blog beteiligt habe. Falls ihr meinen Blog-Namen erkennt, ist euch bekannt, dass ich an Brustkrebs in fortgeschrittenem Stadium leide, der sich auf meine Lymphknoten, meine Lunge und in jüngster Zeit auch auf mein Hirn ausgebreitet hat. Ich bin vor zwei Tagen hierher nach Small Plains gekommen, nachdem meine Ärzte mir eröffnet haben, dass ich mich auf eine weitere OP, Chemotherapie und Bestrahlung einstellen muss, wobei nur noch geringe Aussichten bestehen, dass diese scheußlichen Eingriffe mir noch viel helfen können. Wie ihr alle hatte ich von der Jungfrau gehört und davon, wie sie seit Jahren vielen Leuten hier in der Stadt geholfen hat. Also habe ich mich auf den Weg hierher gemacht, und da bin ich nun.»

Nach dieser Einleitung schilderte sie ihr Erlebnis in allen Einzelheiten. Dann schloss sie ihren Bericht. «Ich habe einen Tornado überlebt, der direkt über mir wütete! Ich habe mitten in den Trichter schauen können! Und er hat Blumen auf mich niederregnen lassen! Noch nie habe ich mich so geborgen gefühlt, so gesegnet. Egal, wie sich mein Krebs weiterentwickelt – selbst wenn ich morgen sterbe, oder heute –, ich weiß jetzt, dass mir nichts passieren kann. Etwas im Universum wacht über mich, beschützt mich vor dem Schlimmsten, was einem zustoßen kann. Bis heute dachte ich, das sei der Krebs. Aber ich habe in einen tödlichen Tornado geblickt, und er hat mich mit Blumen übersät, und ich habe überlebt, um euch allen meine Geschichte erzählen zu können. Wenn das kein Wunder ist, dann weiß ich nicht, was ein Wunder sonst sein soll.

Ich wünsche euch allen Glück und Segen, so wie ich heute gesegnet wurde. Mögen die Stürme des Lebens sicher über euch hinwegziehen und mögen die Blumen der Jungfrau euch Schönheit und Frieden schenken, so wie es mir heute widerfahren ist. Ich weiß nicht, ob ihr je wieder von mir hören werdet, aber wenn sich über euch die Sturmwolken zusammenballen, dann denkt an mich und daran, dass ein Sturm auch Blumen in sich bergen kann.»

Sie unterschrieb mit dem Namen, unter dem sie auf dieser Website bekannt war: «Alles Liebe, Catie».

Ruhig schloss sie das Fenster der Website. Sie fühlte sich ganz entspannt, trotz ihrer Übelkeit. Dann schaltete sie ihren Laptop aus und klappte ihn zusammen.

Zu schwach, um zu ihrem Rollstuhl zurückkehren oder auch nur zum Bett kriechen zu können, ließ sie sich so vorsichtig wie möglich vom Stuhl zu Boden gleiten, auf den abgewetzten Teppich mit dem Blumenmuster. Dort lag sie auf der Seite, krümmte sich gegen den Schmerz zusammen und hielt mit geschlossenen Augen einige der Blumen umklammert. Catie atmete ganz flach, um die Schmerzen in ihrer Brust zu verringern, und fragte sich, ob sie wohl einschlafen könnte und ob sie dann je wieder aufwachen würde. Sie fühlte sich entrückt, war erfüllt von einem tiefen inneren Frieden. Es war ihr eigentlich gleichgültig, was kommen würde.

27

Bei seiner Rückkehr zum Ranchhaus war Mitch hellwach und hundemüde zugleich, noch aufgedreht von dem Unwetter und von seinem Zorn und gleichzeitig erschöpft davon. Er war am Morgen sehr früh aufgestanden und hatte eine weite Reise hinter sich, im wörtlichen wie im bildlichen Sinn. Er hatte einige Überraschungen erlebt, die nicht nur angenehm gewesen waren, und sogar erste Schritte in die Wege geleitet, um die geschäftliche Seite seines Angriffsplans in die Tat umzusetzen. Das Einzige, was er an diesem langen Tag nicht erledigt hatte, war das Wiedersehen mit seinem Vater. Er hatte von einem Besuch bei dem Alten abgesehen, war sogar einen Umweg gefahren, um die Straße zu meiden, in der sein Elternhaus stand. Er hatte auch nicht beim Gericht Halt gemacht, um seinen Vater dort zu suchen, hatte es nicht einmal über sich gebracht, den Blick zu den hohen, breiten Fenstern zu heben, hinter denen sich der Gerichtssaal befunden hatte und wohl immer noch befand.

Jetzt schwankte er permanent zwischen Euphorie und Ermattung.

Ein paar Kilometer zu joggen könnte Abhilfe schaffen, das wusste er, aber die Vorstellung, in der Dunkelheit über holprige, unvertraute Feldwege zu laufen, war wenig verlockend. Also ließ er seine Laufschuhe vorläufig im Koffer.

Er musste den Kopf schütteln, als er den Tag noch einmal passieren ließ. Am ungaublichsten war der Tornado gewesen. Hätte der tödliche Wirbelsturm allerdings die Ranch berührt, das war ihm ebenfalls klar geworden, hätte er sich in den Sturmkeller flüchten müssen.

Am besten sorgte er wohl dafür, dass das verfluchte Loch im Notfall auch zugänglich war.

Es war bereits Nacht, als er sich dem alten Keller mit einer Taschenlampe in der Hand näherte. Es kam ihm vor, als hätte er diese späte Stunde mit Absicht gewählt, um seinen Mut auf die Probe zu stellen. Mitch war fest entschlossen, sich von einem dämlichen Loch in der Erde keine Angst einjagen zu lassen, schließlich war er kein kleiner Junge mehr. Angst vor einem Tornado mochte noch angehen, aber nicht vor einem Loch in der Erde.

Das hohe Gras hinterm Haus, durch das er stapfte, war noch nass.

Im Buschwerk rechts und links von ihm sah er im Licht der Taschenlampe hie und da etwas aufflackern – die Augen kleiner Tiere, die dort ihren nächtlichen Geschäften nachgingen. Er blieb kurz stehen, als er im Osten den Ruf eines Kojoten vernahm, dem von Westen ein Artgenosse antwortete. Bären gab es keine in Kansas. Wildkatzen gab es zwar, aber keine Panther, Krokodile oder andere Raubtiere, vor denen man sich fürchten musste. Klapperschlangen gab es auch, aber er trug ein Paar alter Cowboystiefel seines Vaters, die er in einem Schrank aufgestöbert hatte, um sich im hohen, ungemähten Gras vor Schlangen zu schützen.

Dass er überhaupt solche Überlegungen anstellte, kam ihm jämmerlich genug vor.

Als Junge hatte er sich wegen Raubtieren nie Gedanken gemacht. Damals hoffte er höchstens, welche zu sehen, um seinen Freunden etwas Tolles erzählen zu können.

Am Sturmkeller angelangt, sah er, dass der Eingang dicht mit wildem Wein überwuchert war. Er stellte die Taschenlampe auf dem Boden ab, verscheuchte den Gedanken an Spinnen und verwünschte sich im selben Moment dafür, sich in einen echten Stadtbewohner verwandelt zu haben. Mit bloßen Händen rupfte er die zähen Ranken und Blätter aus, bis er die Tür sehen konnte. Dann hob er die Taschenlampe wieder auf.

Die Tür bestand aus Holz, das inzwischen dunkel und verwittert war, wie ein altes Weinfass. Die Klinke wirkte so verrostet, dass er sie am liebsten gar nicht angefasst hätte.

«Scheiße, was hast du denn?», brummte er vor sich hin. «Als hättest du noch nie ein altes Haus entrümpelt. Als hättest du noch nie versiffte Immobilien gereinigt oder noch nie eine Ratte gesehen.»

Aber es war schon etwas anderes, ganz allein und nur mit einer Taschenlampe bewaffnet auf dem platten Land in tiefster Finsternis zu stehen. Er war mutterseelenallein inmitten Millionen Hektar Einsamkeit, der letzte Mensch auf der Erde, der erste Mensch auf dem Mond, so kam er sich vor. Um ihn herum herrschte eine tiefe Stille, wie er sie seit siebzehn Jahren nicht mehr erlebt hatte. Er sah zu den Sternen hinauf, um sich zu vergewissern, dass sie noch da waren. In Kansas City war die Milchstraße schon seit Jahrzehnten nicht mehr zu erkennen. Hier aber zog sie sich geschwungen über den endlosen Nachthimmel, der nicht von den Lichtern einer Stadt getrübt wurde.

Es war ebenso Furcht erregend wie tief beglückend.

Er stieß die Luft aus, so bewegt, als käme diese Luft aus seiner tiefsten Seele, als hätte er seit fast zwanzig Jahren den Atem angehalten. Die Erleichterung, die er dabei empfand, war so ungeheuer, dass er richtig erschrak.

«Ihr habt mir gefehlt», murmelte er den Sternen zu. Und dann lachte er laut. Glücklicherweise hörte ihn hier draußen niemand.

«Werd jetzt bloß nicht sentimental», ermahnte er sich. «Denk daran, dass es im Umkreis von zweihundert Kilometern keinen anständigen Kaffee gibt und das nächste Kino sich in Emporia befindet. Es gibt nirgendwo Crispy-Creme-Donuts. Einfach nichts –»

Die Tür war, wie er endlich feststellte, mit einem großen Vorhängeschloss gesichert, das ganz von Rost überzogen war. Wie zum Henker sollte er sich in dem Keller vor einem Tornado in Sicherheit bringen, wenn die Tür mit einem Schloss gesichert war, zu dem ihm der Schlüssel fehlte?

«Vielleicht liegt er irgendwo im Haus», überlegte er laut. Langsam fand er Gefallen daran, laut Selbstgespräche zu führen, ob im Haus oder draußen. Schließlich sah oder belauschte ihn niemand dabei. «Dad hat bestimmt noch einen Schlüssel, aber das nützt mir wenig, da ich ihn wohl kaum darum bitten werde.»

Dann fiel ihm auf, dass die Halterung der Metallöse, mit der das Vorhängeschloss befestigt war, nur noch lose an der Tür befestigt war. Die Schrauben hatten sich in dem verwitterten Holz von allein gelockert. Dummerweise konnte Mitch seine Finger nicht unter die Halterung zwängen, um sie mit einem Ruck zu lösen.

Er drehte die Taschenlampe um und verpasste den losen Schrauben mit dem Griff ein paar gezielte Schläge. Worauf das Aluminium der Lampe zwar ein paar Dellen aufwies, aber die Halterung sich komplett ablösen ließ. Das Vorhängeschloss baumelte nun an einer Öse am Türstock.

Mitch drückte die Türklinke herunter, stellte sich breitbeinig hin und zerrte mit aller Kraft an ihr. Als die alte Tür endlich nachgab, öffnete sie sich so schlagartig, dass er zurückpurzelte.

Mitch hielt die Taschenlampe in die schwarze Öffnung, konnte aber nichts erkennen. Er zog den Kopf ein, um sich nicht an dem niedrigen Türrahmen zu stoßen, und trat ins Innere. Und dann tastete er, einer plötzlichen alten Erinnerung folgend, mit der linken Hand die Wand neben sich ab. Er spürte kühlen Kunststoff unter den Fingern und betätigte den Schalter. Zu seiner Verblüffung flammte elektrisches Licht in dem Sturmkeller auf.

Der Umstand, dass die Stromleitung noch funktionierte – und über die Jahre so selten benutzt worden war, dass sogar die Glühbirne noch in Ordnung war –, verblüffte ihn nicht annähernd so sehr wie der Anblick, der sich ihm jetzt im Licht bot.

Er meinte, sich nur an eine einzelne Glühbirne zu erinnern, die von der Decke gebaumelt hatte. Er meinte, sich an einen kahlen, mit Zement verputzten Raum und an sanitäre Anlagen zu erinnern, die seine Mutter hatte einbauen lassen. Und es hatte noch, da war er sich ziemlich sicher, ein Regal gegeben, auf dem seine Mutter Obst- und Gemüsekonserven gelagert hatte, die Freundinnen eingemacht und ihr geschenkt hatten.

Aber jetzt … stand dort ein Bett mit zerwühlten Laken, als wäre erst am Morgen jemand daraus aufgestanden. Es gab einen Tisch mit zwei Stühlen. Sogar eine neue Toilette sowie ein ordentliches Waschbecken. Einen kleinen Kühlschrank. Einen großen Papierkorb mit einer braunen Papiertüte darin. Eine Kommode. Eine Garderobe mit Kleiderbügeln, auf denen auch Kleidung hing, Frauenkleidung, wie sie allerdings seine Mutter nie getragen hatte: knappe Baumwollblusen, T-Shirts und kurze Hosen für den Sommer.

Mitch starrte den voll möblierten Keller an und versuchte, sich einen Reim darauf zu machen.

Bei näherem Umherschauen stellte er fest, dass er einiges übersehen hatte. Neben dem Bett lag ein Haufen Lappen, wie es schien, und die Laken auf dem Bett waren mit großen dunklen Flecken übersät. Es hätte alles Mögliche sein können, Wasserflecken, sonst etwas. Aber Mitch hatte beim Renovieren alter Häuser schon manche unschöne Entdeckung gemacht, deshalb wusste er genau, was das war: sehr altes, getrocknetes Blut.

Als von draußen ein Geräusch hereindrang, verursacht von irgendeinem Tier, zuckte er heftig zusammen.

Nach einem letzten Blick auf den Raum löschte er das Licht und beeilte sich, ins Freie zu kommen.

Er schloss die Tür wieder mit dem lose am Holz baumelnden Vorhängeschloss. Auf dem Rückweg zum Haus ging ihm nur eine Frage durch den Kopf: Was zum Teufel hatte das zu bedeuten?

Nach den ersten Aufräumarbeiten im Ranchhaus hatte Mitch am Nachmittag in der Stadt unauffällig Lebensmittel und Putzutensilien eingekauft. Von seinem Abstecher in den Sturmkeller zurückgekehrt, machte er sich daran, das Haus ein weiteres Mal gründlich zu putzen. Als er unter die Dusche ging, war er verschwitzt und schmutzig, im Haus aber glänzte und blinkte es. Als er sich die Zähne über dem Waschbecken putzte, roch es überall so frisch wie seine Zahnpasta. Und als er in das Bett fiel, das einst seinem Vater gehört hatte, war es mit duftender Bettwäsche bezogen, die er in der Waschmaschine in der Küche gewaschen und im Trockner getrocknet hatte. Der frisch gesäuberte Kühlschrank war mit Lebensmitteln und Bier bestückt. Am Morgen konnte er sich selbst Frühstück machen, ohne sich unter die Einheimischen im Wagon-Wheel-Café mischen zu müssen. Eins aber wollte ihm nicht gelingen, nämlich den Schrecken abzuschütteln, der ihm beim Anblick des Sturmkellers in die Glieder gefahren war.

Hatte seine klaustrophobische Mutter ihn so möbliert, um sich vorzugaukeln, dass es eigentlich gar kein Sturmkeller war, falls sie je dort Schutz suchen mussten? Hatte sie Angst davor, dort eingesperrt zu sein? Aber das war noch keine Erklärung für das Bett, in dem offenbar jemand geschlafen hatte, geschweige denn für das Blut.

Vielleicht war es gar kein Blut, redete er sich ein. Woher wollte er wissen, dass es Blut war? Bestimmt irrte er sich. Wahrscheinlich war es gar kein Blut.

Der Raum hatte ausgesehen wie eine Wohnung, verdammt.

Ihn überlief ein Schauer bei der Vorstellung, dass jemand sich länger in dem Keller aufgehalten hatte als im Fall eines Sturms unbedingt notwendig.

Vor dem Zubettgehen trank Mitch noch ein Bier. Als er schließlich im Bett lag, gestattete er sich, kurz an Abby zu denken und daran, wie hübsch sie am Morgen auf ihrer Veranda ausgesehen hatte. Ihr Haar war noch so blond und lockig wie früher, ihr Lächeln noch genauso offen und ansteckend, wie er es in Erinnerung hatte, und als sie Patrick etwas nachrief, klang ihre Stimme genau wie damals als Mädchen, wenn sie ihm vom Garten aus etwas zugerufen hatte. Genug, ermahnte er sich, eine Ermahnung, die er mehrmals wiederholen musste. Sie ist eine erwachsene Frau, nicht mehr das Mädchen von damals, schärfte er sich ein. Mitch schlief ein und träumte von dunklen, geheimen Orten, an die er sich nicht begeben wollte. Die Träume steigerten seine Unruhe, und er schlief nicht besonders lange.

Mitten in der Nacht stand Mitch auf und kleidete sich an. Er ging nach draußen zu seinem Auto, stieg ein und fuhr los.

28

Bei seinem dritten Besuch auf der Ranch lud das Mädchen, Sarah Francis, Rex ein, mit ins Haus zu kommen.

Im Haus wusste er dann nicht so recht, wohin mit sich. Sie vereinfachte die Dinge, indem sie ihn in die Küche rief und ihm eine Dose Bier anbot, die sie aus dem Kühlschrank nahm. Er war noch minderjährig, genau wie sie.

«Hat Pat dir das Bier besorgt?», fragte er betont sachlich, ohne sich die Abneigung gegen seinen Bruder anmerken zu lassen.

Auch sein Bruder war noch zu jung, um legal Bier zu kaufen. Derartige Beschränkungen aber fielen in Patricks Welt, anders als bei anderen Leuten, anscheinend nicht ins Gewicht.

Sie nickte. «Er hat mir genug dagelassen, um ein Jahr feiern zu können, aber ich darf nichts trinken, und besuchen kommt mich ja eh nie jemand.» Sie sah ihn an und lächelte ein wenig verwundert. «Bis auf dich.»

«Warum darfst du nichts trinken?»

Sie zuckte nur die Achseln und sagte nichts.

Rex und seine Freunde mussten für gewöhnlich mühsam jemanden auftreiben, der alt genug und bereit war, für sie Alkohol zu kaufen, oder jemanden, der einen gefälschten Ausweis hatte und damit an Alkohol kam. Selbst dann fanden sie niemanden im Ort, der ihnen welchen verkaufen wollte, sobald auch nur der leiseste Verdacht bestand, dass das Zeug für sie bestimmt war. Normalerweise mussten sie in benachbarte Orte fahren, um ihre Vorräte aufzustocken, die sie in Verstecken aufbewahrten, wo ihre Eltern sie nicht finden konnten. Pat dagegen schien stets in Hülle und Fülle über alles zu verfügen, was sein Herz begehrte, vor allem Mädchen und Alkohol, und er teilte nie mit seinem jüngeren Bruder, es sei denn, er konnte dafür tüchtig abkassieren. Einmal hatte Rex vor einer Fete Pat in seiner Verzweiflung einen Aufpreis von hundert Dollar für das Fässchen Bier bezahlt, das er für ihn besorgte.

Mit Alkoholismus kannte Rex sich nicht aus, aber er vermutete, dass Sarahs Abneigung gegen Alkohol mit ihrer Familie zu tun hatte. Es wäre wohl taktvoller, entschied er, das Thema nicht weiter zu vertiefen.

«Was kannst du denn hier draußen machen?», fragte er.

Er zog sich einen Stuhl heran und setzte sich an den Tisch. Das Bier war so kalt, dass Kondenswasser auf der Dose perlte. Er konnte es kaum fassen, dass er hier war, mit ihr, noch dazu mit einem Bier in der Hand. Er lehnte sich zurück und genoss es, sie einfach ansehen zu können, ohne, wie sonst immer, irgendeinen Vorwand dafür finden zu müssen.

Sie trug dasselbe schlichte orangefarbene T-Shirt, in dem er sie schon einmal gesehen hatte, und wieder hätte er schwören können, dass sie nichts darunter trug. Heute hatte sie allerdings schwarze Shorts an, nicht die weißen vom letzten Mal. Ihre Beine aber waren noch genauso lang und braun, ihre Füße genauso nackt, ihr Gesicht noch genauso schön, ihr Haar noch genauso lang und schwarz. Es war ziemlich warm im Haus, da sie die Klimaanlage nicht angeschaltet hatte, und sie hob sich ständig ein wenig gereizt das Haar aus dem Nacken und drapierte es sich nach vorne, über die Schulter. Sobald es ihr wieder in den Nacken gerutscht war, wiederholte sie die Prozedur. Am liebsten wäre Rex hinübergegangen, um ihr das Haar aus dem Nacken zu

heben, oben auf dem Kopf festzuhalten und ihr wie ein Skla-
ve im alten Ägypten Luft zuzufächeln, bis sie vor Behagen
seufzte. Dann würde er sich hinabneigen und ihr einen Kuss
auf diesen entzückenden, verschwitzten Nacken geben …

«Was?», fragte er verdattert, da er nicht mitbekommen
hatte, was sie gerade gesagt hatte.

Sie lächelte ein wenig, als hätte sie seine Gedanken gelesen, und lehnte sich gegen den Küchenschrank. «Ich sagte,
ich mache überhaupt nichts hier draußen. Gott sei Dank
habe ich einen Fernseher, außerdem Zeitschriften und eine
Stereoanlage. Sag mal, meinst du, du könntest mir ein paar
Bücher besorgen?»

Er richtete sich auf. «Klar doch!»

Dann genierte er sich für seinen Eifer und rutschte wieder
etwas nach unten.

«Ich mag Liebesromane», sagte sie, «und Krimis.» Wehmütig setzte sie hinzu: «Ich wollte, ich könnte mal irgendwohin. Hier ist es so langweilig!»

«Fühlst du dich hier nicht manchmal einsam, so ganz
allein?»

Sie zuckte die Achseln, aber er meinte zu sehen, dass ihre
Augen verdächtig glänzten und ihre Unterlippe ein wenig
bebte, bevor sie einen tiefen Seufzer ausstieß und mit Nach-
druck sagte: «Ich würde alles dafür geben, mal ein paar
Stunden hier rauszukommen.»

«Du kommst hier nie raus? Überhaupt nie?»

Sie schüttelte feierlich den Kopf, worauf ihr das Haar in
den Nacken rutschte und sie es wieder anhob. «Nein. Ich
habe die Ranch jetzt seit einem ganzen Monat nicht mehr
verlassen.»

«Wie lange musst du denn noch hier bleiben?»

Sie wandte das Gesicht zum Fenster, hielt sich die Hand
über die Augen und sah hinaus in den Sonnenschein. «Eine

Weile. Bis ich genug zusammenhabe, um irgendwo neu anzufangen.»

«Bis du genug was hast? Geld? Wie willst du das anstellen?»

Sofort wandte sie ihm wieder das Gesicht zu. Sie wirkte verlegen. «Ich meinte bloß ... ich meinte bloß, da ich ja keine Ausgaben habe, gebe ich auch nichts aus. Also spare ich ganz schön was. Das habe ich gemeint.»

Er wurde nicht recht schlau aus ihren Worten, hatte aber nicht den Mut, ihr die Fragen zu stellen, die ihm durch den Kopf gingen. Sie konnte doch nicht ewig hier bleiben und ihrer Familie aus dem Weg gehen, oder? Wartete sie ab, bis sich eine Möglichkeit ergab, hier wegzukommen und irgendwo anders Arbeit zu finden? Aber wie sollte das gehen, wenn sie nie das Haus verließ?

«Ich könnte mit dir irgendwohin fahren», brach es aus ihm heraus.

«Nein, kannst du nicht. Ich kann nirgendwohin, wo sie mich sehen könnten.»

Wer damit gemeint war, konnte er sich vorstellen. Also fragte er nicht nach.

«Ich denke an keinen bestimmten Ort», sagte Rex. «Ich meinte bloß, ich könnte ein bisschen mit dir herumfahren.»

«Herumfahren?» Sie sah ihn an, als verstünde sie nicht. «Du meinst, so –»

Er grinste. «So im Auto herumfahren. In meinem Pickup. Bloß durch die Gegend fahren, verstehst du?»

«Durch die Gegend fahren ... wohin?»

«Keine Ahnung, irgendwohin, aus der Stadt raus, wo dich keiner kennt.»

«Nein.» Sie schüttelte heftig den Kopf. «Nein, nein. Geht nicht. Niemand darf mich sehen.»

«Ich meine ja nicht tagsüber. Abends. Richtig spät, meine ich, bei Nacht.» Die Aussicht gefiel ihm, er lachte ein wenig. «Wir könnten erst nach Mitternacht losfahren. Wir könnten mit offenen Fenstern durch die Gegend fahren, damit du den Wind spürst und, keine Ahnung, einfach mal ein bisschen hier herauskommst.»

Diesmal glaubte er, als sie ihn anschaute, in ihren Augen ein hoffnungsvolles, unternehmungslustiges Funkeln zu sehen.

«Es müsste aber schon richtig spät sein», sagte sie langsam.

Die Idee gefiel ihm. Sie gefiel ihm sogar richtig gut. «Klar doch!»

Vor seinem geistigen Auge sah Rex bereits, wie die Sache ablaufen könnte. Er sah, wie er sich abends unter einem Vorwand von seinen Eltern verabschiedete, wie er sein Auto irgendwo versteckt abstellte, vielleicht sogar darin schlief, bis es spät genug war, sie abzuholen. Er malte sich aus, wie er zu ihr fuhr, im romantischen Licht des Vollmonds. Oder nein, lieber nicht, vielleicht sollte es besser dunkel und bewolkt sein. Er sah vor sich, wie sie ihn schon ungeduldig erwartete, aus dem Haus gelaufen kam und zu ihm ins Auto stieg. Er stellte sich vor, wie die Sitzbank in seinem Pick-up unter ihrem Gewicht nachgab, aber nur ein ganz kleines bisschen. Er meinte schon, ihren Körper neben sich zu spüren, den frischen Duft nach Seife zu riechen, der bei jeder Bewegung von ihr ausging. Er konnte den Glanz ihrer Augen im dunklen Fahrerhaus seines Pick-up sehen, ihre weißen Zähne, wenn sie ihm verschwörerisch zulächelte, wie sie ihn im schwachen Licht anschaute und feststellte, wie attraktiv er war, attraktiver als gedacht, und dass er viel erwachsener wirkte als sein älterer Bruder …

«Ach, ich weiß nicht.» Auf einmal sah sie verzagt aus, sogar ängstlich.

Er wollte ihr keine Angst machen. Auch unglücklich wollte er sie nicht machen, auf gar keinen Fall, niemals.

«Okay», gab er sich vorläufig geschlagen. «Wie du meinst.»

Sie wirkte fast enttäuscht, aber auch wieder dankbar, dass er das Thema fallen ließ. Aber Rex wusste, was er tat. Er ging davon aus, dass sie letzten Endes auf seinen Vorschlag eingehen würde, aus dem einfachen Grund, weil kein gesunder Mensch es aushielt, über längere Zeit an einem Ort festzusitzen, und hätte er noch so gute Gründe, sich zu verstecken. Irgendwann würde ihr die Decke so auf den Kopf fallen, dass sie ihn förmlich anbetteln würde, sein Angebot in die Tat umzusetzen.

Trotzdem war er überrascht, wie lange das dauerte.

Erst nach drei Wochen, in denen er sie unregelmäßig besuchte, um ihr Zeitschriften, Pflegeprodukte, typische Frauenartikel und Lebensmittel vorbeizubringen, begrüßte sie ihn eines Abends an der Tür mit den Worten: «Ich halte es nicht mehr aus! Du musst mich hier rausholen. Ich würde gerne mit dir durch die Gegend fahren, wie du neulich mal vorgeschlagen hast. Versprichst du, dass niemand, der mich kennt, uns sieht? Schwörst du mir das?»

Als könnte ich ihr Universum kontrollieren, dachte er und freute sich, dass sie ihm so viel Macht zuschrieb. Vor Freude war ihm so schwindelig, dass er es kaum ins Haus schaffte, um ihr die Tüte mit Einkäufen hineinzubringen.

In der folgenden Nacht war es so weit.

«Ich habe dir noch was mitgebracht», sagte Rex, bevor er den Motor anließ.

«Was denn?» Sarah sah im Halbdunkel hinreißend aus,

ganz, wie er es sich ausgemalt hatte. Hoffentlich sah auch er im schwachen Licht besser aus.

Er griff in ein Papiertütchen neben sich, holte etwas heraus und reichte es ihr. «Da. Damit dir die Haare nicht ständig ins Gesicht wehen und dich wahnsinnig machen.»

«Ein Haargummi? Welche Farbe hat es?»

Sie hielt es vor sich hoch, konnte die Farbe in der Dunkelheit aber nicht erkennen.

«Rot.»

«Prima.» Sie hob die Arme, strich sich das Haar zurück und band es mit dem Gummi zu einem Pferdeschwanz zusammen. Dann seufzte sie, hörbar zufrieden darüber, sich das Haar zurückbinden zu können. Lächelnd wandte sie ihm das Gesicht zu. «Lustig, dass du darauf gekommen bist, aber danke.»

Am liebsten hätte er ihr über die Wange gestreichelt. Er ließ es bleiben.

Zweieinhalb Stunden kurvten sie durch die Gegend, von viertel vor zwei bis viertel nach vier. Es war noch dunkel, als er sie wieder zurückbrachte, die Sonne war noch nicht aufgegangen.

Beim Wegfahren aber war Rex schwer ums Herz.

Unterwegs war Sarah richtig aufgeblüht. Sie hatte in einem fort geredet und gelacht, Witze gerissen und ihn sogar hin und wieder freundschaftlich geneckt. Geredet aber hatte sie über einen anderen Jungen. Sarah war in jemand anders verliebt.

«Er sieht so wahnsinnig gut aus!», schwärmte sie hingerissen. «Findest du nicht?»

«Das kann ich bei Typen nicht so richtig beurteilen.»

«Nun, er sieht toll aus. Und er ist so nett –»

«Nett?»

«O ja, richtig nett und intelligent. Redet er jemals von mir?»

«Hm, ich glaube, er hat dich mal erwähnt –»

«Echt? Meine Güte, was hat er gesagt?»

«Ich glaube, er findet dich süß.»

Sie seufzte wieder, aber noch glücklicher diesmal.

Dass sie daherplapperte wie jedes andere Mädchen, das er kannte, in dem Alter, störte ihn. Richtig weh aber tat es, dass sie ihm dieselbe Rolle zuwies wie alle anderen Mädchen. Sein Leben lang ging das schon so. Er war der gute alte Rex, immer der beste Freund der süßen Mädchen, aber nie ihr richtiger Freund. Er war es gewohnt, seinen Stolz zu schlucken und seine Gefühle zu unterdrücken. Gewohnt, den Vertrauten zu spielen, den lieben Kerl. Er tröstete sich oft mit der Überlegung, dass es unwichtig war, wenn ihn eine Million Mädchen verschmähten, solange er nur eines Tages seiner wahren Liebe begegnete. Mehr brauchte ein Mann nicht, eine wahre Liebe. Mitch lachte natürlich immer darüber und behauptete, Rex' Problem sei, dass er hinter den Mädchen her war, die nichts von ihm wollten, und die Mädchen ignorierte, die etwas von ihm wollten. Na schön, ein- oder zweimal mochte das der Fall gewesen sein, aber darum ging es nicht. Er sah nun einmal einfach nicht gut aus, nicht so gut wie manche seiner Freunde, dafür war er immer derjenige, dem die Freundinnen anderer Jungen ihre Geheimnisse anvertrauten, statt ihn ebenso zu begehren, wie er manche von ihnen begehrte. So weit unten auf der Attraktivitätsskala platziert zu werden tat immer weh, aber diesmal litt er deswegen wahre Höllenqualen.

Immerhin war Sarah nicht in Patrick verliebt, das war das Einzige, was Rex tröstete.

Halt, es gab noch einen Trost. Wenn Patrick in den Semesterferien heimkam, würde Rex dafür sorgen, dass er erfuhr, wer Sarah als Einziger etwas bedeutete: Mitch.

Drei lange Wochen fuhr er nicht mehr bei ihr vorbei, so verletzt, enttäuscht und gekränkt war er. Soll Nadine Newquist sie doch mit allem Notwendigen versorgen, dachte er verbittert. Für ihre Einkäufe hatte er außerdem fast sein ganzes Geld ausgegeben. Sie hatte ihm seine Auslagen nie ersetzt. Was ihm damals nichts ausgemacht hatte, da er davon ausging, dass sie vermutlich kaum Geld hatte. Jetzt aber war er sauer deswegen und fühlte sich ausgenutzt. Verdammt, er konnte es sich nicht länger leisten, für sie den Laufburschen zu spielen. Damit war ab sofort Schluss. Warum sollte er sich dazu hergeben, wenn sie gar keinen Wert darauf legte, ihn zu sehen?

Ob Mitch sie auch mal besuchen kam, hatte er sie nicht gefragt. Möglicherweise wollte er das lieber gar nicht wissen. Herauszufinden, dass Mitch nicht nur ihr Herz gehörte, sondern dass sein bester Freund auch noch Abby hinterging, seine beste Freundin, wäre furchtbar gewesen. Rex wusste nicht, was er in dem Fall getan hätte. Durchaus möglich, dass er Abby vor Ärger und Eifersucht alles verraten hätte. In jenen drei Wochen ging Rex auch Mitch aus dem Weg.

Er redete sich mit Arbeit auf der Ranch und für die Schule heraus, witzelte, dass er Bewerbungsunterlagen für Harvard und Yale ausfüllen müsse, ließ Andeutungen über ein neues Mädchen in einem Nachbarort fallen, das er womöglich hin und wieder mal besuchen fuhr.

Mitch schien gar nicht zu bemerken, dass etwas nicht stimmte. Er wirkte nur zusehends verärgert: «Wo zum Teufel treibst du dich rum, Mensch?»

Abby wiederum musterte ihn immer öfter merkwürdig

von der Seite und fragte ihn manchmal: «Wie ist ihr Name, hm?»

Als er schließlich doch noch ein weiteres Mal zur Ranch hinausfuhr, um nachzuschauen, ob es Sarah gut ging (wie er sich einredete), war sie nicht dort. Mehr noch, das Haus war sorgsam verriegelt und verrammelt, wie es die Art der Newquists war; an der Tür des Sturmkellers war sogar ein nagelneues Vorhängeschloss angebracht. Rex spähte durch einige Fenster, aber im Haus deutete nichts mehr darauf hin, dass Sarah je dort gewesen war.

Er sah sie nie wieder. Erst fünf Monate später, in der Nacht des Schneesturms, sah er sie noch einmal.

29

Am Abend nach dem Tornado saß Abby in der Finsternis auf ihrer Veranda. Sie hatte sich einen Stuhl in eine Ecke gerückt. Auf ihrer Schulter hockte ein kleiner Vogel, der sich an ihren Hals schmiegte, auf ihrem Schoß hatte sie eine Schrotflinte liegen. Sie hatte keinen Strom. Ihr Treibhaus, und damit ihr Betrieb, war zerstört. Einer ihrer Vögel war tot, ein zweiter verschwunden und der dritte noch zu verängstigt, um in seinen Käfig gesetzt werden zu können. Gracie hatte Zuflucht unter Abbys Haaren gesucht, sich dort regelrecht verkrochen, und reagierte bissig, wenn sie ihn hervorholen wollte. Abby konnte das Schnäbelchen spüren, das sich an ihren Hals drückte, und auch Gracies weiches Gefieder, das merklich zitterte.

«Baby, Baby», flüsterte Abby unablässig vor sich hin, während ihr die Tränen übers Gesicht liefen.

Der Vogel gab in Abständen leise, furchtsame Laute von sich, bei denen Abby schier das Herz brach. Jedes Mal aufs Neue bekam sie schreckliche Gewissensbisse bei dem Gedanken, wie verängstigt und hilflos ihre Vögel gewesen sein mussten. Unerträglich war ihr auch die Vorstellung von J. D. draußen in der freien Natur. Was würde er, wenn überhaupt, fressen? Wie sollte er sich gegen Raubvögel schützen? Falls er noch lebte, wäre er Falken und Adlern schutzlos ausgesetzt.

Abby zitterte ebenso sehr wie der ihr verbliebene Hausgenosse, sie wurde immer wieder aufs Neue von Schluchzen geschüttelt. Sie weinte nicht um den materiellen Schaden,

den sie erlitten hatte, schließlich waren dabei nur Holz, Nägel und Glas zu Bruch gegangen. Treibhäuser konnten neu errichtet werden, dafür war sie versichert. Auch Pflanzen und Blumen ließen sich leicht ersetzen. Sie weinte nicht um ihren Betrieb und zitterte auch nicht vor Furcht. Man hatte sie vor der Gefahr von Plünderern gewarnt, aber dass jemand den weiten Weg hier herausgefahren kam, um unter zerbrochenen Blumentöpfen und Holztrümmern nach Wertvollem zu suchen, schien ihr unvorstellbar. Das Angebot ihrer Schwester und von Freundinnen, bei ihnen zu bleiben, hatte sie dankend abgelehnt und sie heimgeschickt, um nach dem Unwetter bei sich selbst nach dem Rechten zu sehen. Auch Rex' Angebot, ihr einen Deputy zum Schutz vor möglichen Einbrechern zu schicken, hatte sie abgelehnt.

«Mitch ist in der Stadt», hatte er zu ihr gesagt.

«Ich weiß. Ich habe ihn gesehen.»

«Ich auch.»

«Habt ihr auch … miteinander gesprochen?»

«Bloß Hallo gesagt, mehr nicht», sagte Rex. «Und du?»

«Nein. Er hat mich, glaube ich, gar nicht gesehen.»

Mehr Worte hatten sie darüber nicht verloren. Andere, drängendere Probleme beschäftigten sie.

Jetzt, auf ihrer Veranda, hatte Abby keine Angst, und sie lauerte auch nicht auf Plünderer. Sie saß im Dunkeln mit ihrer Schrotflinte da und wartete auf Patrick.

Er war nochmal in ihrem Haus gewesen, während sie fort war. Aber nicht tagsüber. Die Sonnenbrille hatte noch auf dem Tisch gelegen, als sie nach Hause kam und ihre Freundinnen in der Küche vorfand. Später dann, nach dem Unwetter, war die Brille vom Tisch verschwunden. Also musste er da gewesen sein, nachdem sie zusammen zum Essen in die Stadt gefahren und bevor sie nach dem Tornado so überstürzt zurückgekommen waren, vermutlich, um das Heu anzuliefern, um das sie ihn am Morgen gebeten hatte, und vielleicht sogar, um bei ihr nach dem Rechten zu sehen. Gehört hatte sie nichts von ihm.

Patrick hasste ihre Vögel. Erst am Morgen hatte er gesagt: «Entweder sie oder ich, Abby.» Er hatte gedroht, die Tiere umzubringen, eine Drohung, die sie keineswegs als Scherz aufgefasst hatte. Und Tornados mochten zwar oft eigenartige Schneisen der Zerstörung ziehen, aber sie hakten nicht von innen vogelsichere Türriegel auf.

Als er schließlich auftauchte, fuhr er nicht bis zu ihrem Haus.

Abby hörte, wie sich das Auto auf der Straße näherte und schließlich am Straßenrand anhielt, wie die Autotür leise geschlossen wurde und er sodann mit leisen Schritten ihre Auffahrt heraufkam. Vermutlich wollte er sie nicht wecken. Er wollte sich heimlich, still und leise in ihr Haus schleichen und dann zu ihr ins Bett schlüpfen. Er wusste natürlich, dass er von ihren Vögeln nichts mehr zu befürchten hatte; bestimmt hatte er gehofft, dass auch Gracie in ihrer Panik davonfliegen würde. Trotzdem würde er vermutlich darauf achten, das Haus wie immer zu betreten – die Haustür so zu öffnen, dass sie nicht in den Angeln quietschte, sich die Stiefel auszuziehen und auf Zehenspitzen an dem Käfig vor beizuschleichen, als wüsste er nicht, wie leer dieser Käfig jetzt war.

Schließlich hörte sie den Kies unter seinen Schuhen knirschen und wusste, dass er jetzt ganz in der Nähe war.

«Ich bin hier draußen», rief sie. «Auf der Veranda.»

Damit dürfte sie ihm einen Mordsschrecken eingejagt haben, das war ihr klar. Wahrscheinlich hatte er einen Satz zurück gemacht vor Überraschung und Schuldgefühlen.

Falls Patrick zu Schuldgefühlen überhaupt fähig war. Abby hatte so ihre Zweifel. Wie konnte man das tun, was er an diesem Abend getan hatte, und zugleich ein Mensch sein, der von Schuldgefühlen geplagt wurde, so wie sie jetzt, weil sie ihn je in ihr Leben gelassen hatte, in ihr Haus, ganz zu schweigen von ihrem Bett und ihrem Körper!

In der Dunkelheit konnte sie die Silhouette eines großen, breitschultrigen Mannes erkennen.

Leise legte sie beide Hände um die Schrotflinte, richtete sie genau auf die Tür und entsicherte sie, so lautlos es ging. Sie legte ihren rechten Zeigefinger um den Abzug. Sie hatte nicht vor, auf ihn zu schießen, sie wollte ihm nur einen mörderischen Schrecken einjagen und ihn so von ihrem Grundstück vertreiben.

Die große, dunkle Gestalt stieg leise die Treppe zu ihrer Veranda hoch.

Er tastete kurz nach dem Türgriff, fand ihn, öffnete die Tür und trat ein.

Abby hob die Flinte, bis sie direkt auf seine Brust zielte.

«Bleib stehen, Patrick!»

«Abby?», fragte er erschrocken.

Beim Klang seiner Stimme hätte sie vor Schreck um ein Haar den Abzug betätigt, jetzt senkte sie die Flinte schnell, bevor ein Unglück geschehen konnte. Als der Mann noch zwei Schritte näher kam, stockte Abby der Atem, und sie erstarrte förmlich.

Der Mann, der vor ihr stand und nervös ihre Flinte anschaute, war nicht Patrick.

«Mitch», sagte sie, und das war keine Frage.

Mitch stand vor Abby auf der finsteren Veranda und stammelte: «Ich war gar nicht darauf gefasst, dich zu sehen, ich war – ich war nur gerade –»

«Ja, sicher. Um zwei Uhr früh fahren ständig Leute hier an meinem Haus vorbei», sagte Abby kalt.

«Der Tornado hat bei dir gewütet, habe ich gehört –»

«Und deshalb kreuzt du nach siebzehn Jahren hier auf, ja? Wozu? Um mir zu helfen?»

Es bestürzte sie, wie ruhig sie blieb, wie kühl sie mit ihm sprechen konnte, wie gut es ihr gelang, ihn nicht, an Patricks Stelle, zu erschießen. Das hätten sie beide verdient. Aber es ärgerte sie auch, wie geschwind ihr die Zahl siebzehn über die Lippen gekommen war. Jetzt würde er denken, sie hätte die Jahre gezählt, seit er fort war, und sich sogar deswegen gegrämt.

«Was zum Teufel tust du hier, Mitch?»

Er deutete auf ihre Flinte. «Mein Leben aufs Spiel setzen?»

Abby sagte nichts, sicherte aber den Abzug wieder.

«Wolltest du wirklich deinen Mann erschießen?»

«Meinen was? Patrick ist doch nicht mein Mann», sagte sie verächtlich. Sollte er ruhig denken, sie hätte einen anderen Mann, wenn er wollte. «Wie kommst du denn auf die Idee?»

«Keine Ahnung, ich habe nur –»

Er verstummte verlegen. Sie beschloss eigensinnig, ihn zappeln zu lassen und ebenfalls zu schweigen.

Das hätte nie passieren dürfen, dachte Mitch, während er auf der dunklen Veranda stand und krampfhaft überlegte, was er zu Abby Reynolds sagen sollte, die offenbar wenig Lust hatte, mit ihm zu reden.

Eigentlich hatte er nur ein bisschen auf den Landstraßen herumfahren wollen, bis er müde genug war, um wieder schlafen zu können. Irgendwie aber schienen ihn alle Straßen nach Norden und Osten zu führen. Er war auf den

Highway gefahren, wo außer ihm nur die großen Sattel-
schlepper unterwegs waren, die Güter zwischen Kansas
City und Wichita transportierten. Um diesen Kolonnen zu
entgehen, war er bei einer der ersten sich bietenden Abfahrten abgebogen, zufällig genau die Straße mit dem kleinen
grünen Pfeil, der einen den Feldweg hinabwies.

Reiner Zufall, davon war er überzeugt.

Dann hatte die Neugier gesiegt. Er wollte nachsehen, ob
Abbys Haus tatsächlich von dem Tornado getroffen worden war, den er beobachtet hatte. Er würde in der Dunkelheit bei ihr vorbeifahren, mehr nicht, bloß vorbeifahren,
einen Blick auf ihr Grundstück werfen und dann wieder
nach Hause fahren. Er stutzte. Hatte er das Ranchhaus
wirklich als Zuhause bezeichnet? Im Geist korrigierte er
sich rasch.

Doch als er sich ihrem Anwesen näherte, stimmte dort
etwas nicht. Irgendetwas fehlte.

Zunächst wusste er nicht recht, was genau, da er ja erst
zweimal hier gewesen beziehungsweise vorbeigefahren war.
Dann aber, Himmel!, erkannte er mit Schrecken, dass ihr
Treibhaus komplett verschwunden war. Anstelle eines Ge-
bäudes mittlerer Größe sah er … nichts. Mit vor Sorge po-
chendem Herzen hatte er zu ihrem Haus hinübergesehen.
Gott sei Dank, es stand noch. Während ihm das Blut in den
Schläfen klopfte, konnte er nichts anderes denken.

Im Haus brannte kein Licht, aber er sah, dass ein Pick-up
davor stand.

Mitch erinnerte sich an den Wagen als den anderen Pick-
up, den er am Morgen gesehen hatte. Es schien ihm eine
Ewigkeit her zu sein. Der eine Pick-up, in dem Patrick
Shellenberger rasant aus der Auffahrt gebogen war, war neu
und rot. Dieser hier war schon älter, verbeult und schwarz.
Abbys Wagen?

Ging es ihr gut? War sie zu Hause, als der Tornado ihr Grundstück heimsuchte?

Entweder lag Abby in dem dunklen Haus im Bett und schlief – ohne Patrick, wie es schien –, oder sie übernachtete irgendwo anders, oder … Er konnte nicht einfach so an ihrem Haus vorbeifahren. Ausgeschlossen. Er musste Genaueres in Erfahrung bringen.

Mitch stieg aus seinem Wagen aus, als zerrten ihn unsichtbare Hände, Geisterhände heraus.

Sie gaben ihm ein, seine Wagentür nur anzulehnen, um beim Schließen keinen Lärm zu machen, und stießen ihn dann über die kiesbestreute Auffahrt auf ihr Haus zu. Beim Gedanken an Patrick wurde ihm kurz mulmig. Das könnte noch mächtig Ärger geben.

Trotzdem blieb er nicht stehen, die unsichtbaren Hände zerrten ihn weiter.

Als er sie «Ich bin hier draußen. Auf der Veranda» rufen hörte, versetzte es Mitch zunächst einen Schreck. Dann jedoch war er erleichtert. Abby! Seine Erleichterung war ungeheuer, überwältigend, grenzenlos. Es ging ihr gut, sie war am Leben. Diese Stimme, merkte er, hätte er immer und überall erkannt, auch wenn er sie an diesem Tag nicht schon einmal gehört hätte, auch wenn er sie bis zu seinem letzten Tag auf Erden nie mehr gehört hätte. Noch auf dem Sterbebett, wurde ihm klar, hätte er sie auf Anhieb erkannt, wenn das Telefon geläutet und sie sich nur mit «Hallo» gemeldet hätte.

Er wollte lieber nicht darüber nachdenken, was seine Erleichterung womöglich noch bedeuten mochte. Wenn es nach ihm ging, würde sie gar nichts weiter bedeuten. Das hier war schließlich die enttäuschende Frau, die Patrick Shellenberger geheiratet hatte.

Seine eigenen Gefühle, ermahnte Mitch sich, fielen jetzt

271

nicht ins Gewicht. Er setzte sich in Bewegung, um ihren Worten Folge zu leisten, die die Aufforderung Komm her! zu beinhalten schienen. Seine starke emotionale Reaktion, beruhigte er sich, bewies lediglich, dass er noch kein vollkommen abgebrühter Mistkerl war. Dass sogar er sich darüber freuen konnte, wenn ein anderer Mensch einen Sturm überlebt hatte.

Aber ja, überlegte Mitch spöttisch, als er die Tür zur Veranda öffnete. Sicher doch. Genau das bedeutet deine Reaktion, klar. Und wenn du das glaubst, kann ich dir ein tolles Grundstück in einem Sumpf verkaufen.

Als Abby zu dem Mann emporschaute, der vor ihr auf der Veranda stand, schossen ihr zwei Gedanken durch den Kopf. Der erste war: Mein Gott, sieht er hinreißend aus. Der zweite: Ich sehe zum Davonlaufen aus.

Mitch räusperte sich. «Du hast gesagt, Patrick sei nicht dein Mann. Ist es jemand anders?»

Spontaner Lachreiz stieg in ihr auf. «Nein. Du bist verheiratet, stimmt's?»

«Geschieden.»

«Oh.»

«Ich habe einen Sohn.»

«Habe ich gehört.»

«Er ist sechs.»

«Das ist schön.»

Das ist wirklich schön, dachte sie. Und dabei schnürte es ihr die Kehle zusammen, vor Kummer um die Kinder, die sie, anders als erträumt, nie von ihm bekommen hatte.

«Und du?», fragte er.

«Und ich was?», gab sie sich absichtlich begriffsstutzig.

«Hast du –» Auch ihm schien irgendetwas im Hals zu sitzen. Er räusperte sich. «Hast du Kinder?»

Abby dachte: Das ist doch lächerlich. Da spiele ich nicht mit.

Sie versank wieder in Schweigen. Still saß sie da, mit dem Vogel, der verborgen an ihrem Hals knabberte, und der Schrotflinte, die offen auf ihrem Schoß lag.

Kurz darauf aber besann sie sich. «Nein.»

Er drehte sein Gewicht von einem Fuß auf den anderen und wandte den Kopf um, dahin, wo ihr Treibhaus gestanden hatte.

«Dann hat der Tornado dich also getroffen.»

«Das hat er wohl», entgegnete sie trocken.

Er drehte sich wieder um und sah sie an. «Abby –»

«Was?»

Jetzt schien er auf einmal um Worte verlegen.

«An dieser Stelle musst du sagen, dass es dir leid tut», platzte sie heraus, zu ihrer eigenen und, seiner Miene nach zu urteilen, auch seiner Überraschung. «An dieser Stelle erklärst du mir, warum du weggegangen bist, Mitch.»

Sie hatte einen grässlichen Tag hinter sich, in ihrem Leben hatte sich Dramatisches ereignet, jemand, dem sie in gewisser Weise vertraut hatte, hatte ihr etwas Furchtbares angetan. Ihre seelischen Wunden waren noch frisch, und Mitchs Auftauchen streute eimerweise Salz in diese Wunden. In dem Moment war es um ihre Beherrschung geschehen. «Verdammter Mist, was machst du hier, Mitch? Warum bist du in der Stadt, nach all den Jahren? Und was … was um alles in der Welt … hast du hier verloren, um zwei Uhr morgens, bei mir zu Hause?»

Sie klang völlig fassungslos. Er sah sie bestürzt an.

Abby stellte die Schrotflinte neben sich und sprang erregt vom Stuhl auf. «Wie konntest du nur?», fragte sie hilflos. «Warum hast du das getan?» Dann konnte sie nicht länger an sich halten und brach in heftiges Schluchzen aus.

Mitch stürzte zu ihr und nahm sie in die Arme.

Bevor er sie jedoch küssen konnte, nachdem er ihr die Tränen abgewischt und über das zerzauste Haar gestrichen und immer wieder «Es tut mir leid, es tut mir so leid, ich kann dir nicht sagen, wie leid» geflüstert hatte, sagte Abby eindringlich: «Halt, warte!»

Sie machte sich von ihm los.

Behutsam pflückte sie sich den kleinen Vogel von der Schulter und brachte ihn in der rechten Hand unter ihrem Haar zum Vorschein. Mitch machte große Augen, aber selbst in der Dunkelheit sah sie das Lächeln darin. Abby legte auch noch die andere Hand um Gracie, um den Vogel sicher in ihren Händen zu bergen, damit er niemanden beißen konnte. Dann sah sie hoch in Mitchs Gesicht, und er legte wieder die Arme um sie, mitsamt ihrem Vogel, neigte das Gesicht hinab und küsste sie endlich.

Während er sie voll leidenschaftlichem Verlangen küsste, voll bittersüßer Reue, die er sich über die Jahre nie hatte eingestehen wollen, dachte Mitch: Das ist ein Fehler. Abby dachte, Tornados können jederzeit kommen und einen auslöschen. Menschen, die man liebt, können über Nacht verschwinden. Man weiß nie, was im nächsten Augenblick passiert, deshalb sollte man Gelegenheiten nutzen, bevor sie nie wiederkommen.

«Warte!», sagte sie wieder, aber nur, um Gracie in den Käfig setzen zu können.

«Ich bin keine Jungfrau mehr», flüsterte sie, als er sie aufs Haus zuschob.

«Ich auch nicht», flüsterte Mitch zurück, während er ihr ins Haus folgte.

Siebzehn Jahre zuvor hätten sie sich Zeit gelassen, wären zärtlich und behutsam miteinander umgegangen.

Siebzehn Jahre darauf hatten sie es eilig, vor Angst, es könnte ihnen doch noch etwas dazwischenkommen. Beide waren entschlossen, das nicht zuzulassen. Dieses Mal würde nichts und niemand sie aufhalten. Ein Strudel der Gefühle, eine blindwütige Leidenschaft bemächtigte sich ihrer, sobald sie an ihrem Bett angelangt waren. Sie zogen und zerrten aneinander, als seien sie zornig – zornig auf das Leben, auf das Schicksal, aufeinander. Sie liebten sich, als gelte es, einen Streit auszufechten, einen Kampf, wer schuld war, wer dafür büßen musste, ob das, was sie verloren hatten, jemals irgendwie wettgemacht werden konnte, ob unermessliche, Seelen zermalmende Schulden je voll und ganz beglichen werden konnten.

Er zerrte ihr das T-Shirt über die Brüste, sie tastete zwischen ihren Körpern herum, bis sie seine Gürtelschnalle gefunden hatte. Er riss ungestüm an ihren Shorts, bis er Knopf und Reißverschluss aufbekommen hatte. Sie löste seinen Gürtel, knöpfte seine Jeans auf und schob ihm die Hände unter das Hemd, über seine nackte Brust.

Er rollte sich grob auf sie.

Sie packte ihn am Hinterkopf, zog sein Gesicht an sich, damit er sie küsste. Er stieß ihr die Beine auseinander, zerrte ihr den Slip vom Leib, fuhr mit den Händen über ihre Schenkel und zwischen ihre Beine.

Er stieß sich in sie, sie zog ihn in sich.

Sie gingen grob und wild miteinander um. Abby spürte, wie sich in ihrer Brust ein übermächtiger Druck aufstaute, der sich in einem lauten Schrei entlud, der sich anfühlte, als käme er aus den tiefsten Tiefen ihrer Seele. Sie war machtlos gegen die Tränen, die ihr urplötzlich aus den Augen schossen, machtlos gegen das krampfhafte Schluchzen, das sie schüttelte. Als er merkte, dass sie weinte, zog er sie fester an sich, so fest, dass es wehtat, aber sie wehrte sich nicht, im Gegenteil, sie kostete den Schmerz aus, den er ihr zufügte. Immer wieder hörte sie ihn ihren Namen flüstern, wie um Verzeihung heischend, oder bildete sie sich das nur ein? Danach hielten sie sich, keuchend und erschöpft, schweißüberströmt, lange umklammert, als wollten sie sich nie wieder loslassen. Schließlich lösten sie sich wieder voneinander.

Mitch rollte sich von ihr hinunter auf den Rücken und blickte starr zur Decke. Abby rückte ein Stückchen von ihm ab und wandte das Gesicht zur Wand.

Nach einer Weile sagte sie: «Warum bist du damals weggegangen?»

Er gab keine Antwort.

Beiden ging derselbe Gedanke durch den Kopf. Das war ein Riesenfehler.

«Ich nehme die Pille», stellte sie fest, als das Schweigen zwischen ihnen unerträglich zu werden drohte.

Wenn nicht, wäre es auch nicht schlimm, hätte Mitch um ein Haar erwidert und erschrak über sich selbst. Er sprach es nicht aus. Stattdessen wandte er sich zu ihr um und streckte die Hand nach ihr aus.

Sie wehrte ihn ab, legte ihm beide Hände gegen die nackte Brust und richtete sich auf, bis sie aufrecht dasaß. «Du musst gehen.»

«Bitte?»

«Frühmorgens kommen Leute, die mir hier beim Aufräumen helfen. Du musst gehen.»

«Du willst nicht, dass sie erfahren, dass ich hier war?»

«Nein», sagte Abby und sah ihn direkt an. «Das soll niemand erfahren.» Sie schluckte, ignorierte den Schmerz, der wieder an ihrem Herzen zerrte, bemühte sich um einen festen, selbstsicheren Tonfall, rief sich den Schmerz in Erinnerung, den er ihr zugefügt hatte. Und offenbarte sich trotzdem nicht. «Es gibt nur dieses eine Mal, Mitch. Wir haben bloß etwas nachgeholt, das wir vor langer Zeit nicht tun konnten. Mehr war das nicht. Es wird kein zweites Mal geben.»

Ihm war, als hätte sie ihm einen Dolch in die Brust gestoßen. Kurz rang er um Worte.

«Du hast Recht», sagte er schließlich, schroffer als beabsichtigt.

«Ich weiß», entgegnete sie kühl, bemüht, die Fassung zu wahren. «Wir tun so, als hätten wir noch nicht mal miteinander gesprochen, in Ordnung?»

«Klar.» Er rollte sich von ihr weg und suchte seine Kleidung zusammen. «Einverstanden.»

«Gut», sagte sie, während sie seinen nackten Rücken ansah und gegen ihre Tränen ankämpfen musste.

Das tust du mir nicht noch einmal an, dachte sie. Das lasse ich nicht zu.

An der Schlafzimmertür wandte Mitch sich zu ihr um. Ihm war, als hätte ihn ein Blitz mit seinem Licht geblendet, sodass jetzt alles dunkel wirkte. Er fühlte sich schmerzlich daran erinnert, wie er ein letztes Mal zu ihrem Zimmerfenster hochgeschaut hatte, damals in jener Nacht, in der sich für sie beide alles veränderte. Das Licht drohte vollständig zu erlöschen. Heute Nacht hatte sich die Welt für ihn für kurze Zeit wieder aufgehellt, und jetzt versank alles wieder in Finsternis. Er konnte sie nicht lieben, ohne ihr furchtbar wehzutun, also sollte er wohl besser versuchen, sie gar nicht zu lieben. Und nach all den Jahren bedeutete er ihr natürlich nichts mehr. Sie hatte lediglich mit ihm geschlafen, um eine Angelegenheit zum Abschluss zu bringen, die vor langer Zeit begonnen und nicht zu Ende geführt worden war.

Was sollte er zum Abschied sagen, ohne das, was gerade

zwischen ihnen vorgefallen war, noch schlimmer als ohnehin schon herabzusetzen? Er entschied, gar nichts zu sagen. Wortlos verließ er ihr Schlafzimmer und dann ihr Haus.

Patrick stand verborgen im Schatten der Pappel draußen vor Abbys Zaun und sah, wie ein großer Mann aus ihrem Haus kam. Es war vier Uhr früh, die Sonne war noch nicht aufgegangen. Patrick war zwei Stunden zuvor hergekommen und hatte den unbekannten, teuren Wagen gesehen, der am Straßenrand parkte. Er war vorbeigefahren, in den ersten Feldweg abgebogen, wo er seinen Pick-up parkte, und dann zurückgegangen, um sich vor ihrem Haus auf die Lauer zu legen. Abby kannte niemanden, der einen Saab neuester Bauart oder überhaupt einen Saab fuhr. Hier in Small Plains fuhr niemand Saab, weil man Wagen dieser Marke in der Gegend nirgends reparieren lassen konnte.

Der große Mann musste erst näher kommen, bevor Patrick ihn erkannte.

Mitch Newquist. In gewisser Weise war Patrick nicht einmal überrascht. Dass Mitch zurück war, hatte er schon gehört. Auch dass Abby ihn in ihr Haus gelassen hatte, wunderte ihn nicht, nur, dass das so schnell gegangen war. Mitch war kaum einen Tag oder zwei wieder zurück, und schon sprang er mit ihr in die Kiste?

Patrick stand dort am Straßenrand und verspürte den unbezähmbaren Wunsch, jemanden umzubringen.

Diese Art von heißkalter Wut hatte er seit Jahren nicht mehr empfunden, nicht mehr, seit sein jüngerer Bruder ihm mit schadenfrohem, hämischem Grinsen eröffnet hatte, dass Sarah Francis ein Auge auf Mitch Newquist geworfen hatte, nicht auf ihn. So etwas würde Patrick nicht noch einmal hinnehmen. Es stand zu viel auf dem Spiel. Das würde er nicht an einen Dreckskerl verlieren, der nach Jahren in die Stadt stolziert kam und glaubte, das Zepter einfach so wieder an sich reißen zu können.

Als Abby um fünf Uhr in ihre Küche ging, erwartete Patrick sie bereits dort.

Nachdem sie sich von ihrem ersten Schreck erholt hatte, fragte sie feindselig: «Was machst du denn hier?»

Beim Klang ihrer Stimme fuhr er herum.

«Bist du böse, Abby? Meinst du, was mache ich jetzt hier, statt gestern Abend, als du Hilfe gebraucht hättest? Tut mir echt leid, dass ich nicht vorbeigekommen bin. Wir hatten selber Sturmschäden bei uns auf der Ranch, und ich musste mich darum kümmern. Ich habe versucht anzurufen, aber die Leitung war gestört. Wenn ich geahnt hätte, dass es dich so schlimm getroffen hat, hätte ich alles stehen und liegen gelassen und wäre hergekommen.» Sein Gesicht drückte eine Fülle von Emotionen aus, Zerknirschung, Mitgefühl, Verwunderung über ihren barschen Tonfall und sogar leise Frustration. «Hör mal, so ungern ich von solchem Kleinkram anfange, während hinten auf dem Hof dein Treibhaus in Trümmern liegt, aber wo wir schon hier stehen – hast du vielleicht meine Sonnenbrille gesehen?»

«Wie bitte?»

«Meine Sonnenbrille. Hat fünfzig Dollar gekostet, das Ding. Die würde ich ungern verlieren.»

Während Abby ihn anstarrte, bückte Patrick sich und spähte suchend unter dem Küchentisch herum.

«Ich habe sie gestern hier liegen gelassen, als ich – ach, da!» Patrick eilte zu ihrem Kühlschrank, bückte sich, schob die Hand in den Zwischenraum zu der Anrichte daneben und zog seine Sonnenbrille heraus. Er richtete sich auf, setzte sich die Brille auf und drehte sich lächelnd zu ihr um. «Wie ist die denn da hingekommen? Jede Wette, da stecken deine verfluchten Vögel dahinter. Die haben sie mit Absicht versteckt, Abby. Ich hab's dir doch gesagt, die Viecher hassen mich.»

Sprachlos stand sie da, während er sie angrinste.

«Abby? Was ist? Du weißt doch, dass ich nur Spaß mache, oder? Ich glaube doch nicht im Ernst, dass deine Vögel meine Sonnenbrille versteckt haben.» Unbefangen grinste er sie an, aber als sie ihn weiter nur stumm anstarrte, sagte er: «Fehlt dir irgendwas?»

«Meine Vögel», flüsterte sie, ließ sich zu Boden sinken und brach in Tränen aus.

Patrick schob sich die Sonnenbrille hoch, stürzte zu ihr und legte den Arm um sie. «Was ist denn passiert?»

«Lovey ist tot.»

«Tot?»

«Während des Sturms. Und J.D. ist weggeflogen und nicht zurückgekommen. Und Gracie steht unter Schock. Und ich dachte, daran wärst du schuld, Patrick! Ich war davon überzeugt … felsenfest überzeugt, dass du deine Sonnenbrille gestern Morgen auf dem Tisch liegen gelassen hast. Ohne jeden Zweifel. Und da lag sie auch noch, als ich abends nach Hause kam, aber später am Abend war sie dann weg, und da habe ich gedacht, du wärst zwischendurch nochmal hier gewesen, und weil du meine Vögel doch hasst, hättest du die Gelegenheit genutzt …»

«Ihnen etwas anzutun?» Er klang entsetzt. «Ich kann sie vielleicht nicht leiden, zugegeben, aber ich würde ihnen doch nie etwas tun.»

«Meine Schwester, Cerule, Mary und Susan waren hier. Bestimmt hatte eine von ihnen eine Sonnenbrille dabei, die ich für deine gehalten habe. Ich war noch durcheinander wegen … etwas anderem. Vermutlich habe ich mich in der Aufregung vertan.»

«Weswegen warst du denn durcheinander?»

«Nicht so wichtig», sagte sie und brach wieder in Schluchzen aus.

Er drückte sie an sich, wartete, bis sie sich etwas beruhigt hatte. «Hey, weißt du, wer wieder in der Stadt ist? Dein alter Freund, Mitch Newquist. Hast du ihn schon gesehen?»

Abby drückte kurz das Gesicht an seine Schulter und flüsterte dann: «Nein.»

Behutsam zog er sie fester an sich, damit sie nicht merkte, wie er sich anspannte. «Du solltest mich besser heiraten, Abby.»

Sie wich ein wenig zurück und sah ihn an. «Wieso?»

Er deutete mit dem Kopf zum Fenster, auf die Verwüstung hinter ihrem Haus. «Weil das für eine Person viel Arbeit ist. Ich weiß, das schaffst du schon, aber warum solltest du allein damit fertig werden müssen? Wenn so etwas passiert, hättest du da nicht gerne jemanden hier, der dir hilft? Und du würdest ja nicht nur mich bekommen, sondern meine Familie mit dazu, die dich schon ins Herz geschlossen hat.» Er grinste ironisch. «Mehr als mich im Übrigen.»

Patrick küsste sie sanft auf das tränenfeuchte Gesicht. «Du kannst nicht ewig Single bleiben.»

«Und warum nicht?»

«Weil du dazu nicht geschaffen bist, Abby.»

«Ich dachte immer, du wärst dazu geschaffen.»

«Das war, bevor ich mich in dich verknallt habe.» Er gab ihr noch einen Kuss und nahm dabei den frischen Duft von Seife wahr, merkte, dass sie offenbar geduscht hatte, irgendwann zwischen vier und fünf Uhr früh. «Arme Abby», sagte Patrick, während er ihr übers Haar streichelte. «Ich weiß, wie gern du deine Vögel hattest.»

Nachdem Patrick weggefahren war, setzte auch Abby sich in ihren Pick-up, fuhr eine Weile ziellos durch die Gegend und hielt überall Ausschau nach einem roten Farbtupfer. Sie kehrte heim und fertigte Suchanzeigen mit J. D.s Bild an, die sie überall in der Stadt aufhängte. Sie bat Rex, zusammen mit seinen Deputys die Augen nach einem Papagei offen zu halten, und ging in der Stadt von Tür zu Tür, um auch die Anwohner darum zu bitten. Aus einem Impuls heraus ging sie sogar auf dem Friedhof vorbei, um das Grab der Jungfrau zu berühren und sie um Hilfe bei der Suche nach J. D. zu bitten, oder wenigstens darum, ihn vor Schaden zu bewahren.

Ganz betäubt von ihrem Verlust und davon, was sie einige Stunden zuvor Ungeheuerliches getan hatte, fuhr sie schließlich wieder nach Hause zurück, um zusammen mit ihren Angestellten und Patrick das Chaos zu beseitigen, das der Tornado angerichtet hatte.

30

Mitch tat sein Bestes, sich den Tag über abzulenken, um nicht an Abby denken zu müssen. Er räumte im Ranchhaus noch ein wenig herum und fuhr dann in einen benachbarten Ort, um Lebensmittel und andere Dinge einzukaufen, die er benötigte, um eine Weile bleiben zu können. Stundenlang legte er sich zurecht, wie er als Nächstes vorgehen würde, und sann darüber nach, welche Folgen diese Pläne haben würden. Nach Small Plains selbst fuhr er nur einmal, kurz vor Geschäftsschluss, um dort eigene Angelegenheiten zu erledigen. Er parkte in Seitenstraßen, zog seine Baseballmütze tief ins Gesicht und vermied jeden Blickkontakt, wenn ihm jemand begegnete.

Überall in der Stadt sah er Leute, die nach dem Sturm die Straße kehrten.

Sturm ...

Beim Gedanken an dieses Wort stieg ein spöttisches, unglückliches Lachen in ihm auf. Einen Sturm hatte auch er hinter sich, und ob. Er war in einen Tornado geraten, bestehend aus Sex und Erinnerungen, bitterer Reue und kurzlebiger Ekstase. Jetzt hatte er das Gefühl, unsanft wieder auf dem harten Boden der Realität gelandet zu sein, fühlte sich verschrammt und benutzt. Im Grunde genau die richtige Gefühlslage, überlegte er, während Bitterkeit und Reue in ihm aufstiegen, wenn man sich innerlich darauf vorbereitet, nach siebzehn Jahren zum ersten Mal wieder das eigene Elternhaus zu betreten.

Und dann sagte er sich, wie schon so oft in den vorangegangenen Jahren: «Märtyrer sind nicht beliebt. Du hast verloren. Finde dich damit ab.» Doch als Nächstes kam ihm ein anderer Gedanke, hart, entschlossen, energisch, alles andere überlagernd: «Jetzt wird abgerechnet.»

Die Geschichte schien sich zu wiederholen, so fühlte es sich an.

Es war früher Abend, das Zwielicht färbte die Prärie zartviolett, als Mitch mit seinem alten Schlüssel die Tür des großen Hauses am Ende der langen Auffahrt aufschloss. Er trat ins Haus, ohne zu klopfen oder zu läuten, weil … verflucht nochmal, ich bin sein Sohn, ich werde doch nicht erst klopfen, Scheiße. Dann schloss er die Haustür hinter sich, ganz wie beim letzten Mal, und noch ehe er einen weiteren Schritt machen konnte, tauchte der Richter aus seinem Büro auf.

«Hallo, Dad.»

«Mein Gott! Mitch!»

Sein Vater musterte ihn eingehend, und Mitch starrte zurück. Er hatte damit gerechnet, seinen Vater nach all der Zeit zusammengesunken vorzufinden, aber dem war nicht so. Der alte Herr überragte ihn immer noch. Sein Haar, etwas schütterer zwar als früher, war nach wie vor eher braun als grau. Unverändert war auch die straffe, kerzengerade Haltung seines Vaters, die ihre einschüchternde Wirkung auf manche Anwälte in seinem Gerichtssaal nie verfehlt hatte. Vorne auf der Nase trug er eine Lesebrille, über die hinweg er ihn anschaute. Mitch merkte, dass er sich seinen Vater im Stillen als Greis vorgestellt hatte, als wäre er dreiundneunzig Jahre alt und nicht gerade einmal siebenundsechzig, kein Alter eigentlich heutzutage.

Es war nicht so, als hätte Mitch seine Eltern nie mehr gesehen, seit er wegmusste. Sie waren zu seiner Examensfeier gekommen, aber nicht zu seiner Hochzeit, da Mitch sie nicht eingeladen hatte. Sie hatten seinen Sohn, ihren einzigen Enkel, nie kennen gelernt, wenn auch Mitchs frühere Frau sich hatte erweichen lassen und ihnen heimlich Fotos geschickt hatte. Er war außer sich, als er dahinter kam. Im Grunde hatte sie nie verstanden, wie schlimm er sich verraten und im Stich gelassen fühlte. Mitch hatte immer den Eindruck, heimlich vermutete sie, dass er irgendetwas getan hatte, um diese Behandlung zu verdienen, dass er ihr etwas verschwieg, weil das Zusammenleben mit ihm nicht immer leicht war für sie und sie sich nicht vorstellen konnte, dass Eltern ihrem Sohn grundlos so etwas antaten. Sie kannte eben seine Eltern nicht, hatte Mitch ihr oft entgegengehalten. Sonst hätte sie besser verstanden, wie stur und unversöhnlich sie sein konnten. Andererseits – was hätten sie ihm denn verzeihen müssen? Auf diese Frage kam Mitch laufend zurück, diesen Punkt versuchte er seiner Frau immer wieder begreiflich zu machen – dass er nichts Unrechtes getan hatte und sie sich dennoch benahmen, als hätte er irgendein scheußliches Verbrechen begangen. Als würden sie sich seiner schämen, als würden sie ihm einen Gefallen tun, indem sie ihn von allem trennten, was ihm lieb und vertraut war. In Kansas City hatten sie ihn nie besucht. Ob sein Vater überhaupt wusste, womit er sein Geld verdiente, bezweifelte Mitch. Irgendwann hatten sie alle aufgehört, sich noch Mühe zu geben.

Als seine Frau ihnen die Fotos von ihrem Enkelsohn schickte, hatten sie in keiner Weise reagiert. Das hatte sie endlich davon überzeugt, dass er womöglich doch die Wahrheit sagte.

«Ich bin hier», sagte Mitch ruhig. «Da könntest du mich ebenso gut hereinbitten.»

Der Richter schüttelte den Kopf, wie um Spinnweben abzustreifen.

«Wieso bist du hergekommen?»

«Um Mutters Grab zu besuchen.»

«Ein bisschen spät, oder?»

Mitch spürte, wie es in seinem Gesicht vor Zorn zuckte, bevor er sich beherrschen konnte.

«Ich kann dir Kaffee anbieten», sagte sein Vater unvermittelt, wandte sich um und ging los zur Küche, als erwartete er, dass Mitch ihm folgte.

Mitch erwog kurz ernstlich, ob er hinausstürmen und die Haustür hinter sich zuknallen sollte. Dann aber setzte er sich in Bewegung und folgte seinem Vater in die Küche.

«Das Haus sieht genauso aus wie früher», bemerkte Mitch bei einer Tasse grässlichem Instantkaffee, den sein Vater anscheinend immer noch bevorzugte. «Du auch.»

«Ja. Verändert hatte sich nur deine Mutter.»

Mitch lag schon eine aggressive Erwiderung auf der Zunge, aber der Tonfall seines Vaters war ganz sachlich gewesen, und er merkte, dass er nur auf ihre Krankheit angespielt hatte. Sollte der Alte irgendwie andeuten, dass er, Mitch, daran schuld war, dass sie seinetwegen krank geworden war, würde er ihm schon eine passende Antwort geben. Bisher aber verlief ihr Gespräch in ganz gesitteten Bahnen. Statt seinen Vater zu verwünschen, griff Mitch nach der Zuckerdose, in der aussichtslosen Hoffnung, den Kaffee etwas genießbarer zu machen. Damals, als er weggeschickt wurde, hatte er noch keinen Kaffee getrunken. Heute trank er Kaffee. Seine Koffeinsucht war noch die vergleichsweise harmloseste Veränderung, die seit damals mit ihm vorgegangen war, überlegte er.

«War es denn zweifelsfrei Alzheimer?»

«Keine Ahnung. Ich habe keine Autopsie an ihr vornehmen lassen.»

Viel wusste Mitch nicht über diese Krankheit, aber er

wusste, dass es einer Hirnsektion bedurfte, um dort die typischen Flecken zu finden, die untrüglich auf Alzheimer schließen ließen.

«Wieso nicht?»

«Was hätte das bringen sollen?»

«Auch wieder wahr.» Mitch rührte in seinem Kaffee. Auf der anderen Seite des Küchentisches wischte sein Vater mit einer Serviette an einem imaginären Kaffeefleck herum. «War es schwer? Ihre Krankheit, meine ich?»

«Was glaubst du wohl? Leicht war es nicht.»

«Wie schlimm stand es am Ende um sie?»

«An manchen Tagen hat sie mich erkannt, an manchen nicht.»

«Wie war es für sie?»

Sein Vater runzelte die Stirn, als hätte Mitch ihn mit einer Frage konfrontiert, über die er noch nie nachgedacht hatte. «Woher soll ich das wissen?»

Eine berechtigte Antwort, gewiss. Aber Mitch fand, sein Vater hätte die Frage auch anders beantworten können. Er hätte sagen können, dass sie nicht leiden musste. Oder dass sie permanent gelitten hatte. Es hätte zahllose Möglichkeiten gegeben, den Alltag einer geistig regen Frau zu schildern, die schleichend den Verstand verlor. Wie einem Arzt, der Indizien für eine Diagnose sammelte, fiel Mitch auf, dass sein Vater die Frage nach dem Befinden seiner Frau an ihrem Lebensende nur auf sich bezogen hatte. Es ging nur um ihn, nicht um sie. Wären die Rollen vertauscht gewesen, argwöhnte Mitch, hätte seine Mutter wohl ganz ähnlich geantwortet. Nie wieder waren ihm derart auf sich fixierte Menschen begegnet wie seine Eltern. Vermutlich waren sie genau deshalb wie füreinander geschaffen, konnten ihr Leben vertraut und doch in parallelen Bahnen führen.

«Sie lebte nur noch in Wahnvorstellungen und in der Vergangenheit», stellte sein Vater nüchtern fest, «aber wenigstens wusste sie immer, wer Jeff war.»

Mitch stutzte kurz. Dann erst begriff er, beschämt und sogar ein wenig eifersüchtig, von wem die Rede war: von seinem Bruder, dem Adoptivsohn, der nach seiner Entfernung aus Small Plains in seiner so genannten Familie seinen Platz eingenommen hatte. Den vierjährigen Jeff hatten sie sogar zu Mitchs Examensfeier mitgebracht. Sein eigener Sohn hatte einen Onkel, überlegte Mitch, den er möglicherweise nie kennen lernen würde. Kurz wehte ihn die Erkenntnis an, dass sich in seiner Abwesenheit in dieser Küche ein komplettes Familienleben abgespielt hatte, von dem er nicht das Geringste wusste.

«Ich würde ihn gerne mal sehen», sagte er, ohne ganz von der Aufrichtigkeit dieses Wunsches überzeugt zu sein.

Nun wirkte auch sein Vater erstmals unsicher. «Er ist gerade nicht da.»

«Okay. Ein andermal. Kann er Auto fahren?»

«Er ist siebzehn.»

«Heißt das ja?» Mitch bereute seinen ätzenden Tonfall auf der Stelle. Er sollte den Alten vielleicht nicht zu sehr reizen, schließlich war er auf Informationen aus. «Ich frage nur, weil er dann mal zu mir rausfahren könnte, wenn er Lust hat. Ich lebe momentan auf der Ranch, Dad.»

«Was soll das heißen?»

«Dass ich mich vorläufig im Ranchhaus eingerichet habe.»

Sein Vater verengte misstrauisch die Augen. «Du hättest ruhig erst um Erlaubnis fragen können.»

«Hätte ich tun können, stimmt, aber ich hab's bleiben lassen, und jetzt lebe ich dort.»

«Wie lange willst du bleiben?»

Mitch unterdrückte eine bissige Antwort, die ihm auf der

Zunge lag. «So lange, wie ich brauche, um einige Dinge gerade zu rücken, Dad.»

Sein Vater richtete sich auf und kam sofort zum Kern der Sache. «Rühr da bloß nicht dran.»

«Woran soll ich nicht rühren?», fragte Mitch sanft. Mit jedem folgenden Satz jedoch wurde seine Stimme lauter, sein Tonfall aggressiver. «Soll ihr Name weiter nicht auf ihrem Grabstein stehen? Sollen die Leute weiter glauben, niemand hier wüsste, wer sie war oder was ihr zugestoßen ist? Sollen die Leute sich weiter darüber wundern, warum ich damals einfach so weggegangen und bisher nie wieder zurückgekommen bin? Soll ich daran deiner Ansicht nach nicht rühren, Dad?»

Sein Zorn ließ seinen Vater kalt, der in seiner Richterlaufbahn oft genug mit erregten Auftritten, echten und inszenierten, zu tun bekommen hatte. «Du hast all die Jahre klugerweise nicht daran gerührt.»

«Und das hat sich so bewährt, dass alles beim Alten bleiben soll?» Mitch lachte bitter.

«So könnte man es ausdrücken, ja.»

«Mein Gott, was bist du für ein kaltes Scheusal!»

«Und du bist ein undankbarer Sohn», konterte sein Vater ungehalten.

«Undankbar?» Mitch starrte ihn an.

«Ich habe dich beschützt!», brüllte sein Vater, auf einmal ebenso zornig und erregt wie Mitch.

«Du hast mir nie geglaubt!»

«Kapierst du es nicht, Sohn? Hast du es nach all den Jahren immer noch nicht begriffen?»

«Was denn? Was begreife ich nicht?»

«Natürlich habe ich dir geglaubt! Deine Mutter und ich, wir haben dir beide geglaubt. Sie hat dir geglaubt bis zu dem Tag, an dem sie in geistige Umnachtung fiel, und ich glaube dir bis heute. Mein Gott, natürlich glaube ich dir. Aber das macht keinen Unterschied, weil dir sonst niemand glauben wird. Es war die Aussage eines Teenagers gegen zwei der angesehensten Männer in diesem Staat, und daran hat sich nichts geändert. Nicht das Geringste, Mitch, bis heute.»

«Hast du noch nie von Lügendetektortests gehört, Dad?»

«Die sind vor Gericht nicht zulässig», sagte sein Vater und winkte ab. «Herrgott, Mitch, du bist Anwalt, das weißt du selbst. Und welche anderen Beweise könntest du denn anführen? Falls Quentin und Nathan getan haben, was sie deiner Aussage nach getan haben, kannst du ihnen das heute nie mehr nachweisen. Nathan war damals Sheriff! Meinst du, da hätte er noch irgendwelches Beweismaterial aufbewahrt? Quentin war Arzt, meinst du, der hätte noch irgendwas? Und selbst wenn du beweisen könntest, dass sie ihre Identität vertuscht haben, was würde das bringen? Du hättest immer noch keine Beweise dafür, wie sie ums Leben gekommen ist oder wer sie auf dem Gewissen hat. Du hast nichts in der Hand, Mitchell. Und nach siebzehn Jahren ist es höchste Zeit, dass du endlich über dein gekränktes Ego hinwegkommst, denn du oder auch ich können absolut nichts tun, um irgendetwas am Sachverhalt zu ändern.»

Mitch starrte seinen Vater an, der lange Zeit wortlos zurückstarrte.

Schließlich sagte Mitch: «Du hast dich für sie und gegen mich entschieden.»

«Wir mussten hier leben», erwiderte sein Vater in dem kalten, schroffen Tonfall, mit dem er immer schon seiner Ansicht nach unabänderliche Tatsachen festgestellt hatte. «Du nicht. Und davon abgesehen vertraue ich ihnen.»

«Wie bitte?»

«Sie sind meine besten Freunde, so wie Abby und Rex deine besten Freunde waren. Ich war immer der Ansicht, falls sie das, was du beobachtet hast, tatsächlich getan haben, hatten sie gewiss gute, anständige Gründe dafür, und ich vertraue ihnen genug, um nicht daran zu rühren.»

«Gute, anständige Gründe?»

«Ich glaube dir», sagte sein Vater, «und ich habe Vertrauen in sie.»

«Mein Gott.» Mitch wandte sich ab und stierte mit leerem Blick aus dem Küchenfenster. Er war entsetzt über das meiste, was sein Vater gesagt hatte. Demnach schien er es gutzuheißen, dass ein junges Mädchen nach seinem Tod bis zur Unkenntlichkeit entstellt wurde, damit es in einem namenlosen Grab verscharrt werden konnte. Demnach schien er anzudeuten, dass es niemanden interessierte, wer sie auf dem Gewissen hatte. Demnach fand er nichts dabei, dass zwei erwachsene Männer seinem Sohn für den Fall drohten, dass er je die Wahrheit über sie erzählte. Gleichwohl, sosehr er sich dafür verachtete, war er unendlich froh über die Worte, auf die er, so kam es ihm vor, sein Leben lang gewartet hatte, ohne sich je träumen zu lassen, dass sein Vater sie ihm gegenüber äußern würde: Deine Mutter und ich, wir haben dir beide geglaubt.

Trotzdem blieb er auf der Hut.

«Falls ihr mir geglaubt habt, warum hast du mir das bisher noch nie gesagt?»

Zum ersten Mal im Leben meinte Mitch Tränen in den Augen seines Vaters zu sehen. «Wir wollten nicht, dass du zurückkamst. In deinem eigenen Interesse. Dafür haben wir sogar in Kauf genommen, deinen Hass auf uns zu ziehen. Anders ging es nicht.»

Mitch fühlte sich wie betäubt und mochte es zunächst kaum glauben.

Schließlich sagte er langsam: «Wie kannst du bloß Männern vertrauen, die mir eine sichere Rückkehr unmöglich gemacht haben?»

Wieder sah Mitch in den Augen seines Vaters etwas, das er dort noch nie gesehen hatte, keine Tränen jedoch diesmal, sondern Verwirrung. «Du verstehst das einfach nicht», sagte sein Vater. «Und du wirst es auch nie verstehen. Aber eins musst du verstehen, nämlich, dass du nicht daran rühren darfst. Hörst du. Rühr nicht daran.»

Mitch lehnte sich zurück und sagte nichts.

Erst nach einer ganzen Weile brach sein Vater das Schweigen.

«Möchtest du noch einen Kaffee?»

«Nein.» Um Gottes willen, dachte Mitch. Die Brühe schmeckte grässlich.

Da blinzelte sein Vater auf einmal und richtete sich auf. «Da ist er ja wieder.»

«Wer? Jeff?» Mitch wandte sich um und folgte dem Blick seines Vaters, sah aber lediglich eine Eiche hinten im Garten, in der ein roter Farbfleck zu erkennen war.

«Nein.» Sein Vater stand auf und trat ans Fenster, um hinauszuschauen. «Ein gottverdammter Vogel.»

«Bist du inzwischen Hobby-Ornithologe?»

«Natürlich nicht. Komm her, sieh ihn dir mal an. Ob du erkennst, was das für einer ist.»

Mitch folgte seinem Vater ans Fenster und hielt im Garten Ausschau nach dem Vogel, den sein Vater ihm zeigen wollte. Erneut fiel ihm der rote Farbfleck ins Auge. Er sah genauer hin, betrachtete das Tier eingehend.

«Das gibt's doch nicht», hauchte Mitch und sah dann seinen Vater an. «Er lebt noch? Du hast J. D. noch?»

«Wen bitte? Was redest du da?»

Mitch wandte sich wortlos ab, eilte zur Küchentür und trat hinaus auf die hintere Veranda. Der rote Farbfleck kam aus dem Baum gehuscht, flatterte durch die Abendluft und ließ sich auf Mitchs ausgestrecktem rechtem Arm nieder. Dann kletterte der große Vogel den Arm empor, bis er Mitch direkt in die Augen starren konnte.

«J.D.? Bist du's wirklich?»

Der Vogel stieß ein Krächzen aus, das einen Toten aufgeweckt hätte.

Dann stimmte der Papagei ein gellendes, krächzendes Geschrei an, das gar kein Ende nehmen wollte, als breche all das, was sich in ihm all die Jahre in der rot gefiederten Brust angestaut hatte, jetzt aus ihm heraus.

Im Keller fanden sie noch einen alten Käfig, der einst in Mitchs Zimmer gestanden hatte. Er stand in einer Ecke des Kellers, der sich sogar jetzt noch, zwei Jahre nachdem der Verfall seiner Mutter begonnen hatte, in dem tadellos aufgeräumten Zustand befand, in dem sie ihn hinterlassen hatte, bevor sie vergaß, dass es den Keller überhaupt gab. Es hatte noch einen zweiten Käfig gegeben, einen größeren, in dem sie den Vogel auf der Veranda gehalten hatten, aber der war verschwunden, als, wie Mitchs Vater ihm erzählte, der Papagei gestohlen wurde.

«Gestohlen!», empörte sich Mitch, während er den Papagei in den kleineren Käfig lockte. «Ich wette, Mom hat einfach versehentlich die Tür offen gelassen, und er ist weggeflogen.»

«So etwas wäre deiner Mutter nie passiert.»

Dem musste Mitch insgeheim beipflichten. Sie hatte den kreischenden Papagei zwar nie besonders leiden können, aber Nadine Newquist war nicht die Sorte Frau, die Türen hinter sich zu schließen vergaß, und auch seinem Vater wäre so etwas nicht passiert. Nie und nimmer wären sie so achtlos gewesen, ein teures Haustier entwischen zu lassen, schon wegen der anderen Leute. Trotzdem erschien Mitch die Geschichte völlig widersinnig. Ein Vogel tauchte doch nicht, siebzehn Jahre nachdem er gestohlen worden war, auf wundersame Weise auf einem Baum im Garten wieder auf, als wäre er nie fort gewesen. Und doch war genau das passiert, es sei denn, das war gar nicht J.D., und es handelte sich um einen verblüffenden Fall von Papageien-Doppelgängertum.

«Wer soll den denn gestohlen haben?», fragte er seinen Vater.

«Keine Ahnung. Das kann doch unmöglich derselbe Vogel sein, Mitch.»

«Es ist J.D., Dad. Erkennst du dieses ohrenbetäubende Krächzen etwa nicht wieder?»

«Alle Papageien krächzen laut.»

«Ja, schon, aber sie haben nicht alle eine Kerbe im Schnabel, weil sie als Jungvogel von einem anderen Tier gebissen wurden. Erinnerst du dich nicht an diese Kerbe? Deshalb habe ich ihn doch billiger bekommen, weil es in der Tierhandlung hieß, er habe einen Makel.»

«Du wirst seinen Besitzer ausfindig machen müssen.»

Mitch starrte ihn an. «Von wegen. Das wüsste ich aber. Ich bin sein Besitzer, Dad. Das ist J.D., mein Vogel. Meiner. Falls du glaubst, ich mache mich jetzt auf die Suche nach dem Arsch, der ihn gestohlen hat, hast du dich aber geschnitten.»

«Was willst du denn mit einem Vogel?», fragte sein Vater abschätzig, als hätte Mitch ein Eichhörnchen mit nach Hause gebracht, das er im Wald gefunden hatte.

«Erst einmal füttere ich ihn mit Obst aus deinem Kühlschrank, falls du welches hast. Dann werde ich ihm in der Stadt Körnerfutter besorgen. Vermutlich ist er völlig ausgehungert. Und dann nehme ich ihn mit auf die Ranch.»

Sein Vater schwieg, während Mitch nach kurzem Stöbern Erdbeeren und Blaubeeren aus dem Kühlschrank holte und sie dann auf einem Brettchen klein zu schneiden begann. «Hast du vielleicht irgendwelche Nüsse, die ich ihm geben könnte?»

Immer noch schweigend ging der Richter zu einem Schrank, holte eine große Dose gemischte Nüsse heraus und gab sie Mitch. Mitch füllte die Beeren und einige Nüsse in ein Schälchen und wollte damit gerade zu dem Papagei auf die Veranda hinausgehen, als sein Vater sagte: «Du willst doch nicht irgendwie Ärger machen, während du hier bist, oder?»

«Ärger?»

«Ja. Jetzt, wo wir die Sache besprochen haben. Jetzt, wo du das Ganze besser verstehst.»

«Ärger», wiederholte Mitch, wie um das Wort gründlich zu kosten. «Meinst du, indem ich etwa Quentin Reynolds frage, warum er ihr das Gesicht zu Brei geschlagen hat, oder Nathan Shellenberger, wieso er das zugelassen hat? Meinst du, indem ich sie frage, warum sie gedroht haben, mir ihren Tod anzuhängen, falls ich je irgendwem verrate, wobei ich sie beobachtet habe?»

Sein Vater blickte ihn unverwandt an.

«Nein», beruhigte Mitch ihn. «Solchen Ärger werde ich nicht machen.»

Das war die Wahrheit. Wobei allerdings, überlegte Mitch, die Betonung auf «solchen» entscheidend war.

Er stellte das Futter in den Käfig, zusammen mit einem Schälchen voll Wasser. Eine kurze Weile stand er da und schaute zu, wie der große Papagei sich über die Beeren und

Nüsse hermachte, als sei er tatsächlich dem Hungertod nahe.

«Was genau hast du dann vor?», fragte sein Vater.

Mitch blickte ihn seinerseits ruhig an.

«Meinen Jungen mitnehmen, J.D.», erwiderte er und hob dabei den Käfig mit dem Papagei hoch. «Und mit ihm nach Hause fahren.»

31

Abby hatte einen langen Tag hinter sich. Telefonate mit Versicherungsagenten. Die schwere körperliche Arbeit beim Aufräumen auf ihrem Hof. Das Beladen der Abfallcontainer mit Trümmern. Das Entsetzen, als ihr klar wurde, was sie alles verloren hatte, und die Sorge darum, wie mühsam und aufwändig es sein würde, das alles zu ersetzen. All das an einem einzigen Tag, wobei nebenher noch die laufenden Aufträge ihrer Kunden zu erledigen waren, und der Tag war noch lange nicht zu Ende. Das Gärtnereigelände sah immer noch genau so aus, wie man sich das nach einem Tornado vorstellte, und daran würde sich so schnell auch nichts ändern.

Als sie endlich alle Helfer nach Hause schickte, war sie zu müde, um sich etwas zu kochen. Patrick war ebenfalls weggefahren. Er müsse zu seinem Steuerberater nach Emporia, hatte er gesagt.

Während Abby erschöpft und mit laut knurrendem Magen unter der Dusche stand, kam ihr die Idee, dass sie dank Patricks Abwesenheit an dem Abend möglicherweise zwei Fliegen mit einer Klappe schlagen konnte.

Eine halbe Stunde darauf kurbelte sie das Fenster neben sich herunter, um sich die kühle Abendluft über Gesicht und Hände wehen zu lassen, während sie dahinfuhr. Sie war gerne nach Einbruch der Dunkelheit auf den Landstraßen unterwegs, unter dem funkelnden Sternenzelt, wenn die einzigen Lichtquellen der Mond, vereinzelte Glühbirnen über Scheunentoren und die erleuchteten Fenster von Farm- und Ranchhäusern waren, an denen sie vorbeikam.

Hin und wieder glommen im Licht ihrer Scheinwerfer die Augen von Tieren auf.

Als sie auf dem Highway 177 am Friedhof vorbeikam, flüsterte sie: «Hallo, Mom.»

In dem Moment hätte sie alles darum gegeben, mit ihrer Mutter reden zu können. Da das leider nicht ging, würde sie mit der zweitbesten Möglichkeit vorlieb nehmen.

Als Abby in die kiesbestreute Auffahrt der Shellenberger-Ranch einbog, verließ gerade jemand in einem Pick-up die Ranch. Sie winkte dem Fahrer zu, der jedoch nicht darauf reagierte. Der Pick-up bog mit quietschenden Reifen in den Highway ein, als hätte es jemand sehr eilig wegzukommen.

«Abby!» Verna Shellenberger lächelte ihr aus ihrer gemütlich erleuchteten Küche entgegen, als sie auf die Fliegengittertür zukam. «Wie schön, dich zu sehen! Komm rein, auf der Stelle. Patrick hat mir erzählt, was der Sturm bei dir angerichtet hat, und das tut mir so leid. Hast du schon etwas gegessen? Ich habe noch Hackbraten übrig, Kartoffelbrei und Soße. Du hast heute doch bestimmt noch nichts zu dir genommen, stimmt's? Ihr allein stehenden jungen Frauen ernährt euch nie richtig. Und weißt du was … sogar deinen Lieblingskuchen habe ich da.»

«Manchmal ist mein Timing doch wirklich perfekt», scherzte Abby, als sie hereinkam. In Vernas vertrauter, freundlicher, von allerlei Wohlgerüchen erfüllter Küche fiel die Erschöpfung sogleich von ihr ab. «Wer war das denn gerade in dem Pick-up?»

«Jeff Newquist», antwortete Verna. «Seit seine Mutter gestorben ist …»

«Darf er bei euch zu Abend essen? Das ist aber nett.»

«Ich weiß nicht recht, ob er das auch so sieht.» Verna hielt

Abby lächelnd die Tür auf. «Ich glaube, sein Vater schickt ihn nur her, damit er sich nicht mit ihm abgeben muss. Der ist schon nicht ohne, der Junge.»

«Weißt du was, Verna? Dein Sohn hat mir einen Heiratsantrag gemacht.»

Verna, die Abby gerade einen Teller mit Erdbeer-Rhabarber-Kuchen reichen wollte, hielt abrupt inne. Kurz huschte ein überraschter, glücklicher Ausdruck über ihr Gesicht, der aber sofort wieder verschwand. Dann besann sie sich und reichte den grünen Glasteller über den Tisch, den Abby begierig in Empfang nahm.

«O Gott, entschuldige», sagte Abby verlegen. «Ich meinte natürlich Pat. Du dachtest gerade, ich rede von Rex, nicht wahr?»

Verna Shellenberger schüttelte den Kopf, lächelte und ließ sich ihr gegenüber am Küchentisch nieder. «Ich habe ein bisschen zu langsam geschaltet.» Sie nahm eine Gabel, rührte das Stück Kuchen auf ihrem Teller aber nicht an. «Natürlich hast du nicht Rex gemeint.»

«Was wäre, wenn ich ja sage, Verna? Wenn ich Patrick heiratete?»

Patricks Mutter blickte auf ihren Kuchen hinab. «Du weißt, dass ich meinen Sohn lieb habe.»

«Das weiß doch jeder.»

Endlich schaute Verna sie direkt an. «Falls Patrick dich heiraten würde, wäre das gut für ihn, wahrscheinlich das Beste, was ihm je passiert ist. Er könnte von Glück sagen, dich zu bekommen, Abby. Auch der Rest der Familie würde dich mit offenen Armen willkommen heißen.»

«Jetzt hör aber auf», wehrte Abby lächelnd ab. «Was ist mit mir, Verna? Könnte ich auch sagen, dass ich Glück hätte?»

Abby hatte oft genug gehört, wie Verna sich über ihren ältesten Sohn beklagte, um mit ihr ganz offen über ihn zu sprechen. Umso mehr erschrak sie, als sie sah, wie sich Vernas herzensgute braune Augen plötzlich mit Tränen füllten.

«Oh, Verna, tut mir leid, das hätte ich nicht sagen sollen. Ich hab's doch nicht ernst gemeint …»

«Ach, Liebes, das ist es nicht, aber bei dir würde ich nie von ‹Glück haben› sprechen.» Während Abby das noch verdaute, versetzte Verna ihr einen wirklichen Schock. «Hat das irgendwas damit zu tun, dass Mitch Newquist wieder in der Stadt ist, Abby?»

«Natürlich nicht! Du hast gehört, dass er wieder da ist?»

Verna nickte und stocherte mit der Gabel an ihrem Kuchen herum. «Willst du dich mal mit ihm treffen?»

«Ich habe ihn schon gesehen, Verna», rutschte es Abby spontan heraus.

Die ältere Frau hob den Blick und zog anscheinend ihre eigenen Schlüsse, als Abby errötend die Augen niederschlug. «Weiß Patrick, dass Mitch zurück ist?»

«Ja.»

«Weiß er, dass ihr schon zusammen wart?»

«Nein.» Abby fragte sich, ob Verna tatsächlich das meinte, wonach sich ihre Frage anhörte, und falls ja, wie sie das erraten hatte. Zudem gab ihr Vernas merkwürdig besorgte Miene Rätsel auf. «Wieso?»

Patricks und Rex' Mutter stand auf und fing an, geschäftig den Tisch abzuräumen. «Weil ich finde, dass ihn das nichts angeht», erwiderte sie in ungewohnt scharfem Ton, «auch wenn ich seine Mutter bin.»

Abby hatte keine Lust, weiter über Mitch zu reden, und wechselte das Thema. Schließlich war sie noch aus einem anderen Grund hergekommen. «Verna, Patrick hat mir erzählt, dass er in der Nacht dabei war, als Nathan und Rex die Jungfrau gefunden haben.»

Das Geschirr landete klirrend in der Spüle, als sei es Verna aus den Händen geglitten.

«Warum habt ihr allen verschwiegen, dass er dabei war?», fragte Abby.

Verna ließ erst Wasser in die Spüle laufen, bevor sie sich mit einem Lappen in der Hand umdrehte. «Das hätten wir nicht tun dürfen, Abby, und ich hoffe, du erzählst das nicht weiter. Aber Patrick steckte damals doch ständig in irgendwelchen Schwierigkeiten. Außerdem war er gerade vom College geflogen. Und dann wurde auch noch dieses arme ermordete Mädchen auf unserem Land entdeckt. Da hatten wir einfach Angst, die Leute könnten ihn verdächtigen.»

«Patrick verdächtigen? Warum hätte das irgendjemand tun sollen, Verna?»

Patricks Mutter drehte sich um und fing an, energisch das Geschirr zu spülen, schrubbte daran herum, als wollte sie restlos alle Bakterien davon entfernen. «Weil die Leute nun mal so sind, Abby. Weil sie immer jemanden brauchen, dem sie die Schuld in die Schuhe schieben können.»

«Verna?»

«Ja?»

«Hat Nadine dir je verraten, warum Mitch damals so überstürzt die Stadt verlassen hat?»

Diesmal lächelte Verna, als sie sich endlich zu ihr umdrehte. «Mal so gesagt, Abby. Nadine hat mir nie einen Grund genannt, den ich ihr geglaubt habe. Nicht eine Sekunde lang. Der Junge war bis über beide Ohren in dich verliebt, genau wie du in ihn. Ich glaube nicht, dass er von dir wegwollte, ich glaube eher, dass sie ihn von dir wegbekommen wollte, aber das hatte nichts mit dir zu tun. Sie hatte einfach ehrgeizigere Pläne für ihn.» Ein wenig schnippisch setzte sie hinzu: «Und nach dem, was ich so gehört habe, hat er die auch in die Tat umgesetzt.»

«Aber warum haben sie ihn genau damals weggebracht, Verna? Warum ausgerechnet zu dem Zeitpunkt?»

Vernas freundliche Stimme klang ernst. «Du meinst, abgesehen davon, dass er in der Nacht so spät von dir nach Hause gekommen war? Nun, auch sie hatten einen Sohn im Teenageralter, Abby. Und Mitch war beinahe so viel hier auf der Ranch wie Rex und Patrick. Vielleicht hatten sie Angst, die Leute könnten ihn verdächtigen. In dem Winter hatten, glaube ich, viele von uns mit halbwüchsigen Söhnen ein bisschen Angst. Wie gesagt, weil die Leute eben immer einen Schuldigen brauchen.»

«Aber es hätte doch niemand Mitch verdächtigt. Er kannte sie doch gar nicht, Verna.»

«Das weißt du nicht, Abby.»

«Was soll das heißen, das weiß ich nicht?»

«Du weißt nicht, wer sie war», gab Verna zu bedenken.

«Ich weiß, dass Mitch nie jemanden umgebracht hätte!» Auf einmal erschrak Abby insgeheim. «Verna? Bist du dir da bei Patrick nicht genauso sicher?»

«Natürlich!» Verna wandte sich um und ließ das Wasser aus der Spüle ab. «Natürlich bin ich mir da sicher!»

Beim Abschied begleitete Verna sie hinaus zu ihrem Pickup.

«Wie geht's Nathan?», fragte Abby. Er war während ihres Besuchs nicht nach unten gekommen. Verna hatte ihr erklärt, er telefoniere oben mit Viehhändlern; hin und wieder hatte Abby seine tiefe Stimme gehört, die durch die Dielen nach unten dröhnte.

«Besser», lautete die unerwartete Antwort. «Quentin hat

ein neues Medikament für ihn gefunden, und seither hat er deutlich weniger Beschwerden.»

«Das ist wunderbar, Verna.»

Die ältere Frau lachte viel sagend. «Wunderbar ist gar kein Ausdruck.»

Abby scherzte: «Dein Besuch bei der Jungfrau hat also was genutzt.»

Verna aber nahm ihre Worte ernst. «Ja, das glaube ich auch.»

«Ach ja?» Abby wusste nicht recht, was sie davon halten sollte, obwohl sie ja selbst das Grab aufgesucht hatte, um Hilfe bei der Suche nach J. D. zu erbitten. Um etwas zu bitten aber war irgendwie das eine; tatsächlich etwas zu erhalten dagegen etwas ganz anderes. «Glaubst du wirklich?»

«Na ja, kurze Zeit danach hat Quentin uns das neue Medikament gegeben.»

«Hm. Wir werden es wohl nie wissen, was?»

Abby wandte den Kopf um und schaute den Highway hinab nach Süden.

«Vielleicht begegnet dir Patrick ja, auf dem Heimweg aus Franklin», sagte Verna.

«Aus Franklin?» Abby runzelte verwundert die Stirn. «Patrick ist nach Franklin gefahren?»

«Da wollte er hin, hat er gesagt. Warum, ist mir schleierhaft. Außer ein paar halb verfallenen Häusern gibt es doch nichts in Franklin.»

«Ist mir auch schleierhaft, zumal er mir gesagt hat, er wolle nach Emporia.»

Jetzt runzelte auch Verna die Stirn. «Dieser Junge», seufzte sie, als wäre er immer noch neunzehn und würde ihr vor Sorge schlaflose Nächte bereiten.

«Verna?» Abby streckte die Hand aus und berührte die andere Frau am Arm. «Ist alles in Ordnung?»

«Was? Selbstverständlich! Warum fragst du, Abby?»

«Keine Ahnung. Du wirkst bloß ein bisschen ...»

«Angespannt?» Verna lachte gezwungen. «Hast du in letzter Zeit mal die Viehpreise gesehen? Da bin ich nicht die Einzige, die deswegen angespannt ist, glaub's mir.»

«Okay.» Abby umarmte sie herzlich. «Danke für den Kuchen und das Gespräch.»

«Jederzeit.» Verna drückte sie fest an sich. «Das weißt du. Und Abby? Du erzählst doch nicht weiter, dass Patrick in der Nacht damals zu Hause war? Es würde einen komischen Eindruck machen, wenn das nach so langer Zeit ans Licht käme.»

«Ich sage nichts, Verna.»

Als Abby auf der Straße angelangt war und sich noch einmal umschaute, sah sie, dass Verna noch draußen vorm Haus stand und ihr nachsah. Irgendwie fühlte sie sich an die zurückschwingende Gardine im Wohnzimmerfenster ihres Vaters erinnert, der ihr am Vortag nachgeschaut hatte, als sie wegfuhr.

32

Mit heftigem Herzklopfen kehrte Verna langsam ins Haus zurück. Auf jemanden, der gerade auf dem Highway vorbeifuhr, oder auch auf Nathan, hätte er zufällig einen Blick durch ihr Schlafzimmerfenster geworfen, hätte sie wohl gewirkt wie immer, nämlich wie eine ganz normale Frau, die seelenruhig in ihr Haus zurückging und keine größeren Sorgen hatte als die Frage, ob sie den Abwasch jetzt oder erst später erledigen sollte.

In Wirklichkeit aber hatte der Anblick von Abbys roten Rücklichtern, die sich die Straße hinab entfernten, in Verna eine extreme, beinahe unerträgliche Unruhe ausgelöst.

Ob sie angespannt war, hatte Abby sie gefragt. Angespannt war gar kein Ausdruck. Unruhig war sie schon, seit Rex ihr erzählt hatte, dass Mitch zurück war. Und jetzt sagte Abby, dass Patrick sie heiraten wollte.

Verna hatte beide Töchter ihrer Freundin Margie gern, Abby aber hatte sie ganz besonders ins Herz geschlossen. Was nichts mit Ellen zu tun hatte, sondern eher damit, dass Abby über eine angeborene Liebenswürdigkeit verfügte, der man sich nur schwer entziehen konnte. Teils lag es an Abbys Äußerem, dass jedermann sie gern hatte, egal, was sie tat. Sie war einfach zauberhaft mit ihren hübsch gelockten Haaren und dem reizenden Lächeln, hatte so eine Art, einem geradeheraus in die Augen zu schauen, wenn sie breitbeinig, in Jeans, die Hände lächelnd in die Hüften gestemmt, vor einem stand. Sogar den Schabernack, den sie gelegentlich trieb, sah man ihr gerne nach; Aktionen, die man wohl niemandem außer Abby Reynolds hätte durchgehen lassen. Wie etwa damals vor vielen Jahren, als sie Mitch Newquists

Papagei gestohlen hatte, ein Streich, über den Verna mit Margie Reynolds Tränen gelacht hatte, als sie ihn ihr anvertraute. Besonders lustig fanden sie die Vorstellung, wie Nadine womöglich einmal ein gedämpftes Krächzen hören könnte, wenn sie bei den Reynolds zu Besuch war.

Hinzu aber kam noch etwas anderes. Abby hatte sich über die Jahre eine Unschuld bewahrt, der auch Verlust und Kummer nichts hatten anhaben können. Diese Unschuld, diese Verletzlichkeit, diese Fähigkeit, anderen zu vertrauen und einen Mann ganz und gar und aus tiefstem Herzen zu lieben, waren ihr förmlich von den strahlend blauen Augen abzulesen. Es war nicht recht, dass so eine junge Frau keinen besseren Mann hatte, der sie liebte, als Patrick ...

O Gott. Verna schlug sich die Hand vor den Mund. Wie konnte sie so schlecht von ihrem eigenen Sohn denken ...

Aber es stimmte. Und Patrick konnte sehr beharrlich sein, skrupellos geradezu, wenn er etwas wollte. In der Regel gab er sich erst zufrieden, wenn er es bekommen hatte. Möglicherweise könnte er Abby mürbe machen, sie in einem schwachen Moment überreden, wenn sie sich einsam fühlte, oder sogar an ihren Kinderwunsch appellieren.

Dass Mitch jetzt zurück in der Stadt war und noch Salz in diese Wunden streute, war nicht eben hilfreich.

Ausgeschlossen. Verna konnte nicht zulassen, dass Patrick Abby heiratete. Wie konnte sie dabei zusehen, dass Margies Tochter, ein solches Mädchen, einen Burschen heiratete, dessen eigene Mutter nicht beschwören konnte, dass er keinen Mord begangen hatte?

Bis zu der Nacht, in der das tote Mädchen auf ihrer Weide gefunden wurde, hatte Verna die schlimmsten Befürchtungen über ihr ältestes Kind, nämlich, dass Patrick zu allem fähig sein könnte, womöglich gar die Sorte Mensch war, die auch als «gemeingefährlicher Irrer» bezeichnet wurde, stets leichthin abgetan. Normalerweise beruhigte sie sich mit der Überlegung, dass ihm höchstens vorzuwerfen war, eingebildet, dreist und gedankenlos zu sein. Dass er schon als Kind andere ausnutzte, manipulierte und zum Teil sogar schikanierte, war ihr natürlich nicht entgangen. Sie hatte sich nach Kräften bemüht, Patrick zu mehr Rücksichtnahme auf andere anzuhalten, mit wenig Erfolg allerdings: Ein Gewissen schien er bis heute nicht zu haben; anders als Rex, dessen Gewissenhaftigkeit schon an Selbstverleugnung grenzte. Doch Verna hatte auch erlebt, dass beide ihrer Söhne beliebt waren, nicht nur Rex. Beide hatten immer Freunde, waren fröhlich und aufgeschlossen …

In jener Nacht hatten ihre Befürchtungen neue Nahrung erhalten, als sie die Frage stellte, die sie inzwischen als schicksalhaft empfand: «Was ist passiert, Rex?»

Ihr Jüngster hatte sich zu ihr aufs Bett gesetzt, sich die arme gebrochene Hand gehalten und ihr dann alles erzählt. Sie musste ihm zuhören, obwohl sie sich am liebsten die Ohren zugehalten hätte. Erst hatte er ihr geschildert, wie sie auf einer Weide auf den gefrorenen Leichnam eines Mädchens gestoßen waren.

«Ich kenne sie, Mom! Ich habe Dad nichts gesagt, aber ich kenne sie. Und Pat kennt sie auch.»

Dann hatte er Verna erzählt, wie sehr es ihn im Sommer aufgebracht hatte, dass Patrick sich vor der Arbeit drückte, wie er seinem älteren Bruder heimlich im Pick-up gefolgt war und ihn im Ranchhaus der Newquists gefunden hatte, barfuß und mit nacktem Oberkörper, zusammen mit einem Mädchen, das früher bei einigen Familien in der Stadt geputzt hatte. Er erzählte ihr, wie er Patrick mit einer Erpressung dazu gebracht hatte, sich von dem Mädchen fern zu halten, obwohl er nicht beschwören konnte, ob sein Bruder sich daran gehalten hatte. Er schilderte ihr, wie er sich selbst in Sarah Francis verliebt hatte, wie er für sie Sachen eingekauft und sie besucht hatte, um ihr zu helfen und Gesellschaft zu leisten. Er erzählte ihr von der Nacht, in der sie zusammen durch die Gegend gefahren waren und er erfuhr, dass sie eigentlich in Mitch verliebt war. Und das, endete er, hatte er umgehend Patrick weitererzählt, weil er wusste, wie zornig und eifersüchtig ihn das machen würde.

Rex war zutiefst verstört über den Tod des Mädchens, das hatte sie gespürt, und er hatte Angst, ihren Tod womöglich mit verschuldet zu haben, weil er seinen Bruder eifersüchtig gemacht hatte. Rex, gerade achtzehn Jahre alt, machte sich offenbar bittere Vorwürfe und fürchtete, sein Bruder hätte sie, rasend vor Eifersucht, umgebracht.

«Pat hat Dad nicht gesagt, dass er sie kannte, Mom!», brach es aus Rex heraus.

«Du aber auch nicht, Schatz», vermochte sie noch einzuwenden, obwohl ihr selbst elend zumute war, teils vor Angst, teils wegen ihrer Krankheit.

«Das ist was anderes!»

«Er ist dein Bruder, Rex.»

«Er ist Patrick, Mom», hatte Rex scharf erwidert.

Mit den Anschuldigungen, die er gegen Patrick erhob, hatte Rex in Verna schlimme Ängste aufgestört, die sie sonst verdrängte. Dass einer ihrer Söhne, und sei er noch so eifersüchtig, einem Mädchen etwas antun könnte, konnte und mochte sie nicht glauben.

Aber sie konnte sich nicht sicher sein …

Verna starrte das Stück Kuchen, von dem sie noch immer nichts gegessen hatte, auf dem Teller vor sich an. Ihr war, als würde sie nie wieder im Leben Appetit verspüren.

«Rex», hatte sie vor all den Jahren zu ihrem jüngsten Sohn

gesagt, «etwas so Schreckliches hätte dein Bruder diesem Mädchen nie antun können. So etwas darfst du nicht mal denken! Schlag dir diesen Gedanken aus dem Kopf, Rex, und zwar für immer. Und rede niemals, hörst du, niemals mit irgendjemand anderem darüber. Nicht mal mit deinem Vater.»

Wenn dir solche Gedanken nochmal zu schaffen machen, hatte sie ihm eingeschärft, dann komm damit zu mir. Rex war nie zu ihr gekommen. Das Thema war zwischen ihnen niemals wieder erörtert worden.

Verna hatte Nathan nie etwas von ihrem Gespräch mit Rex erzählt. Wesentlich später in jener Nacht war er ins Schlafzimmer gekommen und hatte sich müde neben ihr ins Bett fallen lassen. Sie hatte schweigend zugehört, als er ihr im Flüsterton erzählte, dass sie eine Leiche auf der Weide gefunden hatten, die er zu Quentin in die Praxis gebracht hatte. Und dann hatte Nathan behauptet: «Sie war so schlimm zugerichtet, Verna, dass von ihrem Gesicht praktisch nichts mehr übrig war.»

Bei diesen Worten war Verna schlagartig hellwach, denn Rex hatte nichts davon erwähnt, dass sie bis zur Unkenntlichkeit entstellt war. Im Gegenteil, er hatte sie doch erkannt und schien sich sicher, dass es Patrick ebenso gegangen war. Wie also hatten ihre Söhne eine nackte Tote erkennen können, wenn diese kein Gesicht mehr hatte?

Verna hatte bis zum Morgen wach gelegen und sich immer schlimmer gefühlt, aus vielen Gründen. Es gab Dinge, die sie nicht wusste, und es gab Dinge, die sie nicht wissen wollte. Dass sie am nächsten Tag ins Krankenhaus nach Emporia musste, entpuppte sich als Segen; dort bekam sie Medikamente, mit deren Hilfe sie schlafen konnte. So verschlief sie eine Mordermittlung, von der ihre Söhne nicht betroffen waren, verschlief die stille, heimliche Abreise ihres ältesten Sohns in eine andere Stadt, an ein anderes College, und schließlich auch die Beerdigung eines auffällig hübschen Mädchens, das einen Namen hatte, eine Familie hatte und einmal ein Leben gehabt hatte.

Verna barg am Küchentisch das Gesicht in den Händen.

Beim Gedanken an das tote Mädchen meldete sich ihr schlechtes Gewissen. An sie hätte sie als Erstes denken sollen. «Danke, dass du meinem Mann mit seinen Schmerzen geholfen hast», betete Verna im Stillen. «Bitte vergib uns und hilf uns, Sarah.»

33

Es war schon dunkel, als Mitch vor dem Ranchhaus anhielt und den Motor des Saab zum letzten Mal an diesem Tag abstellte. Er lud den extragroßen Vogelkäfig aus, für den er bis nach Manhattan hatte fahren müssen, die Beutel mit Körnerfutter und Tüten voller Obst. In Small Plains hatte er es erst gar nicht versucht, da davon auszugehen war, dass in einer so kleinen Stadt ein Käfig dieser Größe nicht aufzutreiben war. «Hoffentlich weißt du das alles gebührend zu schätzen, J. D.», sagte er, als er ins Haus trat und das Licht anknipste. «Ich bin heute an die hundertfünfzig Kilometer gefahren, um den für dich aufzutreiben.»

Der Vogel krächzte leise zur Begrüßung.

Mitch ging wegen der übrigen Einkäufe noch einmal zu seinem Wagen hinaus. Dort aber fiel ihm etwas ins Auge, das ihn veranlasste, abrupt stehen zu bleiben.

Die Tür des Sturmkellers stand sperrangelweit offen.

Einfach hinüberzugehen und nach dem Rechten zu sehen kam nicht in Frage, dazu sträubten sich ihm die Nackenhaare zu sehr. Nach seinem Abstecher in den Sturmkeller am Vorabend hatte er die Tür sorgsam verschlossen, und sie war auch noch verschlossen, als er am Morgen von der Ranch weggefahren war. Es handelte sich um eine schwere Holztür, die er nur mit Mühe aufbekommen hatte und die wohl kaum von einem heftigen Windstoß geöffnet worden war.

Mitch beeilte sich, ins Haus zurückzukommen, und ging direkt ins Schlafzimmer seiner Eltern, wo er die Schublade des Nachtschränkchens zwischen den Betten aufzog. Früher hatte sein Vater dort immer eine Pistole aufbewahrt.

Ah … da lag sie, klein und tödlich, genau das, was er sich erhofft hatte.

Er erinnerte sich gut an diese spezielle Pistole mit dem unverwechselbaren schwarzen Griff und dem silbernen Lauf. Wenn er sich recht entsann, hatten Quentin Reynolds und Nathan Shellenberger sie seinem Vater einst zum Geburtstag geschenkt.

Fraglich war nur, wann die Pistole zum letzten Mal geölt worden oder ob der Lauf sauber genug war, um einen Schuss abgeben zu können, ohne dass dieser nach hinten losging und ihn traf. Womöglich war die Waffe, die eher ein Sammlerstück war, eine alte Wildwestpistole, seit zwanzig Jahren oder länger nicht abgefeuert worden. In der Trommel befanden sich, wie er feststellte, Patronen. Ob sie nun gerade schießen konnte oder nicht, erschrecken konnte man jemanden damit auf jeden Fall.

Einige Dinge vergaß man nie, wenn man auf dem Land aufgewachsen war, überlegte Mitch. Zum einen konnte man schießen. Zum anderen waren einem die Geschichten über Fremde vertraut, die sich in leeren Farm- und Ranchhäusern einquartierten, Leute, denen jeder Unterschlupf recht war, besonders, wenn es sich um das Eigentum anderer handelte. Im Großen und Ganzen ging man solchen Leuten besser aus dem Weg, zumal es sich nicht selten um ausgebrochene Sträflinge handelte, die sich auf der Flucht befanden. Es war ein abgeschiedener, leerer, öder Landstrich. Bevor Hilfe eintraf, konnten Stunden vergehen.

Mitch ging leise wieder nach draußen, die Pistole in der Hand.

Vermutlich hatte jemand das lose an der Tür baumelnde Vorhängeschloss bemerkt und die Gelegenheit umgehend genutzt. Mitch malte sich aus, wie freudig überrascht ein Besucher bei der Entdeckung wäre, dass der Sturmkeller wie eine kleine Wohnung ausgestattet war. Sollte sich aber tatsächlich gerade jemand in dem Keller befinden, war es sehr unachtsam von ihm, die Tür offen zu lassen.

Vielleicht litt die Person ja an Klaustrophobie. Oder der ungebetene Besucher war längst wieder über alle Berge. Mitch hoffte inständig, dass Letzteres der Fall war.

Das feuchte Gras dämpfte das Geräusch seiner Schritte. An der offenen Tür atmete Mitch tief durch, hob die rechte Hand mit der Pistole und knipste mit der Linken das Licht an.

Im Lichtschein sah der Raum genauso aus, wie er ihn in Erinnerung hatte, bis auf einen Unterschied. Ein Jugendlicher lag auf dem Boden und schlief.

«Hoch!», befahl Mitch mit lauter Stimme.

Der Junge rührte sich, blinzelte und richtete sich dann ruckartig auf. Er war groß und dünn, hatte dunkle Haare und ein mageres, mürrisches Gesicht. «Scheiße, was ist denn!»

«Steh auf», forderte Mitch ihn auf. «Langsam.»

Der Junge wirkte eher wütend als ängstlich. Zornig sah er erst die Pistole in Mitchs Hand und dann Mitch selbst an. «Wer zum Teufel sind Sie, und wie kommen Sie an die Knarre von meinem Vater?»

Sie standen einander in der Küche gegenüber, an die Arbeitsplatten gelehnt, aber Mitch kam es eher vor, als würden sie sich argwöhnisch umkreisen. Beide versuchten sich nach und nach mit dem Gedanken anzufreunden, dass sie Brüder waren.

Der Junge war, wie sich herausstellte, fast schon erschreckend direkt.

«Bist du Jeff?», hatte Mitch ihn im Sturmkeller gefragt.

«Ja, und wer sind Sie, Scheiße?»

«Ich glaube, ich bin dein Bruder», erwiderte Mitch. «Ich bin Mitch.»

«Kein Scheiß?», sagte der Junge, ohne eine Miene zu verziehen. «Hast du vielleicht Bier da?»

Nun standen sie beide mit einer Dose Bier in der Hand in der Küche. Jeff Newquist fragte Mitch Newquist: «Wo zum Henker hast du die letzten siebzehn Jahre gesteckt?»

«Erst an der Uni», antwortete Mitch sachlich, «dann war ich ein paar Jahre in Chicago und ein halbes Jahr in Denver. Seither lebe ich in Kansas City.»

«Und warum bist du nie hierher zurückgekommen?»

Aus der Frage sprach keine besondere Gefühlsregung, fand Mitch, bloß eine Art sachlicher Neugier. Trotzdem beantwortete er sie mit einer Gegenfrage. «Was haben sie dir von mir erzählt?»

«Ma und Pa?»

Mitch stutzte. «Ma und Pa?» Ungläubig fragte er: «Du nennst sie Ma und Pa?»

Kurz huschte ein gehässiges Lächeln über das scharf geschnittene Gesicht des Jungen. «Als ich noch klein war, wollte sie, dass ich sie Mama nenne.» Er betonte das Wort übertrieben auf der letzten Silbe, sodass es französisch klang. «Ich habe extra immer Ma gesagt, um sie zu ärgern.»

«Kann ich mir lebhaft vorstellen», sagte Mitch und brach in Gelächter aus.

Der Junge wirkte erst überrascht und dann insgeheim erfreut.

«Was haben sie denn gesagt, warum ich weg bin?», fragte Mitch.

Jeff zuckte die Achseln. «Du wärst in irgendwelche Schwierigkeiten geraten. Deshalb musstest du aus der Stadt verschwinden.» Er äffte den etwas gezierten Tonfall ihrer

Eltern nach. «Und deshalb war es auch besser, dass du nicht zurückkamst.»

Mitch schnaubte. «Ich wäre in Schwierigkeiten geraten?»

Der Junge zog die Augenbrauen hoch. «Heißt das, das stimmt gar nicht?»

«Das heißt, dass ich überhaupt nichts dafür konnte.»

Diesmal schnaubte der Junge. «Ja, na dann viel Glück, kann ich nur sagen.»

Der Bursche wurde Mitch langsam sympathisch.

«Haben sie gesagt, in was für Schwierigkeiten genau?»

«Darüber haben sie nie gesprochen, aber in der Stadt wurde viel geredet. Manche Leute meinten, du hättest vielleicht jemanden umgebracht, dieses Mädchen auf dem Friedhof …»

«Du lieber Gott», meinte Mitch. «Das haben die Leute wirklich geglaubt?»

«Eher nicht. Keine Ahnung. Niemand weiß was Genaues. Weißt du, wie man mich nennt?»

Der plötzliche Themenwechsel überraschte Mitch. «Wer?»

«Na, die Leute.»

«Nein. Wie denn?»

«Den Ersatzsohn. Wie findest du das?»

Mitch bedauerte den Jungen zutiefst. «Ziemlich übel, Jeff. Das ist nicht sehr nett.»

Wieder sah der Junge insgeheim erfreut aus. Übermäßig persönlich aber schien er das Ganze nicht zu nehmen.

«Wie war es so für dich», fragte Mitch, «bei ihnen aufzuwachsen?»

Jeff zuckte wieder die Achseln. «Sie kamen mir immer alt vor. Sie sind alt, ihre Freunde und Freundinnen sind alt. Da klafft einfach ein riesiger Altersunterschied.»

Mitch musste ihm beipflichten. Als er heranwuchs, waren seine Eltern und deren Freunde in den Dreißigern gewesen. Doch als sie diesen Jungen adoptierten, waren sie schon über vierzig. Nicht sonderlich alt, oberflächlich betrachtet, aber Nadine und der Richter hatten immer schon älter gewirkt, als sie eigentlich waren.

«Kommt es dir eher vor, als wärst du bei Großeltern aufgewachsen?», fragte Mitch.

«Kann sein.» Zum allerersten Mal zögerte der Junge ein wenig. «Und, wie war es für dich? Ihr Sohn zu sein, meine ich. Damals.»

Mitch antwortete, ohne zu zögern. «Besonders lustig war es nicht mit ihnen», untertrieb er bewusst. «Aber ich mochte ihre Freunde», er lächelte ein wenig, «die damals noch nicht so alt waren. Vor allem mit den Reynolds und den Shellenbergers habe ich mich gut verstanden ...» Er hielt inne, wartete ab, ob der Junge irgendeine Reaktion zeigte.

Nein. Jeff reagierte überhaupt nicht. Vermutlich hatte er mit diesen Familien nicht viel zu tun, überlegte Mitch, da sie keine Kinder in seinem Alter hatten.

«Wo hast du den Vogel her?»

«Den habe ich mitgebracht», log Mitch.

Der Junge musterte ihn und grinste belustigt. Mitch war nicht wohl dabei. Offenbar wusste Jeff, dass er nicht die Wahrheit sagte, aber woher?

«Mir sieht der ganz nach Abby Reynolds' Vogel aus.»

«Abby? Die hat einen ... hat die nicht einen kleineren Vogel?»

«Na ja, schon, sie hat zwei kleinere und einen großen Papagei wie den da, aber der ist bei dem Unwetter abhanden gekommen. Sie hat überall in der Stadt Zettel mit seinem Bild aufgehängt, hast du sie nicht gesehen?»

«Nein.» Mitch sah zu J. D. hinüber, der seinen roten Kopf schräg gelegt hatte und sie aufmerksam beäugte. Sein Vater hatte behauptet, der Vogel sei gestohlen worden, aber das hatte Mitch ihm nicht geglaubt. Er vermutete, sein Vater oder seine Mutter hätte absichtlich die Tür offen gelassen und den Vogel wegfliegen lassen, um ihn los zu sein. War J. D. also möglicherweise doch gestohlen worden, und zwar von Abby? Er sah Jeff wieder an und sagte bestimmt: «Das ist mein Vogel.»

«Von mir aus.»

So kurios das war, hin und wieder erinnerte die Mimik des Jungen Mitch mal an Nadine, mal an den Richter. Dass Menschen, die über einen längeren Zeitraum zusammenlebten, sich am Ende mitunter ähnlich sahen, wusste er zwar, aber trotzdem war es verblüffend zu sehen, wie der Junge den rechten Mundwinkel abschätzig nach unten zog, ganz wie der Richter immer, oder die Augenbrauen hochzog, genau wie Nadine früher, wenn eine Information bei ihr auf Unglauben stieß.

«Warum bist du zurückgekommen?», fragte Jeff.

Mitch hatte den Eindruck, dass in der Frage eine gewisse Angriffslust mitschwang. Vielleicht bildete er sich das nur ein, aber hinter dem eigentlichen Wortlaut meinte er etwas herauszuhören wie: «Warum hast du deinen Bruder siebzehn Scheißjahre lang nie besucht und tauchst ausgerechnet jetzt hier auf?» Möglicherweise schwang aber auch etwas ganz anderes in der Frage mit, überlegte Mitch. «Was zum Teufel fällt dir ein? Willst du mir nach all den Jahren etwa mein Erbe streitig machen?»

Genau da kam Mitch etwas zu Bewusstsein, das er ohne Umschweife aussprach.

«Ich habe es, glaube ich, nie kapiert», sagte er.

«Was kapiert?»

«Dass ich einen Bruder habe.»

Der Blick des Jungen wirkte erst überrascht, dann aber gekränkt und befremdet. Ungehalten fragte er: «Was soll das heißen, Scheiße, du hast nicht kapiert, dass du einen Bruder hast?» Der kalte, erboste Tonfall, wenn auch nicht die Wortwahl, erinnerte Mitch gespenstisch an seine verstorbene Mutter. Es war, als hätte Jeff sich von Nadine und dem Richter den für sie so typischen kalten Zorn abgeschaut, das Gegenteil von spontanem Ärger, den Mitch immer ehrlicher gefunden hatte. Bisweilen ertappte er sich erschrocken dabei, wie er selbst diesen kalten Tonfall anschlug, gegen den er scheinbar machtlos war.

Mitch wollte dem Jungen nichts vormachen, deshalb dachte er zunächst gründlich nach.

«Ich war … eifersüchtig», sagte er schließlich. «Ich war jung. Man hatte mich rausgeschmissen. Ich hatte mein Zuhause verloren, meine Familie, alle meine Freunde. Nicht mal die Schule konnte ich mit meiner Klasse abschließen. Ich war völlig am Ende. Ich war allein, hatte das Gefühl, unschuldig zum Sündenbock gemacht zu werden, meine Eltern kamen mir eiskalt vor. Und dann haben sie plötzlich dich ins Spiel gebracht. Das hat mich komplett überrumpelt. Von Adoption war bei ihnen bis dahin nie die Rede gewesen. Ich wusste nicht, dass sie noch mehr Kinder wollten. Es hätte mich kaum mehr schocken können, wenn sie einen kleinen Außerirdischen adoptiert hätten. Wenn du der Ersatzsohn warst, bin ich mir wohl vorgekommen wie der verstoßene Sohn.»

Er verstummte und dachte kurz nach. «Dir habe ich keinen Vorwurf gemacht. Nur ihnen. Sie waren immer so verdammt kalt bei allem, was sie taten. Es kam mir vor, als hätten sie mich als lästig empfunden und kurzerhand beschlossen, mich loszuwerden. Sie haben mich rausgeworfen und verstoßen, also wollte ich auch nichts mehr mit ihnen zu tun haben.»

Der Junge sah hinab auf den Küchenboden. Als er den Kopf hob, gab seine Miene nichts von seinen Empfindungen preis. «Hast du noch ein Bier?»

«Nein.» Er hatte noch Bier – und falls Jeff einen Blick in den Kühlschrank erhascht hatte, wusste er das –, aber Mitch wollte einen Siebzehnjährigen nicht zum Trinken ermutigen. Obwohl er den leisen Verdacht hegte, der Junge trank auch so schon genug. «Willst du hier bleiben? Willst du im anderen Bett schlafen?»

Der Junge zuckte mit den Schultern, sagte aber nichts.

«Was hat es eigentlich mit dem Sturmkeller auf sich?», fragte Mitch.

«Was meinst du?»

«Wieso ist der eingerichtet wie eine Wohnung?»

Jeff zuckte die Achseln. «Keine Ahnung. Ich habe den heute auch zum ersten Mal von innen gesehen.»

«Ach ja? Wie bist du eigentlich hergekommen, Jeff? Ich habe nirgends ein Auto stehen sehen.»

«Ich habe hinterm Haus geparkt.»

«Wieso bist du hergekommen?»

Der Junge zögerte kurz und zuckte dann wieder die Achseln. «Aus Neugier. Dad meinte, du wärst hier draußen, also bin ich hergekommen, weil ich wissen wollte, wie du aussiehst. Aber du warst nicht da. Dann habe ich gesehen, dass das Schloss an der Sturmkellertür lose war, und bin mal rübergelatscht. Und da habe ich dann die Einrichtung und alles gesehen. Also dachte ich mir, ich hau mich kurz hin, bis du wieder da bist.»

«Warum hast du die Tür offen gelassen?»

«Soll das ein Witz sein? Glaubst du, ich will da drin eingesperrt werden?»

«Ach so.» Das konnte Mitch nachvollziehen. Auch in ihm löste der Sturmkeller alle möglichen Urängste aus, weckte die unangenehmsten Vorstellungen. Was, wenn man da drin festsaß und nicht mehr rauskam, wenn einen niemand fand, wenn ...

«Musst du morgen zur Schule?»

Jeff schüttelte den Kopf. «Ich bin fertig.»

«Schon richtig mit Schulabschluss?»

«Nein. Nächstes Jahr.»

«Hast du einen Job?»

Der Junge grinste selbstgefällig. «Ich hatte einen. Bis heute Nachmittag.»

«Was ist passiert?» Mitch wollte keine vorschnellen Schlüsse ziehen. «Hast du gekündigt?» Trotzdem überraschte ihn die Antwort.

«Ja. Hab denen gesagt, ich habe keinen Bock mehr.»

«Und wie willst du jetzt an Geld kommen? Bei mir hat der Richter damals nichts rausgerückt, ich musste mir alles selbst verdienen. Oder hat sich das geändert?»

«Ich habe was verkauft», sagte Jeff lächelnd, ohne ihn anzuschauen.

«Na komm», sagte Mitch, da Jeff es bei dieser kurzen Antwort beließ. «Suchen wir dir Bettwäsche raus.»

«Nein, ich schlafe lieber drüben.»

«In dem Keller? Ernsthaft? Aber du könntest doch bequem hier –»

«Mir gefällt's da», behauptete er.

Mitch ließ es dabei bewenden. Im Stillen war er sogar ganz froh. Die Situation war für sie beide neu, da war eine räumliche Trennung vielleicht gar nicht verkehrt. Mit schlechtem Gewissen dachte Mitch: Schließlich kennen wir es beide nicht anders. Beim Gedanken an Trennung kam ihm sein Sohn Jimmy in den Sinn, und auf einmal verspürte er heftige Sehnsucht nach ihm. Mitch liebte seinen Sohn über alles. Seit er selbst Vater war, konnte er noch weniger begreifen, wie ein Vater seinen Sohn einfach so fallen lassen konnte, wie sein Vater ihn fallen gelassen hatte, ganz gleich, mit welcher Ausrede.

So etwas würde er Jimmy nie antun.

«Nimm dir was zu essen mit», schlug Mitch seinem Bruder vor.

Er ging aus der Küche, um sich um J. D. zu kümmern, aber auch, damit der Junge sich ohne falsche Scheu beim Essen bedienen konnte.

Nachdem Jeff sich mit einer gut gefüllten Tüte zum Sturmkeller aufgemacht hatte, warf Mitch einen Blick in den Kühlschrank, um nachzusehen, was der Junge sich alles genommen hatte. Ein Laib Brot fehlte, dazu eine Packung Putenbrust in Scheiben und ein Glas Mayonnaise, ein Sixpack Bier … und die schwarz-silberne Pistole ihres Vaters.

34

Als Patrick Shellenberger am Stadtrand von Franklin, Kansas, zwei halbwüchsige Jungen sah, die an einem Zaun herumstanden, bremste er ab. Einer der beiden hielt in Kniehöhe eine Zigarette in der rechten Hand. Sie machten nichts, standen einfach nur herum. Patrick erinnerte sich gut an dieses stumpfe, gelangweilte Herumlungern, wenn man nichts zu tun hatte. Als er in dem Alter war, hielt er das ungefähr fünf Minuten aus, dann zog er los, um etwas Aufregenderes zu unternehmen – wobei gewöhnlich Mädchen, Bier und eine Partie Billard im Spiel waren, meistens alles zusammen. Diese beiden müssten ziemlich weit fahren, um einen Billardtisch zu finden, und Bier bekämen sie auch nur mit viel Glück. Ob es in Franklin noch Mädchen gab, schien Patrick mehr als zweifelhaft, und selbst wenn, müssten diese Mädchen schon sehr verzweifelt sein, um sich mit diesen beiden Burschen abzugeben.

«Hey!», rief er ihnen zu. «Lebt die Familie Francis noch hier in der Gegend?»

Die Jungen, beide hoch aufgeschossen und schlaksig, wechselten einen Blick und starrten dann zu ihm in seinem Pick-up herüber, ohne sich vom Fleck zu rühren.

«Die sind weggezogen», sagte einer der Jungen in seine Richtung.

«Bis auf den einen Bruder, der im Knast sitzt», fügte der andere gedehnt hinzu.

Patrick kamen die beiden ziemlich unterbelichtet vor. Er fragte: «Ein Bruder sitzt im Knast?»

«Ja», antworteten sie wie aus einem Mund.

«Welcher denn?»

Der etwas Kleinere der beiden zuckte die Achseln. «Einer eben.»

«Weshalb sitzt er denn?»

Die beiden sahen sich an und lachten. Dann sagte der Zweite: «Wegen Trunkenheit vermutlich.»

«In welchem Gefängnis sitzt er?»

«Im Bezirksgefängnis», sagte der Erste.

«In diesem Bezirk?», fragte Patrick betont geduldig.

«Nee, er sitzt drüben in Small Plains im Knast.»

Entweder kam es beiden nicht in den Sinn, ihn zu fragen, wieso ihn das eigentlich interessierte, oder es war ihnen schlicht egal.

«Cooler Pick-up», bemerkte der eine anerkennend.

«Echt knorke», schloss sich der andere an.

Das Wort «knorke» hatte Patrick seit der High School nicht mehr gehört, und selbst damals war es schon hoffnungslos veraltet gewesen. Er drehte sich auf dem Sitz um und langte hinter sich auf den Boden. Dann schaute er wieder zu den beiden: «Kommt mal her.»

Sie kamen angetrottet, bis sie dicht genug waren, um zu sehen, was er ihnen aus dem Fenster entgegenhielt.

«Ist das für uns?», fragte der Größere ehrfürchtig staunend.

Als sie beim Wagen standen, sah er, dass sie jünger waren, als er zunächst angenommen hatte, vielleicht vierzehn oder fünfzehn.

«Ja. Schenke ich euch», sagte Patrick.

Der andere griff hastig nach dem Sixpack Bier und nuschelte: «Cool. Danke sehr, Mister.»

Patrick fuhr weiter und ließ die beiden schmächtigen Gestalten in der Dunkelheit stehen. Immerhin hatten sie nun etwas zu tun. Sie konnten Bierdosen aufreißen. Juhu. Bestimmt würden sie sich jetzt ein stilles Plätzchen in irgendeinem Gebüsch suchen, um dort die Dosen zu leeren, eine nach der anderen. Morgen früh wüssten sie vermutlich gar nicht mehr, was er sie gefragt hatte oder was sie ihm erzählt hatten. Und selbst wenn sie irgendwas erzählten: Wer würde schon zwei minderjährigen Jungs glauben, die sich sinnlos betranken?

Patrick wendete seinen Pick-up und machte sich auf die Rückfahrt nach Small Plains. Vielleicht war es noch nicht zu spät, um bei Abby vorbeizuschauen. Immerhin gab es dort jetzt zwei Vögel weniger, die ihm in die Stiefel kacken konnten.

Patrick griff lächelnd nach dem Becher vor ihm in der Halterung und trank einen Schluck Kaffee. Sicher, mit der Sonnenbrille hätte er sich fast verraten, aber das hatte er nochmal glänzend hingebogen. Abby hatte anscheinend nicht den leisesten Verdacht geschöpft, und auch die Geschichte, dass er nach Emporia musste, hatte sie brav geschluckt.

Was versprichst du dir davon, Patrick?

Das hatte sie ihn am Tag des Tornados gefragt. Was versprach er sich davon, wenn er sie heiratete? Alles. Seine Zukunft hing davon ab. Sein ganzes weiteres Leben, obwohl sie nicht der einzige Bestandteil der Gleichung war, die er aufmachte.

Sein Vater würde eines Tages sterben. Vielleicht in gar nicht allzu ferner Zukunft, auch wenn es ihm momentan besser zu gehen schien. Falls seine Mutter ihn überlebte, müsste sie die Leitung der Ranch ihren Söhnen überlassen, und Patrick wollte sicherstellen, dass sein Anspruch dann von allen, Rex eingeschlossen, anerkannt wurde, weil er die Ranch ja faktisch bereits leitete. Falls sein Vater seine Mutter überlebte, wollte Patrick auf jeden Fall, dass er ihm die Ranch testamentarisch vermachte. Eine andere Zukunft, das wusste er, gab es für ihn nicht.

Die Ranch war seine einzige Möglichkeit, in den Besitz von Land und damit Geld zu kommen. Er musste also solide und ehrbar wirken, ehrbar *sein*, bis er die unumschränkte Kontrolle ausübte und dann mit dem Land tun und lassen konnte, was er wollte. Er könnte es an einen Energiekonzern verkaufen, als Windfarm. An andere Rancher verpachten. Nach Öl- und Erdgasvorkommen absuchen lassen. Egal was, Hauptsache, er konnte das Geld kassieren und dann abhauen.

Abby war ein unverzichtbarer Teil dieses Plans. Seine Eltern hatten sie bereits ins Herz geschlossen; für sie wäre sie die perfekte Schwiegertochter. Sein Bruder würde sich, Abby zuliebe, fügen müssen. In der Stadt würde man folgern, dass ein Mann, den Abby Reynolds heiratete, im Grunde ein prima Kerl sein musste. Genau darauf hatte Patrick es abgesehen.

Und er legte keinen Wert darauf, dass ihm ihre alte Jugendliebe einen Strich durch die Rechnung machte.

Nach erfolgreichem Abschluss von Schritt eins in seinem Plan, sich Mitch Newquists zu entledigen, ohne den Mistkerl tatsächlich umbringen zu müssen, war Patrick nun bereit, zu Schritt zwei überzugehen.

Bevor Rex sich in seinem Häuschen draußen auf dem Land, unweit vom Haus seiner Eltern, ein spätes Abendessen zubereitete, erledigte er die letzten Anrufe des Tages in seiner Dienststelle: einen in der Telefonzentrale, je einen bei seinen Dienst tuenden Deputys und zum Schluss noch einen im Bezirksgefängnis. Es war eine spärlich besetzte Dienststelle in einem spärlich besiedelten Bezirk, und Rex behielt gerne alle Fäden in der Hand, zum gelegentlichen Leidwesen seiner Untergebenen.

Besondere Vorfälle wurden ihm nicht gemeldet, bis er im Gefängnis anrief.

«Wir hatten gerade einen Besucher da, Sheriff», teilte ihm der Dienst habende Beamte mit.

«So spät? Wer zum Teufel war das, und wen hat er besucht?»

«Nun, es war Ihr Bruder. Und er hat Marty Francis sehen wollen.»

Sarahs Bruder. Nachdem er sich von dem ersten Schock erholt hatte, spürte Rex, wie sich in seinem Schlund ein Sodbrennen ankündigte. «Hat er gesagt, weshalb?»

«Nein, aber ich habe ihm gesagt, er kommt zu spät, weil Marty ja heute entlassen wurde, dass es aber nicht lange dauern dürfte, bis er wieder eingebuchtet wird. Er könnte gerne so lange warten.» Der Beamte ließ ein tiefes, sarkastisches Lachen vernehmen.

«Hat Ihr Häftling bei der Entlassung gesagt, wo er hin wollte?»

«Er wollte einen trinken gehen, der Schwachkopf.»

«Wohnt er noch in Franklin?»

«Keine Ahnung, Sheriff. Soll ich das mal in Erfahrung bringen?»

«Ja. Rufen Sie mich dann zurück. Moment! Was hat mein Bruder gesagt, als er hörte, dass Marty weg war?»

«Was er gesagt hat?», wiederholte der Beamte, während er nachdachte. «So was wie, na ja, kann keiner sagen, ich hätte es nicht versucht, glaube ich. Hab nicht verstanden, was er damit gemeint hat.»

«Da wären Sie nicht der Erste, dem es so geht.»

«Äh, Sheriff, weiß Ihr Bruder denn nicht, dass wir feste Besuchszeiten haben?»

«Von Vorschriften hat mein Bruder sich noch nie aufhalten lassen, Deputy.»

Der Beamte lachte wieder. «Diesmal hat er jedenfalls kein Glück gehabt.»

Nachdem er aufgelegt hatte, stand Rex auf, um sich in einer gut gefetteten Pfanne Bratkartoffeln aus dem Eisfach zu brutzeln, zusammen mit einer dicken Scheibe Schinkenspeck. Während er auf den Rückruf seines Deputys wartete, schob er den Schinkenspeck in der heißen Pfanne herum und stellte sich vor, es wäre der Bauch seines Bruders, während er aggressiv mit einer zweizinkigen Kochgabel darin herumstocherte.

Kurz vor Mitternacht hörte Abby draußen auf ihrer Auffahrt Patricks Pick-up. Gleich darauf wurde erst sachte und dann etwas fester an der Tür gerüttelt.

Er war es gewohnt, ihre Türen unabgeschlossen vorzufinden, aber das war heute anders. Sie überlegte, ob er wohl klopfen würde.

Als die Türklingel losging, zuckte sie heftig zusammen.

Wenn Patrick etwas will, ist er hartnäckig, überlegte sie, stand aus dem Bett auf und legte sich eine dünne Decke um die Schultern. Sie lief barfuß zur Haustür, öffnete und sah ihn, den Cowboyhut in den Händen, vor sich auf der Veranda stehen.

«Ein bisschen spät», sagte sie.

«Aber wie heißt es so schön: Besser spät als nie», erwiderte er grinsend.

«Wie war's in Emporia?», fragte sie.

«Trostlos, ohne dich.»

«Hast du mit deinem Steuerberater alles klären können?»

«So gut wie. Hat länger gedauert als erwartet. Lässt du mich rein?»

Abby lächelte ihn an. Sie waren nicht verheiratet, nicht einmal verlobt. Sie war ihm gegenüber in keiner Weise verpflichtet, und auch er ihr nicht. Er konnte tun und lassen, wozu er Lust hatte, sie etwa darüber belügen, wo er hin wollte und warum. Auch die Sache mit der Sonnenbrille nahm sie ihm nicht ganz ab. Und gut finden musste sie das alles erst recht nicht. «Ich glaube nicht, Patrick.»

«Wieso nicht?» Er sah so entgeistert aus, dass sie beinahe hätte lachen müssen.

«Weil ich nicht muss», sagte Abby und machte ihm die Tür vor der Nase zu.

Sie blieb nicht an der Tür stehen, um zu horchen, ob er dort stehen blieb oder sofort zu seinem Wagen zurückging. Anscheinend aber dachte er zunächst eine ganze Weile nach, denn erst fünf Minuten später hörte sie, wie er seinen Pick-up startete und davonfuhr.

35

Am Mittwochmorgen nach dem Memorial Day quittierte Randie Anderson dem Lieferfahrer des Grossisten die Anlieferung der Zeitungen und Zeitschriften des Tages an Andersons Lebensmittelladen. Sie rief aber keinen Jungen aus dem Lager, der die in Folie eingeschweißten Bündel auspacken sollte, sondern griff selbst zur Schere, um die weißen Plastikverschnürungen aufzuschneiden und als Erstes einen Blick in die Tageszeitung aus Kansas City zu werfen. Falls irgendwelche Schlussverkäufe inseriert wurden, könnte sie kommendes Wochenende mit Cerule zusammen mal hinfahren, um in der Großstadt ein wenig einzukaufen. Vielleicht könnte sie ja sogar Abby überreden, sich eine Pause von ihren Aufräumarbeiten zu gönnen und mitzukommen.

Randie wuchtete einen Stapel des *Kansas City Star* auf den Tresen und legte sich ein Exemplar beiseite.

Dann sah sie hinab auf die wesentlich reißerischere Titelseite einer Boulevardzeitung und grinste über das, was sie dort las. Die Außerirdischen erwarteten mal wieder Nachwuchs. Brad Pitt hatte eine neue Flamme. Bigfoot war in Indiana gesichtet worden. Und ein Tornado hatte Wunderblumen auf eine Frau niederregnen lassen, in …

«Small Plains?!»

Randie zerrte sich ein Blatt aus dem Stapel und starrte das verschwommene, dunkle Bild an, das auf der Titelseite prangte.

Ob es tatsächlich das zeigte, was im Text behauptet wurde, war unmöglich zu sagen, aber es war auf jeden Fall dunkel genug, um ein Tornado zu sein. In der Mitte waren ein Lichtfleck und lauter kleine Pünktchen zu erkennen. Randie schlug hastig die Zeitung auf, um den Artikel im Innenteil zu lesen.

Eine Krebskranke war durch ein Wunder geheilt worden, las sie. Die Heilung hatte sich während eines Tornados am Grab einer jungen Frau ereignet, die vor vielen Jahren unter mysteriösen Umständen ermordet worden war. Niemand wusste, wie sie hieß oder was es mit ihr auf sich hatte, bis auf den Umstand, dass sie Abhilfe bei allen möglichen Übeln schaffen konnte, darunter, so hieß es, überzogene Konten, Warzen und, wie durch das Wunder anschaulich belegt, Krebs. Und wenn sich eine Heilung ereignete, wurde sie von einem wundersamen Zeichen des Himmels begleitet, wie zum Beispiel Blumen, die aus einem Tornado zur Erde regneten.

«Small Plains?», rief Randie ein weiteres Mal aus. Lieber Himmel, der Artikel handelte von der Jungfrau!

Woher stammte dieses Foto, und wer genau war geheilt worden, und woher wusste die Kranke von ihrer Heimatstadt? Sie warf nochmals einen Blick auf den Artikel, bis sie auf einen vertrauten Namen stieß: *Foto und Themen-Hinweis von Jeffrey M. Newquist aus Small Plains, Kansas.* Randie wusste, dass Anregungen zu Artikeln wie diesem von den Boulevardblättern honoriert wurden.

«Fünfhundert Dollar! Dieser kleine Blödmann hat Geld für ein Foto bekommen, auf dem überhaupt nichts zu erkennen ist!»

Mit der Zeitung in der Hand führte Randie sogleich einige Telefonate.

Sie merkte bald, dass sie nicht immer die Erste war, die über das Tagesgeschehen Bescheid wusste. Einige Leute kannten die Geschichte von der Jungfrau und den Wundern und den Blumen, die aus einem Tornado herabregneten, schon aus Radiosendungen, die über Hörergeschichten berichteten. Jeffrey M. Newquist war offenbar äußerst umtriebig gewesen.

«Und er hat bestimmt jedes Mal Geld dafür bekommen», ereiferte sich Randie gegenüber Susan McLaughlin, als sie mit ihr telefonierte. «Sam's Pizzeria sollte ihm eine Rechnung schicken für all die Schokoriegel, die er da schon gestohlen hat.»

«Patrick hat mir einen Heiratsantrag gemacht, Ellen.»

Abby und ihre Schwester kauerten neben einem großen Blumenkübel auf der Hauptstraße, Ellen half Abby bei der Behebung der Schäden, die das Unwetter in den Blumenkübeln im Geschäftsviertel angerichtet hatte. Neben sich auf dem Bürgersteig hatten sie Säcke mit Blumenerde und neue Pflanzen stehen, und aus dem Geschäft hinter ihnen schlängelte sich ein Gartenschlauch, der dort an einen Wasserhahn in der Toilette angeschlossen war.

«Nicht möglich!» Ellen sah sie mit großen Augen über den Kübel hinweg an. «Darauf lässt du dich doch wohl nicht ein!»

«Könnte mir viel Ärger ersparen», sagte Abby halb im Scherz.

«Aber klar. Wer Patrick Shellenberger heiratet, hat nie wieder Ärger, ganz bestimmt», entgegnete Ellen. «Da ist einem ein sorgenfreies Leben garantiert.» Dann wurde sie wieder ernst. «Das ziehst du doch wohl nicht mal in Betracht, oder?»

«Ich überleg's mir, habe ich ihm gesagt.»

«Bist du völlig übergeschnappt?»

«Ich werde nicht jünger, Ellen.»

Ihre Schwester schnaubte abfällig. «Und scheinbar auch nicht klüger.»

331

«Was ist denn an dem Patrick Shellenberger von heute auszusetzen, Ellen?»

Ihre Schwester runzelte die Stirn. «Na ja, ein bisschen hat er sich wohl gebessert. Er macht einen ganz soliden Eindruck, zumindest verglichen mit früher. Aber, Abby, er ist und bleibt Patrick, daran wird sich nie was ändern.» Schnippisch fragte sie: «Was sagt denn Rex dazu?»

«Rex weiß noch nichts davon», räumte Abby ein.

«Aha. Und falls er es erführe …»

«Würde er mich umbringen.»

«Nein, vermutlich eher Patrick, aber das läuft auf dasselbe hinaus. Sein eigener Bruder will nicht, dass du ihn heiratest.»

«Ja, toll, ihr habt alle gut reden! Als hätte ich hier groß eine Wahl! Diese Stadt wimmelt nicht gerade von anderen Männern, mit denen ich mich treffen könnte!»

«Es gibt hier einige ganz nette Männer! Du schaust sie bloß nicht an.»

Abby warf ihrer Schwester einen bösen Blick zu.

«Stimmt doch! Du hast nie einen angeguckt, nicht seit …»

Wieder funkelte Abby sie an, forderte sie heraus, den Namen auszusprechen.

Der Wortwechsel der Schwestern wurde durch die Stimme einer anderen Frau unterbrochen.

«Frau Bürgermeister! Abby! Guten Morgen!»

Beide schauten hoch in die Richtung, aus der der zwitschernde Gruß gekommen war. Die Inhaberin eines hiesigen Stoffgeschäfts, eine Frau mittleren Alters, lächelte ihnen so strahlend zu, als wollte sie der Sonne Konkurrenz machen. «Ist das nicht ein wunderschöner Tag heute?»

«Schon möglich», brummte Abby mürrisch und setzte eine Petunie in die Blumenerde.

«Hallo, Terianne», sagte Ellen lächelnd. «Haben Sie das Unwetter gut überstanden?»

«Ich habe es glänzend überstanden», sagte die Frau. «Hübsche Blumen.»

Ellen sah sie neugierig an. «Was ist?» Die Inhaberin des Stoffladens war sonst selten so guter Dinge. «Sie sehen ja aus, als hätten Sie gerade eine Million Dollar geerbt. Haben Sie im Lotto gewonnen?»

Die Frau wirkte kurz erschrocken und wurde rot. «Ich? Nein, nein.»

«Nur zu, uns können Sie's ruhig sagen.» Ellen stützte die Handgelenke am Rand des Blumenkübels ab und lehnte sich etwas zurück, um in das runde, frohe Gesicht der Frau hinaufzublinzeln. «Sie haben im Lotto gewonnen, stimmt's?»

Die Frau lachte und wirkte noch verlegener. Dann aber brach es in aufgeregtem Flüsterton aus ihr heraus: «Können Sie beide ein Geheimnis für sich behalten?»

«Selbstverständlich!», gelobte Ellen und schlug in Herzhöhe ein Kreuz vor ihrem Cowboyhemd.

«Ich muss es einfach loswerden, aber ich habe geschworen, den Mund zu halten, also müssen Sie beide versprechen, es nicht weiterzusagen.» Sie vergewisserte sich kurz mit einem Blick, dass sie ungestört waren, und kam dann noch etwas näher. «Behalten Sie es auch wirklich für sich?»

«Kommen Sie schon, Terianne, raus damit», drängte Ellen.

«Nach dem Unwetter», fing die Frau in dramatischem Flüsterton an. «Als mein Schaufenster zu Bruch gegangen war und meine Auslagen voller Glasscherben waren. Ich schwör's, Ellen, das war für mich der Tropfen, der das Fass zum Überlaufen brachte, wirklich. Ich wollte nur noch aufgeben. Am liebsten hätte ich mich einfach auf den Boden gehockt und geheult.»

Ellen murmelte ein paar mitfühlende Worte, auch Abby schloss sich an. Der Stoffladen der Frau stand bereits seit Monaten zum Verkauf.

«Also, es ging mir richtig schlecht», fuhr Terianne fort, «und ich stand mit einem Besen in der Hand da und fegte so vor mich hin, obwohl mir nicht mal danach zumute war, als plötzlich dieser Mann zur Tür hereinkommt. Er kam einfach so hereinspaziert und bot an, mir beim Saubermachen zu helfen! Einfach unheimlich nett. Ein Wildfremder kommt aus heiterem Himmel in meinen Laden, schnappt sich einen Besen und bietet mir seine Hilfe an. Wann passiert einem so was schon mal?»

«Ja, stimmt», ermunterte Ellen sie. «Und was ist dann geschehen?»

«Nun, bei der Arbeit sind wir ins Plaudern gekommen. Ich habe ihm erzählt, dass ich aufgeben, einfach die Tür hinter mir zusperren und nie mehr zurückkommen will. Und wissen Sie, was er darauf gesagt hat, Ellen? Er hat gesagt: ‹Tun Sie das nicht. Ich kaufe Ihren Laden.›»

Abby rief ungläubig: «Was hat er gesagt?»

«Dass er meinen Laden kaufen will!»

Abby riss vor Staunen den Mund auf, ihre Schwester aber verengte leicht die Augen.

In den Augen der Geschäftsinhaberin glänzten Tränen.

«Und das hat er auch getan! Ich habe ihm den Preis genannt und ihn gewarnt, er müsste den Laden übernehmen, wie er ist, weil ich mir keine Renovierung leisten kann, aber er meinte, das sei kein Problem, und hat mir auf der Stelle einen Scheck ausgestellt!»

Abby riss ihren Mund noch weiter auf.

«Mein Gott, Terianne, das ist ja wunderbar», sagte sie.

Ellen verengte ihre Augen noch mehr. Sie spitzte die Lippen und sagte nichts.

«Ellen, haben Sie mir nicht zugehört? Ich habe meinen Laden verkauft! Jemand hat meinen Laden gekauft! Jetzt kann ich ganz neu anfangen!»

«Wer?», fragte Ellen ungeduldig. «Wer hat ihn gekauft, Terianne?»

Auf diese einfache Frage hin lief die Frau erneut knallrot an. «Nun, ich weiß leider nicht, wie er heißt.»

«Sie wissen nicht, wie er heißt?» Ellen stemmte sich am Blumenkübel ab und richtete sich auf, bis sie der Frau Auge in Auge gegenüberstand. «Er hat Ihren Laden gekauft, und Sie wissen nicht mal, wie er heißt? Welcher Name steht denn auf dem Scheck?»

Abby sah verwundert zu ihrer Schwester hoch, die einen ungewöhnlich energischen Tonfall angeschlagen hatte. Im Familienkreis erlegte sich Ellen, wie Abby nur zu gut wusste, wenig Zurückhaltung auf, bei Wählern aber blieb sie, ganz Politikerin, gemeinhin höflich.

«Der Name einer Firma, und seine Unterschrift kann ich nicht entziffern.»

«Hat er sich nicht vorgestellt? Haben Sie ihn nicht nach seinem Namen gefragt?»

Die andere Frau wirkte zwar verlegen, setzte sich aber umgehend zur Wehr.

«Sie verstehen das offenbar nicht, es ging alles so schnell! Nach dem Unwetter war mein Laden beschädigt, und ich war drauf und dran aufzugeben. Und dann geschah ein Wunder! Ein Mann kam hereinspaziert und bescherte mir ein Wunder. Wunder hinterfragt man nicht, Ellen. Er hat den Laden komplett gekauft, mit Inventar und allem! Ich muss nur noch die Eigentumsurkunde überschreiben, dann kann ich den Scheck einlösen.»

«Sie wissen doch nicht mal, ob der Scheck gedeckt ist!»

«Das wird er schon sein, Ellen. Ich sag's Ihnen doch, er ist ein richtig netter Mensch. Der Scheck ist gedeckt, das weiß ich einfach.»

«Wie sieht dieser Typ aus?», fragte Abby, deren Neugier plötzlich erwacht war.

«Oh, gut sieht er aus! Groß, dunkelblonde Haare. Und er hat richtig nette Augen.»

Leise Übelkeit stieg in Abby auf, eine Art dumpfes Unwohlsein, denn die Beschreibung der Frau traf ziemlich genau auf Mitch Newquist zu, wie er heute aussah.

Sie schwieg betroffen, ihre Schwester aber fragte ungehalten: «Und wie alt ist dieser Held?»

«Fünfunddreißig etwa, vielleicht auch vierzig.»

Abby fragte matt: «Wissen Sie noch, was er anhatte?»

«Aber ja! Das werde ich nie vergessen. Er sieht so blendend aus.» Die ehemalige Inhaberin des Stoffgeschäfts lächelte verzückt. «Vielleicht kam er mir auch nur so schön vor, weil er mich gerettet hat.»

«Was hatte er an, Terianne?» Diesmal klang Abby so ungehalten, dass Ellen ihr einen Blick zuwarf.

«Was er anhatte? Jeans, glaube ich, und ein weißes Hemd mit hochgekrempelten Ärmeln.»

Mitch.

«Sie wissen, warum das passiert ist, nicht wahr?», fragte die Frau sie.

«Weil Sie so lange ausgeharrt haben, bis es passieren konnte?», gab Ellen ganz vernünftig zurück.

«Nein.» In beinahe ehrfürchtigem Tonfall fuhr sie fort. «Ich war am Wochenende drüben am Grab. Ich habe der Jungfrau meine Geldsorgen anvertraut. Ich könnte nur überleben, habe ich ihr erzählt, wenn jemand mir den Laden abkauft. Ich habe sie um Hilfe gebeten. Sie hat mir diesen Mann geschickt. Es ist ein Wunder.»

Beide Schwestern nahmen es schweigend auf.

Schließlich sagte Ellen: «Und warum soll das ein Geheimnis bleiben, Terianne?»

«Deshalb! Er will noch mehr Immobilien kaufen, hat er mir erzählt, Ellen! Ist das nicht großartig? Für die Stadt, meine ich. Er meinte, wenn sich das herumspricht, würden die Preise steigen, und er wolle nicht, dass ich für meinen Laden weniger Geld bekomme als andere für ihre Läden. Ist das nicht reizend von ihm? Das wird ein Wunder für die ganze Stadt, das spüre ich. Spüren Sie das nicht auch?»

«Ja», erwiderte Ellen in demselben düsteren Tonfall wie einige Minuten zuvor, als es um Patrick Shellenberger ging. «Klingt wirklich unglaublich, in der Tat.»

36

Nachdem die Inhaberin des Stoffgeschäfts, immer noch über das ganze Gesicht strahlend vor Glück, weitergegangen war, kauerte Ellen sich wieder neben den Blumenkübel und griff nach ihrem Pflanzenheber. Doch bevor sie noch den ersten Stich in die Blumenerde tun konnte, fragte Abby: «Du meinst auch, dass es Mitch war, oder?»

Ellen schaute sie an. «Der ihren Laden gekauft hat? Ja. Du nicht?»

«Nun, die Kleidung, die sie beschrieben hat», sagte Abby, «hatte er auch neulich am Abend an, als ich ihn gesehen habe.»

Ellen wirkte erschrocken. «Du hast Mitch gesehen?»

Abby antwortete hastig: «Du weißt schon! Als ihr bei Sam's im Keller gesessen habt und ich bei dem alten Mann auf der anderen Straßenseite war. Da habe ich doch gesehen, wie Mitch aus seinem Wagen ausgestiegen und in die Pizzeria gegangen ist.» Was immerhin die halbe Wahrheit war.

«Ach.» Ellen lachte, wie vor Erleichterung. Aus ihrer Reaktion schloss Abby, wie ablehnend ihre Schwester und ihre Freundinnen einer Begegnung zwischen ihr und Mitch offenbar gegenüberstanden. Damit war klar, dass sie sich Ellen auf gar keinen Fall anvertrauen konnte.

«Stimmt ja», sagte ihre Schwester dann. «Hatte ich vergessen. Und du meinst, er hat dich nicht gesehen?»

«Nein.»

Beide schauten zu der weiterhin geschlossenen Pizzeria hinüber. Das Lokal war, zusammen mit Abbys Treibhaus, von dem Sturm am schlimmsten in Mitleidenschaft gezogen worden.

«Du wusstest aber, dass irgendetwas im Busch war, schon bevor sie ihn beschrieben hat», sagte Abby ein wenig vorwurfsvoll. «Was weißt du noch, Ellen?»

Statt zu antworten, nagte ihre Schwester an der Oberlippe, eine Angewohnheit, die sie seit Kindertagen hatte. Ellen wusste noch etwas, womit sie nicht so recht herausrücken wollte.

«Sag schon», drängte Abby. «Es hat mit Mitch zu tun, stimmt's?»

Ellen zuckte die Achseln. «Ich bin mir nicht ganz sicher. Aber Terianne ist nicht die Erste, die mir von einem geheimnisvollen Unbekannten erzählt, der sich in der Stadt nach zum Verkauf stehenden Immobilien umhört. Heute Morgen, im Wagon-Wheel-Café?» Dort hatten sich die Schwestern auf einen Kaffee getroffen. «Da ist mir zu Ohren gekommen, Joe Mason hätte sein kleines Bürogebäude an einen namenlosen Käufer verkauft, einfach so, ganz fix. Auch das hat mir sehr nach Mitch geklungen.»

«Warum hast du mir das nicht erzählt?»

«Es war bloß ein Gerücht, Abby.»

«Du musst mir alles erzählen, was du über ihn hörst!»

Ellen stutzte kurz, weil ihre Schwester plötzlich so aufgeregt klang. Beschwichtigend sagte sie: «In Ordnung.»

Abby fluchte insgeheim. Ihre Schwester durfte auf gar keinen Fall Verdacht schöpfen, was sich bereits zugetragen hatte. Niemals würde sie irgendjemandem verraten, dass sie bereits mit Mitch im Bett gewesen war, ihrer Schwester nicht und auch ihren Freundinnen nicht. Dieser Vorfall würde sich nie wiederholen, war ebenso außerordentlich und einmalig wie der Tornado, der durch ihr Leben gefegt war, das stand für Abby fest.

«Was hat er vor, was meinst du?», fragte Abby beklommen.

«Keine Ahnung.» Da ihre Schwester sie zweifelnd ansah, beteuerte Ellen: «Wirklich! Ich weiß es nicht!»

«Er ist doch eigentlich nur auf Besuch. Er soll hier nicht irgendwelche Sachen treiben, als wollte er wieder zurückkommen. Warum also kauft er überall in der Stadt Immobilien auf?»

«Na ja, nicht überall in der Stadt. Vorläufig beschränkt er sich doch auf das Geschäftsviertel.»

«Das war nicht wörtlich gemeint, Ellen! Ich wollte damit nur sagen –»

«Schon gut.»

Abby war beschämt. «Tut mir leid, es ist nur –»

«Ist schon okay, Abby, wirklich.»

Abby atmete tief durch und begann noch einmal. «Was also glauben wir, was er im Schilde führt?»

«Das lässt sich nur auf einem Weg herausfinden», entschied Ellen. «Was soll's, ich bin die Bürgermeisterin, ich frage ihn einfach.»

«Nein!» Abby grauste es bei der Vorstellung, dass ihre Schwester mit Mitch redete. Zu groß war die Gefahr, dass er ihr furchtbares Geheimnis preisgab, dass sie schon miteinander geschlafen hatten. Gewiss würde er es Ellen nicht direkt sagen, aber ihre Schwester könnte zwischen den Zeilen lesen. «Das mache ich! Ich frage ihn!»

«Wirklich? Abby, das musst du nicht tun. Ich kann das übernehmen.»

«Nein! Ich möchte es tun. Das heißt, natürlich dränge ich mich nicht danach … aber ich sollte es tun, dann habe ich das hinter mir. Ich meine, wenn er länger in der Stadt ist, werde ich ihm ja sowieso irgendwann mal über den Weg laufen. Also überlass das mir. Dann kann ich das vorher planen und mich darauf einstellen, damit er mich nicht nochmal so überraschen kann.»

«Nochmal?»

Abby errötete heftig. «Nach neulich Abend ... als ich ihn auf der Straße gesehen habe ...» Verzweifelt suchte sie nach einem unverfänglichen Thema. «Apropos Straße, was ist das heute eigentlich für ein Verkehr? So viele Autos habe ich hier im Geschäftsviertel ja seit der Parade zum Stadtjubiläum nicht mehr gesehen.»

«Das ist wegen dieses Zeitungsartikels.» Ellen stocherte lächelnd in der Blumenerde.

«Ist ja wohl ein Witz. So was glauben die Leute? Kommen extra her, um sich das anzusehen?»

«Ob die das glauben? Du hast doch Terianne gehört, oder? Die glaubt, die Jungfrau hätte ihr Mitch gesandt, um ihren Laden zu kaufen.» Ellen lachte. «Schau nur, auf wie vielen von den Autos ein Behinderten-Aufkleber ist!»

«Du liebe Güte, erhoffen die sich etwa Heilung von der Jungfrau?»

Ellen betrachtete einen Kleinbus voll älterer Leute, der gerade vorbeifuhr, und winkte zurück, als ein Insasse ihr zuwinkte. «Ich glaube schon.»

«Tja, du bist doch Bürgermeisterin, kannst du denen nicht sagen, sie sollen wieder heimfahren?»

«Heimfahren? Und ihr Geld wieder mit nach Hause nehmen? Abby, die werden im Wagon Wheel essen. Die werden bei den Andersons einkaufen. In den Motels übernachten. Hier tanken. So etwas Gutes ist Small Plains seit Erfindung des Stacheldrahts nicht mehr passiert.»

«Aber es ist nicht recht.» Abby sah ihre Schwester mit gerunzelter Stirn an.

«Wieso nicht? Wenn es ihnen zu Hoffnung verhilft und sie ein bisschen glücklich macht?»

«Und am Ende werden sie enttäuscht und haben ihr Geld umsonst verschleudert –»

«Aber Abby», fiel Ellen ihr resolut ins Wort, «du hast doch die Geschichten auch gehört.»

«Ja, aber –»

«Und du kannst nicht beweisen, dass sie nicht stimmen.»

«Dafür kannst du nicht beweisen, dass sie stimmen.»

«Das muss ich auch gar nicht.»

«Ellen, das ist eine abscheuliche Einstellung!» Abby stand auf und pfefferte ihren Pflanzenheber so zornig aufs Pflaster, dass ihre Schwester zusammenzuckte. «Das ist nicht recht! Es ist unrecht, verzweifelte Menschen so hinters Licht zu führen! Es ist unrecht, ihnen Hoffnungen vorzugaukeln, die jeder Grundlage entbehren. Das ist kriminell. Es ist … unrecht.» Tränen schossen ihr in die Augen, ihre Stimme bebte hörbar. «Kranke Menschen klammern sich in ihrer Einsamkeit und Verzweiflung doch an alles, was ihnen Hoffnung verspricht! Sie wünschen sich nur, dass es ihnen besser geht, dass ihre Qualen endlich ein Ende haben, und es ist einfach nicht recht, sie in dieser Lage derart auszunutzen. Das ist schäbig, Ellen!»

Abby schluchzte laut auf, ungläubig beäugt von ihrer Schwester.

Wortlos machte sie kehrt und lief davon, ehe Ellen dahinter kommen konnte, dass sie weniger wegen der kranken Menschen und der Jungfrau so aufgebracht war, sondern über sich und Mitch weinte. Sie rannte den Bürgersteig hinab, vorbei an Passanten, die sich nach ihr umschauten und rätselten, aus welchem Grund eine so hübsche junge Frau an einem so strahlend schönen Tag so unglücklich war.

Nachdem Abby drei Häuserblocks weit gerannt war, wollte es der Zufall, dass sie einen neuen, ausländisch wirkenden schwarzen Wagen erblickte, der den linken Blinker gesetzt hatte. Er würde direkt vor ihr abbiegen, wenn sie die nächste Straße überquerte. Als sie sah, wer am Steuer saß, rannte Abby noch schneller.

Der Fahrer, der sie nicht bemerkte, setzte zum Abbiegen in die Hauptstraße an. Als Abby direkt vor seinen Kühler hechtete, hielt er mit quietschenden Bremsen an.

Mitch stand mitten auf der Abbiegespur und starrte Abby an, die sich jetzt seinem Seitenfenster näherte. Er kam gar nicht erst zu Wort, weil sie sofort anfing, auf ihn einzuschreien.

«Was fällt dir eigentlich ein, Mitch? Wieso hast du Terianne ihren Laden abgekauft? Wieso hast du Joe Masons Bürogebäude gekauft? Warum kaufst du hier Immobilien auf? Was führst du im Schilde? Warum bist du zurückgekommen?» Zornestränen rollten Abby übers Gesicht. «Wieso haust du nicht einfach wieder ab? Hau einfach ab und komm nie mehr zurück, schließlich hast du dich siebzehn Jahre hier nicht blicken lassen. Wieso bist du wieder da, wieso musst du all das wieder aufrühren? Ich will, dass du verschwindest! Das hier ist meine Stadt! Ich will, dass du abhaust und nie wieder zurückkommst! Du bist hier nicht erwünscht! Ich will dich hier nicht! Du gehörst hier nicht mehr her!»

Er hatte schon die Hand am Türgriff und war im Begriff auszusteigen.

Doch dann war sie fort, entfernte sich rasch in die entgegengesetzte Richtung.

Abby hatte sich noch längst nicht beruhigt. Jetzt, wo sie angefangen hatte, hatte sie das Gefühl, ein Damm sei gebrochen. All die Tränen, die sie über die Jahre tapfer zurückgehalten hatte, strömten ihr übers Gesicht.

Sie rannte immer noch, etwas langsamer inzwischen, weil sie außer Puste war, aber weiter voll von verwirrenden Gefühlen, die sie sich in den Jahren, seit Mitch fort war, versagt hatte. Doch sie war noch längst nicht fertig. Einen Menschen gab es noch, dem sie ihre Wut ins Gesicht schreien musste, und er würde ihr zuhören, weil diese Klärung längst überfällig war. Ein furchtbares Unrecht war geschehen, damals, und bis heute nicht gesühnt worden, das war ihr einziger Gedanke. Und sie würde die Dinge jetzt zurechtrücken, koste es, was es wolle.

Mitch merkte, dass er den Verkehr aus allen vier Richtungen blockierte. Einige Autofahrer hupten schon, andere starrten ihn bloß verärgert an.

Am liebsten wäre er ihr nachgelaufen, hätte sie am Arm gepackt und festgehalten, damit sie ihm zuhörte, während er ihr alles erklärte, damit sie endlich verstand …

Dann aber stieg er wieder in den Saab ein, bog wie geplant ab und fuhr weiter. Seine Hände zitterten, er hatte Herzklopfen, ihm war übel, denn die Pläne, die er sich so sorgfältig zurechtgelegt hatte, schienen auf einmal bedroht. In den letzten Tagen hatte er kühl abgewogen, mit welchen juristischen Konsequenzen er zu rechnen hatte, falls er mit seinem Wissen an die Öffentlichkeit ging. Immerhin war er Zeuge einer Straftat geworden, ohne diese zu melden. Die im Staate Kansas geltende Verjährungsfrist betrug zwei Jahre, sodass er im Normalfall nicht mehr mit einem Strafverfahren hätte rechnen müssen. Diese gesetzliche Regelung galt jedoch nur für Beschuldigte, die sich in diesem Zeitraum auch im Bundesstaat aufhielten; und er war die ganze Zeit seither nicht in Kansas gewesen. In einem Fall wie dem seinen begann die Verjährungsfrist wieder neu, sobald er Kansas betrat, und hier war er nun. Doc Reynolds und Nathan Shellenberger, das war die unschöne Ironie, kamen in den Genuss der Verjährung, da sie sich die ganze Zeit in Kansas aufgehalten hatten, und konnten nicht mehr belangt werden. Zumindest nicht für das einzige Verbrechen, bei dem Mitch sie beobachtet hatte, nämlich die bewusste Unkenntlichmachung eines Mordopfers.

Ob er belangt wurde, weil er eine Straftat nicht gemeldet hatte, wäre allerdings die kleinste seiner Sorgen, falls der Doc und Nathan beschlossen, ihn mit allen Mitteln zu stoppen. Mord verjährte nicht. Die beiden Männer waren intelligent, da war nicht auszuschließen, dass sie gemeinsam eine Geschichte ausgeheckt und sogar Beweise gefälscht hatten, um ihm die Tat anzuhängen. Auf jeden Fall würde sein Wort gegen ihres stehen, ganz, wie sein Vater immer gesagt hatte. Und wer war er schon? Er war der Bursche, der überstürzt die Stadt verlassen hatte, was ebenfalls jederzeit gegen ihn verwendet werden konnte.

Mitch verspürte einen solchen Schmerz und Zorn in sich, dass er Angst hatte durchzudrehen, wenn er diesen Gefühlen nicht irgendwie Luft machen konnte. Er wusste auch schon, wie. Um herauszufinden, was die beiden Männer geplant hatten und womit sie ihm drohten, musste er einen oder am besten beide zur Rede stellen. Danach würde er über sein weiteres Vorgehen entscheiden.

Er bog in die Straße ein, in der sein Vater wohnte, parkte aber nicht in der Auffahrt zu dessen Haus, sondern ein Stück weiter vor dem Haus, in dem Abby aufgewachsen war. Er stieg aus seinem Wagen. Es war Donnerstag, die Praxis im hinteren Teil des Hauses hatte anscheinend geöffnet. In der breiten Auffahrt, die zu der Praxis führte, standen drei Autos. Der Doc hatte also gerade Patienten.

Mitch schritt entschlossen auf die Hausfront zu und vertraute darauf, dass in Small Plains niemand je seine Haustür abschloss, mit Ausnahme seiner Eltern.

Jeffrey Newquist stand an der Seitentür, die ins Haus seines Vaters führte, und starrte das ausländische Auto an, das auf der anderen Straßenseite stand. Ein schwarzer Saab. Das konnte nur der coole Wagen seines Bruders sein. Bruder. Das Wort hatte für ihn immer noch einen seltsamen Klang, aber er sprach es trotzdem laut aus: «Bruder.» Klang immer noch ungewohnt, fremdartig, aber er hatte das Gefühl, er könnte sich daran gewöhnen.

In seiner Kindheit war von dem Bruder, der auf und davon war, nicht oft die Rede, seine geisterhafte Präsenz jedoch war im Haus immer zu spüren. Weil er angeblich so intelligent gewesen war, gut aussehend, eine Sportskanone, allseits beliebt und umschwärmt. Jedes Mal, wenn er bei irgendetwas versagte, hatte Jeff den Eindruck, die Leute verglichen ihn insgeheim mit diesem Bruder.

Ersatzsohn.

Tja, jetzt war ihm auch einmal ein Erfolg geglückt. Nachdem er sein Video und die Geschichte des Mädchens in dem Tornado gegen klingende Münze verkauft hatte, hatte er das Gefühl, es mit jedem in der Stadt aufnehmen zu können, auch mit seinem Bruder.

Manchmal hatte er Mitch dafür gehasst, weggegangen zu sein und ihn mit Nadine und dem Richter allein gelassen zu haben. In solchen Momenten malte Jeff sich gerne aus, wie irgendwann bekannt wurde, dass Mitch Newquist ein Serienmörder, Bankräuber oder Ähnliches war, und wie sehr es alle dann bereuen würden, sich so in ihm getäuscht zu haben. Bisweilen phantasierte Jeff sich auch den perfekten großen Bruder zurecht – erfolgreich, wohlhabend, voll heimlicher Sehnsucht nach seinem kleinen Bruder, den er für sein Leben gern einmal besucht hätte, was ihm jedoch aus einem geheimnisvollen, aber absolut verständlichen Grund unmöglich war. Und dieser coole große Bruder würde eines Tages nach Small Plains zurückkommen, sehen, wie unglücklich Jeff dort war, und ihn mitnehmen nach, na ja, New York vielleicht, wo er ihm ein cooles Auto und tolle Klamotten kaufen und ihn mit spitzenmäßigen Frauen bekannt machen würde.

Und jetzt sah es tatsächlich so aus, als würde dieser Traum Wirklichkeit! Jeff setzte sich in Bewegung. Sein Bruder. Er hatte ein Recht darauf, ihn zu sehen.

An dem Abend, als sie sich kennen lernten, hatte Mitch auf Jeff einen guten Eindruck gemacht. Sie waren prima klargekommen, fand er, nicht zuletzt auch wegen des Biers. Jeff wusste nicht, was Mitch davon hielt, dass er die Knarre und das Sixpack Bier an sich genommen hatte. Er war morgens extra früh von der Ranch abgehauen, um einer Konfrontation aus dem Weg zu gehen. Aber Mitch, mutmaßte er, würde schon nicht allzu sauer sein.

Nach dieser ersten Begegnung hatte er sich neue Zukunftsszenarien ausgemalt. Er stellte sich vor, wie er mit Mitch zusammen in dem schwarzen Auto nach Kansas City fuhr, was zwar nicht New York war, aber auf alle Fälle auch nicht Small Plains. Wie Mitch ihn bei sich zu Hause aufnahm und ihm alle Freiheiten ließ, ihm vielleicht einen Job besorgte oder ihn an einer Uni in einer coolen Stadt unterbrachte. Er malte sich sogar aus, wie Mitch sich einen Saab noch neuerer Bauart zulegte und die Schlüssel zu dem «alten» Modell seinem kleinen Bruder Jeff überließ.

Er versuchte sein Glück an der Fahrertür und stellte fest, dass sie nicht abgeschlossen war.

Doch statt einzusteigen und auszuprobieren, wie es sich anfühlte, am Steuer zu sitzen, fasste Jeff das Haus von Doc Reynolds ins Auge. Dort wohnte der Arzt, der ihn als Kind immer behandelt hatte. Sein eigener Bruder war jetzt ebenfalls dort. Also hatte er ebenso ein Recht, das Haus zu betreten. Und wenn Mitch ein Recht darauf hatte, die alte Silberpistole ihres Vaters im Ranchhaus herumliegen zu lassen, hatte er ebenso ein Recht darauf, sie an sich zu nehmen. Auch jetzt trug er sie bei sich, in den Hosenbund geschoben, kaschiert von einem langen Hemd, weil es ihm gefiel, ihr Gewicht dort zu spüren. Auch das Gefühl, eine Waffe zu besitzen oder zumindest mit sich zu führen, gefiel ihm. Andererseits verfügte er über kein sicheres Versteck, wo der Richter die Waffe nicht finden würde, also würde er sie Mitch vielleicht zurückgeben, damit er sie wieder in das Nachtschränkchen legen konnte, oder vielleicht auch nicht. Das könnte davon abhängen, ob Mitch sich freute, ihn wiederzusehen. Davon könnte so einiges abhängen. Jeff schob die rechte Hand in die Hosentasche, dorthin, wo er die Waffe trug, und marschierte zielstrebig auf die Haustür zu.

37

Nach seiner Entlassung aus dem Gefängnis war Marty Francis flüchtig der Gedanke gekommen, dieses Mal vielleicht besser eine Weile die Finger vom Alkohol zu lassen. Über diese Frage dachte er nach, wog sorgsam das Für und Wider ab, während er mit seiner sechsten Flasche Bier am Tresen des Cottonwood Inn saß, das jetzt, zur Mittagszeit, gut besucht war. Da schob ihm auf einmal jemand eine Serviette unter die Nase.

Der Arm des Fremden war so schnell verschwunden, wie er aufgetaucht war, und Martys Reflexe waren nicht fix genug, um sich rechtzeitig nach ihm umzudrehen. Aber er sah, dass auf der Serviette etwas geschrieben stand.

«Gehen Sie zum Friedhof von Small Plains», stand dort in schwarzen Blockbuchstaben. «Es springt Geld für Sie dabei heraus.» Dreimal überflog er die Worte, bis ihm der Schlüsselbegriff «Geld» ins Auge sprang. Unter dem Text befand sich eine grobe Kartenskizze. Es dauerte ein wenig, aber schließlich hatte er sie entziffert: vom Cottonwood Inn auf dem Highway 177 bis zum Friedhof in Small Plains, auf dem Friedhof links abbiegen und etwa einhundert Meter bis zu einem Grab zurücklegen, das auf der Serviette mit einem Kreuz markiert war.

«Johnny», sagte er zu dem Barkeeper, der gerade den Tresen neben ihm abwischte.

«Nein», entgegnete der Mann, ohne auch nur den Blick zu heben. «Sechs sind genug, Marty. Noch mehr, und du baust einen Unfall.»

«Ich will kein Bier mehr, verdammt. Ich will dich was fragen. Wenn dich jemand auffordern würde, zum Friedhof zu gehen, weil dabei Geld für dich rausspringt, würdest du das machen?»

«Inwiefern soll dabei Geld rausspringen? Ist das da in einem Grab versteckt, oder wie?»

«Keine Ahnung. Hier steht bloß, es springt Geld dabei raus.»

«Für dich?» Der Barkeeper klang skeptisch.

Marty hielt die Serviette hoch, und der Mann warf einen Blick darauf.

«Das ist ein Scherz», entschied er umgehend. «Oder irgendeine linke Tour.»

«Aber da steht, es springt Geld für mich heraus.»

«Wo steht, dass es für dich ist?»

Marty betrachtete die Serviette genauer und bemerkte jetzt erst, dass seine Initialen darauf standen: *M. F.* «Da», sagte er und zeigte auf die Buchstaben.

«Hm», brummte der Barkeeper. Kein Zweifel, da standen Martys Initialen. «Und jetzt willst du wissen, ob du da hingehen sollst? Hast du bei irgendwem Schulden, Marty?»

«Nein, wieso?»

«Weil das auch ein Trick hätte sein können, dich da hinzulocken und dann vermöbeln zu lassen. Hast du irgendwas dabei, worauf jemand scharf sein könnte?»

«Nicht, wenn ich dir noch Trinkgeld gebe.»

«Von wem stammt das?»

«Keine Ahnung. Hat mir gerade jemand hingelegt.»

Der Barkeeper lächelte ein wenig. «Fast wie ein Wink des Himmels, ja?»

«Warum nicht?»

«Tja, also ich wäre da, glaube ich, sehr vorsichtig, aber wenn es stimmt, was du sagst, dass es keiner auf dich abgesehen hat, und selbst wenn doch –» Er hielt inne. «Hast du eine Schusswaffe, Marty?»

350

«Wozu hat man denn sonst ein Handschuhfach?»
Diesmal lächelten beide ein wenig.

«Ja dann, falls es niemand auf mich abgesehen hat und ich nichts habe, auf das jemand scharf sein könnte, dafür aber eine Waffe, dann gehe ich zum Friedhof und lege mich sogar in einen beschissenen Sarg, wenn ich glaube, dass dabei Geld herausspringt.»

Am Friedhof in Small Plains stellte Marty fest, dass er nicht als Einziger nach einem Grab suchte. Er geriet ins Grübeln. Hatte der geheimnisvolle Fremde etwa noch mehr solche Servietten verteilt?

Es dauerte ein Weilchen, bis er sich mit Hilfe der Karte zurechtgefunden hatte, aber schließlich tauchte vor ihm der richtige Grabstein auf.

Lediglich die Worte *Ruhe in Frieden* und die Jahreszahl *1987* waren eingraviert.

Unter diese Inschrift aber hatte jemand eine weitere weiße Serviette aus der Bar geheftet. Auf ihr stand:

Sarah Francis
Geboren 1968 in Franklin, Kansas.
Ermordet 1987 in Small Plains, Kansas.

Erst mit leichter Verzögerung wurde ihm klar, dass es hier offenbar um eine seiner eigenen Schwestern ging.

Verwirrt riss er die Serviette vom Grabstein ab.

«Hey!», protestierte ein Mann, der in der Nähe stand. «Was machen Sie da?»

«Leck mich», beschied Marty ihn und machte sich auf den Rückweg zu seinem Auto.

Dort traf er einen hoch gewachsenen Mann in Westernhemd, Jeans und Cowboystiefeln an, der an seinen Wagen gelehnt dastand und eine Zigarette rauchte. Der Mann deutete auf die zerknüllte Serviette in Martys Hand.

«Kennen Sie die?»

«Weiß nicht recht», murmelte Marty, verwirrter denn je. «Könnte meine Schwester sein.»

«Was Sie nicht sagen. Damit könnten Sie einen Haufen Geld verdienen.»

«Wieso das denn?» Martys Miene hellte sich auf.

«Wissen Sie nicht Bescheid über dieses Grab?» Der Mann sah ihn abwartend an.

Marty schüttelte den Kopf.

«Es ist berühmt», erklärte der Mann. «Sie ist berühmt, obwohl niemand je erfahren hat, wer sie wirklich ist. Falls das …», er deutete auf die Serviette mit dem Namen darauf, «… Ihre Schwester ist, da gibt es viele Leute, die für ihre Geschichte bezahlen würden.»

«Was für Leute? Was für eine Geschichte?»

«Die Medien.» Der Mann sah Marty befremdet an. «Die würden Ihnen Geld dafür zahlen, wenn Sie denen erzählen, wer sie ist, wo sie aufgewachsen ist, einfach alles, was Sie über sie wissen.»

«Warum zum Henker sollten die das tun?»

Wieder musterte der Mann ihn kurz befremdet. «Wohnen Sie nicht hier in der Gegend?»

«Wieso?»

«Das Mädchen in dem Grab kann angeblich Krankheiten heilen –»

«Nicht möglich!»

«Doch. Sie ist so eine Art Lokalheilige, könnte man sagen.»

«Das ist doch verrückt.»

«Vielleicht, vielleicht auch nicht, jedenfalls sind über sie einige ziemlich unglaubliche Geschichten im Umlauf.» Der Mann streckte die Hand nach der Serviette aus, aber Marty zuckte zurück. «Entschuldigung. Ich wollte nur nochmal ihren Namen lesen. Ist mir auf dem Grabstein aufgefallen, bevor Sie herkamen.»

Marty hielt schützend die Hand über die Serviette.

«Wer will mehr über sie wissen?», fragte er den Mann. «An wen muss ich mich wenden, um Geld für die Geschichte zu kriegen?»

Der Mann lächelte. «Gehen Sie einfach in die Stadt und erzählen Sie herum, Sie wüssten, wer das Mädchen in dem Grab ist. Sagen Sie, es ist Ihre Schwester. Verlangen Sie, dass sie exhumiert wird, damit sie identifiziert werden kann. Die Leute, die Interesse an der Geschichte haben, kommen dann schon auf Sie zu, glauben Sie mir.»

Marty, der sich inzwischen beinahe wieder nüchtern fühlte, hörte ihm andächtig zu.

«Und wenn Sie schon dabei sind», setzte der Mann hinzu, «sollten Sie die Leute auf jeden Fall fragen, wieso Mitch Newquist damals nach ihrem Tod so überstürzt die Stadt verlassen hat.»

«Wer?»

«Mitch. Newquist.»

«Newquist … Ich hatte einen Richter, der –»

«Ganz richtig. Mitch Newquist ist der Sohn des Richters.»

«Sie sagen, der Sohn eines Richters hat vielleicht meine Schwester umgebracht?» Marty richtete sich entrüstet auf. «Dieser Mitch Newquist, der hat meine Schwester umgebracht?»

«Ich sage nur, dass auf ihre Identifizierung eine Belohnung ausgesetzt ist. Und eine weitere Belohnung auf Hinweise, die zur Ergreifung ihres Mörders führen.»

«Eine Belohnung? Von wem? Von meiner Familie jedenfalls nicht.» Schon die Vorstellung war so abwegig, dass Marty auflachen musste.

«Von der Stadt», sagte der Mann. «Seit siebzehn Jahren liegt diese Belohnung jetzt auf der Bank und sammelt Zinsen.»

Marty bekam leuchtende Augen. «Wie heißt der Typ nochmal? Dieses Schwein, das meine arme Schwester umgebracht hat?»

«Mitchell Newquist, der Sohn des Richters.»

Erst jetzt kam Marty eine Frage in den Sinn. «Wer sind Sie? Wie kommt's, dass Sie über meine Schwester so gut Bescheid wissen?»

«Ich weiß gar nichts», berichtigte ihn der Mann. «Ich habe jahrelang nur die Gerüchte gehört. Ich weiß nur, dass jemand sie umgebracht hat, dass man nicht weiß, wer sie ist, und dass es damals Gerede gab, weil der Sohn des Richters Knall auf Fall die Stadt verlassen hat, direkt nachdem ihre Leiche gefunden wurde.»

«Haben Sie ihren Namen an den Stein geheftet?», fragte Marty, auf einmal misstrauisch.

«Ich? Ich habe hier nur das Grab meiner Großeltern besucht.»

«Wer hat das dann gemacht?»

«Vielleicht war es Ihre Schwester.»

«Hä?»

«Wie gesagt. Es heißt, sie könne Wunder wirken.»

Patrick wandte sich um und ließ Marty mit dem Fingerzeig auf die Identität der jungen Frau in dem Grab auf dem inzwischen dämmrigen Friedhof stehen. Nun musste er nur noch eine Weile der Stadt fernbleiben, damit Marty ihn nicht als denjenigen erkennen konnte, der dieses Gespräch mit ihm geführt hatte. Er musste lediglich auf der Ranch bleiben und abwarten, bis Sarahs geldgieriger Bruder den Rest der Arbeit erledigt hatte.

Wenn Mitch Newquist nicht binnen vierundzwanzig Stunden aus Small Plains verschwunden war, würde Patrick einen Besen fressen.

Sobald der Fremde sich entfernt hatte, vergaß Marty das Gerede über Wunder. Seine Gedanken kreisten einzig um die Serviette in seiner Hand. Er kramte einen Kuli aus seiner Hemdtasche, legte die Serviette auf die Kühlerhaube seines Wagens und schrieb sich den anderen Namen dazu, den der Fremde ihm genannt hatte. *Mitch Neukwist.*

Der Sohn des Richters.

Richter waren betucht, das war allgemein bekannt.

Warum sollte er mit Sarahs Geschichte bei Millionen Menschen hausieren gehen. Erinnern konnte er sich ohnehin kaum an sie. Marty hatte plötzlich eine andere, glänzende Idee: Um an Geld zu kommen, musste er nur mit einem einzigen Menschen reden.

38

«Sheriff? Ein Anruf für Sie.»

«Ich nehme ihn in meinem Büro an», sagte Rex zu seinem Deputy.

«Shellenberger», raunzte er übel gelaunt in den Hörer. Er musste dringend mit Patrick reden, hatte seinen Bruder aber weder am Vorabend noch heute früh erreichen können. Auch Sarahs Bruder Marty Francis war seit seiner Entlassung aus dem Gefängnis wie vom Erdboden verschluckt. Als er bei Abby anrief, um zu fragen, ob Patrick bei ihr sei, hatte er zumindest erfahren, dass er die Nacht nicht bei ihr verbracht hatte. Er hatte sogar den Eindruck, sie war auf seinen Bruder gar nicht gut zu sprechen, und das immerhin waren gute Neuigkeiten.

«Guten Morgen, Sheriff», sagte eine junge männliche Stimme am anderen Ende. «Mein Name ist Bernie Simmons. Ich bin Reporter beim *Wichita Herald*.»

«Ich höre», sagte Rex vorsichtig. Journalisten riefen nur selten bei ihm an.

«Sie hatten neulich ein ziemliches Unwetter?»

«Kann man sagen. Zum Glück keine Verletzten. Ein paar Sachschäden.»

«Nun, schön zu hören. Äh, ich meine …»

«Ich weiß schon, was Sie meinen.»

«Ich rufe wegen etwas anderem an.»

«Und weswegen?»

«Wegen diesem nicht identifizierten Mordopfer, das als ‹die Jungfrau› bekannt ist.»

Wieder kündigte sich bei Rex ein Sodbrennen an. «Sie lesen die Revolverblätter?»

Der Reporter lachte. «Wenn die Geschichte von Wundern in Kansas handelt, schon.»

«Ich kann Ihnen nicht viel dazu sagen. Damals war ich noch nicht Sheriff.»

«Wer war das damals?»

Rex verwünschte sich im Stillen dafür, diese Frage geradezu provoziert zu haben. «Mein Vater.»

«Kein Witz? Wie interessant, ein Sheriffposten, der vom Vater auf den Sohn übergeht. Vielleicht schreibe ich mal eine Geschichte darüber, wie das passiert ist –»

«Es ist passiert», fiel Rex ihm trocken ins Wort, «weil er Wahlen gewonnen hat und ich auch.»

«Ich wollte keine Vetternwirtschaft unterstellen, Sheriff.»

«Nein? Das tun aber die meisten, bis sie erfahren, dass der Posten per Wahl besetzt wird.»

«Kommen wir auf das Mädchen in dem Grab zurück.»

Rex erkannte mit Verspätung, dass ihm eine Debatte über Vetternwirtschaft wesentlich lieber gewesen wäre. «Was möchten Sie wissen?»

«Haben Sie nach all dem Wirbel jetzt vor, ihren Fall nochmal aufzurollen?»

«Fälle wie dieser sind niemals richtig abgeschlossen», erwiderte Rex ausweichend.

«Schade, dass wir hier nicht in Kalifornien sind», sagte der junge Reporter.

«Da stimme ich Ihnen in vieler Hinsicht zu», raumte Rex ein, «aber warum in diesem Fall?»

«Weil Kalifornien dieses Gesetz hat, nach dem Leichenbeschauer von jedem nicht identifizierten Leichnam DNA-Proben nehmen müssen. Damit man sie mit Proben abgleichen kann, die von Angehörigen vermisster Personen zur Verfügung gestellt werden.»

«Ach ja?», sagte Rex.

«Wirklich schade, dass wir so ein Gesetz nicht haben.»

«Mag sein, aber zum Zeitpunkt ihres Todes hatte auch Kalifornien noch nicht so ein Gesetz.»

«Können Sie ihr nicht immer noch DNA entnehmen und mal bundesweit abgleichen lassen?»

«Könnten wir, wenn unser Bezirk die Mittel dazu hätte.»

«Für so einen Zweck würden die Leute doch bestimmt spenden. Unsere Zeitung könnte dazu aufrufen. Ich könnte das in den Artikel aufnehmen, den ich über sie schreibe –»

Ganz kurz hatte Rex eine Schreckensvision von Welten, die miteinander kollidierten, bislang stabilen Systemen, die auf einmal außer Kontrolle gerieten, Verwicklungen, denen er nicht gewachsen wäre. «Kann ich Sie zurückrufen, Mr. Simmons? In meiner Tür steht ein Deputy» – Rex blickte zu seiner leeren Tür –, «der dringend etwas von mir will. Wissen Sie was, mailen Sie mir Ihre Fragen doch am besten.» Ehe der Reporter noch Einwände erheben konnte, ratterte Rex seine E-Mail-Adresse in der Dienststelle herunter, wobei ihm, rein versehentlich natürlich, ein Buchstabierfehler unterlief.

Als er auflegte, war er schweißgebadet.

Aber dies sollte nicht der einzige Anruf bleiben, der ihn an diesem Vormittag erreichte. Teils meldeten sich weitere Journalisten, teils einfache Bürger, die Hinweise zu dem Verbrechen geben wollten. Während eines Telefonats fing Rex an, auf einem Notizblock einen Strich für jede Lüge zu machen, die er erzählte. Mittags, als er zum Essen ins Wagon-Wheel-Café aufbrach, prangte eine stattliche Anzahl schwarzer Striche auf dem Papier, säuberlich mit Querstrichen versehen.

Rex stand auf und riss das Blatt vom Block ab. Voller Abscheu vor sich selbst knüllte er es zusammen und warf es in den Papierkorb.

Er wusste nicht, dass ihm noch ein ganz anderer Sturm auf den Fersen war.

Immer noch völlig aufgelöst kam Abby in der Dienststelle des Sheriffs an, wo man ihr sagte, Rex sei zu Tisch.

«Wo ist er hin?»

«Ins Wagon Wheel.»

Schon war sie unterwegs. Sie betrat das Lokal, bahnte sich einen Weg durch die kleine Schar derer, die darauf warteten, dass ein Tisch frei wurde, nickte kurz, wenn jemand ihren Namen sagte, vermied aber Blickkontakt, redete mit niemandem und machte sich los, wenn Leute sie am Arm festhalten wollten. Sie hatte nur ein Ziel vor Augen. Als sie Rex zusammen mit vier Bekannten aus Small Plains an einem Tisch im hinteren Teil des Lokals entdeckte, stürmte sie schnurstracks auf ihn zu.

«Hallo, Abby», sagte Rex, sobald er sie bemerkte. «Willst du dich nicht zu uns setzen?»

«Du musst mitkommen», erklärte sie kategorisch über die Köpfe der anderen hinweg.

Er reagierte sofort und stand auf. «Was ist los, was ist das Problem?»

«Du», sagte sie aufgebracht, während jetzt auch seine Tischgenossen mitten im Essen innehielten und sie verwundert ansahen. «Du bist das Problem! Und ich. Und alle anderen.»

Abby wandte sich schroff um und bahnte sich einen Weg aus dem Café, während ihr der Sheriff hastig folgte und nicht wenige Gäste rätselten, was der jüngeren Reynolds-Tochter heute wohl über die Leber gelaufen war.

«Wir nehmen dein Auto», stellte sie fest, als er sie endlich eingeholt hatte.

Rex erhob lieber keine Widerrede und fragte nur: «Wo fahren wir hin?»

«Zum Friedhof.»

«Schau dir das an!» Abby deutete aufgebracht auf eine Hand voll Fremder, die am Grab der Jungfrau standen.

«Okay», sagte Rex. Auf Abbys Geheiß hin hatte er in Höhe des Friedhofs auf dem Seitenstreifen Halt gemacht. Es war ein wunderschöner Tag, die Sonne schien, kein Wölkchen war am Himmel zu sehen. Er schaute brav zum Friedhof. Längs der Friedhofsstraße parkten Autos, und ihm fiel auf, dass an einem Grab auffallend viele Menschen standen. «Ich schaue hin. Was genau soll ich sehen?»

«Menschen, die schamlos ausgenutzt werden!»

«Wer nutzt sie denn aus?»

«Wir! Diese Stadt, indem wir zulassen, dass kranke Menschen diese dämlichen Märchen glauben, hierher kommen und alles nur noch schlimmer machen für sich!»

«Es gibt kein Gesetz, das Leuten verbietet, alles zu glauben, was sie lesen, Abby.»

«Es gibt aber Gesetze gegen Betrug!»

«Wer verübt denn Betrug?»

«Du musst zu ihnen gehen und sie auffordern, wieder nach Hause zu fahren.»

«Wie soll ich das anstellen? Soll ich sie verhaften und einbuchten, weil sie auf ein Wunder hoffen?»

Abby schaute ihn an. «Findest du das in Ordnung, was sich hier abspielt?»

«Ich glaube, das beruhigt sich ziemlich schnell von selbst, Abby, ohne dass man da eingreifen müsste. Außerdem glauben viele hier in der Gegend seit langem an die Jungfrau. Deshalb hast du bisher doch auch keinen Aufstand gemacht? Jetzt kommen eben noch ein paar Leute her, die zufällig nicht hier wohnen. Was ist so schlimm daran? Warum regst du dich so auf deswegen? Ich habe ein ziemlich gutes Steak mit Kartoffelbrei auf meinem Teller liegen lassen, nebenbei bemerkt.»

Dieser Versuch, ihr ein Lächeln zu entlocken, schlug fehl.

Nicht nur das, sie wirkte sogar noch aufgebrachter. «Wenn du oder dein Vater den Mord an ihr je aufgeklärt hätte, wenn einer von euch beiden auch nur festgestellt hätte, wer sie ist, würde all das nicht passieren. Dann wäre sie nur ein bedauernswertes Mordopfer in einem ganz normalen Grab, keine mysteriöse Heilige, die angeblich Krankheiten heilen und Wunder wirken kann –»

«Willst du damit sagen, diese Leute da oben, daran bin ich schuld?» Die Richtung, die das Gespräch nahm, behagte Rex gar nicht.

«Was hast du denn unternommen, um ihre Identität zu klären?», schrie Abby ihn im abgeschlossenen Innenraum seines Geländewagens an. «Du willst ihre DNA nirgendwo hinschicken, du willst nicht, dass jemand anders dafür aufkommt, du willst nicht, dass deine Deputys den Fall nochmal aufrollen – insgesamt ist es also vielleicht schon deine Schuld, findest du nicht?»

«Was hast du eigentlich, Scheiße?», schrie Rex zurück.

Abby brach in Tränen aus. «Tut mir leid, tut mir leid», schluchzte sie.

Rex war so erbost, dass er sich von ihren Tränen nicht erweichen ließ. Er sah sie zornig an und wartete auf eine überzeugendere Antwort. Auf ihre nächsten Worte aber war er ganz und gar nicht gefasst.

«Ich habe mit ihm geschlafen», murmelte Abby, immer noch schluchzend.

«Mit wem? Mit meinem Bruder? Das weiß ich schon, und

das beweist nur, dass du noch blöder bist als die Leute da oben an dem Grab. Also?»

«Nein. Mit Mitch. In der Nacht nach dem Tornado. Er kam bei mir vorbei. Da habe ich mit ihm geschlafen, Rex.»

Abby sank schluchzend zur Seite und suchte Halt an seiner Brust.

«Dieser Scheißkerl!», sagte er und legte die Arme um sie. «Dieser verdammte Scheißkerl!»

Er drückte sie an sich, während sie sich ausweinte, konnte sich aber die gebrummte Bemerkung «Hast dir wohl ein Wunder erhofft, hm?» trotzdem nicht verkneifen. Als sie sich schließlich etwas beruhigt hatte, sagte er: «Ich habe ihre DNA eingeschickt, Abby.»

«Was?» Sie richtete sich sofort auf und sah ihn an.

Rex nickte. «Auf eigene Faust, auf meine Kosten, vor langer Zeit. Aber ich wusste schon, wer sie war, Abby, das war mir von Anfang an bekannt. Ich glaube, ich weiß auch, warum sie umgebracht wurde und sogar, da bin ich mir fast sicher, von wem. Und weil ich mir bisher keinen Rat wusste, wie ich in der Sache vorgehen soll, und auch noch nie mit jemandem darüber gesprochen habe, sollte ich vielleicht mit dir mal darüber reden. Danach können wir uns ja gemeinsam etwas überlegen.»

Näheres wollte er ihr erst in seinem Büro erzählen.

Nachdem Rex seine Deputys barsch aufgefordert hatte, sie nicht zu stören, schloss er seine Bürotür und schob dann den Riegel vor. Abby nahm auf einem Stuhl vor seinem Schreibtisch Platz, während er sich dahinter setzte. Er zog die unterste Schublade auf und nahm die Schachtel mit dem roten Haargummi heraus, brachte aber noch mehr daraus zum Vorschein: vier dünne Schnellhefter. Als Erstes öffnete er die Schachtel, holte das Haargummi heraus und legte es vor Abby auf den Schreibtisch. «Das hat ihr gehört», sagte er. «Sie hat es benutzt.» Dann schlug er den ersten Schnellhefter auf und schob ihr den Inhalt ebenfalls hin. «Das ist der Laborbericht zur DNA einiger Haare, die sich daran befanden.» Er hatte dem Labor nicht alle Haare geschickt; auch jetzt noch hingen einige dunkle Haare in dem Gummi, als hätte das Mädchen, das es getragen hatte, es eben erst abgelegt.

Abby saß mit im Schoß verschränkten Händen da, ohne etwas anzurühren.

«Ihr Name ist Sarah Francis», sagte Rex und schaute Abby abwartend an. Sie zeigte keine Reaktion. «Sie hat früher bei einigen Leuten in der Stadt als Putzhilfe gearbeitet, vielleicht hilft das deinem Gedächtnis auf die Sprünge. Eine Weile hat sie auch bei Nadine gearbeitet.»

Abby dachte stirnrunzelnd nach, aber er sah, dass sie sich immer noch nicht entsinnen konnte.

«Sie war bildhübsch», sagte Rex. «Etwas älter als wir, lange dunkle Haare, eine richtige Schönheit. Sie kam immer aus Franklin her.»

Da endlich schien Abby ein Licht aufzugehen. Sie riss bestürzt die blauen Augen auf, hob die Hände an den Mund und stammelte: «O mein Gott! O Rex. Ich erinnere mich an sie. Ich mochte sie gern. Sie war nett. Und sie war … total hübsch.» Abby stiegen von neuem Tränen in die Augen. «Das ist sie, in dem Grab, sie ist das?»

Er nickte. «Das ist Sarah.»

«Und das weißt du, seit dir dieser DNA-Bericht vorliegt …» Abby lehnte sich vor, um das Datum auf den Unterlagen zu lesen, «… seit fünf Jahren?»

«Nein», erwiderte Rex. «Das weiß ich seit der Nacht, in der sie umgekommen ist.»

«Was? Das weißt du schon seit damals?»

363

Er nickte. «Und ich bin nicht der Einzige. Mein Vater weiß es, meine Mutter und Patrick. Und dein Vater weiß das, glaube ich, auch immer schon.»

«Mein Vater? Mein Vater weiß, wer sie ist?»

Abby schien jetzt schon tief erschüttert, aber Rex konnte ihr die übrigen schockierenden Enthüllungen nicht ersparen. Die nächste halbe Stunde über erzählte er ihr dieselbe Geschichte wie einst seiner Mutter in der Nacht, als er Sarah mit seinem Bruder und seinem Vater zusammen gefunden hatte.

Abby hörte ihm schweigend zu. Erst gegen Ende seines Berichts warf sie ein: «Moment mal. Angeblich war sie doch so übel zugerichtet, dass sie nicht zu identifizieren war. Stimmte das gar nicht?»

«Nein, ihr Gesicht war unversehrt», sagte er. «Ich glaube, das haben mein Vater und deiner bloß erfunden.»

«Aber warum, Rex? Warum sollten sie so etwas tun?»

«Um jemanden zu schützen», sagte er und hob die Hand, bevor sie ihre nächste Frage stellen konnte. «Warte noch. Bitte, Abby. Lass mich erst zu Ende erzählen.»

Als er geendet hatte – ohne ihr jedoch zu verraten, wen ihre Väter seiner Auffassung nach schützten –, schaute Abby ihn vorwurfsvoll an. «Ihr wusstet alle Bescheid, die ganze Zeit über, und keiner hat je etwas gesagt? Rex, wieso hat keiner von euch sie je identifiziert? Wieso habt ihr die Leute in dem Glauben gelassen, niemand wüsste, wer sie war?»

«Wie gesagt, sie wollten jemanden schützen.»

«Wen denn?»

«Meinen Bruder», sagte Rex, worauf Abby vor Entsetzen wieder die Hände zum Mund hob. «Ich bin mir ziemlich sicher, dass Patrick Sarah umgebracht hat, Abby.»

«Aber warum? Lieber Gott, warum?»

Ihr alter Freund legte die Hand auf die drei Schnellhefter, die vor ihm lagen.

«Deshalb», sagte er.

Abby streckte spontan die Hand nach den Heftern aus, aber er war schneller, nahm sie an sich und legte sie nebeneinander vor sich auf den Tisch, um sie der Reihe nach aufschlagen zu können. «Das sind die Ergebnisse der anderen DNA-Analysen, Abby. Weißt du noch, wie ich dir erzählt habe, mein Vater hätte gesagt, sie sei vergewaltigt worden?»

Abby nickte stumm, mit aufgerissenen Augen.

«Sie wurde nicht vergewaltigt. Sie hatte Blut an den Beinen, weil sie kurz zuvor ein Kind zur Welt gebracht hatte.»

«Woher weißt du das?», flüsterte Abby.

«Weil ich wusste, dass sie schwanger war, und als ich sie in der Nacht im Schnee liegen sah, konnte ich sehen, dass sie das nicht mehr war, bevor sie starb. Abby, wir waren gerade draußen auf den Weiden, um im Schneesturm neugeborene Kälber zu bergen. Ich war zwar noch ein Grünschnabel, aber dass sie kurz zuvor niedergekommen war, habe ich auf Anhieb gesehen. Sarah war schwanger, hat das Kind zur Welt gebracht und ist dann gestorben.»

«Was wurde aus dem Säugling … und wer war der Vater?» Abby sprach weiter mit gesenkter Stimme, als sei ihr unwohl dabei, solche Fragen zu stellen.

Rex tippte auf den ersten Hefter. «Das hier ist die DNA des Kindes. Die habe ich durch einen Vergleich mit ihrer DNA bestimmen lassen.» Er sah sie an. «Es ist Jeff, Abby. Jeff Newquist ist Sarahs Sohn.» Er wartete, bis sie diese Neuigkeit halbwegs verdaut hatte, und fuhr dann fort. «Als Nächstes musste ich den Vater identifizieren. Also habe ich Proben von den Personen eingeschickt, die am ehesten dafür in Frage kamen.» Er tippte auf den zweiten Hefter.

«Das hier sind Patricks DNA-Ergebnisse.» Dann tippte er auf den letzten. «Und das hier sind die von Mitch.»

«Mitch?» Ihr Tonfall voller Angst verriet ihre wahren Gefühle nur zu deutlich.

«Die habe ich testen lassen, weil Sarah in ihn verknallt war.»

«Aber das heißt doch nicht, dass er –»

«Ich wollte einfach auf Nummer sicher gehen.»

«Aber wie hast du das angestellt, wie bist du überhaupt an seine DNA gekommen?»

«Das war nicht schwer. Wir haben früher ständig Klamotten getauscht. Mal trug ich eins seiner Trainingsshirts zum Football, mal lieh er sich eins meiner Basketballhemden.» Rex lächelte ein wenig. «Meine Mutter hebt alles auf. Und der Schweiß eines halbwüchsigen Jungen hat eine lange Lebenszeit.»

Abby schaute erst die Hefter und dann Rex an.

«Stimmt eine davon überein?», fragte sie ängstlich.

Er nickte erneut. «Jeffs DNA stimmt mit der von Sarah und Mitch überein, Abby.»

Tränen quollen ihr aus den Augen, sie senkte verlegen den Kopf.

Aus Rücksicht wartete er, bis sie wieder in der Lage war, aufzublicken. Zu seiner Verblüffung aber wirkte sie schon wieder aufgebracht. «Du meinst, Mitch hat sie umgebracht, stimmt's? Das kann nicht dein Ernst sein, Rex! Das ist unmöglich. Ist mir egal, ob er Jeffs Vater ist, ich werde nie glauben, dass er fähig ist, jemanden umzubringen.»

«Nein», sagte Rex. «Das glaube ich ja auch nicht! Ebenso wenig wie du.»

«Und wer war –?»

«Doch ich glaube, aus dem Grund haben seine Eltern ihn

fortgeschickt, um Jeffrey adoptieren zu können, als wäre er das Kind eines Fremden. Damit niemand ihn je mit Mitch in Zusammenhang bringen könnte.»

«Aber wenn du nicht meinst, dass er sie umgebracht hat, wer war es deiner Ansicht nach dann?»

«Mein Bruder. Und zwar aus Eifersucht.»

Diese Worte zeitigten allerdings nicht die erwartete Wirkung.

«Ach, komm, Rex», sagte Abby, und zwar bemerkenswert unbekümmert. «Das glaubst du doch nicht im Ernst, oder?»

Er war fassungslos. Da lüftete er das furchtbare Geheimnis, das er seit Jahren mit sich herumschleppte, und wie reagierte sie? Beinahe gleichgültig.

«Natürlich glaube ich das!», ereiferte er sich. «Das habe ich doch eben gesagt. Mein Gott, ich habe gerade meinen eigenen Bruder als Mörder bezeichnet.»

Aber sie schüttelte den Kopf. «Ihr beide habt euch noch nie verstanden. Patrick will dir heute noch ständig eins auswischen, und du traust ihm immer noch gleich das Schlimmste zu. Stimmt, Patrick ist ein Blödmann. Er lügt laufend und spielt Leute gegeneinander aus, aber besonders geschickt ist er nicht dabei, Rex, das weißt du. Am Ende fliegt er immer auf. Wenn er das getan hätte, hätte er sich inzwischen längst verraten. Ganz egal, ob unsere Väter versucht haben, ihn zu schützen oder nicht. Also, zugegeben, er taugt nicht besonders viel. Aber er würde doch nie jemanden umbringen, Rex.»

Weil Rex sie anschaute, als hielte er sie für naiv, bekräftigte sie: «Nie und nimmer!»

Als er die Hefter einsammelte und sich von seinem Stuhl erhob, fragte sie: «Wo willst du denn hin?»

«Wir beide fahren jetzt raus zur Ranch.»

«Wieso?»

«Wir werden in Erfahrung bringen, ob meine Eltern irgendetwas wissen, das wir nicht wissen.»

«Rex! Du willst doch Patrick nicht in ihrem Beisein beschuldigen!»

Aber er war bereits auf dem Weg zur Tür. Abby sprang auf und beeilte sich, ihm zu folgen. In der Tür fiel ihr plötzlich der eigenartige Moment in Verna Shellenbergers Küche wieder ein, als Verna kurz an ihrem ältesten Sohn zu zweifeln schien. Ein ernüchternder Gedanke, bei dem Abby jähe Zweifel überkamen, ob sie Patrick tatsächlich richtig einschätzte. Und wenn sie jetzt sogar an Patrick zweifelte, der über die Jahre in ihrem Leben stets mehr oder weniger präsent gewesen war – wie konnte sie dann von der Unschuld eines Menschen überzeugt sein, der so lange Zeit verschwunden war?

Nachdem Rex sich in seinem Wagen zum Thema Patrick hartnäckig ausgeschwiegen hatte, bemerkte Abby schließlich: «Wir sind schon ein tolles Paar, stimmt's?»

«Wir?» Endlich hatte sie ihn aus der Reserve gelockt. «Was meinst du mit ‹wir›? Worauf willst du hinaus?»

«Du und ich, Rex», sagte Abby. «Beide so verliebt in einen speziellen Menschen, dass andere für uns nie in Betracht kamen.»

Rex warf ihr beim Fahren einen irritierten, gereizten Blick zu. «Hm? Ich bin in niemanden verliebt.» Seltsam lustlos, als sei ihm gar nicht zum Scherzen zumute, fügte er hinzu: «Mal abgesehen davon, dass ich das eine oder andere Pferd echt gern habe.»

«Sarah», stellte Abby sachlich fest. Sie schaute ihn an. «Ich weiß das mit den Blumen, Rex. An jedem Memorial Day bringst du ihr Blumen.»

«Woher weißt du das denn schon wieder?»

«Ich pflege doch den Friedhof, schon vergessen? Ich habe dich dabei gesehen.»

Er spielte den Entrüsteten. «Warum hast du nie was gesagt?»

«Du wirktest immer so versunken.»

«Ja, na und? Das heißt nicht, dass ich sie immer noch liebe, Abby. Ich erweise ihr meine Achtung, mehr nicht, und bitte sie um Verzeihung.»

«Ach ja? Wann warst du denn das letzte Mal in eine Frau verliebt, Rex?»

Da er stumm blieb und nur unbehaglich auf seinem Sitz herumrutschte, fuhr sie fort. «Es hat nie mehr eine andere gegeben, richtig? Eine, die du geliebt hast, meine ich. Keine mehr nach Sarah.»

«Das hat nichts mit ihr zu tun. Und du solltest ganz ruhig sein. Wen hast du denn seit Mitch noch geliebt?»

«Aber genau davon rede ich doch, Rex», erwiderte Abby. «Deshalb sind wir ja so ein tolles Paar.»

Die nächsten drei Kilometer über fiel zwischen ihnen kein einziges Wort.

Schließlich seufzte er laut. «Ja. Hast wohl Recht.»

«Ich habe die Nase voll davon», nahm Abby den Faden von eben wieder auf.

Er seufzte ein weiteres Mal. «Ich auch.»

Sie fuhren bereits an dem Zaun vorbei, der die Ranch seiner Familie umgab, gleich darauf tauchte das Haus seiner Eltern auf. «Schau mal», sagte Abby, «deine Mutter erwartet uns schon.» Rex hatte ihr Kommen telefonisch angekündigt. Jetzt sahen sie beide, dass Verna, kaum dass sie sie erspäht hatte, sich eilig in Bewegung setzte, auf das Tor zu, das sie gleich passieren würden.

«Rex?», sagte Abby, als sie dicht genug waren, um Vernas Gesicht erkennen zu können. «Ich glaube, irgendetwas stimmt nicht.»

Als sie in die Auffahrt einbogen, lief Verna direkt zur rechten Wagenseite, zu Abby. Sie weinte.

«Abby! O Abby! Es tut mir so leid, Liebes! Abby, auf deinen Vater ist geschossen worden!» Sie blickte zu ihrem Sohn hinüber, dem Sheriff, während Abby, auf einmal aschfahl, nach Luft schnappte und Hilfe suchend nach Vernas Händen griff. Verna umfasste Abbys Hände fest.

Abby bekam die Worte kaum heraus. «Ist er …?»

«Er ist tot, Schätzchen», eröffnete Verna ihr voller Mitgefühl, während ihnen beiden die Tränen übers Gesicht liefen. «Dein Vater ist tot.»

39

Zwei Streifenwagen standen bereits mitten in der Auffahrt zum Haus der Reynolds und versperrten alles. Rex und Abby hasteten durch die sperrangelweit offen stehende Haustür hinein.

Abby nahm nur ihren Vater wahr, der auf dem Wohnzimmerteppich lag. Offenbar war aus nächster Nähe auf ihn gefeuert worden, in seiner Brust klaffte eine entsetzliche Wunde. Der Schuss hatte Herz und Lunge getroffen.

«Dad!», schrie sie, während Rex sie zurückhielt.

«Tut mir leid, Abby, da darfst du jetzt nicht hin.» Die Deputys sicherten den Tatort soeben vorschriftsgemäß ab.

Rex geleitete Abby behutsam wieder nach draußen und ging dann mit ihr ums Haus herum zum Eingang der Praxis. In der Praxis ihres Vaters fanden sie vier Personen vor, die ängstlich vor Ort ausharrten, bis sich jemand um sie kümmerte.

Die langjährige Sprechstundenhilfe kam auf Abby zugestürzt, und sie fielen sich schluchzend in die Arme.

«Wir haben Geschrei gehört», berichtete einer der Patienten.

«Gefolgt von einem Schuss», ergänzte ein zweiter.

«Was haben Sie daraufhin unternommen?» Rex wandte sich an alle Anwesenden.

«Sie hat versucht, da ins Haus zu gelangen –» Der erste Patient deutete auf die Sprechstundenhilfe und dann auf die Tür, die in die Küche der Reynolds führte. «Aber die Tür war von innen abgeschlossen.»

Bei den Patienten handelte es sich um Einheimische, lauter ältere Männer, die Rex schon ewig kannte. Vermutlich waren sie heftig erschrocken, als sie den Schuss aus dem Haus ihres Arztes hörten. Eine ganz normale Reaktion.

«Wir hätten wohl eher nach draußen laufen und nachsehen sollen, was los war», bemerkte einer von ihnen.

Rex nickte. Bestimmt hatten sie einfach zu viel Angst gehabt. Small Plains war eine freundliche kleine Stadt, in der man sich gegenseitig half, wo es nur ging. Gleichzeitig herrschte hier eine tief sitzende Furcht vor Gewaltkriminalität, wie sie in Großstädten grassierte. Eine ältliche Sprechstundenhilfe und drei alte Männer, die von der Praxis ihres Arztes aus einen Schuss hörten – Rex machte ihnen keinen Vorwurf daraus, zu lange untätig geblieben zu sein. Aber sie selbst würden sich deswegen ewig Vorwürfe machen, das wusste er.

In dem Moment betrat Deputy Edyth Flournoy die Praxis, mit einem in Plastikfolie gehüllten Gewehr, das sie Rex hinhielt.

«Ist es das?», fragte er.

«Das ist es.»

Rex warf Abby einen Blick zu und schaute dann das Gewehr wieder an.

Es war das Gewehr, das Mitch als Junge gehört hatte.

Rex, der selbst häufig damit geschossen hatte, hätte es jederzeit wiedererkannt, weil Abby in den Holzkolben einst Mitchs Initialen gekerbt hatte, komplett mit einem Herz, ein Akt von Liebesvandalismus, der einen anderen Jungen vielleicht zur Weißglut getrieben hätte, den Mitch aber nur mit Gelächter und einem Kuss für die Übeltäterin quittiert hatte. Rex hatte die Szene miterlebt und damals, wie er sich jetzt entsann, gedacht, das muss Liebe sein.

Sein Handy klingelte. Als er im Display die Nummer seiner Eltern sah, meldete er sich. «Mom?»

«Rex –» Die Stimme seiner Mutter klang zittrig. «Mitch ist hier.»

«Mitch ist bei euch, auf der Ranch? Jetzt?»

Die Sprechstundenhilfe und Abby hoben gleichzeitig erschrocken den Blick.

«Er steht in unserer Auffahrt, Rex», sagte seine Mutter, der Panik nahe. «Mit Jeff. Rex, er hat eine Pistole.»

«Wo ist Dad?»

«Oben.»

«Kommst du an Dads Gewehrschrank?»

«Nein!», schrie Abby auf und machte sich von der anderen Frau los. «Nein, Rex! Nicht!»

Ohne sie zu beachten, gab er seiner Mutter weiter ruhig Anweisungen. «Nimm eins von Dads Gewehren raus. Du weißt, wie man die bedient, Mom. Falls Mitch euch beide irgendwie bedroht, erschieß den Scheißkerl.»

«Rex, ich kann nicht! Das könnte ich nie!»

«Mom, der Doc ist mit Mitchs altem Gewehr erschossen worden.»

«Nein!», schrie Abby noch einmal auf.

Rex wandte seiner Freundin kurz das Gesicht zu und sah ihr direkt in die Augen. «Vielleicht sollten wir, du und ich, langsam anfangen, Mitch Newquist das Schlimmste zuzutrauen.»

Sie rannte ihm nach, als er nach draußen zu seinem Geländewagen hastete, und sprang mit in den Wagen, bevor er sie daran hindern konnte. Die Zeit drängte, also unternahm er nichts, um sie loszuwerden. Seine Deputys hatte er angewiesen, ihre Arbeit am Tatort zu unterbrechen und ihm zu folgen. «Aber keine Alleingänge. Alles hört auf mein Kommando», schärfte er ihnen ein.

Rex ließ unterwegs seine Sirene heulen und die Warnlichter flackern, bis sie sich in Hörweite der Ranch befanden. Dort schaltete er die Sirene aus, raste aber mit so unverminderter Geschwindigkeit auf das Anwesen seiner Eltern, dass Abby es mit der Angst zu tun bekam. Die ganze Zeit über lenkte er nur mit einer Hand, weil er ununterbrochen über Handy telefonierte.

Am Tor der Ranch angelangt, hörte er seine Mutter in merklich ruhigerem Tonfall sagen: «Ich kann Entwarnung geben, Rex. Dein Vater hat jetzt alles unter Kontrolle.»

Unter Kontrolle, das hieß, dass Nathan Shellenberger sein eigenes Gewehr auf Mitch Newquists Gesicht gerichtet hielt, während sie zu viert, Nathan, Mitch, Jeff und Verna, auf der seitlichen Veranda standen, die zur Küche gehörte.

Während Abby mit Rex aufs Haus zuging, merkte sie, wie ihr Herz unwillkürlich höher schlug, als sie den Mann sah, den sie, wie ihr in dem Moment schlagartig klar wurde, immer lieben würde, komme, was da wolle, ganz gleich, was dagegen sprach, ganz gleich, ob er ihrer Familie etwas so Furchtbares angetan hatte oder nicht. Sie liebte ihn, sie hatte ihn immer geliebt, und sie würde ihn immer lieben. Gott steh mir bei, dachte Abby, als sie in der Auffahrt auf Rex' Aufforderung hin stoppte.

«Rex, sag deinem Vater, er soll das Gewehr runternehmen!», schrie Mitch und wandte sich dann ebenso erregt an Nathan. «Haben Sie den Verstand verloren? Ich bin Mitch! Erkennen Sie mich nicht? Mrs. Shellenberger, Sie kennen mich doch, von früher, und Jeff kennen Sie auch –»

«Wo ist deine Waffe, Mitch?», fragte Rex, während er langsam näher kam. Seinen Vater forderte er jedoch nicht auf, das Gewehr sinken zu lassen.

«Rex, meine Waffe», erwiderte Mitch in sarkastischem Tonfall, «liegt da drüben, wo ich sie habe fallen lassen, als dein Vater mit seinem Gewehr aus dem Haus gestürmt kam.» Wieder wandte er sich an Nathan. «Was glauben Sie denn? Dass wir Sie ausrauben wollen? Oder würden Sie tatsächlich so weit gehen, damit ich der Welt nicht die Wahrheit sagen kann?»

«Du bist hier mit einer Pistole aufgetaucht», brummte der alte Sheriff.

«Nachdem du Quentin Reynolds erschossen hast», sagte Rex.

«Wie war das, was hast du gesagt?» Mitch wandte sich so rasch zu ihm um, dass Nathan sein Gewehr drohend ein Stück hob, worauf Verna aufschrie: «Nathan!» Mitch starrte seinen alten Freund an. «Was redest du da, Rex? Ich habe niemandem etwas getan. Ich habe niemanden erschossen. Soll das etwa heißen, jemand hat Abbys Vater erschossen?» Er sah sie an. «Abby –»

«Keine Bewegung», fiel Rex ihm ins Wort. «Jeff, geht es dir gut?»

«Äh, klar doch», erwiderte der Junge in ähnlich sarkastischem Tonfall wie sein Bruder. «Wovon reden Sie da, Mitch hätte Doc erschossen? Wir waren gerade noch da, Mann. Niemand hat Doc erschossen. Okay, sie haben sich angebrüllt, keine Ahnung, worum es dabei ging. Aber da hat niemand irgendwen erschossen, Scheiße.» Ein wenig verlegen sah er Verna an und murmelte: «Entschuldigung.» Dann fuhr er fort: «Ich meine, ich war doch die ganze Zeit dabei. Mitch und ich, wir haben zusammen das Haus verlassen, und eins kann ich Ihnen versichern, Doc war putzmunter.»

«Abby?» Mitch sah sie besorgt an. «Dein Vater?»

«Keine Bewegung, hat mein Sohn gesagt», warnte Nathan ihn. «Wenn du niemanden erschossen hast, warum zum Teufel bist du dann mit einer Pistole in der Hand auf mein Haus zumarschiert?»

Mitch überging Nathan und wandte sich direkt an Rex. «Das ist Vaters alte Pistole, Rex. Erinnerst du dich, die Pistole, die er im Ranchhaus immer im Nachtschränkchen liegen hatte?» Dann schaute er wieder Nathan an. «Die haben Sie ihm geschenkt, Sheriff. Sie und Doc, als er mal Geburtstag hatte, wissen Sie noch?»

«Egal, wer sie ihm geschenkt hat, was wolltest du mit dem Ding hier?», fragte Nathan barsch.

«Ich hatte sie», meldete Jeff sich und trat vor. «Bis Mitch sie zurückverlangt hat.»

«Du hattest sie?», fragte Rex.

«Na schön, ich hab sie heimlich mitgenommen. Neulich abends, im Ranchhaus.»

«Das haben wir auf der Fahrt hierher im Wagen geklärt», sagte Mitch, «nachdem wir bei Doc waren. Jetzt eben, als wir aus meinem Wagen ausgestiegen sind, habe ich sie mir von Jeff aushändigen lassen. Das haben deine Eltern mitbekommen.» Er sah das Ehepaar an. «Verna. Nathan, das haben Sie gesehen, mehr nicht. Kann mir jetzt bitte jemand verraten, was eigentlich los ist? Ist Abbys Vater etwas zugestoßen, nachdem wir weggefahren sind?»

Abby marschierte los, ohne sich von Rex aufhalten zu lassen, der noch den Arm nach ihr ausstreckte, bis sie vor der Veranda stand. Ihr Blick ruhte erst auf Mitch, dann sah sie die anderen an und brach wieder in Tränen aus.

«Dad ist tot», bestätigte Abby. «Jemand hat ihn bei sich zu Hause erschossen.»

«Abby», sagte Mitch ein drittes Mal und schickte sich an, auf sie zuzugehen.

«Stehen geblieben!», bellte Nathan. Dann aber ließen ihn seine arthritischen Arme im Stich, und er ließ das Gewehr sinken.

«Könnte mal jemand verraten, was hier eigentlich abgeht?», fragte Jeff niemand Bestimmten.

Nun endlich trat Verna vor und übernahm das Kommando. «Wir gehen jetzt rein», stellte sie fest. «Du mäßigst deine Ausdrucksweise, junger Mann», sagte sie zu Jeff, missbilligend zwar, aber auch nachsichtig. «Komm her, Abby.» Sie breitete die Arme aus und drückte Abby an sich, die weinend das Gesicht an ihrer Schulter barg. Verna Shellenberger sah erst ihren Mann und dann die übrigen Anwesenden der Reihe nach an. Ihr Tonfall duldete keinen Widerspruch. «Wir gehen jetzt rein.»

Der alte Sheriff sah sie kurz argwöhnisch an, dann aber schien sein innerer Widerstand ebenso zu erlahmen wie seine Arme eben, denn er nickte, wandte sich um und ging als Erster ins Haus. Alle Umstehenden begriffen, dass Nathan Shellenberger in diesem Augenblick erst richtig zu Bewusstsein kam, dass sein lebenslanger Freund tot war.

Rex blieb mit Mitch und Jeff noch zurück, um ihnen die spärlichen Informationen über den Mord an Quentin Reynolds weiterzugeben, die er besaß. Bevor auch sie ins Haus gingen, fragte Jeff mit unverhohlen spöttischem Unterton: «Kann ich die Pistole holen?»

«Das mache ich schon», sagte Rex. «Geh du mit deinem Bruder ins Haus.»

Dann schickte er seine erstaunten Deputys zurück zum Haus der Reynolds. Sie sollten ihre Arbeit am Tatort fortsetzen.

Sie versammelten sich im Wohnzimmer. Nathan thronte in seinem ledernen Fernsehsessel in der Mitte, während die anderen sich auf den Sofas und Sesseln um ihn herum niederließen. Nathan hatte sein Jagdgewehr neben sich am

Sessel abgestellt, die Pistole des Richters lag auf dem Küchentisch. Rex behielt die Hand an der Dienstwaffe, die in dem Halfter an seiner Hüfte steckte, für alle Fälle.

Abby saß so weit wie möglich von Mitch entfernt, auf einem der beiden Sofas, eng an Verna geschmiegt. Auf ebendiesen Sofas hatten Rex und Mitch als Kinder manchen Sonntagnachmittag verbracht und sich im Fernsehen Football angeschaut.

Rex ergriff schließlich als Erster das Wort.

«Also, Mitch. Was hast du da draußen eben gemeint?»

«Ja», sagte sein Vater mit belegter Stimme. Er hatte seine Gefühle noch nicht unter Kontrolle. «Was für eine Wahrheit willst du der Welt sagen?»

Mitch schüttelte den Kopf. «Doc hat es auch abgestritten.»

«Was abgestritten?», fragte Rex.

«In der Nacht, als Sarah starb», sagte Mitch und heftete seinen Blick fest auf Nathan, «war ich in Docs Praxis, versteckt allerdings. Ich habe gesehen, wie Sie sie mit Patrick hereintrugen, Nathan. Ich habe gesehen, was Doc mit ihrem Gesicht gemacht hat. Ich weiß, dass Sie beide ihre Identität verschleiert haben.»

Nathan Shellenberger sah vollkommen schockiert aus.

Verna starrte ihren Mann an, während Abby Mitch anstarrte.

«Mein Gott», sagte Mitch völlig entgeistert. «Das wussten Sie tatsächlich nicht? Was Doc mir erzählt hat, stimmt also? Sie beide haben das gar nicht gewusst? Dass ich dort war und Sie gesehen habe?»

Der alte Sheriff schüttelte den Kopf, als bekäme er kein Wort heraus.

«Was heißt das, ihre Identität verschleiert?», sagte Rex und trat einen Schritt vor. «Dad? Wovon redet er da?»

Verna Shellenberger, die auf dem Sofa Abby umarmt hielt, kam das Versprechen in den Sinn, das sie der Jungfrau ... das sie Sarah Francis ... gegeben hatte, nämlich, sich zu revanchieren, falls Sarah Nathans Schmerzen ein wenig linderte. Auch jetzt quälte ihn ein Schmerz, wenn auch ganz anderer Art. Verna wusste, es war höchste Zeit, diesen Schmerz endlich zu lindern. Und das konnte nur auf eine Weise geschehen.

«Nathan», sagte sie in dem gleichen festen Tonfall, in dem sie soeben auf der Veranda alle ins Haus gescheucht hatte. «Schluss mit den Geheimnissen. Wir sollten endlich alle offen darüber reden. Angefangen mit dir.» Mit leiserer, auf einmal tränenerstickter Stimme setzte sie hinzu: «Tu es für Sarah. Bitte, Nathan, Sarah zuliebe.»

Stockend, als koste es ihn unendlich viel Selbstüberwindung, begann Nathan zu sprechen. Zunächst erzählte er alles, woran er sich aus der Nacht erinnerte, in der er mit seinen Söhnen zusammen das tote Mädchen gefunden hatte. Und dann erzählte er, was er von Quentin Reynolds erfahren hatte, siebzehn Jahre zuvor.

40

Am späten Nachmittag des 22. Januar 1987 war Doc Reynolds gerade dabei, dem alten Ron Buck, dem eine Mittelohrentzündung zu schaffen machte, eine Tinktur ins Ohr zu träufeln, als seine Sprechstundenhilfe den Kopf zur Tür hereinsteckte. «Richter Newquist ist am Telefon, Herr Doktor. Es sei ein Notfall, sagt er.»

Quentin stand von seinem Drehhöckerchen auf und sagte zu seinem Patienten: «Schön so bleiben.»

Der alte Mann, der mit auf die Seite gelegtem Kopf dasaß, damit die Tinktur sich in seinem Ohr verteilen konnte, brach in rasselndes Gelächter aus und schnaubte aus seiner unbequemen Lage: «Was bleibt mir anderes übrig, Doc.»

Quentin ging an den Apparat in seinem Sprechzimmer.

«Was für ein Notfall liegt an?», fragte er ohne lange Umschweife.

Die tiefe Stimme seines ältesten Freundes, den er von Kindesbeinen an kannte, drang an sein Ohr. «Du musst auf der Stelle rauskommen auf die Ranch, Quentin, komm sofort her, es ist dringend.»

«Was ist denn los, Tom?»

«Darüber kann ich nicht sprechen. Bring einfach deinen Arztkrempel mit und komm her, so schnell es geht.»

Bevor Quentin noch zu der gereizten Erwiderung «Es würde schon helfen, zu wissen, ob ich ein tragbares EKG oder bloß Heftpflaster mitbringen soll, Tom» ansetzen konnte, hatte der Richter bereits aufgelegt. Quentin sah zu seinem Patienten hinüber, der seinen runzligen alten

Hals weiter brav zur Seite geneigt hielt. «Sie können sich jetzt wieder aufrichten, Ron. Aber langsam! Damit Ihnen nicht schwindelig wird und Sie mir am Ende in Ohnmacht fallen.» Er warf einen Blick aus dem Fenster – von dem vorhergesagten heftigen Schneesturm war noch keine Spur zu sehen – und sagte dann: «Entschuldigen Sie, aber ich muss dringend los. Nehmen Sie weiter die Antibiotika. Rufen Sie mich an, falls der Schmerz schlimmer wird oder falls Sie einen steifen Nacken bekommen oder Fieber.»

«Trifft alles schon zu, Doc», sagte der alte Mann, als Quentin zur Tür eilte.

Quentin drehte sich um und widmete seinem Patienten ein letztes Mal seine volle Aufmerksamkeit. «Ich schaue morgen bei Ihnen vorbei.»

Quentin Reynolds machte noch Hausbesuche, ähnlich wie jetzt bei Tom Newquist. Für Notfälle wie diesen hatte er stets einen fertig gepackten Arztkoffer im Wagen, um keine Zeit mit Packen vertrödeln zu müssen. Nun brauchte er nur noch seiner Sprechstundenhilfe mitzuteilen, dass er wegmusste. Ein paar genauere Informationen über die Art des Notfalls wären natürlich schön gewesen. Ärgerlich, wie Tom Newquist bisweilen den Richter heraushängen ließ und glaubte, alle Welt – sogar seine besten Freunde, sogar einen Arzt – herumkommandieren zu können wie irgendwelche kleinen Gerichtsreporter.

Bevor er die Tür des Sprechzimmers hinter sich schloss, hörte er, wie der alte Mann ihm nachrief: «Was für ein Notfall liegt denn an, Doc?»

«Wenn ich das wüsste, Ron.»

Zu Quentins Verwunderung kam Tom Newquist ihm nicht aus dem Ranchhaus entgegengelaufen, sondern näherte sich ihm vom Sturmkeller her. Tom war ein großer, korpulenter Mann, dem es entschieden an körperlicher Bewegung fehlte – obwohl sein Freund, der Arzt, ihn ständig dazu ermahnte – und der beim Laufen eine seltsam ungelenke Figur abgab. Aber Tom Newquist hatte schon damals auf dem Football-Feld immer wie ein riesiger, schwerfälliger Bär gewirkt, wenn er die gegnerischen Reihen über den Haufen rannte. Er war vielleicht nicht sonderlich anmutig, aber er machte den Weg frei, das musste man ihm lassen, er machte den Weg frei.

Quentin, kleiner und behänder, aber kaum besser in Form, schließlich waren sie beide inzwischen über vierzig, schnappte sich seinen Arztkoffer und eilte Tom entgegen. Noch ehe er bei ihm anlangte, machte der beleibte Mann wieder kehrt und gab Quentin Zeichen mitzukommen. Quentin beeilte sich, seinem Freund zu folgen, der wieder in Laufschritt verfallen war.

Zu seiner Verblüffung lief Tom zurück zum Sturmkeller, dessen dicke Holztür offen stand. Aus dem Inneren des Kellers drang Licht.

Tom huschte als Erster hinein. Als Quentin den Keller betrat, wäre er vor Schreck fast zurückgewichen: Nadine stand dort, zerzaust, blutverschmiert, und starrte ihm mit einem Ausdruck des Entsetzens entgegen, den er noch nie bei ihr gesehen hatte. Tom neben ihr wirkte kaum weniger entsetzt. Am schockierendsten aber war der Anblick der jungen Frau, einer hochschwangeren jungen Frau, die sich auf einem blutbesudelten Bett an der Wand vor Qualen wand.

«Was zum Teufel hat das zu bedeuten?», sagte er, stürzte aber sofort zu ihr.

Nebenher registrierte er verblüfft, dass der Keller geradezu wohnlich hergerichtet war; auf dem Zementboden lagen Teppiche, es gab eine Toilette, ein Waschbecken mit

Wasserhahn, einen Herd und einen Ofen. Am Boden lagen überall blutige Handtücher herum.

Die junge Frau blickte ihn mit großen dunklen Augen verängstigt an. Irgendwie kam sie ihm bekannt vor, aber ihm wollte nicht einfallen, woher.

Ihr flehentlicher Blick war Quentin wohl vertraut. Er kannte ihn von Frauen, bei denen die Entbindung sich zu einem Albtraum auswuchs.

«Wie heißen Sie?»

«Sarah», flüsterte sie.

Er hatte bereits eine dunkle Vermutung, als er sich am Bettende niederließ, um sie zu untersuchen: Steißgeburt, ein im Geburtskanal feststeckendes Kind, Blutverlust der Mutter, Herzstillstand beim Kind, ernste Lebensgefahr für beide.

«Warum ist sie hier? Warum ist sie nicht im Krankenhaus? Wer ist ihr behandelnder Arzt?»

Er erhielt keine Antwort.

Rasch überzeugte er sich davon, wie zutreffend seine schreckliche Diagnose war. Er würde das Kind herumdrehen müssen, und zwar so unverzüglich, dass noch nicht mal Zeit blieb, dem armen Mädchen eine Spritze gegen die Schmerzen zu geben. Während er sich an die heikle Aufgabe machte, das Kind im malträtierten Leib der Mutter in die richtige Lage zu drehen, hätte er am liebsten die beiden vermeintlich intelligenten Leute angebrüllt, die untätig herumstanden und bloß ihre gottverfluchten Hände rangen. Stattdessen redete er beruhigend auf das Mädchen ein, murmelte immer wieder: «Tut mir leid, ich weiß, das ist furchtbar. Aber es geht nicht anders. Ich mache so schnell ich kann, versprochen. Ruhig, ruhig, ganz ruhig …»

Schließlich brüllte er: «Nadine, verdammt nochmal, komm her und halte ihr die Hand!»

Das Mädchen schrie wie am Spieß. Blut quoll stoßweise aus ihr heraus, besudelte das Bett um sie herum noch mehr. Drüben in einer Ecke stand Nadine Newquist und rührte sich nicht vom Fleck, während ihr Mann auf und ab tigerte wie ein werdender Vater.

Als er das Kind endlich herumgedreht hatte, stieß die Mutter einen gellenden Schrei aus und machte dann Quentins schlimmste Befürchtung wahr: Sie wurde bewusstlos.

«Weckt sie auf!», schrie er. «Sie muss pressen!»

Sein Hilferuf verhallte ungehört.

«Steht nicht rum wie die Götzen», brummte er zornig. Die Newquists schienen wie gelähmt vor Panik. Aber auch ihn beschlich Panik bei der Erkenntnis, dass er das Kind wohl aus ihrem Körper ziehen musste, ähnlich, wie man ein Kalb aus einer Kuh zog. Nur, dass das hier wesentlich schwieriger und riskanter würde und ein glücklicher Ausgang beileibe nicht feststand.

Dann aber erwachte Nadine endlich aus ihrer Starre. Sie stürzte zu der Bewusstlosen, rüttelte rabiat an ihr herum und kreischte sie an aufzuwachen.

«Herrgott, Nadine, du sollst sie nur aufwecken, nicht umbringen!», herrschte Quentin sie an.

Ihre Bemühungen waren jedoch von Erfolg gekrönt, das Mädchen kam wieder zu sich. Beim ersten Flattern ihrer Augenlider beschwor Quentin sie aufgeregt: «Pressen, Sie müssen pressen! Pressen, Sarah! Nadine, sag ihr, sie soll pressen, pressen, pressen!»

Genau das tat sie auch, unglaublicherweise, trotz ihrer entsetzlichen Schmerzen, trotz ihrer Schwäche durch den Blutverlust. Quentin staunte. Irgendwoher nahm das Mädchen die Kraft zu pressen, bis erst der Kopf und dann die Schultern des Kindes zum Vorschein kamen und Quentin den kleinen Jungen wohlbehalten zur Welt bringen konnte, in diesem eigenartigen, beengten Raum unter der Erde.

Sobald das Kind geboren war, schwanden dem Mädchen wieder die Sinne. Er konnte ihr nicht einmal sagen, dass sie Mutter eines Jungen geworden war.

Quentin durchtrennte die Nabelschnur, wischte dem Kind die Augen sauber, gab ihm einen Klaps aufs Hinterteil und verlangte ungeduldig nach Handtüchern, in die er es einwickelte. Während er den jetzt brüllenden Säugling im Arm hielt, packte er mit der anderen Hand Nadine unsanft am Handgelenk. Groß, dünn, blutbesudelt stand sie vor ihm, die Augen in ihrem hageren Gesicht weit aufgerissen, eine verstörte Person, die wenig Ähnlichkeit mit der sonst so beherrschten Nadine Newquist hatte.

«Wer ist sie?», fragte Quentin barsch. «Was hat das zu bedeuten, verdammt nochmal?»

Nadine wollte sich von ihm losmachen, aber er ließ sie nicht los.

Tom trat zu ihnen. «Ist das Kind wohlauf?»

«Wahrscheinlich», blaffte Quentin. «Säuglinge sind verflucht zäh, und dieser hier hat außerdem noch eine verflucht zähe Mutter. Jetzt antworte endlich. Wer ist sie? Warum zum Teufel bringt sie hier ihr Kind zur Welt, und was habt ihr zwei damit zu tun?»

Das Mädchen stöhnte, und Quentin vergaß seine Fragen vorübergehend wieder.

«Da», sagte er und hielt Tom das quäkende Bündel hin. «Nimm du ihn.»

Tom wich unwillkürlich zurück.

Quentin zeigte auf das Mädchen und sagte: «Wenn du den Kleinen nicht nehmen willst, kannst du dich dann um sie kümmern?»

«Nein …»

«Dann nimm mir jetzt den Säugling ab, Himmel Herrgott nochmal.» Quentin übergab ihm das Kind und untersuchte dann die Mutter. Ihre Blutungen hatten aufgehört, wundersamerweise, und offenbar lagen keine lebensbedrohlichen Verletzungen vor. Es war eine schwere Geburt gewesen, entsetzlich schwer, aber sie würde vermutlich durchkommen.

«Sie muss sofort in ein Krankenhaus», erklärte er und wandte sich zu den Newquists um.

Nadine aber deutete nur wortlos zur offenen Tür. Da erst kam Quentin die eisige Luft zu Bewusstsein, die von außen hereindrang. Draußen schneite es heftig, ein dichtes Flockengestöber, das vermutlich nicht so bald wieder aufhören würde.

Der angekündigte Schneesturm hatte eingesetzt. Wenn sie nicht unverzüglich aufbrachen, würden sie am Ende hier festsitzen.

«Jetzt aber dalli», wies er die beiden an. «Nadine, du nimmst das Kind. Tom, du fährst. Das Mädchen legen wir hinten auf meine Rückbank, und dann folge ich euch nach Emporia …»

«Nein.» Es war erst das zweite Mal, dass Tom etwas sagte, seit er ihn hergebracht hatte.

«Was soll das heißen, nein?», fragte Quentin ungehalten.

Und dann eröffnete Tom ihm, warum sie das Mädchen mitsamt Kind nicht ins Krankenhaus nach Emporia bringen konnten, und auch in kein anderes Krankenhaus.

«Es ist mein Kind, Quentin.»

«Dein –?»

«Wir haben ihr Geld gegeben, damit sie den Mund hält.»

«Du hattest etwas mit diesem Mädchen?»

«So könnte man es ausdrücken», sagte Nadine und klang tief verbittert. «Man könnte es aber auch Vergewaltigung nennen.»

Ihr Mann wandte sich aufgebracht um. «Sie war damit einverstanden, verflucht nochmal, Nadine. Von einer Vergewaltigung kann nicht die Rede sein.»

Quentin sah seinen ältesten Freund an und war entsetzt. Das Entsetzen, das ihn beschlich, war allerdings anderer Art als das, was er bei seinem Eintreffen auf den Gesichtern von Tom und Nadine gesehen hatte. Sie waren nur wegen des vielen Blutes entsetzt, das wusste er, und bei der Vorstellung, in Scherereien zu geraten, aus denen sogar sie nicht mehr herausfanden. Er dagegen war über sie entsetzt. Tom Newquist war schon häufiger nachgesagt worden, sich Mädchen gegen ihren Willen aufgedrängt zu haben, Anschuldigungen, die sich jedoch meist als bloßes Gerede abtun ließen. Seine Freunde hatten dem nie Glauben geschenkt. Sie hatten stets Tom geglaubt, obwohl sie insgeheim wussten, wie wenig er davor zurückscheute, seine privilegierte Stellung auszunutzen ... Diese anderen Mädchen kamen Quentin in den Sinn, während er das schlafende Mädchen betrachtete, das gerade solche Qualen durchgemacht hatte.

Und wieder, auch in diesem Fall, würde Toms Wort gegen ihres stehen. Ein Richter gegen ein Mädchen, das sich als Putzhilfe verdingte, denn Quentin war wieder eingefallen, woher er sie kannte.

«Wir haben ihr Geld gegeben, damit sie den Mund hält und uns das Kind überlässt», sagte Nadine und warf ihrem Mann einen gehässigen Blick zu. «Dieses Kind soll Tom sein Leben lang daran erinnern, was für ein Dummkopf er ist.»

Quentin blieb bei dem Mädchen, bis es wieder zu sich kam und erste Stillversuche unternahm. Danach überzeugte er sich davon, dass Mutter und Sohn vorerst ohne weitere medizinische Betreuung zurechtkamen. Nach einer Stunde merkte er, dass er weiter nichts für die beiden tun konnte.

Er wusch sich Hände und Arme im Waschbecken und wiederholte die Prozedur dann noch einmal.

Dann drehte er sich zu seinen ältesten Freunden um. Er kannte sie beide schon ewig. Dass Nadine herzlos sein konnte, war ihm wohl bekannt, ebenso wie Toms bisweilen schon unerträgliche Arroganz. Aber sie waren feine Leute, und auch sie kannten ihn schon ewig.

«Ich weiß nicht, was ich tun soll», eröffnete Quentin ihnen, immer noch zutiefst entsetzt.

«Du brauchst gar nichts mehr zu tun», sagte Tom. «Es ist alles erledigt.»

«Wir machen das Beste aus einer schlimmen Situation», behauptete Nadine.

«Aber wenn du sie vergewaltigt hast, Tom …»

«So war es nicht, Quentin. Vielleicht kam es ihr so vor, aber das stimmt nicht. Ich weiß doch, was ich getan habe, und eine Vergewaltigung war das nicht. Und selbst wenn, wem wäre denn gedient, wenn ich dafür ins Gefängnis ginge? Überleg mal, was das für unsere Kinder hieße.» Er zeigte auf das Neugeborene. «Für dieses Kind. Auf die Weise bekommt der Kleine ein Zuhause, er bekommt Eltern und einen Bruder.»

«Und einen Vergewaltiger zum Vater.»

«Es war ein Irrtum.»

Quentins Zorn entlud sich. «Das kann man wohl sagen, verfluchte Scheiße!»

«Ich meine», sagte Tom, «ich dachte, sie wollte es auch, ich dachte, es sei gegenseitig, ich wusste nicht, dass sie es als Vergewaltigung auffasste, das wurde mir erst hinterher klar.»

«Du wusstest nicht, dass sie …» Weiter kam Quentin nicht. Kaum einem anderen Mann, den er kannte, hätte er das abgekauft. Aber Tom, Tom war so von sich eingenommen, dass er wohl ernstlich glaubte, ein junges Mädchen wünsche sich seine Annäherungsversuche.

Zu dritt debattierten sie über die Angelegenheit, während draußen vor dem Keller der Schnee fiel. Letzten Endes ließ er sich breitschlagen, aber nur dem Mädchen zuliebe.

Als er einen Laut vom Bett her hörte, eilte er zu ihr, um zu sehen, was sie brauchte. «Bitte», flüsterte sie mit schwacher Stimme, «sie werden ihm ein Leben bieten, das ich ihm nie bieten könnte. Ich gehe fort, irgendwohin weit weg, und fange da neu an.»

«Aber er hat Sie vergewaltigt …»

«Bitte», murmelte sie und schloss wieder die Augen. Er als Einziger hörte, was sie dann noch sagte. «Eines Tages komme ich zurück und hole ihn zu mir.»

Quentin stand auf. Er fühlte sich ziemlich mitgenommen.

«Ich werde versuchen, in die Stadt zurückzufahren, bevor es noch schlimmer wird.» Er musterte erst Tom, dann Nadine mit durchdringendem Blick. «Kümmert ihr euch um die beiden?»

«Selbstverständlich», erwiderte Nadine.

Er glaubte ihnen – wie er Nathan später beteuerte, als es zu spät war und es nichts mehr zu ändern gab –, er glaubte ihnen.

Was für eine sträflich nachlässige Dummheit er damit begangen hatte, mit tödlichen Folgen, wurde ihm erst klar, als der zweite niederschmetternde Anruf bei ihm einging, diesmal von Nathan Shellenberger, seinem anderen ältesten Freund.

«Quentin, wir haben im Schnee eine Tote gefunden.»

«Wer ist es?»

Einen Zusammenhang stellte er zunächst nicht her. Umso schlimmer traf ihn der nächste Schlag.

«Ein Mädchen. Dieses Mädchen, das früher bei Nadine und Tom geputzt hat.»

«Was soll das heißen, ihr habt sie im Schnee gefunden?»

«Na, dass wir sie im Schnee gefunden haben! Nackt. Tot. Tot, Quentin.»

Quentin dachte immer, er sei hart im Nehmen, doch bei diesen Worten musste er sich setzen. Er ließ sich auf den nächstbesten Stuhl sinken, stützte die Stirn auf die Hand und krümmte sich über den Telefonhörer wie ein verletztes Tier. Ehe er noch etwas sagen konnte, brach es aufgeregt aus Nathan heraus. «Quentin, ich habe höllische Angst, dass Patrick irgendwas damit zu tun hat. Erst vor ein paar Tagen habe ich gehört, wie er und Rex sich wegen ihr in den Haaren lagen. Nach dem, was ich mitbekommen habe, hat Patrick sich wohl öfter mit ihr getroffen, Quentin. Rex hat ihn aufgezogen, es hatte irgendwie mit ihr zu tun, und Patrick war fuchsteufelswild, als wäre er eifersüchtig. Und seit wir sie gefunden haben, benimmt er sich irgendwie komisch. Er hat nicht mal gesagt, dass er sie kennt. Er benimmt sich, als wäre es ihm schnurzegal, dass sie tot ist! Mein Sohn, Quentin! Du weißt, wie er ist, du weißt, was er für einen Ruf hat. Falls rauskommt, dass er mit ihr bekannt war, werden alle ihm die Schuld geben. Und falls es Beweise gibt, die ihn mit ihr in Verbindung bringen ... ich bin der Sheriff! Ich kann doch meinen eigenen Jungen nicht zum Verdächtigen in einem Mordfall erklären!»

«Mord! Wie kommst du darauf, dass sie ermordet wurde?»

«Herr im Himmel, Quentin, hörst du mir überhaupt zu? Wir haben sie nackt und voller Blut im Schnee gefunden, während ein Schneesturm wütete! Glaubst du denn, dass sie splitternackt im Schneetreiben spazieren gegangen ist? Natürlich ist es Mord, und wenn nicht Mord, dann auf jeden Fall Totschlag, und was soll ich jetzt bitte schön tun?»

«Bring sie hierher.»

«Ich wage es nicht, Patrick irgendwas zu fragen.»

«Dann lass es. Darüber zerbrechen wir uns später den Kopf. Jetzt bring sie her, Nathan.»

Was sich früher am Tag zugetragen hatte, verschwieg er seinem alten Freund. Er ließ Nathan in dem Glauben, Patrick könnte etwas mit ihrem Tod zu tun haben.

Als sie das tote Mädchen in sein Sprechzimmer trugen, sorgte er dafür, dass niemand sie je würde identifizieren können und damit ihr aller Leben zerstörte. Er schwieg, während Tom und Nadine alles in die Wege leiteten, um Toms leibliches Kind zu adoptieren. Er ließ zu, dass Verna und Rex sich jahrelang mit der Befürchtung quälten, Patrick könnte es gewesen sein. Er ließ zu, dass so mancher in der Stadt Mitch verdächtigte, etwas mit ihrem Tod zu tun gehabt zu haben.

Und er ließ zu, dass Jeffrey Newquist aufwuchs, ohne je etwas über die Umstände seiner Geburt oder die wahre Identität der Menschen zu erfahren, die er lediglich für seine Adoptiveltern hielt. In den folgenden Jahren brachte Quentin die Sache nur zweimal zur Sprache; einmal bei Tom, einmal bei Nadine.

Tom fragte er einmal: «Was habt ihr mit ihr gemacht, nachdem ich weggefahren bin?»

«Ich habe gar nichts gemacht», hatte der Richter ungehalten geantwortet.

«Was hat Nadine dann mit ihr gemacht?»

Tom hatte die Augen verengt, als sei er seiner Frau böse. «Ich bin ins Haus, um mich hinzulegen. Nadine ist im Sturmkeller geblieben, um auf die beiden aufzupassen. Als ich aufwachte und wieder zum Keller gegangen bin, war das Mädchen fort. Nadine sagte, sie wäre eingenickt, und in der Zeit sei das Mädchen wohl in den Schneesturm rausgelaufen. Wir konnten sie nicht suchen, nicht bei dem Wetter, du weißt ja noch, wie schlimm es war. Nicht mal den Wagen konnten wir benutzen.»

War Nadine eingeschlafen und das Mädchen einfach so ins Freie gelaufen? Wohl eher geflohen, überlegte Quentin.

Oder hatte Nadine sie hinaus in den Schneesturm gebracht und einfach erfrieren lassen? Quentin konnte Tom ansehen, dass auch er sich darüber nicht schlüssig war. Wie auch immer. Sie hatten sie auf dem Gewissen.

Zu Nadine sagte Quentin: «Ihr habt sie in diesen Sturmkeller gesperrt! Um Gottes willen!»

«Sie war doch nicht die ganze Zeit in dem Keller, Quentin», hatte Nadine gesagt, fast tadelnd, als rede er Unsinn. «Den größten Teil ihrer Schwangerschaft haben wir sie im Haus wohnen lassen. Wir haben sie mit allem Nötigen versorgt! So gut hat sie es ihr Leben lang noch nicht gehabt, da bin ich mir sicher. In den Sturmkeller mussten wir sie erst schaffen, als wir dahinter kamen, dass sie Besuch bekommen hatte. Das konnten wir nicht dulden, also haben wir sie im Keller untergebracht, zu ihrem eigenen Besten, damit sie sich an unsere Abmachung hielt. Letzten Endes war es nur zu ihrem Besten.» Nadine hatte ihr kaltes Lächeln aufgesetzt, das Lächeln, bei dem es sogar ihre ältesten Freunde fröstelte. «Ich verstehe nicht, warum du dich so aufregst, Quentin. Sie hat nur drei Monate dort verbracht, und wir haben sie auch dort mit allem Nötigen versorgt. Sie war nur bis zur Geburt des Kindes dort.»

«Ist sie geflohen, Nadine, oder hast du sie ins Freie gebracht?»

Nadine hatte ihm einen abgründigen Blick zugeworfen, einen Blick, der ihm verriet, wie es dazu hatte kommen können, dass Sarah Francis nackt und tot in einem Blizzard gefunden wurde, nachdem sie, geschwächt und blutend von der Niederkunft, vermutlich eine Weile durch die Kälte geirrt war. Und er entnahm diesem vernichtenden Blick auch, dass Tom und Nadine vor nichts zurückschrecken würden, sollte irgendjemand je etwas von ihren grausigen Geheimnissen ausplaudern.

Einem Menschen erzählte Quentin den Rest der Geschichte: Nathan.

Gemeinsam hatten sie erörtert, welcher Schaden schon entstanden war und noch entstehen könnte, und dann den Entschluss gefasst, zu schweigen. Die beteiligten Familien waren schon genug gestraft; die Wahrheit öffentlich zu machen würde sie nur noch weiter zerrütten. Der kleine Jeffrey wurde von seinem leiblichen Vater großgezogen.

Sie sprachen nie mehr darüber, nicht einmal, wenn sie unter sich waren.

Quentin war immer der Ansicht, Nathan büße mit seiner schmerzhaften Arthritis dafür. Nathan wiederum sah es als Quentins Buße an, dass er sich seinen Töchtern merklich entfremdete. Vor lauter Gewissensbissen darüber, was einem unschuldigen Mädchen widerfahren war, das etwa in Ellens und Abbys Alter gewesen war, hatte Quentin Reynolds sich nie mehr die Freude gegönnt, seinen Mädchen so nahe zu sein, dass er sich von ihnen geliebt fühlte.

Ihre «Freundschaft» mit Tom und Nadine aber erhielten sie beide aufrecht. Weil sie sich nun einmal ihr Leben lang kannten, weil ihre Frauen nicht ahnten, was passiert war, und weil man sich in einer kleinen Stadt wie Small Plains einfach vertragen musste, um auf so engem Raum zusammenleben zu können. Und auch, weil der Sheriff, sogar der Sheriff, und der Arzt der Stadt sich vor dem Richter fürchteten und davor, was er und seine boshafte Frau ihren eigenen Frauen und Kindern antun könnten.

Nach Nathans Erzählung herrschte betroffenes Schweigen. Mitch blickte sich suchend im Wohnzimmer um.

«Wo ist Jeff?», fragte er unvermittelt und zerriss damit die Stille. Er sprang auf. «Wo ist mein Bruder hin?»

Auch Rex sprang auf und warf über den Kopf seines Vaters einen Blick in die Küche. «Mist!» Der Tisch war leer. Jeff Newquist hatte sich davongestohlen und die Pistole seines Vaters mitgenommen.

Er war fort, aber dafür war jemand anders ins Haus gekommen, während Nathan seine Geschichte erzählte, und hatte schweigend an einer Wand gelehnt, um ihm zusammen mit den anderen zuzuhören.

Patrick sah erst Abby an, dann Mitch und schließlich wieder Abby.

Dann sagte er: «Was ist bei deinem Vater passiert, Abby? Ich habe gesehen, wie der Richter mit einem Gewehr in der Hand zu ihm rübergegangen ist.»

41

Der Richter hatte den Wagen seines älteren Sohnes vor dem Haus von Doc Reynolds gesehen. Dann hatte er beobachtet, wie sein jüngerer Sohn Mitch ins Haus gefolgt war. Damit war eine mehr als brenzlige Situation eingetreten. Er hatte Mitch in vieler Hinsicht belogen, aber jetzt drohte vor allem wegen einer Lüge Ungemach, der Lüge nämlich, er, Tom, hätte Quentin und Nathan darüber in Kenntnis gesetzt, dass Mitch beobachtet hatte, was sie mit dem toten Mädchen anstellten. In Wirklichkeit hatte er ihnen nie eine Silbe davon erzählt. Sie hatten keine Ahnung, dass Mitch sich in jener Nacht im Vorratsraum der Praxis befunden und von dort aus alles mit angesehen hatte. Sie hatten nie davon erfahren und also auch Mitch nie in irgendeiner Weise gedroht.

Mitch aber hatte er das weisgemacht, um einen Vorwand zu haben, ihn aus der Stadt zu entfernen.

Und jetzt war Mitch drüben bei Quentin, vermutlich um ihn zur Rede zu stellen. Quentin würde überhaupt nicht verstehen, worauf Mitch hinauswollte, könnte aber bei der Gelegenheit versucht sein, gewisse andere Geheimnisse auszuplaudern.

Mit wenigen Schritten war Tom bei dem Gewehrschrank in seinem Büro. Er schloss ihn auf und holte Mitchs erstes Gewehr heraus.

Es könnte ihm gelingen, Mitch vor einer Mordanklage zu bewahren, sagte er sich, aber er konnte nicht zulassen, dass Quentin nach siebzehn Jahren das, was er wusste, auspackte.

Es war eine ruhige Straße mit wenig Durchgangsverkehr.

Selbstsicheres Auftreten, das wusste er, war ein Schlüssel zum Erfolg im Leben, und auch, dass Zeugen nur das wahrnahmen, was sie wahrnehmen wollten. Wenn er mit einem Gewehr in der Hand mit sicherem Schritt die Straße zu Quentins Haus überquerte und ihn dabei irgendwelche Nachbarn sahen, würden sie nur sehen, was sie sehen wollten: Tom, ihren Nachbarn, den Richter. Und falls sie mehr als das sahen, würde ihr Wort gegen seines stehen, und Aussagen anderer hatten gegen sein Wort nie Bestand.

Die Haustür hinter der geschlossenen Fliegengittertür stand offen. Aus dem Haus konnte er Mitchs wütende Stimme hören.

Tom betrat lautlos das Haus und schlich sich ins Wohnzimmer.

Sie führten einen erregten Disput in der Küche. «Ich weiß nicht, wovon du redest!», hörte er Quentin sagen.

«Und ob Sie das wissen!», erwiderte Mitch scharf und setzte drohend hinzu: «Vielleicht hat Nathan Shellenberger ja ein besseres Gedächtnis als Sie.»

Tom ging in Deckung, als sein ältester Sohn aus der Küche gestürmt kam und türenschlagend das Haus verließ, dicht gefolgt von Jeffrey, der ihm nachrannte und rief: «Mitch! Warte doch!»

Dann betrat Tom die Küche, bevor Quentin in seine Praxis zurückgehen konnte.

«Was hast du ihm erzählt?», fragte er.

«Nichts.» Quentin blickte ihn bestürzt an, als er sah, dass sein alter Freund ein Gewehr dabeihatte.

Tom nickte, er glaubte ihm. Aber möglicherweise würde Mitch nicht lockerlassen, bis er Antworten hatte, und Quentin war der Einzige, der sie ihm noch liefern konnte. Dafür, dass die einzige andere Person, die über Sarah

Bescheid wusste – seine eigene Frau –, für immer schwieg, hatte Tom bereits gesorgt. Nicht zuletzt der Aspekt der ausgleichenden Gerechtigkeit hatte ihm zugesagt, als er Nadine an der Hand in den Schneesturm hinausführte und dann zusah, wie sie davontappte, ebenso hilflos und verwirrt wie das Mädchen damals in jener Nacht, als Nadine die Arme splitternackt in jenen anderen Schneesturm hinausführte. In ihrer geistigen Verwirrung hatte Nadine angefangen, Dinge vor sich hin zu plappern, Einzelheiten, die ihr wieder einfielen und an Zeiten erinnerten, über die besser nicht gesprochen werden sollte. Also hatte Tom das Problem gelöst, indem er es der Natur überließ, das Urteil über sie zu vollstrecken.

Über ihn aber würde niemand ein Urteil vollstrecken.

Er hatte nichts verbrochen. Das Mädchen hatte selbst mit ihm schlafen wollen. Sie hatte sich das Kind gewünscht. Er hatte sie angemessen entlohnt, sich um sie gekümmert, so gut er konnte und soweit Nadine es zuließ. Und bei Gott, er hatte das lästige Balg großgezogen, dabei wäre es ein Leichtes gewesen, sie zur Abtreibung zu zwingen oder dazu, das Kind zur Adoption freizugeben.

Sein Gewissen war rein. Er hatte nichts verbrochen. Nadine hatte das Mädchen umgebracht, nicht er.

Quentin zwang ihn zu dem, was jetzt folgen musste, denn leicht fiel es ihm weiß Gott nicht, das Gewehr auf seinen ältesten Freund zu richten.

«Schließ die Tür zu deiner Praxis ab, Quentin.»

Der Arzt tat, wie ihm geheißen. «Tom, du hast doch nicht ernsthaft –»

Weiter kam er nicht.

Der Richter legte das Gewehr auf den Boden, streifte die Handschuhe ab, die er bei der Handhabung der Waffe getragen hatte, steckte sie ein und verließ das Haus durch die Vordertür. Seelenruhig spazierte er über die Straße zu seinem Haus zurück.

Ein Stück die Straße hinunter fiel ihm ein schwarzer Pick-up ins Auge, dem er aber weiter keine Beachtung schenkte. Die Leute sahen nur, was sie sehen wollten. Und sein Wort war Gesetz.

Erst als er wieder in sein Haus trat, erlebte er eine unschöne Überraschung.

«Tag, Herr Richter», sagte der schmuddelig wirkende Alkoholiker, der durch die Haustür hereingekommen war, die der Richter zum allerersten Mal in seinem Leben nicht abgeschlossen hatte. «Kennen Sie mich noch? Sie haben mich einige Mal in den Knast geschickt, ja? Mich zu einigen Geldstrafen verdonnert, ja? Tja, diesmal nicht. Diesmal bin ich es, der bei Ihnen die Hand aufhält.»

Marty Francis stand auf dem edlen Perserteppich im Wohnzimmer des Richters und schwankte ein wenig. Als Tom begriffen hatte, dass der Kerl mit der Drohung, die Identität des Mädchens in dem Grab zu lüften, Schweigegeld von ihm erpressen wollte, sagte er: «So viel Bargeld habe ich nicht im Haus. Fahren wir zusammen zur Bank, da hebe ich die Summe für Sie ab.»

Fügsam wie ein Lamm, dem die eigene Habgier zum Verhängnis wurde, folgte Marty dem Richter hinaus zu dem schwarzen Cadillac, der in der Auffahrt stand.

Sobald sie eingestiegen waren, verriegelte der Richter die Türen. Er setzte rückwärts aus der Auffahrt und fuhr zügig die Straße hinab. An der Ecke angelangt, bog er links ab, in Richtung Highway, statt nach rechts, in die Innenstadt.

«Hier draußen gibt's doch gar keine Banken», wandte Marty argwöhnisch ein.

«Ich bewahre mein Scheckbuch draußen auf unserer kleinen Ranch auf.»

Eine Ranch, wo man jemanden auf Nimmerwiedersehen in einen Sturmkeller sperren konnte.

«Ach so. Okay», sagte sein Beifahrer arglos. «Aber, hey, rasen Sie doch nicht so! Sie fahren ja wie ein Irrer, Herr Richter, wissen Sie das?»

Patrick war bereits fort.

Er hatte Marty beschattet, um zu sehen, was der Kerl als Nächstes tun würde. Als ihm klar wurde, was Marty vorhatte – den Richter zu erpressen, statt Mitch in der Stadt ins Zwielicht zu rücken –, wusste er, dass seine eigenen Pläne gescheitert waren. Der Richter würde sich niemals erpressen lassen und dafür sorgen, dass Marty dafür ins Gefängnis wanderte. Marty würde ausplaudern, wie er überhaupt an die Information über seine Schwester gekommen war, jemand würde eins und eins zusammenzählen, und Abby würde erfahren, mit was für miesen Tricks er versucht hatte, Mitch auszubooten.

Patrick fuhr in die Stadt und trank ein Bier. Dann machte er sich auf den Weg nach Hause, um seinen Eltern zu eröffnen, dass er die Arbeit auf der Ranch satt hatte und die Stadt wieder verlassen würde.

42

Catie war wild entschlossen, der Jungfrau einen letzten Besuch abzustatten, obwohl es ihr schlecht ging und sie kaum Auto fahren konnte. Dass es ihr so schwer fallen würde, hatte sie nicht geahnt, aber es war auch schon einige Tage her, seit sie das letzte Mal am Steuer ihres Wagens gesessen hatte. In der Zwischenzeit hatte sie kaum etwas gegessen. Jetzt litt sie unter Schmerzen und hatte Fieber, das seit dem Vortag kontinuierlich gestiegen war, gleichzeitig fühlte sie sich federleicht, ätherisch, engelsgleich. Es war ein wunderschöner Abend, und Catie hätte gern den Kopf aus dem Fenster gesteckt, um zum Himmel hochzusehen, aber es fiel ihr so schon schwer genug, ihren Wagen halbwegs gerade über den Highway zu steuern.

Sie scherte ständig nach links aus, über den Mittelstreifen, das war ihr bewusst, aber sie war machtlos dagegen. Glücklicherweise herrschte wenig Verkehr, und wenn ihr ein Fahrzeug entgegenkam, gelang es ihr immer, noch rechtzeitig auf ihren Fahrstreifen zurückzusteuern. Catie wollte niemanden gefährden oder verletzen. Sie wollte bloß noch einmal auf dem Friedhof parken und notfalls auf allen vieren zu dem Grab hochkriechen, um sich dort auf der Erde auszustrecken und der Jungfrau für den inneren Frieden zu danken, den sie ihr geschenkt hatte.

Beim Abbiegen auf den Highway 177 bereitete es ihr Schmerzen, das Lenkrad zu bewegen. Sobald sie geradeaus fuhr, ging es wieder besser.

Nur noch wenige Meilen, dann wäre sie am Ziel.

Catie war aufgeregt und doch eigentümlich ruhig. Der Abstecher auf den Friedhof würde den perfekten Abschluss einer unglaublichen Reise bilden. Danach konnte sie nach Hause fahren, sich ins Bett legen und so lange liegen bleiben, bis sie starb, falls ihr dieses Ende vorbestimmt war. Möglicherweise würde ihr Körper ja auf wundersame Weise genesen, so, wie schon ihr Herz genesen war, und dann könnte sie lachend zu ihrem Arzt ins Sprechzimmer stolzieren: «Sehen Sie mich an!» Sogar diesen einen Reporter würde sie dann nochmal anrufen: «Ich hab's Ihnen doch gesagt!»

Sobald der Friedhof in Sichweite kam, sah sie noch etwas anderes.

«Oh!», hauchte sie, während sich der krampfhafte Griff ihrer Hände am Lenkrad entspannte.

Catie erblickte etwas berückend Schönes: Sie hatte die Vision eines anmutigen dunkelhaarigen Mädchens, das ihr zulächelte. Catie wusste sofort, es war die Jungfrau. Womit sie dieses Glück verdient hatte, wusste sie nicht, aber aus irgendeinem Grund wurde sie schon wieder gesegnet …

Catie trat kaum noch aufs Gaspedal, während die Vision sie in ihren Bann zog. Ihre Hände glitten ganz vom Lenkrad und landeten schlaff auf ihrem Schoß. Sie starrte einfach nur verzückt die Jungfrau an und lächelte dem wunderschönen Gesicht zu, das sie segnete. Eine ganze Zeit lang fuhr der große Wagen in einer geraden Linie auf der rechten Fahrspur dahin, eine Steigung hinauf und dann wieder hergab, wobei der Wagen an Fahrt gewann. Etwa auf halber Höhe der abschüssigen Strecke fing das Fahrzeug an, nach links auf die Gegenfahrbahn auszuscheren, auf der sich gerade ein schwarzer Cadillac näherte. Catie nahm die beiden Männer nicht wahr, die in dem Wagen saßen und jetzt vor Entsetzen die Augen aufrissen. Das Letzte, was sie sah, war das dunkelhaarige Mädchen, umgeben von einem überirdisch erhabenen Lichtschein. Dann verschwand das Bild des Mädchens, und das Licht empfing Catie in seiner Wärme und Herrlichkeit.

43

Mit einem Vogelkäfig in der Hand stieg Mitch in Abbys
Auffahrt aus seinem Wagen aus.

Als sie sah, wen er dabeihatte, stieß sie einen Freuden-
schrei aus und rannte los. Nachdem Mitch ihr erzählt hatte,
wie er J.D. im Garten seines Vaters gefunden hatte, waren
sie rasch übereingekommen, dass J.D. wieder zu ihr sollte.
«Er braucht Gesellschaft», hatte Mitch eingeräumt. «Und
Gracie vermisst ihn», hatte Abby gesagt. «Und außerdem»,
hatte Mitch hinzugefügt, «ist es ja nicht so, als würde ich
ihn nie wiedersehen … oder?»

«Ganz und gar nicht», hatte Abby ihm so ungestüm bei-
gepflichtet, dass sie beide grinsen mussten.

Während sie jetzt auf ihn zugerannt kam, stellte Mitch
den Käfig mit dem Papagei sicherheitshalber auf dem Boden
ab und wappnete sich. Tatsächlich, sie verlangsamte ihren
Schritt nicht, sondern fiel ihm so stürmisch um den Hals,
dass er beinahe umgekippt wäre. Mitch blieb nichts übrig,
als sie in die Arme zu schließen, in die Höhe zu heben und
herumzuwirbeln, damit sie nicht beide am Boden landeten
und sich Arme und Beine im Kies aufschrammten.

Um aber ganz bestimmt nicht aus dem Gleichgewicht zu
geraten, hielt Mitch es für ratsam, ihr einen Kuss zu geben,
den sie, da offenbar auch ihr an einem stabilen Gleichgewicht gelegen war, so leidenschaftlich erwiderte, dass sie
dort in der Auffahrt förmlich miteinander verschmolzen.
Mitch spürte, wie sein Verlangen nach ihr erwachte, und
diesmal würde nichts dazwischenkommen, es würde keine
Missverständnisse deswegen geben und keine Gewissensbisse oder Geheimniskrämereien danach. Von nun an wür-

de er Abby einfach für immer und ewig lieben, ganz so, wie es ihm von Anfang an vorbestimmt war.

«Schaffst du es, auch J. D. zu tragen?», fragte sie, ganz außer Atem.

«Klar doch», log er, aber dann brachen sie beide in Gelächter aus, und er setzte sie ab. Während sie aufs Haus zugingen, nahm sie ihn an der freien Hand und hielt sie so fest, als wollte sie ihn nie wieder loslassen, womit Mitch mehr als einverstanden schien. Schon ganz gut, überlegte er, als sie zusammen ihr Haus betraten – wobei J. D. auf einmal ein markerschütterndes Gekrächze anstimmte, auf das ihr anderer Vogel aus dem Hausinneren lautstark antwortete –, schon ganz gut, dass er bereits mit dem Ankauf von Immobilien in Small Plains begonnen hatte und sein Plan, wieder hierher zu ziehen und seiner Heimatstadt zu helfen, sich so gut anließ. Sicher, ursprünglich hatte er geglaubt, das aus Rache zu tun, um die Stadt zu übernehmen, die die Freunde seines Vater als ihren Besitz betrachteten, aber anscheinend konnte Rache sich in etwas ganz anderes verwandeln, etwas, das eher an Hoffnung erinnerte, an Liebe, Liebe zu einer Stadt und zu einer Frau …

«Und zu einem Vogel», sagte er.

«Bitte?» Abby sah ihn fragend an und lächelte.

«Nichts.» Er küsste sie. «Du wirst meinen Sohn lieben.»

«Ganz bestimmt.»

Der leise Schmerz, den seine Worte in ihrem Herzen auslösten, wich im Nu anderen Empfindungen, die Abby von früher wiedererkannte, als sie ein junges Mädchen war. Hoffnung und Liebe, genau das empfand sie. Der Schmerz über den Tod ihres Vaters dagegen war nicht so leicht zu verwinden, aber Mitch konnte diesen Schmerz verstehen, schließlich hatte auch er beide Eltern verloren. Abby wusste, dass sie im Vergleich zu ihm noch glimpflich davongekommen war, da sie von ihrer Mutter immer geliebt worden war und auch von ihrem Vater, bis seine Taten ihn so veränderten. Um Liebe zu erfahren, war Mitch immer auf die Eltern anderer angewiesen gewesen.

Und natürlich hat er auch Rex gehabt, dachte Abby.

«Und mich», flüsterte sie.

«Bitte?»

«Nichts.» Sie lächelte ihm zu. «Und dein Sohn wird mich lieben.»

«Du bist ja ganz schön selbstbewusst, hm?»

«Nicht ganz ohne Grund, glaube ich.» Abby lächelte verschmitzt und zog dann Mitch übermütig hinter sich her, während sie ungeduldig aufs Schlafzimmer zustrebte.

Rex ging neben dem Grab in die Hocke und legte ein Dutzend weißer Rosen vor dem Stein nieder.

Ein neuer Grabstein war in Arbeit. Abby übernahm die Kosten dafür. Sie hatte darauf bestanden, weil sie es Sarah versprochen hätte, sagte sie. Auf dem Stein würde in großen Lettern Sarahs vollständiger Name stehen, sowie ihr Geburts- und Sterbedatum. Der Stein aber würde erst in einigen Wochen aufgestellt werden, und so lange konnte Rex nicht warten, um Abschied zu nehmen.

«Ich glaube, ich habe dich geliebt, Sarah», sagte er zu ihr.

Vielleicht hatte Abby Recht gehabt. Vielleicht war er seit Sarahs Tod tatsächlich blockiert gewesen. Aber jetzt, wo sie frei war, schien es ihm, als könnte auch er frei werden.

«Es muss noch viel geregelt werden», sagte er.

Seinen Knien zuliebe stand er auf, nahm seinen Hut ab und hielt ihn in den Händen, während er weiter das Wort an sie richtete. «Abby und Ellen müssen den Nachlass ihres Vaters ordnen und sich überlegen, was mit dem Haus geschehen soll. Sie hoffen, einen jungen Arzt in die Stadt locken zu können, der das Haus mitsamt der Praxis kauft. Ich persönlich glaube ja, sie würden es notfalls auch verschenken, bloß damit wir hier weiter einen Arzt in der Gegend haben.» Er lächelte ein wenig. «Abby und Ellen sind der Ansicht, diesmal sollte es eine Ärztin sein.»

Er trat von einem Fuß auf den anderen.

«Dass der Richter tot ist, weißt du ja wohl. Und dein Bruder auch. Dein wertloser Bruder, wenn ich das so sagen darf. Patrick findet, dein Bruder war …» Er hielt inne. «Ach, egal. Das dürfte dir wohl keine Sorgen mehr machen, also höre ich auf davon. Meine Mutter sagt, du hättest meinem Vater geholfen, obwohl ich mir nicht vorstellen kann, wieso, also interessiert es dich vielleicht, dass er juristisch nicht dafür belangt wird, dass er damals alles mit vertuscht hat. Es wird gar keiner von uns belangt. Tja, auch durch die Verjährung wird so manches vertuscht. Und dieses arme kranke Mädchen hat dafür gesorgt, dass Tom für das, was er dir und anderen angetan hat, seine gerechte Strafe erhalten hat.»

Rex redete ungern über diesen Aspekt, also wechselte er rasch das Thema.

«Mitch und Abby sind wieder zusammen», stellte er zufrieden fest. «Klar, du wirst das eher mit gemischten Gefühlen hören, du warst ja ziemlich in ihn verknallt, aber die beiden sind einfach füreinander bestimmt, das glaube ich wirklich. Da kam nie jemand anders in Frage, bei beiden nicht. Ach, und Patrick ist wieder weg aus der Stadt, was mir und Abby ganz recht ist, dir hoffentlich auch. Sie ist jetzt davon überzeugt, dass er versucht hat, alle ihre Vögel umzubringen. Das werden wir wohl nie mit Sicherheit wissen, aber natürlich finde ich, dass so etwas meinem Bruder schon verdammt ähnlich sehen würde. Abby ist es, glaube ich, inzwischen riesig peinlich, sich überhaupt mit ihm eingelassen zu haben, aber was soll's, sie war einsam, und an ihrer Liebe zu Mitch hat das nichts geändert. Pat war bloß ein armer Lückenbüßer, wie Abbys andere Freunde, bis Mitch endlich zurückgekommen ist.

Apropos», Rex lachte. «Weißt du, was es mit seinem teuflischen Plan auf sich hatte, das Geschäftsviertel von Small Plains aufzukaufen? Der Plan war einfach, die Stadt unseren Vätern wegzunehmen. Zunächst hatte er wohl vor, die Gebäude vor die Hunde gehen zu lassen, aber ich bezweifle, dass er zu so einer Gemeinheit fähig gewesen wäre. Jetzt will er jedenfalls wieder herziehen, hier leben und die Immobilien tipptopp sanieren. Unsere Bürgermeisterin ist natürlich entzückt, wie du dir denken kannst.»

Ihm fiel ein, was er ihr noch erzählen wollte.

«Jetzt, wo Patrick weg ist, sieht's auf der Ranch natürlich düster aus. Hab mir überlegt, den Sheriffposten vielleicht an den Nagel zu hängen und dafür auf der Ranch zu arbeiten. Ich hätte nichts dagegen. Blödsinn, was rede ich denn, das würde mir riesig Spaß machen. Früher hatte ich einfach die Befürchtung, es würde ständig Krach geben, wenn ich für meinen Vater arbeite. Aber nachdem er die Leitung der Ranch Patrick anvertraut hat, kann er sie mir erst recht geben.»

Er drehte seinen Hut in den Händen, während er kurz nachdachte.

«Wir werden uns für dich um Jeff kümmern, Sarah. Tut mir leid, dass wir das bisher so vernachlässigt haben. Er wohnt jetzt bei meinen Eltern, wie du sicher schon weißt. Nicht gerade eine ideale Situation. Er ist ein Sturkopf, und sie sind zu alt. Aber das wird nicht immer so bleiben. Mitch wird ihn bestimmt zu sich nehmen, wenn er und Abby erst verheiratet sind, was nur eine Frage der Zeit ist, und dann hat er endlich ein Zuhause mit Menschen, denen wirklich etwas an ihm liegt. Was er mit der Pistole seines Vaters vorhatte, als er sich heimlich aus dem Haus meiner Eltern geschlichen hat, weiß ich nicht, aber ich mag gar nicht daran denken, was alles hätte passieren können. Nach allem, was er über Tom und Nadine erfahren hatte, war er furchtbar wütend und verletzt, das sage ich dir. Und nach dem, was er über dich erfahren hat, erst recht. Ich glaube, er war am Boden zerstört wegen dir, Sarah. Am liebsten hätte er wohl das Schwein umgebracht, das seiner Mutter so etwas angetan hatte.»

Rex war darüber von neuem so aufgewühlt, dass er ein paarmal tief durchatmen musste, um sich zu beruhigen. Dann fuhr er fort.

«Zu Jeff. Ich werde mir Mühe geben, mehr Geduld mit ihm zu haben. Ich will mehr wie ein Onkel zu ihm zu sein, obwohl ich nicht versprechen kann, wie gut mir das gelingt. So einfach ist das nicht, plötzlich vom Sheriff zum Onkel zu werden, verstehst du.»

Rex ließ den Blick in die Ferne schweifen, zu den grauen Hügeln, die sich langsam mit sommerlichem Grün überzogen. «Tja, ich schätze, das war es. Keine Ahnung, ob du tatsächlich jemanden geheilt hast. Meine Mutter glaubt fest daran, aber ich weiß nicht recht. Und ich habe auch keine Ahnung, ob weiter Leute an dein Grab kommen werden, jetzt, wo du nicht mehr so ein Rätsel bist. Aber eins sage ich dir – auch wenn an den anderen Wundern nichts dran sein sollte, ich jedenfalls glaube, ich bin kuriert, Sarah, was dich sicher freuen dürfte.» Er sah grinsend auf ihren Grabstein hinab. «Könnte mir denken, dass ich dir all die Jahre ganz schön auf den Wecker gefallen bin.»

Es war ein ruhiger, klarer Tag, aber jetzt kam plötzlich Wind auf.

Der Windstoß neigte das Gras in seine Richtung, ein Anblick, der ihn spontan fröhlich stimmte. Womöglich, ging es ihm durch den Kopf, war ihr seine Anhänglichkeit doch gar nicht so unangenehm gewesen.

Danksagungen

Herzlichen Dank an David Phillips für seine kompetente Beratung, an Karen Phillips und Denise Osborne für die erfrischenden Freitage und an all meine anderen Freunde – persönlich und online –, die mich aus dem Buch heraus und zurück ins Leben geholt haben. Wie immer danke ich auch meiner geduldigen und klugen Lektorin Linda Marrow und meiner Agentin und Freundin Meredith Bernstein.

B 75/1

Thriller bei rororo

«A faint cold fear thrills through my veins.»
William Shakespeare

Madeleine Giese
Die letzte Rolle
Kriminalroman. 3-499-23683-4
Ein Theaterintendant engagiert bejahrte Schauspieler aus dem Altenheim publicityträchtig für den *Sturm*. Für die greisen Mimen geht so ein letzter Traum in Erfüllung. Doch nicht nur bei Shakespeare enden Träume tödlich ...

Beat Glogger
Xenesis
Thriller. 3-499-23613-3

Wolfgang Kaes
Todfreunde
Roman. 3-499-23515-3

Barbara Apel/Lotti Nass
Roter Morgen
Psychothriller. 3-499-23230-8

Karin Slaughter
Belladonna
Thriller. 3-499-23230-8

Bill Napier
Die Offenbarung
Roman. 3-499-23423-8

P. J. Tracy
Spiel unter Freunden
Roman
«Ein exzellenter Thriller mit glaubwürdigen, lebendigen Charakteren, der den Leser unerbittlich in einen Mahlstrom von Gewalt und Obsession zieht.» Philip Kerr

3-499-23821-7

Weitere Informationen in der Rowohlt Revue oder unter www.rororo.de

Jilliane Hoffman
Cupido

Der Albtraum jeder Frau: Du kommst abends in dein Apartment. Du bist allein. Alles scheint wie immer, nur ein paar Kleinigkeiten lassen dich stutzen. Du gehst schlafen. Und auf diesen Moment hat der Mann, der unter deinem Fenster lauert, nur gewartet ...
3-499-23966-3

German Angst? American Fear!
«Knallhart gut.»
Der «Stern» über «Cupido»

P. J. Tracy
Der Köder

Nach dem Überraschungserfolg von «Spiel unter Freunden», das von Lesern und Kritikern mit Lob überhäuft wurde: «Ebenso spannend wie unterhaltsam. Ein witziger, gelungener Thriller, der den Leser von der ersten Seite an fesselt.» *(Publishers Weekly)*
3-499-23811-X

Kate Pepper
5 Tage im Sommer

Auf einem Supermarktparkplatz verschwindet eine junge Mutter. Vor sieben Jahren wurde eine andere Frau entführt, kurz darauf verschwand ihr siebenjähriger Sohn. Und tauchte nie wieder auf. Im Gegensatz zu seiner Mutter.
3-499-23777-6

BW 92/1

Weitere Informationen in der Rowohlt Revue oder unter www.rororo.de